노민찬
별자리: 물병자리
혈액형: A형

노아리
별자리: 게자리
혈액형: B형

인소의 법칙

10
인소의 법칙
유한려 지음 녹시 그림
BOOK

제42조. 인터넷 소설 여주인공이라면 기억 상실증은 필수!(하)

인터넷 소설 여주인공이라면 기억 상실증은 필수!(하)

여령이가 검사를 위해 들어가고, 얼마 안 가 사대천왕도 속속들이 모였다. 제일 빨리 도착한 것은 물론 가장 가까이에 사는 은지호였다.

원래라면 오늘 두 시까지는 단잠을 즐겼을 주인이는 한 시가 좀 넘었을 무렵 헐레벌떡 자동문을 통과해 들어왔다.

일어나자마자 겉옷만 걸치고 달려왔는지, 그의 머리카락은 마구 일어나 까치집이 되어 있었다. 평소라면 그 모습이 귀여워서 웃을 법도 한데, 상황이 이러다 보니 헛웃음도 나오지 않았다.

말없이 앉아 있던 나와 은지호는 동시에 손만 들어 보였다. 그런 우리를 본 주인이가 눈살을 찌푸리며 물어 왔다.

"둘이 싸우기라도 했어? 아니, 그보다 여령이한테 큰일이 났다며? 그게 뭔데?"

그러더니 그는 곧장 은지호에게 다그치기 시작했다.

"왜 전화로 간단하게라도 말을 해 달라고 해도 해 주질 않는데? 그 바람에 온갖 상상을 하면서 뛰어와야 했잖아!"

확실히 무슨 상황인가를 똑바로 말해 주지 않는 것이 그를 더 짜증 나게 했을 거란 데는 나도 동의했다. 마치 친구에게서 '야, 너 큰일 났어.' 하고 문자가 온 것을 뒤늦게 발견하고 전화를 걸었지만 받지 않는 기분이랄까.

으음, 끔찍하군. 나는 고개를 내저었다. 하지만 전화로 말할 사안이 도저히 아닌 것은 사실이었다. 아니, 일단 그 전에 믿을지부터가 의문이군.

"도대체 무슨 일인데 그래?"

말이 없는 우리를 두고 주인이가 답답한 듯 다그치던 그때, 은형이와 유천영마저 도착했다.

유천영은 들어오기 직전 자동문에 머리를 박고 아, 소리를 내며 이마를 감쌌다. 나는 그 모습을 안타까운 눈으로 바라보며 생각했다. 저쪽도 잠이 깬 지는 얼마 안 된 모양이군.

오랜만에 잠에서 덜 깨서 정신 못 차리는 유천영의 모습을 보니 꽤 신선했다. 이마를 문지르는 유천영을 잠시 황당하다는 눈빛으로 쳐다보던 은형이가 이쪽을 돌아보았다.

"무슨 일이야? 나쁜 일이야?"

그러나 불안한 듯 주변을 둘러보는 것으로 보아 그는 이미 대답을 예상하는 눈치였다. 실제로 우리가 그를 불러낸 장소만 해도 병원이었으니까.

잠시 주변을 살피던 은형이가 다시 물었다.

"여령이는?"

내가 문 쪽을 가리키며 대답했다.

"잠깐 검사받으러 들어갔어."

"검사라면……."

잠시 심호흡을 한 나는 주변을 둘러보며 천천히 입을 열었다.

"얘들아, 놀라지 마. 여령이가……."

그때, 마침 공교롭게도 간호사 선생님이 문을 열며 반여령의 검사가 끝났다고 알려 왔다.

우리는 허둥지둥 일어나 자리를 이동했다. 그러면서 나는 지금이라도 간략히 여령이의 상태에 대해 알리려고 했지만, 여령이와 부딪치는 것이 더 빨랐다.

그녀는 대뜸 모퉁이에서 튀어나와 내 손부터 잡더니, 내 한쪽 팔을 끌어안으며 사대천왕을 경계 어린 눈으로 훑었다.

그 모습을 본 주인이가 당황해하며 물었다.

"여령아?"

예민한 그이니만큼 여령이의 태도 변화를 눈치채고도 남을 터였다.

'왜 그래? 무슨 일 있어?' 하고 연신 묻는 주인이를 여령이는 여전히 경계심 섞인 눈빛으로 올려다보았다. 마치 해독할 수 없는 언어로 말하는 외계인이라도 마주한 듯이.

그가 아무리 떠들어 대도 여령이는 전혀 들리지 않는 것처럼 고집스럽게 입을 다문 채로 내 팔만 꽉 안고 있었다.

잠시 망설이던 내가 물었다.

"여령아, 검사는?"

그러자 방금까지만 해도 사람의 언어를 모르는 야생 동물 같던 여령이는 또박또박한 발음으로 대답했다.

"대부분 검사는 끝났고, 뇌 MRI 끝난 것만 아직 결과가 안 나와서 기다리면 된대."

나는 내심 안도의 한숨을 내쉬었다. 그녀에게 지식이라도 남아 있는 게 얼마나 다행인지 모른다.

그리고 나는 비로소 사대천왕을 돌아보았다. 전혀 상황 설명을 듣지 못한 주인이와 은형이, 유천영 모두가 어안이 벙벙한 표정으로 '뇌 MRI?' 하고 중얼거리고 있었다.

그 가운데 은형이가 굳은 얼굴로 물었다.

"단아, 지금……."

그가 말을 건 대상은 나인데 여령이가 도리어 뒤로 물러났다.

그런 여령이를 착잡한 눈으로 바라본 은형이가 다시 말을 꺼냈다.

“내가 상상하는 그거 아니지.”

“아마도 맞을걸.”

나는 체념하며 대답했다.

그러자 잠시 우리가 서 있던 복도에 침묵이 찾아왔다. 주인이와 유천영의 표정을 보아, 그들도 여령이에게 무슨 일이 일어났는지 알아챈 것이 분명했다.

지나가는 사람들이 우리를 힐끗힐끗 쳐다볼 만큼 긴 시간이 지나고서야, 유천영이 낮은 목소리로 정적을 깼다.

“드라마 촬영을 마치고 왔더니, 여기에도 드라마가…….”

사대천왕인 너희가 할 말은 아니지 않니. 그렇게 생각하면서도 나는 고개를 끄덕이고 말았다.

정말이지, 격하게 동의하는 바였다.

* * *

우리는 한동안 병원 로비에 앉아 검사 결과를 기다렸다.

그동안 여령이는 누가 나를 뺏어 가기라도 할 것처럼 내 팔을 아플 정도로 쥐고서 사대천왕을 향해 경계의 눈빛을 보내고 있었다. 그러니 사대천왕이 그녀에게 접근할 생각도 못 한 것은 당연했다.

그러나 이들도 아주 가만히 있지는 않았다.

가장 먼저 접근을 시도한 것은 주인이였다.

"여령아, 나 기억 안 나지."

"……."

"사실 우리 엄청 친한 친구였다? 벌써 만난 지도 4년 넘었어."

주인이가 택한 것은 정공법이었다. 나는 의외란 눈으로 주인이를 쳐다보았다.

그런 가운데, 주인이는 우리 사이에 있었던 일들을 하나하나 얘기하기 시작했다.

할머니가 손녀들을 무릎에 앉혀 두고 동화책을 읽어 주듯 느리고 따뜻한 말투였다. 듣고 있자니 나까지 마음이 풀리는 느낌이었다. 나까지 그럴 정돈데, 여령이의 눈에서 서서히 경계심이 옅어지는 것은 당연했다.

주인이는 중학교 때 우리가 같은 반으로 처음 만났던 것부터 시작해서 신기하게도 내내 가까운 자리에 앉았던 일, 1학년이 끝날 때쯤엔 어느새 모두 친해져 방학 때마다 놀러 갔던 일까지 줄줄이 늘어놓았다.

나는 주인이의 말이 놀라울 만큼 디테일이 살아 있어서 감탄했다. 내가 그 자리에 함께 있었던 것이 맞나 싶을 정도로 기억도 나지 않는 세세한 사실들을 그는 집요할 정도로 물고 늘어지며 묘사했다.

"……그래서 그때 우리가 유천영네 첫째 형 별장에 갔었거든. 아, 여령이 너는 잘 모르는 사람이야. 너랑 그 사람이 직접 만난 적은 내가 알기로는 딱 한 번밖에 없거든. 아무튼 그 별장에 들어가면 입구에는 커다란 야수파 그림이 걸려 있고, 거실에서는 바로 바다가 보이는데, 그때 우리가 늦게 도착해서 파도의 흰 선밖에 안 보였거든. 그랬더니 네가 저거 파도 맞냐고, 귀신 아니냐고 엄청 호들갑을 떨면서……."

주인이가 상세하게 묘사하는 것 대부분은 여령이에 대한 것이기도 했다. 그는 그녀가 뭘 좋아하고 뭘 싫어했는지, 자신들과 무슨 대화를 나누었는지 계속 털어놓았다. 마치 내가 여령이에게 너와 내가 잘 아는 사이란 것을 믿어 달라고 설득했듯이.

말을 듣는 중간중간 여령이는 나를 힐긋거리면서 진위를 묻는 듯한 눈빛을 보냈다. 그때마다 나는 얼른 고개를 끄덕였다.

아마 우리 중에 저런 기억에 대해 제일 믿을 만한 사람은 주인이밖에 없을걸.

한편, 얘기를 듣는 사대천왕도 새삼 회상에 잠긴 듯한 표정이었다. 그때 불쑥 고개를 든 여령이가 주변을 둘러보더니 물었다.

"그러니까 너희가 나랑 그럴 정도로 친했다는 거지? 네가 유천영이고, 네가 권은형."

한 번 들었을 뿐인데 여령이는 누가 누군지 정확히 짚어냈다. 유천영과 은형이가 황급히 고개를 끄덕이자, 다음으로 그녀가 돌아본 사람은 다름 아닌 은지호였다.

"그리고 네가…… 은지호."

은지호를 부를 때만 여령이는 다른 두 사람과 다르게 뜸을 들였다. 그럴 뿐만 아니라, 뭔가 마음에 들지 않는 듯 미간을 좁히기까지 했다.

사대천왕이 왠지 조마조마한 눈으로 그녀를 바라보는 가운데, 그녀의 옆에 앉아 있던 나는 돌연 깨달음을 얻었다.

앗, 설마!

그래, 이 작가 구시대적인 거 좋아하는 사람이었지!

그러니 감히 트렌드가 지나도 10년은 지난 기억 상실 따위를, 그것도 하필이면 서열전이 끝난 이 타이밍에 끼워 넣을 생각을 했을 것이다.

4년 전부터 최근까지도 나는 한결같은 의문을 품고 있었다.

도대체 반여령의 로맨스는 어디로 사라져서 도무지 나타나질 않는가?

그리고 나는 고개를 들어 은지호를 바라보았다.

북극여우의 털처럼 찬란히 빛나는 은색 머리카락, 햇빛 아래 찬란히 빛나는 장인이 빚은 걸작 같은 외모, 그리고 헌칠한 키와 쭉 뻗은 팔다리, 여러모로 성장의 보람을 느끼게 해 주는 체구까지.

은지호는 4년 전 그때나 지금이나 한 소설의 남자 주인공으로는 손색이 없는 외모를 하고 있었다.

그리고 그는 그런 외모로 반여령과 허구한 날 치고받고 싸우고, 갈수록 유치한 말장난이며 자기 자랑이 늘어만 가서 우리 모두를 괴롭게 했다. 물론 친하긴 친했지만, 도저히 그들 사이에 로맨스가 피어오를 기미는 보이지 않았다.

그리고 나는 심각해진 표정으로 턱을 매만졌다. 그렇다면 지금 반여령이 뜬금없이 기억 상실증에 걸린 것은, 은지호에게 그 원인이 있지 않을까?

이대로라면 둘 사이에 로맨스가 도저히 성립될 것 같지 않으니, 차라리 리셋 버튼을 눌러 처음부터 다시 시작하겠다는 작가의 큰 그림이 아닐까?

거기까지 생각한 나는 작게 투덜거렸다.

"아니, 그렇다고 리셋 버튼을 누를 것까진 없잖아."

사람 기억이 뭐 데이터도 아니고 말이야, 17년 살아온 기억을 고작 연애 좀 시키겠다고 홀라당 날려 버리다니, 너무한 거 아니야?

그리고 나는 가라앉은 눈으로 은지호와 반여령을 응시했다. 둘 사이에 흐르는 긴장된 공기가 눈에 보일 듯했다.

그 가운데, 손가락을 들어 스스로를 가리킨 은지호가 복잡한 얼굴로 물었다.

"내가 뭐?"

"너……."

여령이는 한마디를 내뱉고는 또 미간을 좁힌 채 말이 없었다. 나는 잔뜩 긴장한 채 그녀의 다음 말을 기다렸다.

너, 왜 너만 보면 내 심장이 뛰는 거야?

너, 혹시 내 특별한 사람?

너, 나랑 무슨 사이인 거야?

그리고 나는 다시금 나 스스로에게 감탄했다.

역시 이 소설의 작가보다는 내가 더 소설을 잘 쓰지 않을까? 지금이라도 펜대를 넘겨주면 보다 정상적인…… 아니, 로맨틱한 이야기를 만들 수 있을 것 같은데.

그때, 여령이가 마침내 잔뜩 찡그린 얼굴로 내뱉었다.

"너, 정말 나랑 친구였어?"

그다음 나올 말은 당연히 '애인이 아니라?'겠지. 나는 여전히 기대감을 품으며 기다렸다.

그러나 그런 내 팔에 매달리며 여령이가 뱉은 말은 내 기대를 산산조각 냈다.

"단아, 재 싫어."

"뭐?"

은지호가 황당한 듯 내뱉는 가운데, 여령이는 고개를 내젓더니 다시 말했다.

"너만 보면 내 머릿속의 어떤 특별한……."

사랑이…….

"……분노가 샘솟는 것 같아."

순간 은지호가 환자 앞이란 것도 잊은 듯 버럭 외쳤다.

"야, 반여령!"

"나랑 2미터 거리를 유지해 주면 좋겠어. 그런데 너, 나랑 친구였다는 거 진짜야?"

은지호가 울컥한 얼굴로 외쳤다.

"아니, 내가 대체 뭘 했다고!"

그 말을 들은 나는 잠시 두 사람의 역사를 떠올렸다. 아니, 뭘 하긴 많이 했지.

그렇다고 해도 그게 반여령이 기억을 잃어버린 지금, 본능적인 적대감으로 나타날 줄은 상상도 못 했지만.

나는 의외란 눈으로 내 옆에 찰싹 달라붙은 반여령을 내려다보았다. 은지호랑 반여령이 곧잘 으르렁거리곤 하는 게 수준이 잘 맞거나 사이가 좋아서 일부러 그러는 건 줄 알았는데, 사실은 그게 아니었단 말이야? 놀랄 노 자다, 정말.

그때, 누군가 여령이에게 손을 뻗었다. 무심코 그쪽을 돌아본 나는 놀란 얼굴을 했다.

기껏해야 우리의 사정을 모르는, 학교에서 아는 누군가일 거라고 생각했는데 은형이였다.

항상 조심스러운 은형이의 태도를 생각하면, 그가 여령이가 기억을 잃어버렸다는 걸 알면서도 접촉을 시도한 것은 꽤 낯선 일이었다.

그도 의식 없이 한 일이었는지, 여령이의 어깨를 짚었던 그는 이윽고 움찔하며 황급히 손을 떼어 냈다. 그리고 그는 당황을 수습하지 못한 얼굴로 말했다.

"아, 미안. 여령아. 지금 너한테 나는 모르는 사람이란 걸 기억했어야 했는데."

"……아니, 괜찮아."

은형이를 애매한 표정으로 올려다보던 여령이가 이윽고 고개를 내저었다. 구부러진 눈썹도 이윽고 곧게 펴진 것을 보면, 못마땅한 기분이 들었지만 금세 회복한 모양이었다.

그 모습을 난 새삼스러운 기분으로 바라보았다.

태어나서 온갖 속셈을 가진 사람들에게 당해 온 데다가 스스로가 직선적인 성격을 가진 여령이는 직설적인 사람에게 약했는데, 기억을 잃고서도 그건 마찬가지구나.

주인이가 정공법을 택한 이유도, 방금 은형이가 곧장 사과한 것도 그 때문이었을 것이다. 뭐, 그게 아니더라도 은형이와 여령이는 원래부터 성격이 잘 맞긴 했지.

내가 턱을 매만지며 바라보는 가운데, 은형이는 조금 머뭇거리더니 물었다.

"저기, 혹시 나도 꺼려지나 해서. 네가 나도 불편하다고 하면 나도 거리를 유지해야 하니까."

그런 은형이를 빤히 올려다보던 여령이가 대답했다.

"넌…… 괜찮아."

"그래? 다행이다."

그렇게 말한 은형이가 창밖에 번지는 햇살만큼이나 맑게

웃었다.

상황을 생각하면 정말로 의외다 싶을 정도로 맑은 미소였다.

* * *

얼마 안 있어 간호사 선생님이 반여령의 이름을 불렀다. 반여령을 혼자 보내기도 좀 그렇다 싶고, 상황을 알아야겠다 싶어서 나도 동석했다.

결과는 더는 투명할 수도 없다 싶게 명백했다.

기억 상실증.

정말이지 드라마에서나 들어 봤지, 직접 볼 거라고는 상상도 못 한 병명에 나는 이마를 감싸며 신음했다. 아이고야.

"아무튼, 그래서 현재 심리 상태가 많이 불안하실 겁니다."

차트를 짚으며 그렇게 말하던 의사 선생님은 불쑥 고개를 들더니 나를 보며 물었다.

"그런데 지금 동석하신 분은 환자분이랑 관계가 어떻게 되지요? 자매?"

"아니요!"

나는 기겁하며 고개를 내저었다. 자매라니, 우리가 어딜 봐서 그렇게 보인단 말인가?

나는 굳이 안 그래도 될 걸 열변을 토해 가며 단지 친구 사이일 뿐이라고 해명했다. 그러는 나를 여령이는 어쩐지 슬퍼 보이는 눈으로 빤히 응시했다.

그제야 내가 너무 오버했나 하는 생각이 들어 아차 싶어졌다. 여령이의 눈에는 내가 단순히 자기와 엮이고 싶지 않아 하는 것처럼 보일 수도 있을 터였다.

"아, 아니. 나는 그런 게 아니라."

나는 다급히 손을 내밀며 성급히 말을 꺼냈지만, 뒷말은 전혀 떠오르지 않았다.

아니, 애초에 그런 게 어떤 건데? 내가 먹먹한 침묵에 잠겨 들자 여령이의 눈빛은 더욱 슬퍼졌다.

그러는 우리 둘을 콩트라도 보는 사람처럼 무심한 눈으로 번갈아 본 의사 선생님이 다시 말했다.

"기억 상실증이 온 것치고는 희한할 정도로 상태가 안정되어 있어서, 혹시 가족 관계가 아닌가 했습니다. 그런 경우에는 아무래도 본능적인 안정감을 느끼는 경우가 있어서요."

"아, 네."

떨떠름하게 대답하면서도 나는 옆에 있는 반여령의 눈치를 힐긋 살폈다. 그녀는 여전히 침울해 보이는 얼굴로 시선만 내리깔고 있었다.

잠시 그녀를 바라보던 내가 마침내 대답했다.

"가족이라고 부를 수도 있을 만큼 가까운 사이인 건 맞거든요. 기억도 안 날 정도로 어렸을 때부터 바로 옆집에 살아서요."

그러자 여령이의 고개가 다시 퍼뜩 들리면서 그녀의 눈 안에서 전구가 번쩍였다.

한편, 의사 선생님은 그럴 줄 알았다는 듯 무심히 고개를 끄덕이더니 차트만 툭툭 두드렸다.

"그러면 일단 가능한 만큼 오래 곁에 붙어 계셔 주시고요. 그리고 이게 얼마만큼 오래 갈지 몰라요."

차트를 두드리며 의사 선생님이 말을 계속했다.

"가족 관계가 아니라고 하셨으니, 보호자분께 알리는 건……."

"아, 그건 제가."

아까는 망설였지만, 이렇게 MRI도 찍고 전문의의 소견도 들은 이상 더는 미룰 이유가 없겠지.

늦은 것을 이제라도 만회해 보겠다는 생각으로 내가 나서는데, 옆에서 날아온 말이 불쑥 내 말을 끊었다.

"제가 직접 말씀드릴게요."

"괘, 괜찮겠어요? 아직 많이 혼란스러울 텐데."

"그래도 제 일이니까요."

눈빛 한번 흔들리지 않고 그렇게 말하는 여령이를 보며 샤프 끝으로 머리를 긁은 의사 선생님이 중얼거렸다.

"허, 아주 똑 부러지는 분이네."

그러더니 그는 알겠다는 뜻으로 고개를 끄덕였다.

우리는 인사를 드리고는 그대로 진료실을 나왔다. 진료

실 바로 앞의 의자에 줄줄이 소시지처럼 나란히 앉아 있던 사대천왕이 일제히 일어나며 물었다.

그중 가장 요란한 반응을 보인 건 단연 은지호였다.

"뭐래? 뭐라던? 언제쯤 돌아온대?"

이제껏 그에게 들어 본 것 중에 가장 다급하게 들리는 목소리였다. 당황해서 눈을 깜빡이던 나는 곧 순순히 대답했다.

"모르신대. 기억 상실증이 거의 다 그렇지 뭐. 그래서 가족한테 연락하기로……."

내 말이 끝나기도 전에 드물게 내 말을 자른 은지호가 반여령을 가리키며 말했다.

"그럼 제발 좀 쟤한테 내가 쟤랑 친구였다는 거 믿도록 설득 좀 해 줄래?"

은지호의 애원 섞인 말이 채 끝나기도 전에 두 팔을 감싸 안은 반여령이 성큼 거리를 벌렸다. 그녀의 이마에는 '질색'이라고 크게 쓰여 있었다.

그녀가 신음하듯 내뱉었다.

"으."

"야, 나 진짜 장담하는데 태어나서 누구에게도 그런 눈빛 받아 본 적 한 번도 없거든."

은지호가 발끈하며 던진 말에 나는 반사적으로 흠칫했다.

어, 설마. 이런 식으로 얼렁뚱땅 '나한테 그런 눈빛을 보낸 건 처음이야.'라는 상황이 되는 건가? 너무 급전개지 않아, 그거?

그러나 내가 채 제대로 된 망상에 빠지기도 전에 여령이의 대답이 나를 낚아채 올렸다.

"그럼 기억을 잃기 전엔 내가 참고 있었나 보지, 뭐……."

"야, 너 진짜."

"그러게 나한테 왜 그랬어?"

"왜 그러다니, 내가 뭘 했다고! 기억을 잃어버린 네가 내가 뭘 한 줄은 어떻게 아는데?"

이런, 슬슬 언성을 높이기 시작하는 두 사람을 보며 나는 눈을 가늘게 떴다.

좁은 병원 복도에서 평소처럼 티격태격하는 두 사람을 보고 있자니, 오늘이 평소 같은 하루라고 느껴지면서 반여령이 기억을 잃었다는 것조차 거짓말처럼 느껴졌다.

급기야는 병원 복도에서 왁왁 소리치기 시작하는 두 사람을 은형이가 간신히 말렸다. 아니, 쟤네는 따지고 보면 오늘 처음 만난 거나 다름없지 않나? 그런 상황에서도 왜 저러냐, 진짜.

내가 다시 눈을 가늘게 뜨는 찰나, 은형이가 엄한 목소리로 말했다.

"지호야, 여령이 환자잖아. 아픈 사람한테 그러면 안 되지. 더군다나 여령이한테는 네가 모르는 사람인데, 얼마나 놀라겠어."

"성격 더럽다고 얼굴에 쓰여 있어서 별로 그렇지는."

"야!"

여령이가 은형이의 시선을 피해, 말 안 듣는 어린애처럼 입술을 삐죽 내밀며 뱉은 말에 은지호가 또 버럭 소리를 질렀다. 아이고야, 나는 뒷목을 잡았다.

누군가 내 어깨를 툭툭 치길래 옆을 돌아보니, 주인이와 유천영이 우리끼리만 따로 가자는 듯 먼 곳을 곁눈질하고 있었다.

진짜 그럴까? 싶어지던 찰나에 다시 말소리가 들려왔다.

"여령아, 너도 지호한테 그러면 안 되지. 네 기억에 따르면 지호는 오늘 처음 본 사람인 거잖아."

"……."

"첫인상이 별로고 본능적으로 적대감을 느꼈다고 해서 지호한테 그렇게 나쁜 말만 해도 되는 건 아니지. 지호도 알고 보면 착……."

거기까지 말하고 은형이가 돌연 말을 멈추었다.

라디오를 틀어 놓은 것처럼 조곤조곤 흐르던 목소리가 사라지자, 복도에는 순간 정적이 찾아왔다.

그 가운데, 심상치 않은 기운을 느낀 듯 미간을 좁힌 은지호가 물었다.

"왜 말을 하다 말아?"

"알고 보면, 지호도……."

은형이는 갑자기 고개를 돌려 은지호를 관찰하듯 빤히 보았다. 그러자 은지호의 미간에 팬 골이 더욱 깊어졌다.

그 가운데, 유천영과 우주인에게 동조하여 멀찍이 물러나서 그 모습을 보고 있던 내가 조심스레 물음을 던졌다.

"은형아, 너 지금 은지호 장점 찾고 있는 거 아니지?"

"……."

은형이는 대답 없이 배시시 웃었다. 은형이가 그토록 비굴한 미소를 짓는 것을 나는 살면서 처음 보았다.

그리고 은지호의 낮은 목소리가 고요한 복도를 울렸다.

"기억 잃은 반여령보다 기억 있는 권은형 네가 더 나쁘다."

* * *

"분위기에 편승해서 조금 놀리려던 게 그렇게 상처가 될 줄은 몰랐지, 지호야."

별수 찾지 못하고 병원에서 나와 집으로 돌아가는 길, 은형이가 모처럼 먼저 어깨동무를 하며 생글생글 웃는 얼굴로 던진 말에 은지호가 인상을 썼다.

어깨를 감은 팔을 팍 떨쳐 낸 그가 부은 얼굴로 말했다.

"내가 너 몇 년 봤는데 진담이랑 농담을 구분 못 하냐? 너 그거 곧이곧대로 믿는 어린애 앞에서 사실을 말해야 할지, 어쩔지 고민하는 얼굴이었거든."

"아……."

은형이의 얼굴에 낭패감이 느리게 번졌다. 그 모습을 골똘히 지켜보던 은지호가 이윽고 은형이의 팔을 다시 쳐 내더니 저만치 먼저 걸어갔다.

그 모습을 일행의 맨 뒤에서 지켜보던 나는 한숨을 내뱉었다.

"흐음."

"왜 그래, 엄마?"

내 바로 앞에서 걷고 있던 주인이가 돌아보며 던진 말에, 나는 손가락을 들어 은지호를 가리켰다.

"저거 안 달래도 되는 거야?"

"내버려 두면 알아서 풀리는 거 알잖아. 아마 은지호가 우리 중에 제일 빨리 잊을걸? 쟤는 뭐랄까, 가장 안정돼 있어서."

주인이의 말에 나는 고개를 작게 끄덕였다.

가장 안정돼 있다는 주인이의 표현은 과연 적절하다.

그 안정감의 토대는 아마도 은지호가 지금까지 살면서 한 번도 쉬지 않고 쌓아 온 노력과 노력에 걸맞은 성취, 그리고 거기서 우러나오는 자부심과 자존감이겠지.

하지만 그건 그거고, 친구 관계에서는 좀 다르지 않나? 나는 망설이다가 다시 입을 열었다.

"그렇지만 나는, 음, 만약 유천영이 기억을 잃었는데 날 엄청나게 꺼리고, 왠지 싫은 느낌이 든다고 하면 무지 상처받을 것 같은데."

그러자 마찬가지로 우주인의 옆에서 말없이 걷던 유천영이 나를 돌아보았다. 그가 조금 어이없다는 눈빛으로 물었다.

"왜 나야?"

"아니, 그야 지금까지 나랑 제일 많이 싸운 건 너니까."

"아……."

나는 손을 열심히 휘저으며 설명을 덧붙였다.

"만약 어느 날 갑자기 네가 기억을 잃었는데, 날 보면서 '사이다가 필요한 기분이야. 속이 답답해서 죽을 것 같아.' 뭐 이러면, 난 진짜 상처받을 것 같아."

그러자 잠깐 눈썹을 찡그리고 나를 바라보는가 싶던 유천영은, 손을 내밀어 내 머리카락을 헝클어트리고는 '안 그래.' 한마디만 남기고 먼저 앞서가 버렸다.

아마도 내 예시가 너무 과장된 것이 그의 심사를 건드린 모양이었다. 음, 하지만 안 그런다니, 그건 다행이긴 하네.

그리고 나는 주인이를 돌아보며 물었다.

"아무튼, 어떻게 생각해? 방금 내 얘기. 은지호가 겉으로 보기엔 투덜거리고 마는 것 같아도, 실은 엄청나게 상처받았을 것 같지 않아?"

"음, 듣고 보니……."

주인이도 돌연 심각해진 얼굴로 중얼거렸다. 만약 엄마

가 나한테 그런다면……. 이 와중에 예시의 대상이 가장 오래 보아 온 은지호가 아니란 것이 좀 너무한 점이었다.

알고는 있었지만 이 둘, 정말 서로한테는 별 기대 안 하는군. 내가 별 쓸데없는 깨달음을 얻는 사이, 고개를 퍼뜩 든 주인이가 다시 말했다.

"그러게, 엄마 말이 맞는 것 같아."

"그치? 지금이라도 가서 좀 달래 줘 봐야 하지 않을까?"

그때였다. 여령이와 보조를 맞추어 걸으며 우리의 대화를 듣고 있던 은형이가 아리송한 표정으로 끼어들었다.

"하지만 애초에 지호가 상처를 받은 게 여령이가 자기를 피해서라면, 여령이한테 거부감을 없애 달라고 부탁할 수도 없지 않아?"

"으음."

뜻밖의 난관에 나는 다시 신음을 내뱉었다. 아니, 뜻밖은 무슨. 너무나 당연한 사실인데.

은형이가 걱정스러운 얼굴로 말을 이었다.

"놀리는 거야 우리가 그만두고 사과한다고 쳐도, 애초에 여령이의 감정이 문제라면…… 난 그건 어떻게 할 수 없다고 봐. 여령이는 지금 기억을 잃어버린 것만으로도 힘든데, 거기다 낯선 사람을 좋게 생각하고 좀 믿어 달라는 부탁을 할 순 없잖아."

나는 반쯤 앓는 목소리로 대답했다.

"그건 그렇지."

"여령이는 지금 다른 사람 감정을 배려해서 자기감정을 조절할 처지가 안 돼."

구구절절 맞는 말이라 다시 한숨이 나왔다.

나는 검지로 관자놀이를 짚으며 다시 은지호가 사라진 길 쪽을 바라보았다.

어차피 정해진 목적지야 같으니 우리 집 문 앞에서 만나겠지만, 그다음엔 어쩐다지?

놀린 거야 은형이 말대로 사과를 하면 된다지만, 여령이의 정직한 감정 표현 때문에 은지호가 상처를 입는 건? 그것만은 앞으로도 뾰족한 수가 생기지 않을 것이 분명했다.

잠시 생각에 잠겨 있던 나는 문득 여령이를 돌아보았다.

"여령아, 은지호가 너랑 친구였다는 게 안 믿긴다고 했지?"

"응?"

우리의 대화를 통해 돌아가는 상황을 대강 이해했는지, 잠시 망설인 여령이가 이윽고 순순히 고개를 끄덕였다.

"응……."

"그럼 증거가 있으면 믿을래?"

"그래, 증거! 그 생각을 못 했네."

주인이가 손가락을 딱 부딪치며 어딘가 개운해 보이기까지 하는 표정으로 외쳤다.

아니, 주인이가 생각 못 한 부분을 내가 생각해 내다니,

별로 믿기지 않는 일인데. 잠시 그를 바라보던 나는 다시 여령이를 돌아보았다.

여령이는 눈썹을 찡그리더니 고개를 끄덕였다. 그녀가 느리게 대답했다.

"응, 어쩌면…… 아마도."

그러더니 그녀는 개미 기어가듯 작아진 목소리로 덧붙였다. 그런데 그런 게 진짜로 있어? 그 말을 듣고 나는 새삼 은지호가 친구로 여겨지지 않는다는 여령이의 말이 진짜였다는 것을 깨달았다.

아아, 은지호 정말 불쌍해서 어쩐다지. 잠시 손을 들어 얼굴을 가린 나는 단호히 고개를 끄덕였다.

아무렴, 설마 하나도 없겠어? 은형이 말마따나, 우리가 함께한 세월이 얼만데.

더군다나 그 시기는 중학교 때부터 고등학교 때까지, 소풍 한 번이라도 가려고 하면 집에서 새 카메라를 쥐여 주고서라도 사진 많이 찍어 오라고 당부하는 시기였단 말이다. 나만 해도 중학교 시절 채운 앨범이 몇 개인데? 나는 몹시 자신만만했다.

아파트 입구에 들어서자, 예상한 대로 은지호와 유천영이 먼저 도착해서 우리를 기다리고 있었다.

은지호는 여전히 뚱한 얼굴이었지만, 사실 그는 본래가 냉하게 생긴 편이라 구분이 쉽지 않았다.

"아직 화났어?"

은형이가 조심스럽게 물으며 다가서는데, 휙 돌아서는 은지호를 보고서야 그가 아직 삐져 있다는 것이 실감 났다.

그래 봐야 주인이 말대로 속 넓은 은지호는 또 금세 잊어 줄 테지만, 문제는 여령이란 말이지. 나는 뒤돌아 주인이와 은밀한 시선을 교환했다.

비밀번호를 입력하고 씩씩하게 집에 들어간 즉시 나는 서랍부터 뒤져 앨범을 한 아름 안고 나왔다.

은지호가 그 모습을 보고 황당해했다.

"뭐 하는 거야?"

나는 태연한 척 거실 바닥 위로 앨범들을 쏟으며 대답했다.

"뭐 하긴, 여령이 기억 살려 줘야지. 여령이 부모님이 퇴근하셔서 진실을 아시기 전에 시도는 해 봐야 할 거 아니야."

"아."

"내 앨범 반 정도는 여령이가 차지하고 있으니까."

아니, 사실 중학교 1학년 초반을 제외하면 여령이와 찍히지 않은 사진이 오히려 드물 것이다. 그리고 사대천왕과 찍히지 않은 사진도 꽤 드물지.

앨범의 첫 장을 펼치며 나는 속으로 의기양양하게 웃었다. 하하, 이거 엄청 쉽게 끝나 버리는 거 아니야? 그런 내 옆에서 주인이도 날 돕겠답시고 앨범을 뒤적거렸다.

우리 둘의 목표는 단 하나였다.

은지호와 반여령의 사이좋은 모습이 찍힌 사진, 단 하나.

나와 주인이가 거실에 털썩 주저앉아 앨범들을 휙휙 넘기고 있자, 흥미를 느낀 여령이는 금세 우리에게 다가와 내 어깨에 턱을 얹고 앨범들을 구경했다.

잠시 후에는 은형이와 유천영도 각각 우리 양옆에 자리잡고 앨범들을 구경하기 시작했다.

처음엔 은지호와 반여령이 찍힌 사진들만 찾을 생각이었는데, 사진들을 하나하나 들여다보다 보니 재미가 붙는 바람에 어쩔 수 없이 속도가 조금은 늦어지고 말았다.

사진 한 장을 집은 내가 웃으며 말했다.

"이거 운동회 때네. 그런데 나 눈은 왜 저렇게 빨갛지? 울었나? 다친 데는 없는데."

"아, 저 때 엄마 장애물 경주에서 와사비 콜라 먹어 가지구."

옆에서 주인이가 신나 하며 대답한 말에 나는 손뼉을 쳤다. 아, 맞다. 그랬었지. 키득키득 웃으며 또 다른 사진들을 들춰 보던 내 눈에 사진 한 장이 밟혔다.

휘날리는 길고 검은 머리칼과 은색 머리칼이 한 컷에 잡힌 사진. 누구누구인지는 명백했다. 정답을 찾았다는 생각에 신이 난 내가 나도 모르게 목소리를 높였다.

"아, 이거 봐! 이거……."

그렇게 말하다 말고 나는 돌연 말을 멈추었다. 그런 나를 의아한 듯 훑던 주인이의 눈이 이윽고 아래로 가 멈췄다.

그의 얼굴에도 나와 똑같이 난처한 표정이 떠올랐다.

그가 작게 중얼거렸다.

"이건……."

반여령과 은지호가 같이 찍힌 것까지는 좋았다.

문제는 반여령이 은지호를 둘러메다시피 하고 뛰고 있다는 점이었다.

굳이 제 두 다리를 두고 쌀 포대 배달되듯 실려 가고 있으니, 사진에 찍힌 은지호의 표정이 좋지 못한 것은 당연했다. 당시의 뒤떨어진 기술 때문에 맞지 않은 초점 너머로도 잔뜩 식은 표정을 확인할 수 있었다.

일순 나와 주인이의 시선이 허공에서 맞닥트렸다. 그냥 못 본 척 넘길까? 하지만 여령이의 눈은 이미 그 사진에 꽂혀 있었다. 하긴, 내가 그렇게 요란하게 본 체를 했으니 당연했다.

체념한 나는 주인이에게 물었다.

"이거 뭐 하는 사진이야?"

"으응, 아마도…… 장애물 경주에서 가장 마지막에 나왔던, 쪽지에 적힌 사람 데려오거나 물건 가져오는 코너."

주인이가 '아마도'를 붙였다면 그 의미는 단 하나였다. 앞으로 밝혀질 진실이 우리에게 그다지 좋은 것이 아니란 뜻이었다.

그럼에도 불구하고, 호기심을 이기지 못한 나는 묻고 말았다.

"그때 쪽지에 적힌 게…… 뭐였는데?"

거실에 잠시 정적이 찾아왔다.

한참이 지난 뒤에야 주인이가 머뭇머뭇 꺼낸 말이 정적 위로 천천히 내려앉았다.

"지금까지 본 중에 가장 재수 없는 사람……."

"……."

나는 슬그머니 고개를 돌렸다. 잔뜩 썩어 있는 은지호와 반여령의 표정을 확인한 나는 확신했다.

아, 망했다.

반여령이 기억을 잃게 된 데 어떤 의도가 있다면, 그건 반여령을 은지호와 이어 주기 위해서가 아니라 둘 사이를 영원히 끊어 주기 위해서임이 분명했다.

잠시 후, 간신히 정신을 차린 나는 아하핫, 과장되게 웃으며 앨범을 뭉텅이로 넘겼다.

"시, 시기를 좀 잘못 골랐네! 중학교 1학년은 건너뛰는 게 좋겠다. 아니, 이때 은지호랑 너랑 만난 지 얼마 안 됐어 가지고 말이야. 성격도 지금이랑 많이 달랐고."

기억을 되찾기는커녕 왜곡만 할 수 있겠다는 생각이 이제야 떠올랐네! 내가 주절주절 늘어놓는 궁상맞은 변명에, 뒤늦게 정신을 차린 주인이도 황급히 고개를 끄덕였다.

"마, 맞아. 엄마. 나도 그 생각을 못 했지 뭐야."

그러고는 마주 보며 하하, 호호 끝도 없이 웃어 대는 우리를 여령이는 2인조 사기단 보는 듯한 눈으로 바라보았다.

아니, 이래 봬도 우리 거짓말한 건 하나도 없거든? 진실만 말한 거거든?

불과 4년 전, 나도 함께 있었던 역사적인 둘의 첫 만남을 떠올린 나는 어깨를 살짝 떨었다.

'재미있군. 기대해. 다음 시험에서는 양보하지 않을 테니까.'

'글쎄, 정말 양보했던 거야?'

'두고 보면 알겠지.'

음, 나는 고개를 들고 지금의 은지호를 빤히 응시했다.

4년 전만 해도 재가 그러고 다녔던 걸 생각하면, 지금 반여령의 본능적인 적대감도 이해 못 할 건 아니…….

아니야, 내가 이러고 있으면 어떡해?

모두의 시선이 내리꽂힌 가운데, 고개를 휘휘 내저은 나는 황급히 앨범을 넘기고는 또다시 신음했다.

"아."

어느새 시간이 꽤 흘러서 중학교 2학년은 된 것 같은데, 나와 주인이가 어깨동무를 하고 찍은 사진 귀퉁이에서 반여령과 은지호가 열렬히 시선을 교환하고 있었다.

그것까지만 하고 끝나면 다행이지, 다음 사진에서 두 사람은 기어이 서로 멱살까지 잡았다.

그 사진을 본 주인이가 미묘한 얼굴로 여령이와 은지호를 돌아보았다.

"……너네 대체 우리 뒤에서 왜 그러고 있었어?"

두 사람이 굳어진 얼굴로 대답이 없는 가운데, 나는 빠르게 앨범을 넘겼다.

이제는 유천영과 은형이마저 어쩌지 굳어진 표정이 되이 저마다 앨범을 넘기는 가운데, 백여 장이나 되는 사진을 빠르게 훑어본 내가 묘한 얼굴을 했다.

사진 구석에 걸린 반여령과 은지호의 모습 중에, 멱살을 잡고 있거나 화를 내고 있지 않은 사진이 하나도 없었다.

"얘네 대체 왜 사각지대마다 죄다 싸우고 있는 거야……."

급기야 나는 몇 권이나 되는 앨범을 전부 덮어 버렸다.

사진의 상태가 죄다 이래서야, 사진을 통해 기억을 되찾으려는 시도는 별로 현명하지 못한 것임이 분명했다.

1년 전쯤 이맘때에 발견했던 영상을 떠올린 나는 턱을 쓰다듬었다. 그거라도 틀어 봐?

마침 주인이도 같은 생각을 했는지 내게 속닥거렸다.

"엄마, 우리 영상. 디카로 찍었던 그거."

"그건 뭐 걸리는 거 없어?"

그러자 주인이가 대번에 침울해진 목소리로 속삭였다.

"영상 끝나기 직전에 꺼야 돼. 영상 마지막에 여령이가 은지호한테 무슨 말을 하는지 생각해 봐."

"……."

그제야 영상의 마무리가 어떻게 되는지를 떠올린 나 역시도 미묘한 표정을 지었다. 하지만 지금 상황에서는 별수 없지, 뭐. 나는 구닥다리 디카를 찾으러 다용도실로 들어갔다.

그 영상에 반여령과 은지호의 사이좋은 모습은 아주 짧게 찍혔다. 고작해야 소파 앞에 나란히 앉아 몇 마디 대화를 나누는 게 다였지만, 그게 오늘 우리가 건질 수 있던 여령이와 은지호의 유일하게 사이좋은 모습이었다.

아니, 나도 얘네가 이렇게 심각한 줄 몰랐지. 나는 속으로나마 변명 아닌 변명을 해 보았다.

영상이 끝나고, 내가 뭐 기억나는 건 있느냐고 조심스럽게 물은 말에 여령이는 고개를 내저었다.

"전혀."

그렇게 말하는 여령이의 얼굴에서 기억을 되찾지 못한 것에 대한 불안감이나 안타까움 같은 것은 조금도 찾아볼 수 없었다. 다행이라면 다행인데. 나는 이마를 긁적였다.

하긴, 기억이 무슨 팝콘도 아니고 몇 시간 만에 돌아올 거라고 기대한 것 자체가 잘못이었지.

결국 아무런 성과도 없이 그날의 모임은 해산되었다.

마침내 저녁이 찾아와 퇴근하신 여령이네 부모님께 나는 사실을 가능한 한 있는 그대로 말씀드렸다.

내 말이 이어지는 내내, 여령이네 부모님은 믿을 수 없다는 얼굴로 나와 여령이를 번갈아 보셨다.

내 말이 끝나자마자 여령이네 어머니께서 다급히 물어오셨다.

"기, 기억 상실증? 그건 드라마에서나 나오는 거 아니었니?"

인터넷 소설 인물들의 상식 속에서도 기억 상실증이란 흔한 병이 아님은 분명했다

내가 고개를 끄덕이자, 여령이네 부모님은 황급히 손을 뻗어 여령이의 손을 잡으려 하셨다. 그러다 여령이가 주춤하며 한 발짝 뒤로 물러나자, 두 분은 잔뜩 충격받은 얼굴을 하셨다.

나도 내심 뜨악해서 그들을 바라보았다. 어쩌지? 내게는 대하는 것이 평소와 다르지 않아서 잊고 있었다. 여령이는 지금 자기 부모님조차 기억하지 못하는 상태란 걸.

내가 도대체 저분들을 어떻게 달래야 하지? 내가 심각하게 고민하는데, 여령이네 부모님은 의외로 금방 상심에서 벗어났다.

여령이네 어머니는 손가락으로 턱을 매만지며 빠른 걸음으로 거실을 서성이시다가, '여단이한테 전화해서 당장 집으로 오라고 해야겠네.' 하시고는 곧장 전화로 향하셨다.

그제야 여단 오빠에게 생각이 미친 나는 더욱 어두운 표정을 지었다. 여령이가 자기 부모님도 기억하지 못하는 판에, 여단 오빠를 기억 못 하는 건 당연하겠지.

그러다 문득 시선이 느껴져서 돌아보니, 여령이가 나를 불안한 눈으로 힐끗거리고 있었다.

“나 뭐 잘못한 거야?”

아차, 여령이가 자신이 한마디 할 때마다 남들 얼굴이 어두워지는 이 상황을 당연히 당혹스러워할 거라는 걸 예상했어야 했는데. 나는 얼른 고개를 내젓고는 여령이의 머리칼을 매만져 주었다.

날 선 공기가 가라앉고 편안한 침묵이 찾아올 즈음, 다시 돌아온 여령이네 어머니께서 말씀하셨다.

“여단이 지금 오고 있으니까, 거실에서 잠깐만 기다려 줄래? 지금 여령이한테 우리는 모르는 사람이니까, 단이 네가 있어 줘야 마음이 편할 거야.”

“네, 당연하죠.”

그렇게 대답하며 나는 여령이네 집 소파에 걸터앉았다. 여령이네 부모님은 여령이가 불편해할 거라며 굳이 안방으로 자리를 피해 주셨다.

주변이 고요해지니 괜히 생각만 많아졌다. 나는 여령이의 손을 잡고 있지 않은 손으로 팔걸이만 툭툭 두드렸다.

본래는 자정 지나고서야 얼굴을 볼 수 있을 예정이었던 여단 오빠를 좀 더 빨리 만나게 된 건 좋지만, 상황이 전혀 좋지 못한데.

머릿속에서 걱정이 불쑥 고개를 치켜들었다.

이번에야말로 여단 오빠가 나한테 화내는 거 아닐까? 여령이랑 같이 있었으면서 여령이가 기억을 잃는 걸 막지 못했다며.

여단 오빠가 그럴 사람이 아니란 걸 알면서도 비관적인 생각이 자꾸만 떠오르는 것은 어쩔 수 없었다.

내가 무릎을 끌어안고 한숨만 푹푹 내쉬는 그때, 갑자기 현관 쪽에서 도어 록 비밀번호 누르는 소리가 들려왔다. 낯설지 않은 그 소리에도 내 어깨에 잔뜩 힘이 들어갔다.

그때 안방에서 나온 여령이네 부모님이 말씀하셨다.

“여단아, 문 열어 줄게! 기다려.”

그러자 도어 록 비밀번호 누르는 소리가 멈추었다.

이윽고, 문이 벌컥 열리자마자 여단 오빠는 구르듯 집 안으로 뛰어 들어왔다.

“진짜예요?”

집에 들어온 그의 첫말이었다. 무엇이 진짜냐고 묻고 있는지는 안 물어봐도 뻔했다.

내가 주춤 몸을 굳히는 사이, 여단 오빠는 퍼뜩 고개를 돌려 이쪽을 빤히 보았다.

검은 머리카락은 잔뜩 젖어 이마에 달라붙어 있었다. 학교에서 소식을 듣고 곧장 달려왔거나, 아니면 택시 안에서 긴장으로 젖었음이 틀림없었다.

이윽고 아무것도 모른다는 얼굴로 그쪽을 빤히 보고 있

는 여령이와 눈이 마주친 그의 얼굴이 살짝 일그러졌다.

단지 그것뿐인데도, 나는 왠지 혼나는 기분이 들어 주먹을 움켜쥐었다.

"여령아."

그렇게 말한 여단 오빠가 성큼성큼 다가오다 말고 몇 걸음 앞에서 멈추었다. 그 또한 여령이의 경계심 어린 표정을 본 것이 틀림없었다.

잠시 후 여단 오빠는 천천히 무릎을 굽혀 눈높이를 맞추었다. 그 모든 행동이 곧 달아날 야생 동물을 대하듯 조심스러웠다.

여단 오빠가 천천히 말했다.

"난 네 오빠야. 이름은 반여단이고."

"응……."

"가까이 가도 돼?"

전혀 위협적이지 않게 흘러나온 그 말에 여령이가 조심스럽게 고개를 끄덕였다.

지켜보고 있던 나까지 괜히 안도의 한숨을 내쉬게 하는 광경이었다. 나로서는 여령이가 여단 오빠마저 거부했다면 더더욱 죄책감이 짙어졌을 터였다.

비로소 우리 곁으로 가까이 온 여단 오빠는 나와 눈을 마주치더니 어두운 얼굴을 했다. 그 의미를 알 수 없어 나는 가만히 입매를 굳혔다.

그때, 그가 조용히 나를 불렀다.

"단아."

"응."

긴장해서 거의 숨도 쉬지 않고 대답했던 나는, 갑자기 내 머리 위에 닿는 손에 눈을 휘둥그레 뜨며 고개를 들었다.

눈이 마주치자, 여단 오빠가 특유의 다정한 얼굴로 말했다.

"많이 놀랐겠네."

"……."

"나도 없을 때 그래서."

여단 오빠가 그렇게 말하고서야 등 뒤에서도 말들이 날아왔다.

여령이네 부모님이 내게 다가오며 걱정스러운 듯 말씀하셨다.

"어머, 진짜. 여단이 네 말대로 그 생각을 못 했다."

"단이야, 괜찮아? 많이 안 놀랐니?"

그 말들을 듣고 나는 얼굴이 화끈거리는 것을 느꼈다.

사실 내게는 저런 말들을 들을 자격이 없었다. 내가 같이 있지 않았더라면 여령이는 어쩌면 사고를 당하지 않았을지도 모르는데. 아니, 내가 그녀에게 요리해 달라고 하지 않았다면.

그뿐만인가, 나는 혼나는 게 무서워서 사건이 생기고도 한참 동안이나 그들에게 아무런 연락도 하지 못했다.

얼굴을 일그러뜨린 내가 더듬거리며 대답했다.

"아, 그게…… 혼자가 아니라서 괜찮았어요. 다행히 오늘이 애들 만나기로 했던 날이라서요. 아까 병원 가서 검사받았다고 한 거, 그것도 은지호가 차 보내 준 거예요."

"그러니? 지호한테도 전화해 봐야겠네. 아니, 그보다도 단이 너는 진짜 괜찮니?"

나는 열렬히 고개를 끄덕였다. 저보단 여령이가 안 괜찮죠, 그 말을 내뱉으려는데 갑자기 목에 돌덩어리가 막힌 것처럼 숨이 꽉 막혔다.

반면에 지금까지 명치를 누르고 있던 돌이 사라진 것처럼 가슴과 어깨가 가벼워졌다.

나는 그제야 내가 지금까지 제대로 숨을 쉬지 못하고 있었다는 것을 깨달았다. 갑자기 온몸을 짓누르던 긴장이 사라지자, 비로소 밝은 거실 조명과 익숙한 거실이 쏟아지듯 눈에 들어왔다.

그리고 나는 마침내 고개를 들었다.

거실 전등 불빛 아래 나를 향해 다정히 빛나는 여단 오빠의 눈과 마주친 순간, 나는 하마터면 두 팔을 뻗어 그의 허리를 끌어안을 뻔했다.

실제로 거의 그러기 직전, 우리 사이에 끼어든 목소리에 나는 간신히 정신을 차렸다.

"여단아! 여령이 데리고 병원 한 번 더 다녀오자. 옷 챙겨."

"네."

"이 시간까지 하는 데가 있으려나 모르겠네. 당신, 전화 먼저 여러 군데 해 볼래요?"

여령이네 부모님이 말씀을 나누는 가운데, 짧게 대답한 여단 오빠가 가방을 내려놓으러 방으로 사라졌다.

그제야 나는 내가 방금 어떤 짓을 할 뻔했는지 깨닫고 안도의 한숨을 내쉬었다.

아무튼 여령이네 가족이 돌아왔으니 이제 나는 집으로 돌아갈 차례였다. 그런 생각으로 자리에서 일어나는데, 누군가 뒤에서 내 옷자락을 붙잡았다.

뒤를 돌아보자, 여령이가 장화 신은 고양이 같은 눈으로 나를 올려다보고 있었다.

"어……."

당황 섞인 목소리를 내뱉는 내게 여령이네 부모님의 물음이 따라붙었다.

"단아, 미안한데 한 번만 더 같이 가 주겠니?"

나는 당장 고개를 끄덕였다.

거절할 수 있을 리도 없고, 거절할 생각도 없었다.

* * *

밤중에 열려 있던 병원 몇 군데를 더 돌아봤지만 이렇다

할 성과는 없었다.

하긴, 뭐가 나올 거였다면 은지호와 함께 검사를 했을 때나 기억을 되살려 보려고 우리끼리 앨범을 들고 난리를 쳤을 때 이미 나왔겠지. 게다가 꼼꼼한 은지호 성미에 사소한 거 하나라도 빠뜨렸을 리 없고.

결국 체념한 우리는 차를 타고 귀가했다.

퇴근하고서야 소식을 들은 엄마와 아빠가 아파트 단지 앞에서 기다리고 있었다.

우리가 차에서 내리자 그들이 다급한 걸음으로 다가왔다.

그리고 우리 엄마와 여령이네 어머니는 잠시 말씀을 나누었다.

"이런, 그럼 기억이 언제 돌아올지는 모른다는 거지?"

"그럴 것 같아."

"학교는 어떻게 할 거야?"

"그야……."

그렇게 말하며 여령이네 어머니가 힐끗 여령이를 보았다.

길지 않은 침묵 끝에 그녀가 다시 대답했다.

"아무래도 한동안은 집에 있게 해야지 싶어. 웬만하면 그냥 보내겠는데, 여령이는 기억을 잃기 전에도 워낙 사건 사고가 많았다 보니……."

"으흠, 흠."

옆에서 듣던 나는 괜히 찔려서 지레 헛기침을 했다. 그런 나를 여단 오빠가 의아한 듯 바라보았다.

아니, 이런 일이 생길 때마다 하는 생각이지만 역시 조금 더 적극적으로 막지 못한 것이 후회된다. 무슨 일이 일어날지 가장 정확하게 예측할 수 있는 입장에 있었던 주제에.

아니, 하지만 그건 나 자신에게 너무 가혹한 생각이지. 나는 또다시 열심히 고개를 내저었다.

뭐, 잠자는 숲속의 공주에 나오는 신하들은 알았겠냐. 공주가 가시에 찔려 잠든대서 기껏 궁전 안의 모든 장미를 치워 가며 열일곱까지 고이 길렀더니 대뜸 물레 바늘에 찔릴 줄……. 프라이팬이라니, 말이 되냐 진짜.

아무튼 반여령이 기억을 찾게 될 때까지 학교를 쉬기로 한 것은 잘한 선택 같았다.

반여령 주변은 안 그래도 사건 사고가 많은 데다가, 지금은 그 사건 사고를 방지할 최소한의 경험적 지식마저 사라진 상황. 그러는 게 모두를 위해서도 좋겠지. 나는 고개를 주억거렸다.

하지만 예상치 못한 상황은 각자의 집으로 들어가기 전에 발생했다.

엄마 아빠를 따라 집으로 들어가려던 나는 누군가 소매를 당기는 것을 느끼고 뒤를 돌아보았다.

"응?"

예상은 했지만 반여령이 내 소매를 잡고 물끄러미 나를

바라보고 있었다.

우리가 키 차이가 별로 안 난다고는 해도 4, 5센티미터 정도는 반여령이 나보다 위일 텐데, 어쩐지 그녀가 나를 올려다보는 듯한 느낌이 들게 하는 시선이었다.

"왜 그래? 할 말 있어?"

"……."

내 물음에도 여령이는 어째선지 내 소매를 붙든 채로 아무 말이 없었다. 여령이네 부모님과 여단 오빠도 집으로 들어가려다 말고 무슨 일인가 싶어 이쪽을 바라보았다.

그런 가운데 여령이가 마침내 내뱉었다.

"안 가면."

"……."

"안 돼?"

잠깐 여령이에게서 고개를 돌린 나는 이마를 짚으며 생각했다.

신이시여, 왜 저를 이런 시련에 빠지게 하시나이까. 그리고 나는 아직도 의아한 눈으로 이쪽을 보고 있는 여단 오빠를 힐끗 보았다.

그러니까, 나는 미국 드라마 뺨치는 막장 드라마를 한국에서 찍고 싶은 마음은 조금도 없다니까요…….

이윽고 여령이네 어머니가 환해진 얼굴로 말씀하셨다.

"어머, 그렇지. 여령이가 단이 너랑 같이 자는 걸 좋아했었지. 지금도 그걸 기억하고 있나 보다."

아니요. 그건 아닐 것 같은데요.

아마 그보다는 이 중에 제일 친근한 대상과 떨어져서 낯선 사람들 사이로 들어가고 싶지 않은 마음일 테지만, 그렇게 솔직하게 말해서 이모 마음에 대못을 박을 수는 없었다.

난감함에 눈을 되록되록 굴리던 내게 여령이네 어머니가 다시 말씀하셨다.

"혹시 괜찮으면 좀 데리고 자 줄 수 있겠니? 아무래도 여령이랑 단이랑 계속 같은 학교였으니까, 사실상 우리보다도 더 많은 시간을 함께한 것도 맞고."

"아……."

"그래, 둘만 아는 얘기도 있을 거고. 그런 것 좀 여령이한테 얘기해 주겠니?"

자식들이 생각보다 많은 것들을 부모님께 말하지 않는다는 걸 요즘 부모님은 대부분 알고 있고, 여령이네 부모님도 그랬다.

나는 황급히 고개를 끄덕이고는 여령이를 우리 집 안으로 끌어 들였다. 아무튼 이런 일이 일어나는 것을 막지 못한 이상, 내가 할 수 있는 일이라면 최대한 해 볼 생각이었다.

그렇게 문이 닫히고 단둘이 되자, 또다시 침묵만이 흘렀다.

여령이의 아무 생각 없어 보이는 눈을 멀뚱히 바라보며 나는 다시 생각했다. 음, 여령이가 기억을 잃어버렸다는 게 이제야 실감이 나는군.

지금까지는 많은 사람들에 둘러싸여 있어서 기억을 잃은 여령이와 직면할 기회가 없었는데, 막상 단둘이 있으니 전혀 모르는 사람과 있는 듯 어색했다.

여령이와 함께 있으면서 이런 적은 없었는데. 내가 이 세계에 온 지 얼마 안 됐던 열네 살 무렵을 제외하고는.

괜히 귀밑머리를 만지작거리던 나는, 문득 여령이가 내 방을 모른다는 데 생각이 미쳤다.

내 방 쪽을 가리킨 내가 애써 자연스레 말했다.

"음, 그러면, 그, 저기가 내 방이거든. 저기서 좀 쉬고 있을래? 나 세수랑 양치만 하고 갈게."

여령이는 나를 골똘히 보다가 또 고개만 끄덕였다. 꼭 여령이의 모습을 한 안드로이드와 같이 있는 기분이었다.

"어, 그럼 나는 이쪽으로……."

물어본 적도 없는데 괜히 설명하듯 말한 나는, 주춤주춤 게걸음으로 이동했다. 그런 내 모습을 여령이는 또 제자리에 서서 빤히 바라보았다.

그녀가 현관의 어둠 속에 파묻혀 더는 보이지 않게 되고서야 화장실 전등 스위치를 달칵 누른 후, 나는 한숨부터 내뱉었다.

"휴우."

욕실 슬리퍼를 찾아 신다가 하마터면 미끄러질 뻔했다.

어이쿠. 발버둥친 끝에 간신히 균형을 되찾은 내가 중얼거렸다.

"안 되지, 안 돼. 이러다 나까지 기억 상실증 걸리면 어쩌려고."

반여령의 기억을 잃게 된 경위를 옆에서 본 바로는 충분히 가능성 있는 일이었다. 원래부터 조심하고 살아오긴 했지만, 더 조심하고 살아야 하는 거네. 그렇게 생각하며 나는 칫솔을 물었다.

한참 동안 그 자리에 가만히 서서 양치질을 하고 있으려니 온종일 혹사당한 몸이 점점 무거워졌다.

하긴, 마트에 이어 병원까지 몇 군데 돌아보는 게 보통 일은 아니지. 머릿속이 멍한 가운데, 쓸데없는 생각이 자꾸만 상념 위를 비집고 떠올랐다.

지금쯤 아마도 내 방 침대에 앉아 생기 없는 얼굴로 무언가를 골똘히 생각하고 있을 반여령.

그녀를 내가 아는 반여령과 동일 인물로 볼 수 있을까?

언젠가 교내 과학 칼럼에서 봤던 기사가 떠올랐다. 어떤 사람이 평소에는 몹시 까칠하고 모든 사람에게 시비를 거는 성격인데, 약만 먹으면 부드럽고 호감 가는 사람이 된다고.

그때 그 사람의 진짜 성격은 약을 먹지 않은 쪽인가, 약을 먹은 쪽인가?

내가 방금 떠올린 의문은 그것과 비슷한 질문이었다.

그리고 나는 문득 힘겨운 듯 감고 있던 눈을 떴다.

그때 나는 처음으로 여령이가 기억을 잃은 그 순간부터 지금까지 내 등 뒤에 그림자처럼 은밀히, 그러나 끈질기게 따라붙던 감정의 정체를 알아챘다.

그것은 두려움이었다. 여령이가 기억을 잃어버린 지금, 우리 관계 역시 처음부터 다시 시작해야 했다.

그러나 우리 관계에는 딱히 시작이라 부를 만한 게 없었다. 왜냐하면 그녀와 나는 기억할 수 없는 순간부터 지금까지 내내 함께해 왔으니까.

무엇보다도 그 관계의 시작에 대한 아주 약간의 기억조차 내게는 전혀 없다. 왜냐하면 내가 '이 세계'의 나와 몸이 바뀐 것은 열네 살 때, 반여령과 내가 이미 친구가 되고 난 뒤에 일어난 일이었기 때문이다.

그러자 비로소 지금까지 희미하던 공포감이 실체를 갖고 나를 짓눌렀다. 갑자기 화장실 천장이 먹구름으로 빽빽하게 뒤덮이는 것 같았다.

잠깐 세면대를 세게 붙잡고 있다가, 나는 간신히 입안의 거품을 토해 냈다.

쏴아아, 쏟아지는 물로 입을 헹구며 나는 중얼거렸다.

그러고 보면, 나는 기억을 잃어버린 반여령이 진짜 반여령인지 아닌지를 따질 만한 입장이 결코 안 되네. 왜냐하면, 그런 질문을 받을 때 대답할 수 없는 것은 오히려…….

그렇게 중얼거리며 수건으로 얼굴을 문질러 닦고 방으로 돌아가자, 과연 여령이는 내가 예상한 그대로 침대에 앉아 물끄러미 벽만 바라보고 있었다.

내가 물었다.

"뭐 해?"

"저 시계."

그렇게 말하며 여령이가 가리킨 것은 공교롭게도 주인이가 우리 집에 기증한, 무척이나 고풍스러운 모양의 시계였다. 유감스럽게도 내게는 세계의 변화를 알려 주는 지표이기도 했다.

"저 시계, 이 방이랑 엄청 안 어울린다고 생각하고 있었어."

"아."

나는 어색하게 웃었다.

하필 짚어도 첫 순서로 저걸 짚나. 무슨 말인가를 더 하려고 하던 여령이가 내 표정을 보자마자 입을 다물었다.

나는 당황하며 말했다.

"어, 아니. 물어봐도 되는데."

"아냐. 나도 씻고 올게."

그러더니 여령이는 내가 건네준 새 수건을 들고 후다닥 방을 나가 버렸다. 그녀가 나가 버린 문 쪽을 보며 나는 목덜미만 문질렀다.

괜찮을까, 이거. 기억을 잃은 그녀와 내가 함께 지내서 도움이 되기는커녕 호감도만 엄청 깎아 먹을지도 모르겠다는 생각이 이제야 들었다.

여령이가 돌아오면 재밌는 얘기를 실컷 해야겠다고 다짐하는 것도 잠시, 잠깐 눈만 붙이려고 했는데 금세 머리가 어지러워졌다.

누가 나를 늪 밑으로 끌어당기는 것 같은 감각과 함께, 나는 그만 속수무책으로 그대로 곯아떨어지고 말았다.

* * *

“헉.”

악몽에서라도 깬 것처럼 갑자기 눈을 떴을 때는 방 안이 옅은 빛으로 온통 뒤덮여 있었다.

내 옆에서 곤히 잠들어 있는 반여령을 내려다보다가, 나는 중얼거렸다.

“어제 그게 꿈이 아니었구나…….”

차라리 꿈이길 바랐는데. 힘없이 중얼거린 나는 핸드폰을 열어 시간을 확인했다.

아침 일곱 시, 슬슬 아침밥을 먹어야 할 시간이었다. 여령이를 깨우려다 말고 나는 주춤하며 물러났다.

“아, 맞다. 얘 학교 안 가지.”

그리고 어제 내가 먼저 잠들어 버렸다는 것을 깨달은 나는 중얼거렸다. 음, 이거 미안하네. 나랑 무슨 얘기를 할지 기대하고 있었으면 어쩌지?

학교 다녀와서라도 좀 챙겨 줘야겠다. 그렇게 다짐하며 방을 나서는데, 등 뒤에서 인기척이 느껴진 것도 같았다.

부엌으로 나가자 엄마가 당연한 듯 말했다.

“일어났어? 밥 먹어라.”

“응.”

잠긴 목소리로 대답하며 숟가락을 잡는데, 뒤에서 또랑또랑한 목소리가 날아왔다. 인기척을 느낀 게 착각이 아니었던 듯, 어느새 일어난 여령이가 내 방문 앞에 서 있었다.

“어디 가?”

옆에서 엄마가 부산스레 말했다. 어머, 여령이도 있었지, 참. 밥 좀 줄까? 그러는 엄마의 옆에서 내가 대답했다.

“학교.”

그리고 내가 ‘넌 안 가도 돼.’ 하고 말하려던 그때, 불쑥 대답이 돌아왔다.

“나도 갈래.”

“뭐?”

어제 부모님들끼리 말씀 나누실 때는 가만히 있더니, 왜 이제 와서? 잠시 당황해서 눈을 깜빡이던 나는 이윽고 결론 내렸다. 설마 그거, 내가 간다고 해서?

아마도 그게 맞는 것 같았다. 어제는 나도 그 학교에 다닌다는 걸 몰랐으니 아무 말 없이 가만히 있었던 거겠지.

잠시 후, 여령이의 의사를 전하자 총알처럼 뛰어나온 여령이네 어머니는 우리 집 현관에 얼굴을 내밀고 신신당부하셨다.

"미안해, 단아. 좀 부탁할게."

"네, 걱정하지 마세요."

나는 열심히 고개를 끄덕였다.

어쩐지 오늘도 어제만큼이나 고단한 하루가 될 것만 같은 예감이 들었다.

* * *

사대천왕과 반여령이 있는 2학년 7반은 입학식 이래로 최대의 호황을 누리고 있었다. 물론 그렇게 된 이유는 하나뿐이었다.

"반여령 선배 기억 잃어버렸다며?"

"그래선지 평소보다 청순해 보여."

"그러게. 눈이 좀 더 슬퍼 보이는 것도 같고……."

여느 때처럼 가만히 있어도 내 귀에 파도처럼 밀려오는 엑스트라들의 대화에, 나는 턱을 괴고 한숨만 푹푹 내쉬었다.

구경꾼들을 7반 복도가 다 수용하지 못해서 옆 반 복도까지 넘치는 바람에, 우리 반 창문도 대부분 사람들로 가려져 바깥이 보이지 않을 지경이었다.

잔뜩 헝클어진 머리칼이 되어 간신히 뒷문을 뚫고 나온 김혜우가 투덜거렸다.

“와, 기억 잃어버렸다는 사람을 굳이 저렇게 못살게 굴고 싶을까? 가만히 두지, 좀.”

그도 아침부터 이어진 고백 퍼레이드를 직접 본 모양이었다.

옆에서 김혜힐이 마찬가지로 까치집이 된 머리칼을 털며 대답했다.

“평소엔 승산이 전혀 없었으니 지금을 노리겠다는 생각도 이해 못 할 건 아닌데, 그러다 기억이 돌아오면 사기 결혼, 아니, 사기 연애밖에 더 되나.”

그렇게 말하며 김혜힐이 바라본 것은 다름 아닌 황시우였다.

안 그래도 내내 신경을 곤두세우고 있었는지, 김 쌍둥이가 돌아올 적부터 그들을 줄곧 주시하던 황시우가 버럭 외쳤다.

“왜, 왜 날 봐?!”

그것도 잠시, 그는 김혜힐이 눈을 가늘게 뜨며 내뱉은 한마디에 깨갱 움츠러들고 말았다.

“지금, 저한테 소리 지르신 거예요?”

“아, 아니…….”

"우리 반이 공평하고 사이좋은 반이 되도록 최선을 다하겠다더니, 지금 제가 좀 쳐다봤다고 소리 지르신 건가요?"

"아니, 나는, 그게……."

학기 초의 패기는 내다 버리고 김혜힐의 조용조용한 말에도 진땀을 뻘뻘 흘리는 황시우를 보자면 예전의 그를 상상하지 못할 지경이었다.

어쩌다 저렇게 됐을까. 이래서 사람은 착하게 살아야 돼. 그런 상념에 빠지던 내게 다시 김혜힐의 목소리가 들려왔다.

"좋아하는 사람이나 몰래 사귀고 있던 사람이 있었을 수도 있잖아."

그러면서 그녀가 고개를 돌려 바라본 것은 다름 아닌 나였다.

나는 재빨리 두 팔을 들어 엑스 자를 그려 보였다.

"몇 번 말한 거지만, 나는 막장 드라마에는 관심 없다."

"글쎄, 너는 없을지라도 반여령은 관심 있을 것 같은데."

"야, 김혜힐! 너 진짜."

내가 울상이 되어 외치자 김혜힐은 장난기 어린 얼굴로 어깨만 으쓱했다.

김혜우가 그런 내 책상 앞에 걸터앉으며 말했다.

"야, 지금 반여령한테 몰려든 게 남자들뿐만이 아니야. 여자애들도 이번 기회에 친해져 보겠다고 엄청 열심히 말

걷고 있어."

"응, 알아. 예상했어."

나는 그제야 평정을 되찾고 태연히 대답했다.

애초에 새 학기마다 반여령에게 모여들던 사람들도 남자뿐인 건 아니었다.

그렇게 모여든 여자애들 중에서는 물론 사대천왕이 목적인 여자들도 있었지만(인터넷 소설이다 보니까), 여령이의 예쁜 얼굴에 호감을 가졌다거나 단순히 친해지고 싶어서 다가온 애들도 많았다.

그리고 김혜우가 다시 말했다.

"너 어쩔 거야. 네 절친 자리 빼앗기면."

그러기가 무섭게 김혜힐이 김혜우의 옆구리를 콱 꼬집었다.

"오빠, 이상한 소리 좀 하지 마. 단이 위치야 당연히 독보적인 거 알잖아. 몇 년을 친구인데."

"지금 그 몇 년간의 기억이 전부 없는 상황인데?"

"아, 오빠."

이어 내게로 고개를 획 돌린 김혜힐이 투덜대듯 말했다.

"왜 이런 헛소리를 그냥 들어 줘? 이러면 자기 말이 진짜인 줄 알아."

그제야 턱을 괴고 있던 손을 떼어 낸 나는 느리게 대답했다.

"오……. 아니……."

"오? 아니?"

김혜힐의 눈썹 끝이 못마땅한 듯 살짝 치켜 올라갔다.

그에 대고 어설프게 웃어 준 내가 대답했다.

"사실은, 음, 그 말이 그리 틀리지는 않을지도 모른다는 생각을 하고 있었는데……."

"뭐?"

김혜힐의 미간이 와락 구겨졌다. 잠시 후 그녀가 내뱉듯 중얼거렸다.

"그럼 너, 지금까지 안 찾아가고 여기서 이러고 죽치고 있던 이유가……."

나는 뒤통수를 긁으며 하하, 웃었다.

"처음부터 다 다시 시작한다고 생각하니까, 어디서부터 시작해야 할지 모르겠더라고."

"무슨."

"뭐랄까, 반여령과 나는 기억도 나지 않는 어린 시절부터 옆에 있었던 사이잖아? 그러다 보니 당연히 친구가 된 거고. 그래서……."

나는 서로 맞붙이고 있던 손가락을 불안한 듯 꼼지락거리며 말했다.

"그때의 나는 여령이 마음에 들었지만, 지금의 나는 여령이 마음에 들까? 우리가 지금도 잘 맞을까? 그런 생각을 하니까, 고민이 좀……."

"너 지금 삽질한다."

내 말을 듣자마자 김혜힐이 고민의 여지도 없다는 듯 쏘아붙였지만, 내 생각은 달랐다.

아니, 일단 그녀의 저 확신은 필시 내가 열네 살 때 있었던 일을 모르기 때문에 나올 수 있는 것이다.

그리고 뒤통수를 긁적인 내가 말을 이었다.

"차라리 기억을 되찾고 난 다음에 다가가야지, 지금 다가갔다가는 괜히 굳은 땅 헤집는 게 되지 않을까?"

"너 그러다 기억 안 돌아오면."

등 뒤에서 갑자기 날아온 목소리는 다름 아닌 윤정인의 것이었다. 나는 뒤를 돌아보았다.

너 언제부터 거기 있었어? 내가 채 묻기도 전에 윤정인이 다시 말했다.

"반여령 기억 계속 안 돌아오면 어떻게 하려고 그러냐?"

"야, 너는 뭐 그렇게 비관적인 말을 하니?"

그렇게 말한 나는 하하 웃으며 손을 내저었다. 그런데 다시 고개를 돌리고 보니, 어쩐지 나를 향해 쏟아지는 시선들이 심상치 않았다.

그 안에 김혜힐과 김혜우의 시선까지 포함된 것을 보고 나서야, 나는 그들이 그런 가능성을 진심으로 걱정하고 있다는 것을 깨달았다.

아니, 보통 기억 상실증은 드라마나 소설 끝나기 직전에는 해결되는 거 아니야? 그냥 남주인공과 여주인공을 이어 주기 위한 장치일 뿐이잖아.

그렇게 생각하던 나는 불쑥 깨달음을 얻었다.

지금 상황으로 보아, 반여령과 은지호가 이어질 확률은 운석 충돌로 지구가 멸망하는 것과 비슷했다. 아니, 어쩌면 지구 멸망 쪽이 좀 더 가능성 높을지도.

그렇다면 반여령의 기억이 돌아올 확률 역시도…….

갑자기 명치에 돌이 얹힌 것처럼 쿵, 하고 무거워지며 내 얼굴에서 핏기가 사라졌다.

잠시 멍하니 앉아 있던 나는 갑자기 그들을 제치며 자리에서 일어났다.

“다, 다들 잠깐 좀 비켜 줄래?”

“야, 잘 생각했다.”

윤정인의 별로 달갑지 않은 응원을 받으며 나는 옆 반으로 척척 걸음을 옮겼다.

7반 앞 복도에는 여전히 사람이 넘쳐났다. 내가 사대천왕이나 주요 인물들만이 가진 모세의 기적 스킬을 가지고 있는 것도 아닌 바, 나는 몰려든 인파를 착실히 몸으로 뚫을 수밖에 없었다.

중간쯤 이르렀을 때는 잠시 고민하기도 했다. 돌아가는 게 낫지 않을까? 이 몰골로 갔다가는 원시인이 인사하러 온 줄 알 거야.

하지만 돌아가기에도 너무 늦어 있었다. 그쯤 되고 나니

나는 관성으로 맨 앞까지 떠밀려 갔다.

하필이면 맨 앞으로 나오자마자 덜컥 시야에 걸린 장면은 여령이가 고백받는 모습이었다.

명찰을 보아 3학년인 것 같았는데, 여령이의 주변에는 사대천왕들이 마치 감시탑처럼 굳건히 서 있었다. 덕분에 이상한 놈들이 수작 부리지 않을 테니 그것만은 다행이었다.

내가 안도의 한숨을 내쉬는 가운데, 3학년 남학생이 잔뜩 붉어진 얼굴로 외쳤다.

"사, 사실 예전부터 널 좋아했어! 원래는 지켜만 보려고 했는데, 기억을 잃었다는 얘기를 듣고……."

그 말을 들은 나는 멀뚱히 고개를 기울이며 생각했다. 도대체 기억을 잃은 거랑 고백하는 것 사이에 어떤 관계가 있지? 내 의문에도 불구하고 남학생은 더듬더듬 말을 이었다.

"기, 기억을 잃어버렸으니까 의지할 대상이 필요하지 않을까 싶어서! 그걸 나로 삼으면 어떨까 하고……."

한편 여령이는 나와 같은 고민에 빠져 있던 모양이었다.

남학생을 골똘히 올려다보던 그녀가 불현듯 '아.' 하고 내뱉더니, 깔끔하게 웃는 얼굴로 말했다.

"제가 왜 그쪽을 의지해야 하는데요?"

"응?"

"그쪽의 믿을 만한 점을 백 자 이내로 서술해 주세요."

여령아, 그런 식으로 묻는다면 대학 면접에서도 아무 말도 안 나오겠다. 나는 생각했고, 그것은 정말로 현실이 되었다.

붉어진 얼굴로 한참이나 어버버하던 남학생은 결국 두 손으로 얼굴을 가리고 교실을 뛰쳐나가 버렸다. 그 모습을 멍청히 보던 나는 즉시 발길을 돌려 교실로 돌아왔다.

김 쌍둥이와 마찬가지로 까치집을 머리에 얹고 돌아오는 내게 반 친구들은 도리어 조바심 내며 물었다.

“어떻게 됐어? 뭐라던?”

“설마 거절당한 거야?”

그렇게 말하면 내가 고백이라도 하러 갔던 것 같잖아.

고개를 내저은 나는 힘없이 대답했다.

“내 믿을 만한 점을 백 자 이내로 생각해 봐…….”

“뭐?”

“얼른.”

그들의 의문 섞인 표정에도 불구하고 나는 도리어 대답을 독촉했다. 그러면서 나는 힘없이 중얼거렸다.

내가 뭘 단단히 착각하고 있었네.

여령이와 다시 친해지기 위해서는 내 마음보다도 자격 검증이 우선이었다.

* * *

그 이후로 쉬는 시간이 될 때마다 옆 반에서 있었던 일에 대한 정보가 실시간으로 날아들었다. 꼭 명절날 실시간 교통 중계라도 듣는 기분이었다.

들려온 소식에 따르면 반여령에게 고백한 사람의 숫자는 아침에만 열한 명, 점심시간이 가까워질 무렵에는 무려 스무 명을 달성했다.

그 말을 듣고 처음에는 헉 소리를 냈던 이민아는 곧 손가락을 접으며 진지하게 계산에 들어갔다.

"스무 명이면 어디 보자, 우리 학교 학생 수가 학년당 300명 정도인데, 그중의 반이 남자라고 치면……. 사백오십 명 중에 이십 명이면 몇 퍼센트야?"

그 옆에 걸터앉은 김혜힐이 무심하게 답했다.

"4퍼센트 정도."

"이야, 기억 못 찾은 채로 한 한 달, 아니지, 2주만 있으면 전교 남학생 고백 다 받겠는데? 그럼 우리 학교 정복인가?"

그런 이민아의 어깨에 윤정인이 자연스레 팔을 올리며 '여친 있는 사람은 빼야지?' 하다가 헤드록을 당했다.

교실에서 좀 그러지 말랬지! 성난 외침을 터트리는 이민아의 뒤에서 김혜힐이 가만히 창밖을 가리켰다.

손짓을 따라 그곳을 돌아본 나는 다음 순간 헉 소리를 내며 창밖으로 고개를 내밀었다. 저게 다 뭐람?

"우리 학교만 정복하는 게 아닐걸."

과연, 김혜힐의 말이 무색해질 정도의 대규모 인파가 학교 주변을 빽빽이 뒤덮고 있었다. 꼭 인류 최후의 생존자들이 학교에 있다는 소식을 듣고 사냥하러 몰려든 좀비들 같은 모습이었다.

그에 잠시 이마를 짚고 있던 나는 중얼거렸다.

"은지호한테 차로 좀 태워 달라고 해야겠다……."

"그래, 그게 낫겠다."

신서현 또한 굳어진 얼굴로 대답했다. 그러고도 우리는 한참 동안 학교 주변에 몰려든 인파를 구경했다. 나 참, 이게 고작 한 사람의 기억 상실증으로 벌어질 규모의 일인가 하며.

마침내 점심시간 종이 울리자, 나는 자리에서 일어났다. 평소에는 우리 반 애들이랑 먹는다지만 오늘은 좀 달라서.

다른 애들도 진즉 알겠다는 눈빛으로 물어 왔다.

"아, 오늘은 여령이랑 먹는 거지?"

"응. 시간 날 때마다 반여령의 추억 여행을 계속하면, 혹시나 기억이 돌아올지도 모르잖아. 아마 당분간은 이래야 할 것 같아."

"그래그래."

수고해라, 힘내. 몇 마디 말이 쏟아지는 것을 들으며 나는 힐끗 반휘혈 쪽을 바라보았다. 반휘혈은 내가 무리에 없어도 괜찮을까?

그의 정체가 밝혀지고서 잠시 분위기가 어색해진 적도 있었지만, 반휘혈이 위치에 따라 태도가 바뀌거나 하는 사람이 아니란 걸 애들도 알게 되자 분위기는 금방 다시 좋아졌다.

때마침 반휘혈이 이쪽으로 다가왔다. 그는 불쑥 제 등 뒤를 가리키며 말했다.

"저기, 오늘은 다른 애들이랑 먹을까 하는데."

"응?"

나는 평소에 반휘혈에게 우호적이던 몇몇 애들이 그곳에 모여 있는 것을 보고 눈을 휘둥그레 떴다. 정세연을 비롯한 중립파 애들이었다.

놀라는 것도 잠시, 나는 흔쾌히 고개를 끄덕였다. 우리가 동의하고 말고 할 게 있나, 먹고 싶은 사람이랑 먹는 거지 뭐.

그러자 반휘혈은 옅게 웃더니 고개를 한 번 끄덕이고는 새로운 친구들 사이로 섞여 들어갔다. 그냥 보기에는 근사한 미소였지만, 여전히 그의 머리 위에 곰의 귀가 보인다고 하면 내 눈의 착시일까.

잠시 눈가를 매만지던 나는 이윽고 돌아서며 말했다.

"그럼 나도 옆 반으로 갈게."

"오냐."

복도로 나와 보니 사대천왕과 반여령은 벌써부터 나와서 기다리고 있었다.

평소와 전혀 다름없는 인원 구성이었지만, 반여령의 기

억이 있고 없고에 따라서 분위기는 완전히 달라졌다.

밥을 먹는 내내 그녀는 거의 말을 하지도, 웃지도 않았다. 대부분의 자리에서 대화를 주도하던 것은 주인이와 반여령이었으니, 분위기는 자연스레 어색해질 수밖에 없었다.

은형이와 은지호가 나름대로 노력해 보긴 했지만, 은지호는 학교에선 말이 많은 편이 못 됐다. 그러고 보면 그가 우리에게나마 말을 많이 하게 된 것도 고작 2, 3년 새의 일이었다는 것을 잊고 있었다.

한참이나 분위기를 전환하려고 시도하던 그가 결국 대타로 찾은 것은 나였다.

"야, 너도 말 좀 해 봐. 아까부터 왜 이렇게 말이 없냐."

그에 수저를 입에 문 나는 퉁명스레 대꾸했다.

"가만있어 봐, 할 말 생각하고 있었으니까."

사실 그의 말대로, 나는 오늘 점심시간 내내 거의 말을 하지 않았다.

내가 먼저 추억 여행을 해야겠다며 합류를 제안해 놓고 정작 말이 없다니, 앞뒤가 맞지 않는다는 것은 나도 잘 알고 있지만.

나는 한숨을 내쉬었다. 하지만 애초에 얘기할 거리가 없는 걸 어떡해?

반여령과 내 추억 대부분은 사대천왕도 함께인데, 기억력이나 상황 묘사력으로는 주인이를 따라갈 수 없으니 그 일들에 대해서는 내가 말할 것이 못 되었다. 그렇다고 둘만의 추억에 대해 설명하자니…….

나는 한숨을 길게 내쉬었다. 열네 살 이전의 반여령과 나에게 어떤 일이 있었는지, 나는 하나도 알지 못했다.

요컨대 기억 상실증 환자 둘이 마주 앉아서 서로의 기억을 되살려 주겠다고 애쓰고 있는 꼴이었다. 그러니 일이 제대로 될 리가 있나…….

내가 환멸 난다는 표정을 지으며 밥을 입안에 꾹꾹 눌러 퍼 담던 그때, 반여령이 돌연 나를 휙 돌아보았다.

그녀의 검고 투명한 눈이 내게로 와 닿자, 심장이 쿵 떨어지는 느낌이 들었다.

기억을 잃기 전에는 햇빛이나 달빛처럼 당연하던 반여령의 시선이, 그녀가 기억을 잃고 나서부터는 거짓말 탐지기라도 되는 것처럼 느껴졌다.

내가 꼭 괴담에서 나오는, 사람을 잡아먹고서 가죽을 뒤집어쓰고 그 사람 행세를 하는 요괴라도 된 것처럼.

내가 잘못된 말 한 번이라도 했다가는, 열네 살 이전 우리의 추억을 내 멋대로 만들어 내기라도 했다가는 당장 반여령에게 걸릴 것만 같았다. 가령 '그거 아닌데.'라거나 '넌 누구야?' 같은 말을 내뱉으며 나를 싸늘하게 쏘아볼 것 같았다.

그랬기에 나는 아무 말도 할 수 없었다. 나는 반여령의 시선을 피해 마주 잡은 손에 힘을 주었다.

그럴 수는 없어.

어쩌면 네 입장에서는 내가 정말 가짜라고 할지라도.

그래도 나는…… 이제 와서 널 잃을 수는 없단 말이야.

* * *

결국, 점심시간이 끝날 때까지도 나는 거의 아무 말도 하지 못했다. 그쯤 되니 사대천왕도 내가 뭔가 이상하다는 것을 알아차린 모양이었다.

교실로 돌아가는 길, 은형이가 내게 조심스럽게 물어 왔다.

"단아, 몸 안 좋은 거 아니야?"

나는 그 즉시 대답했다.

"아니야."

"얼굴색이 창백한데."

나는 어설프게 웃으며 그들을 교실로 밀어 넣고는 내 교실로 들어왔다. 우리가 얘기를 하느라 밥을 느리게 먹은 편이었기 때문에, 대부분의 애들은 이미 자리로 돌아와 있었다.

몇몇 애들이 날 보고 '얼굴색 왜 그래?' 하고 묻는 것을 듣고서야 나는 내 상태가 심각하다는 것을 깨달았다.

밥 먹는 내내 쓸데없는 생각만 했더니, 혹시 체하기라도 했나? 내가 이마를 찡그리며 꽉 막힌 명치를 툭툭 두드리는 사이, 갑자기 바깥에서 소란이 일어났다.

그쪽을 돌아본 내가 물었다.

"뭐지?"

"반여령한테 고백하러 온 애들 아니야?"

"그거랑 뭔가 느낌이 다른데?"

사대천왕이 지나갈 때 못지않은 소란이었다. 무슨 일이지?

잠깐 눈을 휘둥그레 뜨며 서로를 바라본 나와 애들은 후다닥 복도 쪽 창문으로 뛰어갔다.

엑스트라들의 해설이 당연한 듯 복도에 크게 울려 퍼졌다.

"영화부다!"

"연극부도 있어!"

위풍당당한 걸음으로 복도를 가로질러 걷는 열댓 명의 학생들이 보였다.

남학생이며 여학생 할 것 없이 모두 눈에 띄는 외모의 소유자들인 데다, 몸매도 전체적으로 길쭉길쭉하고 날씬해서 꼭 모델 같았다.

맨 앞에 걷던 여학생이 도도하게 머리칼을 쓸어 넘기자, 검은 머리채가 꼭 부채처럼 펴지며 그 주변으로 빛무리 같은 게 은은하게 번졌다.

나는 잠시 눈을 깜빡였다. 잘못 봤나?

어디선가 여학생의 몽롱한 중얼거림이 날아왔다.

"수빈 선배, 오늘도 빛나고 계셔……."

아, 그러니까 방금 그게 착시가 아니란 거지? 심각한 얼굴로 한참이나 눈을 깜빡이던 나는 휙 고개를 돌렸다.

내 옆에 다닥다닥 붙어서 복도에서 펼쳐지는 런웨이를 보고 있는 이들에게 내가 물었다.

"우리 학교에 영화부가 있었어?"

우리 학교에도 여느 고등학교처럼 특별 활동부가 있긴 했지만, 의무 참가가 아닌 데다 거기 참가하면 공부 시간을 많이 뺏기기 때문에 나는 물론이고 특수 전형으로 입학하지 않은 애들은 대부분 가입하지 않았다. 그래선지 특별 활동부에 대한 소식은 축제 때가 아니면 거의 들어 볼 수 없었다.

"있지, 그럼. 작년 축제 때 틀었던 단편 영화는 누가 만든 거였겠어?"

"아, 맞다."

"우리 학교 연극부도 꽤 유명한 걸로 알고 있어."

그 말을 들은 나는 다시 고개를 기웃했다. 그런데 연극부랑 영화부에선 뭐 하러?

아니, 뭐 하러 오긴. 당연히 반여령 캐스팅하러 온 거겠지. 1학년 때는 까였다지만, 기억을 잃어버린 지금은 받아줄지 혹시 알아? 하는 마음으로.

거기까지 생각한 내 표정이 자연히 심각해졌다.

지금도 고백받느라 얘기할 틈이 별로 없어 점심시간을

노려야 할 판인데, 특별 활동이라니. 그러다 갑자기 떠오른 생각에 나는 덜컥 공포심에 사로잡혔다.

만약 반여령이 특별 활동부에서 절친이라도 생겨 버리면, 나와의 관계는 영영 회복되지 않는 거 아니야?

고개를 휘휘 내저어 보았지만, 결국 조바심을 이기지 못한 나는 주춤주춤 복도로 걸어 나갔다.

하지만 쉽지 않았다. 영화부와 연극부라는 어마어마한 이들까지 몰려 있어선지, 7반 앞은 오전의 배는 넘게 붐볐다.

결국 몇 미터도 못 가고 다시 교실로 돌아온 내가 의자에 앉아 거친 숨을 몰아쉬는데, 얼마 안 가 영화부와 연극부가 침울한 표정으로 7반을 나오는 것이 보였다.

그제야 나는 안도의 한숨을 내뱉었다.

"다행이다."

하기는, 기억을 잃고 나서 반여령은 더 단호해지면 단호해졌지 결코 물러지진 않았으니까. 그제야 방금 전 걱정이 기우였다는 것을 깨달은 내 얼굴이 조금 더 펴졌다.

그런 내 옆에서 김혜힐의 작은 중얼거림이 들려왔다.

"그렇게 불안해할 거면 그냥 7반으로 가서 반여령의 두 손을 붙잡고 '나한테는 너뿐이야!'라고 외치기라도 하든지. 그럼 반여령은 아마 당장 넘어와 줄걸."

그녀의 중얼거림을 나는 못 들은 척 애써 넘겼다.

그 뒤에도 당연한 듯 각종 부의 공세가 끊임없이 이어졌다.

쉬는 시간이 될 때마다 원예부나 환경부나 논술부 등등, 하여간 별의별 부서가 다 같이 7반으로 향하는 것을 목격할 수 있었다.

그 광경을 보면서 나는 중얼거렸다. 아니, 아무리 반여령이 만능이라고 해도 그렇지. 저렇게까지 할 일인가…….

그러면서도 나는 아이들이 쉬는 시간마다 복도 쪽 창문으로 가서 각종 부의 릴레이를 구경하는 데 동참했다.

우리 학교에 무슨 부가 있는지 모처럼 알 수 있는 기회이기도 했고, 반여령네 교실에서 축 처져서 돌아오는 학생들을 보는 것도 솔직히 말해서 좀 재미있기도 하고.

그렇게 학교가 마칠 때쯤이 되자 부 릴레이도 거의 다 끝나서, 남은 부는 얼마 되지 않았다. 다른 애들도 손가락을 하나둘 꼽으며 남은 부의 개수를 세고 있었다.

"어느 부서가 안 왔지?"

"축구부, 배구부, 양궁부…… 근데 걔네는 원래 일반 학생 중에선 부원 안 뽑고, 아, 문예부. 문예부만 남았어."

누군가가 그렇게 말하기가 무섭게 한 무리의 학생들이 복도에 모습을 드러냈다. 어딜 봐도 덩치가 체육 하는 학생들 같진 않은 걸 봐선 바로 그 문예부임이 분명했다

그들의 맨 끄트머리에서 고개를 푹 숙이고 따라가고 있는 애를 보며 나는 확신을 굳혔다. 음, 역시 그렇겠지.

5월에도 어울리지 않는 후드를 뒤집어쓴 걸 보니 연약

한 게 틀림없는 데다, 체구를 봐선 거의 중학생이나 다름없…… 거기까지 생각하고 나는 의자를 박차다시피 하며 일어났다.

옆에서 소란이 일어났다.

"단아? 왜 그래?"

의아한 목소리가 들려오는 가운데, 나는 팔에 힘줄이 돋을 정도로 창문틀을 꽉 붙잡고 서서 창문에 닿을 듯 지나가는 여자애를 응시했다.

후드 사이로 흐릿하게 드러난 옆얼굴을 본 순간 확신이 들었다.

저 애다.

유천영네 병원에서 도망치다 나와 부딪치고, 서열전 때 성운 과학 고등학교 체육관 화장실에서 도망치고, 하여간 수상한 순간만 골라 나타나고 또 흔적도 없이 사라졌던 애.

체구가 작을 뿐 눈빛이 중학생 같지 않다는 생각은 했었다. 하지만 설마 우리 학교에 다니고 있을 줄이야.

내가 충격에 빠져 있는 사이, 내 시선을 알아차리지 못한 듯한 그 애는 문예부 학생들과 함께 반여령의 교실 안으로 쏙 사라져 버렸다.

그래, 차라리 잘됐다. 나는 주먹을 움켜쥐며 7반 뒷문으로 다가갔다. 여기에서 잠복하고 있다가, 아무것도 모를 그 애를 기습해서 붙잡는 거야. 그 작전이라면 절대 실패할 리는 없겠지.

신기하게도 교실 안에 있는 게 영화부가 아니라선지, 아니면 내 비장한 각오가 겉으로 드러났는지, 길은 거짓말처럼 쉽게 뚫렸다.

나는 몸을 웅크린 채 창문으로 교실 안을 살짝 들여다보았다.

맨 뒤에서 따라가고 있던 것으로 대강 예상은 했지만 역시 그 애는 1학년인 듯, 뒤에 병풍처럼 빠져 있기만 하고 반여령에게 주로 뭔가를 설명하는 것은 3학년으로 보이는 키 큰 여학생이었다.

반여령은 진지한 태도로 말을 경청하는가 싶었으나 끝내는 고개를 내저었다. 별로 기대하지 않았는지, 키 큰 여학생 또한 대수롭지 않게 고개를 끄덕이곤 돌아섰다.

문예부 학생들이 하나둘 교실을 나서던 그때, 이변이 일어났다. 그때까지도 교실 구석에서, 시선을 받는 일이 익숙지 않은 듯 꼼지락거리던 그 애가 갑자기 앞으로 나섰다. 사람이 바뀌기라도 한 듯 용기 있는 행동이었다.

갑자기 앞으로 다가온 그 애를 여령이는 의아한 듯 올려다보았다. 그 가운데, 여자애가 말했다.

"저기, 악수 한 번만 해 주시면……."

"악수?"

"저, 선배를 존경하고 있거든요. 왜냐하면 선배, 입학하시고 지금까지 한 번도 전교, 아니, 전국 1등을 안 놓치셨으니까…….”

반여령이 동요 없는 목소리로 물었다.

“내 기억엔 없는데?”

“그래도요. 기억이 없어도 선배가 그 일을 하셨다는 건 변치 않으니까요.”

뜻밖에도 반여령은 그 말을 입속으로 곱씹어 보는 듯했다. 그녀가 기억을 잃고 나서는 처음 보는 반응이었다.

주변 사람들이 그녀에게 일반적으로 중요하다고 생각되는 지식들을 알려 줘도 입속으로 곱씹어 보기는커녕, 무심히 머릿속에 입력하고 그것으로 끝이라는 듯 다신 되새기지 않던 그녀였다.

내가 눈을 휘둥그레 뜨고 바라보는 가운데, 마침내 쾌활하게 웃은 반여령이 고개를 끄덕이며 손을 내밀었다.

“그래. 좋아.”

그 순간 내 시선이 후드 쓴 여학생을 향했다가, 반여령을 지나쳐 주인이에게로 향했다. 그는 태연한 얼굴로 반여령과 후드 쓴 여학생을 바라보고 있었다.

문득 그의 표정이 평소와는 다르다는 생각이 들었다. 하지만 어떤 식으로 다른지는 알 수 없었다.

내가 쓸데없이 예민해진 건가? 이 세계에서 나 말고도 이상한 사람을 찾아냈다는 생각 때문에, 온몸의 세포가 날

뛰고 있어서 별거 아닌 사실조차 괜히 확대 해석해서 받아들이는 건가?

다시 고개를 내저은 나는 중얼거렸다. 아니, 틀림없이 그런 거겠지.

그리고 내가 다시 눈앞의 광경에 집중하는 그때였다.

돌연 은지호의 냉기 어린 목소리가 소란을 가르고 꽂혔다.

"너, 손에 들고 있는 거 뭐야?"

그 순간, 악수하기 위해 내밀었던 손을 거둔 여자애가 문을 향해 전속력으로 달음박질쳤다.

하필이면 내가 몸을 숨기고 있던 뒷문이 아니라 앞문 쪽이었다. 교실 안쪽에서 아우성이 들렸다.

"거기 안 서!"

"뭐야, 저 애, 뭐 들고 있던 거야?"

여령아, 손 다쳤어? 줘 봐. 그런 말들이 귀로 쏟아져 들어오는 가운데, 나는 뒤돌아서 반여령의 상태를 살펴야 할지, 여자애를 쫓아야 할지 고민했다.

그때, 불현듯 나를 발견한 반여령이 내 이름을 불렀다.

"단아?"

순간 눈앞에 반투명한 선택지가 떠오른 듯한 착각이 들었다.

[반여령을 위로한다.]

[정체불명의 여학생을 쫓아간다.]

잠시 발만 동동 구르던 나는 결국 휙 소리 나게 돌아섰다.

아무래도 지금은 저쪽이 우선인 것 같았다.

얼마 만에 마주쳤는데! 학교도, 얼굴도 모르다가 이제야 단서를 잡았다. 적어도 이름 정도는 확인해 둬야 했다. 물론 그 손에 든 것이 뭔지에 대해서도.

사람 진짜 많네! 황급히 뒤돌다가 아슬아슬하게 부딪칠 뻔한, 우유 박스를 나르던 학생 두 명에게 사과를 건넨 나는 다시 앞을 보았다.

후드 차림의 여학생은 덩치가 작아서 그런 건지 어떤 건지는 몰라도 다가오는 사람들 사이를 용케 쏙쏙 파고들어 지나고 있었다. 그리고 나는 두 번째로 사람에게 부딪쳐 '죄송합니다'를 연발했다.

머리를 헝클어트리며 나는 짜증을 터트렸다.

"아, 오늘 무슨 수업을 복도에서 하나!"

그러지 않고서야 이렇게 많은 사람들이 한꺼번에 복도에 나올 순 없었다. 그 탓에 후드 쓴 여자애는 점점 멀어져 가고 있었다.

또 이렇게 놓치는 건가? 안 돼, 아직 얼굴 확인도 제대로 못 했는데.

내가 입술을 지그시 깨무는데, 뒤에서 익숙한 목소리가

날아왔다. 동시에 바람처럼 가벼운 손길이 내 어깨를 지그시 누르고 떨어졌다.

"엄마, 교실에 가 있어."

"주인아."

나는 뒤를 돌아보았다. 익숙한 황갈색 눈이 가늘게 접혔다.

"잡는 건 내가 할게."

주인이가 저렇게 말한다는 건 뭔가 생각해 둔 게 있다는 뜻이었다.

나는 주인이가 저 애를 잡아 올 것을 의심치 않았다. 주인이의 비상한 머리를 생각해서도 그랬고, 그와 내가 이 학교에서 추격전을 벌였던 경험을 생각해도 그랬다.

하지만 나는 선뜻 동의하려다 그냥 고개를 내저었다.

주인이의 눈 끝이 살짝 일그러졌다. 그가 조바심치는 얼굴로 내뱉었다.

"왜?"

"이 일 때문이 아니고서도 물어보고 싶은 게 많아서."

"내가 물어볼게."

"그건……."

내가 잠시 말을 멈추자, 그런 내 표정을 살피던 주인이가 곧바로 내뱉었다.

"나한테 못 할 말이야?"

그가 그렇게 단숨에 급소를 꿰뚫을 줄은 몰랐기에, 나는 순간적으로 숨이 막힌 듯한 표정을 지었다.

내 표정을 본 주인이는 작게 한숨을 내쉬며 고개를 돌렸다.

그가 한결 낮아진 목소리로 말했다.

“알았어, 엄마. 같이 쫓자.”

“어, 응. 그런데 주인아…….”

나는 잠시 말하기를 망설였다.

주인이의 반응이 아무래도 평소 같지 않았다.

이상한 일이었다. 주인이는 내가 그에게 뭔가 숨기고 있다는 것을 알아차리면 기분 상한 티를 내기보다는 너그럽게 넘어가 주는 편이었다.

그가 예민한 반응을 보일 때는 오직 내가 숨긴 것이 내 안전과 관련이 있어 보일 때뿐이었다. 하지만 지금은 그런 상황도 아니었다. 그런데 어째서?

더 길게 대화를 나누고 있을 틈은 없었다. 그새 여자애는 벌써 복도 저 끝까지 사라지고 없었다.

주인이가 말했다.

“엄마, 나는 다른 방향으로 갈게.”

“응? 그, 그래.”

“우리 학교에 숨을 곳이 그렇게 많지는 않을 거야.”

그 말만 남긴 주인이가 휙 방향을 꺾어 아래층 계단으로 사라졌다. 잠시 머리를 긁적이다가, 나는 다시 여학생의 뒷모습을 쫓아 달렸다.

* * *

이 계절에 겉옷을 입은 사람은 몇 되지 않아서 후드가 오히려 확실한 지표가 되어 주었다. 아무리 정신없는 와중이라도 후드만 놓치지 않으면 언제든지 다시 쫓아갈 수 있었다.

그러나 한편으로는 저 여자애가 후드를 좀 벗었으면 싶은 생각이 들었다. 그러면 차라리 얼굴이라도 제대로 기억해 둘 수 있을 텐데, 이대로 놓치면 또다시 우연히 마주칠지도 모른다는 희망만으로 하루하루를 살아가야 한다.

다행히도 아래층으로 내려오자, 우리를 장애물처럼 가로막고 있던 인파가 싹 사라졌다.

텅 빈 복도를 보며 여자애가 잠시 당황하는 사이, 나는 본격적으로 속도를 높였다. 점점 가까워지는 발소리에 내 쪽을 돌아보고 기겁한 여자애가 다시 달리기 시작했다.

조금만 더! 그러나 여자애는 잡힐 듯 잡히지 않았다.

훌렁 벗겨진 후드가 약 올리듯 내 앞에서 자꾸만 흔들거렸다. 다급히 후드를 추어올린 여자애가 기어이 계단에서 방향을 꺾었다.

계단 아래로 내려가는 그 애의 등에 대고 내가 소리쳤다.

"결국 한 층 더 가게?!"

제발 우리의 싸움은 이쯤에서 끝내자!

당연한 말이지만 대답은 돌아오지 않았다. 결국 나는 숨을 헐떡이며 아래로 내려가는 수밖에 없었다. 중간에 지쳐서 한 번 미끄러져 떨어질 뻔하는 바람에 속도가 조금 늦어졌다.

마침내 아래층에 도착했을 때 눈에 보이는 사람은 아무도 없었다.

놓쳤나? 나는 가물거리는 시야를 다잡으려 애쓰며 주변을 살폈다. 눈에 보이는 간판은 죄다 방송실, 도서실, 과학실, 과학 준비실뿐. 아하, 특별 활동부가 주로 쓰는 층이로군.

사방은 인기척이 전혀 없이 잠잠하기만 했다. 여러 개의 문 앞에서 발이 묶인 나는, 턱을 쓰다듬으며 생각에 잠겼다.

그 애가 문예부니까 도서실에 가 볼까? 아니, 하지만 그건 너무 뻔하지. 문예부니까 오히려 도서실엔 없을 수도 있다. 더군다나 뒤져 보려면 시간도 오래 걸리고.

그럼 방송실인가? 무작정 방송실 문을 열어젖혔던 나는, 눈을 시퍼렇게 뜬 몇몇 학생들을 마주치고는 흠칫 물러났다.

방금 반여령에게 까였던 영화부 학생들이 한자리에 모여 있었다.

잠시 망설이던 내가 물었다.

"혹시 여기 아무도 안 왔나요?"

"응."

수빈인가 뭔가 하던 여학생이 무슨 당연한 걸 묻냐는 듯 대답했다.

그런데 저 사람, 나보다 위 학년이던가? 잠시 고민하던 나는 꾸벅 고개를 숙였다.

"감사합니다."

그리고 방송실 문을 닫고 나오며 나는 다시 고민에 빠졌다. 도서실은 안 보기로 했으니, 남은 곳은 한 곳인가.

과학 준비실 문을 시원스레 열어젖혔던 나는, 곧장 들어온 광경에 반사적으로 얼굴을 가렸다.

뒤로 한 발자국 물러나며 나는 더듬거렸다.

"어, 그."

망했다.

"죄송합니다."

과학 준비실에선 이름 모를 여학생과 남학생이 진하게 껴안고 입맞춤을 하고 있었다.

와, 우리 학교 한적한 곳에서 종종 이런 일이 벌어진다는 목격담이 돌곤 했지만 직접 본 건 처음인데.

"뭐야!"

"문 닫아, 문!"

곧바로 빗발치는 항의에 나는 고개를 주억거리고는 문을 닫았다. 여기 누구 왔냐고 물어볼 정신조차 들지 않았다.

이윽고 창가에 걸터앉은 나는 한숨을 내뱉으며 머리를 벅벅 긁었다.

“아우, 이거 어떡하냐. 또 놓치게 생겼네.”

마지막으로 등잔 밑이 어둡다는 말을 믿고 도서실 문을 열어 보았으나, 도서실 안은 민망할 정도로 고요했다.

마침 카운터에서 커피를 마시던 사서 선생님이 여기에는 아무도 안 왔다고 증언해 주셨으므로 더 둘러볼 필요도 없었다.

곧장 인사를 한 나는, 도서실을 걸어 나오며 한숨을 푹 내쉬었다.

“휴.”

나는 한숨을 내쉬며 헝클어진 머리카락을 짜증 섞인 손길로 쓸어 넘겼다.

이번에는 정말 코앞이었는데, 거의 다 잡았었는데. 마지막 도박에 실패해서 놓치고 말았다. 나는 방금 추격전을 벌였던 계단 쪽을 바라보았다.

아마 내가 미끄러질 뻔한 것을 추스르느라 느려졌던 사이 한 층 더 내려갔던 거겠지? 그런데 그것도 모르고 바보같이 나는 2층을 쥐 잡듯 뒤지는 데 전념한 거고.

지금 아래층으로 내려가 봐야 이미 꽁무니를 뺀 뒤일 것이다.

문예부에 물어보긴 하겠지만, 과연 문예부 부장이 말하는 내내 말없이 뒤만 지키고 서 있던 그 애가 정말 문예부였을까?

잠시 생각에 잠겨 입술만 꾹 깨물고 있던 나는 또다시 머리카락을 헝클어트렸다. 내가 다시금 신음을 토해 냈다.

"아으으, 어떻게 그걸 놓치냐."

진짜 중요한 사람이었는데.

이 세계에서 상식적으로는 설명되지 않는 능력을 가진 사람. 어쩌면 이 세계에 대한 단서를 줄지도 모르는 사람이었는데.

그렇게 바닥을 뚫어져라 노려보던 내 눈에 문득 낯선 것이 들어왔다. 눈을 가만히 깜빡이다가, 조용히 걸음을 옮긴 나는 그것을 주웠다.

내가 중얼거렸다.

"쪽지?"

그것은 다름 아닌 딱지 모양으로 접힌 쪽지였다.

쪽지를 이런 모양으로 접어 책상 사이로 주고받는 장난이야 초등, 중학생 시절이며 지금까지도 종종 하는 흔한 것이었다.

하지만 보통 읽은 쪽지는 펼쳐져 있기 마련인데, 이 쪽지는 누가 읽어 보지도 않은 듯 형태가 온전했다.

잠시 망설이던 나는 그것을 펼쳐 보았다.

구깃구깃한 지면 위로 적힌 글자를 천천히 훑어본 내가 이마를 찡그렸다.

"뭐야."

[반여령은 기억을 되찾는다.]

누가 이런 걸 쪽지에 적어 둔단 말인가?

더군다나 일상적인 대화에 쓰일 법한 말투로 적힌 것도 아니었다. 그렇다기보다는 명령이나, 혹은 일종의 예언 같았다.

그러다 문득, 교실 바깥에서 들었던 은지호의 말을 떠올린 나는 잠시 멍해졌다.

'너, 손에 들고 있는 거 뭐야?'

복도 건너편을 내다보며 나는 멍하니 내뱉었다.

"……설마."

그 애가 반여령에게 악수하려던 손에 들고 있던 게 이건가?

갑자기 그 애를 둘러싸고 일어났던 불가사의한 일들이 머릿속에 섬광처럼 떠오르며 줄줄이 연결되었다. 망치로 머리를 한 대 얻어맞은 듯 묵직한 충격이 뒤따랐다.

유천영의 아버지와 은형이네 아버지가 약속했다는 듯 동시에 정신을 차렸던 일.

심지어 한 사람은 운전석에 있었고 한 사람은 뒷좌석에 있었으니 당연한 일이겠지만 부상의 정도조차 달랐다. 실제로 수술에 더 많은 시간을 쏟게 만든 것은 유천영네 아버지 쪽이었다.

그런데 그런 두 사람이 약속한 듯 동시에 정신을 차리다니, 그것부터가 말이 안 되는 일이었다.

그리고 반휘혈과 엮여서 가게 됐던 서열전에서 그 애와 마주쳤던 일.

장소가 다르다는 것 때문에, 그 애가 반휘혈을 보러 왔던 것과 그 뒤에 반휘혈의 동생이 갑작스럽게 깨어났던 일을 나는 연결 짓지 못했었다. 방금까지는.

그리고 지금.

나는 다시 내 손안에 있는 쪽지를 바라보았다.

만약 일이 그 애의 계획대로 순조롭게 흘러가서 반여령이 이 쪽지를 들고 있던 그 애와 악수를 했었다면, 대체 무슨 일이 일어났을까?

만약 그 애가 사람들을 가사 상태에서 구해 낸 방법이 이거였다면? 거기까지 생각하자 심장이 미친 듯이 뛰기 시작해서, 나는 도무지 제자리에 가만히 있을 수가 없었다.

마구 욱신거리는 갈비뼈 부근을 천천히 누르면서, 나는 중얼거렸다.

물론 3월 2일마다 세계를 오가는 나 자신도 말이 안 되지만, 그 애가 가진 능력이야말로 정말로 말도 안 되는 거잖아. 누군가의 억지라고밖에 생각할 수 없는 일이다.

반여령이 한 번도 놓치지 않았던 전교 1등이나 이루다의 성장 환경, 우리가 겪었던 납치 사건, 그 외에 있었던 수많은 기적 같은 우연들.

그 모든 것과 마찬가지로, 저 애 역시 이 세계를 만든 누군가의 뜻이라면?

나는 쪽지를 쥔 손을 꽉 움켜쥐었다. 자연스레 쪽지가 내 손안에서 구겨졌다.

내가 낮은 목소리로 중얼거렸다.

"놓쳐선 안 돼."

다음에는 어떤 수를 써서든 잡아야만 해.

* * *

느닷없이 과학 준비실 문을 열어젖혔던 여자애가 나가고 난 뒤, 열렬히 입 맞추던 남학생과 여학생은 거짓말처럼 서로에게서 떨어지며 손등으로 입을 닦았다.

여학생이 책상 아래를 향해 외쳤다.

"이제 됐어! 나와!"

그러자 헝클어진 갈색 머리카락이 책상 뒤에서 불쑥 솟아올랐다. 무심한 손길로 머리칼을 대강 정돈하던 우주인은 문득 제가 기어 나온 책상 밑을 바라보며 물었다.

"나오라는데 뭐 해?"

이윽고 후드를 깊이 눌러쓴 인영이 책상 밑에서 꾸물거

리며 기어 나왔다.

경계심 어린 눈으로 주변을 둘러보면서도 후드를 꽉 붙든 손은 안 놓는 모양새에 우주인의 눈이 가늘어졌다.

그가 툭 던지듯 다시 꺼낸 말에, 여자애는 휘둥그레진 눈으로 그를 돌아보았다.

"어차피 서로 얼굴 아는 사이에 그건 가려서 뭐 해?"

"네? 아……."

그녀가 말문이 막힌 듯 더듬거리는 사이, 싱긋 웃은 우주인이 말을 이었다.

"나는 같은 편 사이에는 신뢰가 중요하다고 생각하거든."

"네?"

"아무리 서로를 믿지 않는 상태에서 맺어진, 임시적인 동맹이라고 해도 말이야."

적보다 무서운 건 명령에 불복하는 부하란 소리도 있잖아. 그만큼 신뢰가 중요하다는 소리지 뭐겠어.

우주인은 기분이 안 좋을 때 도리어 웃는다는 것을 누군가 알려 줬더라면 좋았겠지만, 그런 사람은 아무도 없었다.

그가 손을 뻗어 후드를 훽 벗겨 버리자 여자애는 놀라서 기침을 해 댔다. 그 모습을 가늘어진 눈으로 지켜보던 우주인이 한숨과 함께 다시 입을 열었다.

"그 후드 집업은 좀 버리든가 다른 옷으로 갈아입든가 해. 그렇다고 진짜로 색만 바꿔서 입고 오지 말고, 종류를 좀 다르게 해 봐. 카디건이나 바람막이나.”
“…….”
“애초에 병원 CCTV에 찍히기까지 했으면서 같은 모양 후드를 뻔히 보이게 쓰고 다닌다는 게 말이나 돼? 지금 여기서도 그거 입고 나갈 생각하지 마. 그러다 또 엄마, 아니, 방금 그 사람 마주치기라도 하면 바로 걸리니까. 이 시점부로 그건 버려. 쓰레기통에 넣든가, 찬장 구석에 박아 놓고 나중에 몰래 버리러 오든가 해. 알겠어?”
망설이듯 입술만 달싹이던 그녀는 끝내 한마디 했다.
“……중요한 건데.”
그러자마자 우주인의 눈썹 끝이 한풀 꺾였다. 당장 이마를 짚은 그가 목소리부터 높였다.
“중요한 거면 방에 가만히 모셔 둬야지, 그걸 입고 온갖 수상한 일을 다 벌이고 다녀? 그게 생각 있는 사람이 할 행동이야? 아니…….”
스스로도 말이 좀 거칠어진다 싶었는지, 갑자기 말을 멈춘 그는 고개를 내젓고는 걸음을 옮겼다.
문을 살짝만 열어 바깥을 확인한 우주인이 말했다.
“아무도 없으니까 나와.”
“네.”
“다른 데로 빠지지 말고 이 길로 곧장 양호실로 가. 가서 이름 적고, 시간은 한 시간 전으로 속여서 기록 남기고,

무슨 핑계를 써서라도 한두 시간 누워 있다가 바로 교실로 올라가는 거야. 알았어?"

가까이 다가온 우주인이 소리 죽여 쏘아붙인 말에 여자애는 고개를 끄덕였다. 우주인이 옆으로 비켜서 막고 있던 길을 터 줬다.

"자, 곧장 가."

여자애가 복도로 나가 총총히 사라진 뒤, 아직까지도 어안이 벙벙한 표정으로 앉아 있던 남학생이 입을 열었다.

"너, 정말로 약속한 거 지킬 거지? CCTV 지워 준다고 한 거?"

"네, 제가 거짓말을 왜 하겠어요. 어차피 저희도 여기 숨어 있던 거 걸리면 안 돼서 지워야 해요. 지울 때 같이 지우면 돼요."

그때까지도 열린 문을 보고 있던 남학생은 그제야 고개를 돌리며 다시 물었다.

"야, 그런데 너희 무슨 사이냐? 뭐냐, 너희는 손목 잡고 달리고 좁은 공간에 같이 숨고 할 정도로 가까운 사이도 아니어 보이던데. 우리처럼 사귀는 것도 아니고……."

"CCTV 지워 달라면서요?"

우주인의 한마디에 남학생이 입을 다물었다.

과학 준비실 문을 나서며 우주인이 다시 말했다.

"대신 선배들은 저희에 대한 기억을 지워 주시면 되는

거예요.”

그 말과 함께 문이 탁 닫혔다. 한동안 과학 준비실에는 침묵만이 흘렀다.

잠시 후, 미간에 주름을 잡은 남학생이 기다렸다는 듯 입을 열었다.

“거 엄청 자연스럽게 협박하네. 깡패랑은 영 거리가 멀게 생겨서는 말이야.”

그에 여학생이 고개를 주억거리며 대답했다.

“그러게. 쟤가 원래 저런 성격이던가? 나는 아니라고 알고 있었는데.”

“우리가 싫어서 저러나?”

“아닐걸? 같이 있던 여자애한테도 말 막 하던데.”

“그렇지?”

그리고 그들은 방금 닫힌 문을 보며 일제히 생각에 잠겼다가 마음이라도 통한 듯 동시에 입을 열었다.

“도대체 둘이 무슨 사이인 걸까.”

신경 쓰지 말라고 말했지만, 궁금해지는 것은 어쩔 수가 없었다.

* * *

교실로 돌아가기 전, 반여령과 사대천왕네 반에 잠깐 들렀더니 주인이는 아직 돌아오지 않았다는 대답이 돌아왔다.
중간에서 마주치지 못했는데, 정말 그가 장담했던 대로 잡았을까? 아니면 놓쳤을까?
핸드폰 압수당한 게 이렇게 불편할 줄이야. 혀를 차는 것도 잠시, 나는 문득 나를 보는 여령이의 표정이 전과는 달라졌다는 것을 깨달았다.
돌처럼 단단해진 눈동자에 대고 내가 물었다.
"왜 그래? 어디 안 좋은 데 있어?"
그제야 나는 잊고 있던 질문들을 떠올렸다. 몸을 조금 더 숙인 내가 속에 담아 뒀던 말들을 쏟아 냈다.
"아, 맞아. 아까 많이 안 놀랐어? 이제는 괜찮아?"
반여령은 내 물음이 이어지는 내내 뚱한 표정이었다. 그러다가 그녀가 입을 열어 딱 한마디 했다.
"됐어. 별로 안 궁금하잖아."
그녀의 말에 나는 펄쩍 뛰었다.
"아니야! 안 궁금하다니, 그런 거 아니야. 나는 그냥 범인을 잡는 게 더 급하다고 생각해서."
"됐어. 아까도 나보다 우주인인가 그 애를 더 먼저 찾았잖아."
나는 잠시나마 눈을 크게 뜨며 생각했다.
반여령이 우주인을 '우주인인가 그 애'라고 언급하다니, 놀랄 노 자다. 이거 반여령 기억 돌아오면 꼭 말해 줘야지.

그러나 같은 반 친구들에게서 반여령 기억이 영영 안 돌아올 수도 있다는 가능성이 제기된 바, 나는 지금 당장 내 변호에 주력해야 할 필요가 있었다.

가슴에 손을 얹은 내가 다시 입을 열었다.

"아냐! 진짜 아니야. 내가 널 얼마나 걱정했으면, 어? 우리 반에서 바로 뛰쳐나와서 달려갔겠어. 나도 너 그 애랑 악수할 뻔한 거 처음부터 끝까지 다 복도에서 지켜봤어. 막 사람들한테 치여 가면서."

"그래서 내가 불렀을 때는 뒤도 안 돌아보고 그 애한테 달려갔어?"

아, 망했다. 속으로 읊조리던 나는 내 머리를 감싸 쥐었다. 어째 오늘따라 되는 일이 하나도 없냐?

그때, 주인이가 교실 뒷문으로 들어왔다. 나는 얼굴이 환해져서 그에게로 다가갔다.

"주인아!"

그리고 그에게 바싹 붙은 내가 그에게만 들릴 정도로 작은 목소리로 속삭였다.

"그 애 잡았어?"

"아니, 엄마는?"

조금의 망설임도 없이 돌아온 대답에 나는 김이 빠졌다.

한편으론 그럼 그렇지 싶은 생각도 들었다. 뭐, 주인이가 사냥꾼도 아니고 여기가 밟으면 밟는 대로 흔적이 남는

숲도 아니고, 당연한 일이겠지. 이 좁은 공간에 복작거리고 있는 학생만 천 명이 되는데.

내가 지금까지 주인이의 비상식적인 능력에 적응이 되어 너무 과한 기대를 한 모양이었다. 나는 어깨를 축 늘어뜨리며 대답했다.

"어쩔 수 없지. 나도 못 잡았어."

그러자 주인이가 내 눈을 골똘히 들여다보며 되물었다.

"그래도 뭐 건진 거 없어?"

어쩐지 그의 눈빛이 평소보다 집요하다는 생각이 잠깐 들었지만, 아까 교실에서 느꼈던 예민한 기분의 연장선이겠거니 생각한 나는 대수롭잖게 받아넘겼다.

"아니, 하나도 없어. 얼굴도 못 봤고, 그놈의 후드를 어찌나 목숨같이 사수하던지, 잠깐 벗겨졌다 싶다가도 조금만 얼굴 보일 각도로 가면 또 뒤집어쓰고 있더라고."

"그 외에는? 문예부한테는 물어봤어?"

"이따 찾아가 볼 거긴 한데, 지금 생각해 보니까 걔 문예부 아닐 것 같아. 그렇다기에는 너무 거리를 두고 걷더라고. 진작 의심해 봤어야 했는데."

그러자 주인이는 표정의 변화 없이 고개만 끄덕이며 말했다.

"흐음, 알았어. 그때 같이 가."

거기까지 얘기를 마친 나는 잠시 고민에 빠졌다.

내 한쪽 주머니에는 여전히 아까 복도에서 주웠던 쪽지가 고이 들어 있었다.

이걸 한번 꺼내 봐, 말아? 하지만 내 경우에는 증거라도 있었지, 이건 그럴듯한 증거도 없는 데다 도무지 말도 안 되는 이야기라 선뜻 꺼낼 수가 없었다.

이번에야말로 소설 쓰지 말라 얘기라도 들으면 어떠하지. 나는 더는 살아갈 수 없을 거야.

그러던 나는 주인이가 나를 부르는 소리에 퍼뜩 고개를 들었다.

"엄마?"

"어? 아, 맞다. 그러고 보니까 진짜 중요한 게 있었는데."

주인이의 표정이 조금 바뀌었다.

"뭔데?"

"CCTV."

나는 망설임 없이 대답했다. 주인이의 표정이 잠시 흐트러졌다.

내가 말을 이었다.

"CCTV 계단마다 설치돼 있지? 그런 걸로 아는데. 그리고 위험하거나 비싼 물건들이 모인 몇몇 장소에도 있다고 알고 있거든? 과학실이나 컴퓨터실, 가정 실습실 같은 곳."

"……."

목소리를 더욱 낮춘 내가 손을 모으며 간청했다.

"그거 영상 좀 확인해 주라, 응? 나 진짜 그 애에 대해 꼭 알아야 해서 그래."

잠시 굳어 있는가 싶던 주인이가 이윽고 휙 돌아섰다.

"알았어, 엄마. 가서 한번 부탁해 보자."

"지금?"

"응, 생각난 김에 가야지."

얼른 고개를 끄덕인 나는 주인이를 따라 교실을 나서려다 말고 반여령을 돌아보았다. 그녀의 시선에 깃든 배신감을 보고서야 나는 방금 내가 저지른 실수를 깨달았다.

아차, 내가 오자마자 주인이부터 찾았다고 삐진 애 앞에서 또 주인이가 오자마자 교실을 나가는 모습을 보이다니.

나는 한두 마디 변명이라도 하고 싶어 망설였지만, 주인이는 이미 복도로 나간 뒤였다.

으으. 이마를 감싸 쥐고 고뇌하던 나는 결국 복도로 나서며 중얼거렸다. 용서해라, 반여령.

그러나 그녀의 마지막 표정으로 봐서는 별로 그럴 것 같지는 않았다.

그렇게 찾아가게 된 CCTV실에서는 더욱 황당한 일이 나를 기다리고 있었다.

"……영상이 사라졌다고요?"

절도 사건이나 특수한 경우가 아닌 한 일개 학생들이

CCTV를 요청할 수는 없겠지만, 이 학교 이사장의 친척인 은지호의 이름이 프리패스가 되었다. 그러나 프리패스고 뭐고 영상 자체가 없다고 하니 아무런 쓸모가 없었다.

경비원 아저씨가 당황한 얼굴로 버튼 몇 개를 조작해 보며 말씀하셨다.

"그러게, 나도 학생들이 말해 주기 전까지 몰랐는데……. 이게 고장이 나 있었나 봐."

언제쯤부터 고장 나 있었던 거지? 점심시간부터? 점점 혼잣말이 되어 가는 아저씨의 말을 듣던 내 눈이 가늘어졌다.

1년 365일 멀쩡히 잘 돌아가던 CCTV가 그 시간만 노려서 고장 났다니, 우연이라고 보기는 아무래도 힘든데.

나는 턱밑을 만지작거리며 중얼거렸다.

"이것도 그 애가 '할 수 있는 일'인가? 아니면……."

"할 수 있는 일이라니? 그게 무슨 말이야, 엄마?"

무심코 중얼거리던 나는 옆에서 날아온 주인이의 말에 화들짝 놀랐다.

고개를 든 내가 떨떠름하게 웃었다. '그러게, 방금 내가 무슨 말을 한 걸까?' 하는 표정으로. 물론 주인이는 속아 넘어가 줄 기세가 아니었다.

예리해진 주인이의 눈빛과 길게 마주치고 있으려니 갑자기 위 한구석이 따끔거리기 시작했다. 여령이의 기억 상실증에서부터 시작해 오늘 있었던 사건에 이르기까지, 차곡

차곡 누적되어 온 피로가 이제야 터진 듯한 느낌이었다.

더군다나 평소라면 우리 사이의 완충제가 되어 주었을 주인이까지 이렇듯 날을 잔뜩 세우고 있으니.

내가 엄지를 세워 명치 부근을 꾹꾹 누르자, 그제야 기세를 조금 가라앉힌 주인이가 누그러진 목소리로 말했다.

"미안, 엄마. 추궁할 생각은 아니었어."

"아니야, 괜찮아. 네가 어떤 부분을 짐작했는지 이해는 가."

주인이도 필시 그의 예민한 감각으로 내가 숨기고 있는 정보가 얼마나 대단한 정보인지를 눈치챘을 것이다. 그러니 저렇게 예민하게 나오는 걸 테지.

게다가 주인이의 태도는 내 스트레스에 그야말로 깃털, 아니, 깃털은 아니고 작은 지우개 정도의 무게밖에 실어 주지 않았다. 나머지 사건들이 죄다 너무 크다 보니.

아직도 내 주머니에 있는 쪽지의 존재감을 느끼며 나는 명치를 또 한 번 꾸욱 눌렀다. 참 나, 적는 대로 이루어지는 능력이라니, 말이 되냐고. 데스노트도 아니고.

그렇게 생각하며 잠시 바닥을 보던 내가 고개를 들었다.

"아무튼 우리, 지금은 서로한테 말 못 할 뭔가가 있는 거지? 그 여자애에 대해서. 너도 너대로, 나도 나대로."

"……응."

잠시 망설이던 주인이가 무겁게 고개를 끄덕였다.

나는 한숨 섞인 목소리로 대답했다.

"그럼 서로 말해도 되겠다 싶어질 때까진 넘어가 주기로 하자."

그리고 잠시 망설이다가 나는 덧붙였다.

"……아무것도 아닌 사람 때문에 너랑 예민해지기는 싫어."

우리 사이가 끊어진 다리 같다가 겨우겨우 다시 이어진지 몇 달 안 된 만큼 더더욱 그랬다. 그러자 여전히 망설이던 듯하던 주인이는 결국 고개를 끄덕였다.

그렇게 대화를 마무리 짓고 고개를 돌리자, 경비원 아저씨가 어안이 벙벙한 표정으로 우리 둘을 번갈아 보고 계신 것이 보였다.

그가 얼떨떨한 얼굴로 물었다.

"너희 뭐가 그렇게 심각하니……?"

그에 대고 시끄럽게 해서 죄송하다며 고개를 꾸벅 숙인 우리는 CCTV실을 나왔다.

나오기 직전 주인이가 뭐라고 하는 목소리를 들은 것도 같아 나는 뒤를 돌아보았다. 내가 물었다.

"방금 뭐라고 했어?"

"응?"

주인이가 아까의 언쟁은 상상도 할 수 없을 만큼 산뜻한 얼굴로 고개를 들었다. 잠시 그를 쳐다보다가, 고개를 내저은 나는 다시 걸음을 재촉했다.

한 발을 내디디며 나는 다시 생각했다.

'미안해'란 말을 들은 것 같았는데, 착각인가?

* * *

다음 쉬는 시간에 반여령의 교실로 찾아갔지만 반여령은 만날 수 없었고, 대신 은지호만이 황당한 얼굴로 나를 반겼다.

"야."

문을 열고 나오는 그에게 내가 물었다.

"반여령 얘 어디 갔는데?"

"여자애들이랑 매점 간다고 나갔어."

뭐? 나는 기겁하며 물었다.

"걔 혼자 보내도 괜찮아?"

반여령은 지금 누가 자기랑 친하고 누가 자기를 싫어하는지 구분할 상태도 아닌데! 걱정스러운 내 물음에 은지호가 어깨를 으쓱하며 대답했다.

"애들이 걔한테 가겠냐고 물어본 게 아니라, 걔가 갑자기 애들 붙잡고 가자고 하는 걸 내가 어쩌겠냐. 나가면서 절대 따라오지 말란 눈빛으로 우리 쪽을 보는데."

그리고 은지호는 황당한 듯 말을 이었다.

"그러게, 너 그 타이밍에 왜 우주인이랑 나간 건데? 그 직후에 반여령 표정을 네가 봤어야 했는데. 완전 장난 아니었어."

"으으……."

"그렇게 중요한 문제였냐?"

힐끗 은지호를 바라본 나는 짧게 설명했다.

물론 쪽지에 대한 것은 쏙 빼놓고, 그 여자애가 유천영의 병원에서 본 사람과 동일 인물인지도 모른다는 것과 그 애가 찍혀 있을 CCTV 영상이 싹 사라졌다는 점에 대해.

거기까지 들은 은지호가 팔을 감싸며 말했다.

"그 정도면 정말 괴담 수준인데. 그 수상한 애가 우리 학교 다니고 있었다고? 아무리 봐도 중학생 정도 덩치던데?"

"우리 학교가 그래도 사립이라 보안은 괜찮잖아."

그렇게 말하다 말고 문득 작년에 루다를 쫓아 들어왔던 검은 양복들이나, 학교 안을 자유롭게 활보했던 루카스를 떠올린 나는 말끝을 흐렸다. 아, 그럼 우리 학교 안에서 봤다고 함부로 확신해선 안 되는 거군…….

어깨를 축 늘어트리는 내 앞에서 은지호가 말했다.

"그래, 일단 우리 학년이나 위 학년에선 그런 사람 본 적 없으니까, 있다면 이번 1학년 안에 있겠지. 한번 조사는 해 볼게."

"으응."

"그러니까 너는 이제 다른 거 걱정해 보는 편이 좋겠다."

그렇게 말하며 은지호가 복도 맞은편을 고갯짓했다.

마침 다른 애들과 걸어오던 반여령이 나를 발견하곤 모퉁이 뒤로 후다닥 숨었다. 그 모습을 보고 나는 한숨을 내쉬었다. 아, 나 방금 좀 상처였어.

내 옆에서 그 모습을 잠자코 지켜보던 은지호가 다시 말했다.

“너 반여령이랑 평소에 싸웠을 때 어떻게 풀었냐? 기억을 잃어버렸어도 사람은 같을 거 아니야.”

은지호가 하는 말에 나는 한숨을 흘리듯 웃었다.

“그게…….”

나는 말을 이었다.

“나, 반여령이랑 중학교 때 잠깐 이후로 한 번도 싸워 본 적이 없어서 잘 몰라.”

내가 기억하는 한은.

내가 작게 덧붙인 말에 은지호의 얼굴이 굳어졌다.

결국, 그날 하루가 끝날 때까지 반여령의 모습은 코빼기도 보지 못했다.

혹시나 반여령이 나를 버리고 갔을까 수업이 끝나고 후다닥 가방을 챙겨 나갔던 나는, 복도에 기대선 반여령의 모습을 보고서 안도의 한숨을 내쉬었다.

학교 바깥의 난리를 보고 우리를 태워다 주기로 했던 은지호도 같이 있었다.

그러나 은지호는 여전히 반여령의 경계심을 부추기는 상대일지언정, 그녀의 마음을 편하게 해 주는 상대가 결코 못 되었다.

결국 집으로 가는 차 안은 숙연한 분위기였다. 반여령은 입을 뾰족하게 내민 채 바닥만 보고 있고, 은지호는 창가에 바짝 달라붙어서 반여령에게서 조금이라도 멀리 떨어져 주려고 노력하고(따지고 보면 제 차인데 조금 불쌍했다).

마지막으로 나는 반여령에게 거절당하는 남학생들의 심정을 절절히 느끼며 그녀에게 말 걸 타이밍을 재느라 안절부절못하고 있었다.

창밖을 쳐다보던 내가 종종 '와, 저기 새 카페 생겼네.'라든가, '오, 저기 저 개 엄청 크다.'라든가, 별의별 말을 던져 봤으나 반여령은 전혀 호응해 주지 않았다.

내 말은 천 리 길 낭떠러지에 던져진 돌멩이처럼 아무런 소음도 없이 정적 속으로 사라졌다.

차가 아파트 단지 앞에서 멈추자마자 반여령은 성큼 문을 열더니 은지호에게 '고마워.' 하고 짧은 인사를 남기고는 훌쩍 뒤돌아 떠나 버렸다.

분명 그녀를 따라가야 옳은데도, 나는 왠지 그녀의 묘한 박력에 사로잡혀 묶인 듯 그 자리에 남아 있었다.

잠시 후에 은지호가 나를 돌아보며 말했다.

"너 진짜 화 못 풀어 준다."

자부심과 자존심의 대명사 은지호에게서는 별로 듣고 싶지 않은 말이었다.

내가 가만히 미간을 찌푸리는 가운데, 은지호가 다시 말했다.

"재한테는 원래 길에 대한 기억도 별로 없을 텐데 새 카페 생겼다는 말을 왜 하냐."

"아, 조용히 해 봐."

"개가 큰 건 왜 말하고?"

"아, 좀."

내가 듣다못해 그의 다리를 퍽 차는 시늉을 하자 그가 컥, 소리와 함께 고꾸라졌다.

허리를 숙이느라 드러난 그의 정수리를 빤히 보던 내가 문득 물었다.

"음, 있잖아."

"어?"

그가 고개를 퍼뜩 들었다.

"너랑 주인이랑 싸우면 화해 어떻게 해?"

"안 하는데?"

뭐? 나는 얼굴을 구겼다. 아무리 남자애들 사이라고는 해도 조금 심하게 쿨한 대답이었다.

어깨를 으쓱한 은지호가 말을 이었다.

"뭐, 우리는 주로 누가 잘못하고 누가 잘못 안 한 게 아니라 그냥 성격 차이라서."

"아아."

"뭐랄까, 서로의 성격이 달라서 종종 자연스럽게 마찰이 생기는 거지 서로 상처 입힐 의도는 없었다는 걸 아니까. 그걸 알고 있으니까 그냥 오래 안 끌고 자연스럽게 푸는 거지."

나는 고개를 끄덕였다.

한쪽 눈을 살짝 구기며 웃은 은지호가 말을 이었다.

"애초에 우주인 얘기를 들어서 도움이 되겠냐? 걔가 보통 놈도 아니고."

"아니, 그게 아니라, 사실은……."

잠시 고민하던 나는 결국 말했다.

"……주인이랑 조만간 부딪칠 수도 있겠다는 생각을 했어."

"뭐?"

은지호가 눈에 띄게 놀라는 얼굴을 했다.

그가 다급하게 물었다.

"왜? 너 우주인이랑 한 번도 싸운 적 없잖아."

실제로 그랬다. 나는 대답하는 대신 한숨만 푹 내쉬었다.

모르겠다, 요즘 왜 이러냐. 반여령이랑도 그렇고, 주인이랑도. 아무튼 은지호의 조언이 도움 안 된다는 건 알겠다.

고개를 끄덕인 나는 돌아서며 말했다.

"아무튼, 나중에 보자."

아파트 입구 앞에서 반여령의 인영이 어른거리는 것을 봤기 때문이었다.

뒤도 안 돌아보고 냉큼 가 버리고는 나를 기다려 주다

니, 도대체 어디에 장단을 맞춰야 할지 모를 일이다.

정말 갈수록 어려워지는 것 같아. 걸음을 옮기며 나는 한숨을 내쉬었다. 공부도 그렇고 사람도 그렇고, 고등학교 2학년이 돼서는 더욱더.

보통은 오래 하면 쉬워지기 마련인데, 왜 갈수록 어려워지는 걸까.

내가 아파트 입구에 들어서기가 무섭게 반여령이 냉큼 위로 향하는 버튼을 눌렀다.

엘리베이터가 올라가는 동안 우리는 또 아무런 말도 없었다.

인사하기도 애매한 사이의 동갑내기 이웃들끼리 엘리베이터에서 마주친 것만 같은 불편한 침묵이 흘렀다.

거울이라도 봐야겠다 하며 무심코 고개를 돌렸던 나는 그대로 반여령과 눈이 마주쳤다.

거울 속 반여령의 눈을 물끄러미 보다가, 나는 불쑥 내뱉었다.

"있잖아."

반여령은 여전히 나를 빤히 보았다.

"우리, 여행 갈래?"

"……."

"우리가 중학교 졸업 여행으로 갔던 바다가 있는데, 네가 거기를 진짜 좋아했거든."

아침 여덟 시가 밤처럼 깜깜하던 겨울, 전철을 두 번 갈아타고 버스로 옮겨 탄 끝에 도착했던 겨울 바다가 떠올랐다.

바닷가 절벽 아래로 떠밀려 온 쓰레기와 빙빙 도는 갈매기, 음산하기 짝이 없는 빛깔로 물결치는 바다를 보고서도 '너무 좋아.'라고 말하며 빨개진 코를 찡그리고 웃던 반여령의 모습이 떠올랐다. 그 말이 사실임을 의심할 수 없게 반짝이던 눈동자도.

나는 느리게 말을 이었다.

"……그래서 이번에도 다 같이 가면, 어떨까 하고."

그 당시, 나는 그녀에게 차마 고개를 흔쾌히 끄덕여 주지 못했다.

그때의 나는 그들과 같은 고등학교를 가도 정말 좋을지 속으로 맹렬히 고민하고 있었으니까. 여행에도, 반여령에게도 집중할 만한 형편이 못 됐다.

지금 생각하면 그렇게 심각하게 고민할 필요도 없는 일이었는데. 아직 2년도 안 지난 일임에도 불구하고, 어쩐지 그때의 내가 무척 어린 것처럼 느껴졌다.

그리고 다시 고개를 든 내가 물었다.

"어때?"

만약 이번에 다시 여행을 가게 된다면, 이번에야말로 반여령에게 온전히 집중해야지. 나는 속으로 그렇게 되뇌었다.

무엇보다도 그때의 나는 이들을 '진짜' 사람으로 받아들이지는 않고 있었다. 마음 깊은 곳에서는 아마 그랬을 것이다.

늦었지만 이제라도 만회할 수 있다면. 그런 생각을 하는 나를 반여령은 침묵 속에서 물끄러미 보았다.

그러다 엘리베이터가 땡 소리를 내며 도착하고 나서야, 여령이는 한숨처럼 내뱉었다.

“그래.”

그녀의 대답에 내 얼굴이 환하게 밝아졌다.

우리는 나란히 걸어 복도로 향했다.

“잘 자.”

아직 대낮인데도 그 말을 남긴 반여령이 문 안으로 쏙 들어갔다.

닫힌 문을 바라보면서, 나는 내가 지금까지 얼마나 반여령의 배려에 익숙했는지를 새삼 깨달았다.

내가 집에 들어갈 때까지 지켜보지 않는 반여령의 모습도, 함께 자겠다고 고집부리지 않는 반여령의 모습도 무척 낯설었다.

고작 5월인데도 복도에 홀로 남아 맞는 바람이 차게 느껴졌다.

마치, 겨울 바닷바람을 맞던 졸업 여행의 그날처럼.

제43조. 과거로부터의 메시지(상)

과거로부터의 메시지(상)

토요일, 나는 모처럼 새벽 여섯 시에 눈을 반짝 떴다.

새벽에 일어나는 건 꽤 오랜만이라고 생각하면서 거실로 나와 베란다 밖을 보니, 하늘은 벌써 반 이상이 하얗게 물들어 있었다.

어쩐지 멍한 기분으로 그쪽을 바라보다 화장실로 들어가 씻고 머리에 수건을 돌돌 감고 나오자, 하늘에서 쏟아진 빛이 이제는 집 안까지 환하게 물들이고 있었다.

혼자 부엌을 돌아다니며 어제 먹다 남은 치킨이랑 밥을 꺼내서 대충 식탁을 차리는데, 안방 쪽에서 엄마의 푹 잠긴 목소리가 날아왔다.

"단이니?"

"응."

"오늘 토요일 아니야? 이 시간에 왜……. 아, 여행 간댔지."

그리고 엄마가 다시 물었다. 밥 차려 줘? 나는 고개를 내젓고는 의자를 빼고 자리에 앉았다.

모처럼 새벽 여섯 시에 일어나고 보니 시간이 무척 느리게 흐르는 것처럼 느껴졌다.

짐을 다 싸고도 약속 때까지 시간이 남아돌아서 소파 위에 웅크려 텔레비전을 봤는데, 아침 시간에는 도무지 볼 만한 게 없었다.

대신에 나는 소파 팔걸이를 톡톡 치며 다른 생각에 빠져들었다. 중학교 졸업 여행을 가던 날, 우리 집 거실에 앉아 있던 은지호의 모습이 눈앞에 선명하게 떠올랐다.

아침도 한밤중만 같던 겨울, 아파트 단지 앞에서 은지호와 반여령과 셋이서 무슨 얘기를 하며 웃던 일. 사람이 얼마 없던 전철역 안.

나는 나도 모르게 발을 뻗어 탁자 위에 올려놓았다. 옛날 생각에 빠지자, 안 그래도 느리게 흐르던 시간이 푹 녹아 흘러내리는 듯한 느낌이었다.

그러다 문득 정신을 차리고 보니 옆에 놓아두었던 핸드폰이 정신없이 진동하고 있었다. 시간을 확인한 나는 신음을 내뱉었다. 으악, 어떡해. 벌써 일곱 시 반이잖아?

나는 허겁지겁 전화를 받았다.

"여, 여보세요?"

[단아, 나 너희 집 앞이야.]

“아, 응! 지금 나갈게.”

헐레벌떡 가방을 둘러메고 문을 열자마자 복도에 서 있는 두 사람의 모습이 눈에 들어왔다.

하나는 반여령이었고, 다른 하나는 여단 오빠였다.

여단 오빠는 고3이다 보니 토요일에도 자습이 있어서 오늘도 교복 차림이었다.

당황하여 눈을 깜빡이던 내가 내뱉었다.

“오빠?”

내 부름에 시계를 한 번 힐끗 쳐다본 그가 대답했다.

“데려다줄게.”

“시간 괜찮아? 안 늦겠어?”

그렇게 말하며 당연한 듯 그의 허리에 손을 얹으려다 말고, 나는 흠칫하며 두어 걸음 떨어졌다. 반여령이 수상하다는 눈으로 그런 우리 둘을 바라보고 있었다.

기억을 잃어버린 반여령에게 우리가 사귀고 있다는 사실을 말해도 그녀가 양가 부모님께 숨겨 줄지 어떨지 알 수가 없어서, 우리는 반여령이 기억을 되찾는 그때까지만 사귀지 않는 척하기로 합의를 본 상태였다.

여단 오빠보다도 더 실수를 자주 하는 건 나라서, 솔직히 언제까지 숨길 수 있을지 잘 모르겠다.

여령이의 수상하다는 눈길을 받으며 나와 여단 오빠는

부자연스러울 정도로 멀찍이 떨어져서 걸었다.

통로 양 끝에 붙어서 걷다가 마침내 아파트 바깥으로 빠져나오자, 입구 쪽에 서 있던 은지호가 우리를 발견하고 외쳤다.

"야! 이쪽."

목청 좋게 외치던 그는 여단 오빠를 보더니 곧장 뻣뻣해진 얼굴로 고개를 숙였다.

그는 원래도 여단 오빠를 대하기 어려워했지만, 나와 여단 오빠가 사귀고 나서는 더더욱 어려워했다.

"안녕하세요."

"응, 안녕."

상대가 교장 선생님이라도 놀라는 일이 없는 여단 오빠는 훨씬 편안한 기색으로 은지호의 인사를 받았다.

그리고 그가 한결 낮아진 목소리로 말했다.

"단이랑 여령이, 잘 부탁한다."

"네, 네."

"고마워."

마지막으로 짧게 말한 여단 오빠가 먼저 등을 돌렸다.

그는 떠나기 전 여령이의 머리카락을 당연한 듯 정리해 주고, 헝클어진 내 머리카락도 귀 뒤로 쓸어 넘겨 주었다.

유난스럽지 않은 동작인데도 그의 손끝이 스친 곳마다 옅은 온기가 남았다. 잠깐 눈을 감았다가 다시 뜬 나는 눈으로만 그의 뒷모습을 좇았다.

그러고 나서 뒤를 돌아보자, 어쩐지 반여령과 은지호 둘 다 나를 뚫어져라 쳐다보고 있었다.

괜히 제 발 저린 내가 머쓱해하며 물었다.

"왜?"

"분위기가 이상해."

입을 열자마자 정곡을 찌르는 여령이 때문에 나는 짧게 비틀거렸다. 다행히 그 뒤에 흘러나온 그녀의 말이 '사실 여단 오빠, 너희 오빠 아니야?'라서 그나마 한시름 놨다.

휴. 안도의 한숨을 내쉬는 내 옆에서 그때까지도 나를 뚫어져라 보던 은지호가 불쑥 중얼거렸다.

"그런 표정도 짓는구나."

"뭐?"

내가 무슨 말을 하기도 전에 새삼스럽다는 표정으로 나를 흘긴 그는 갑자기 한참 앞서 걸어가 버렸다.

그제야 여단 오빠와 사귄 뒤로 은지호와 그를 함께 본 것은 이번이 거의 처음이란 것이 떠올랐다.

음, 너무 티 냈나? 조금 민망해져서 뺨을 문지르던 나는 이윽고 빠르게 걸음을 옮겼다.

전철역 벤치에 앉아 있던 주인이가 우리를 보고 손을 흔들었다. 옆에 걸터앉아 있던 은형이도 따라서 우리를 돌아보았다. 유천영만이 드라마 촬영 때문에 불참했다.

은형이가 걸친 진회색 카디건을 보자마자 나는 눈을 크게 떴다.

"와."

그러자 은형이의 입꼬리가 조금 떨렸다.

그는 난감한 듯 웃으며 물었다.

"으응?"

"와, 은형아. 한 번만 돌아봐."

내 갑작스런 요구에 은형이는 영문을 모르겠다는 표정이면서도 일어나 뻣뻣한 동작으로 한 바퀴 돌았다.

그 모습이 웃겨 보였는지, 주인이가 옆에서 작게 웃음을 터트렸다. 그가 물었다.

"엄마, 뭐 하는 거야?"

나는 진지하게 대답했다.

"아니, 은형이 오늘 완전 대학생 같지 않아?"

"오, 그러고 보니."

주인이도 장난기가 동한 모양인지, 그렇게 말하고는 다가와서 은형이의 옷차림을 여기저기 들춰 보기 시작했다.

괜히 카디건 자락도 팔락거리고, 바지 밑단도 들어 보는 우리를 은형이는 난감한 표정으로 '그만해.' 하고 말렸다.

한 발자국 뒤로 물러난 나는 다시 감탄했다. 흰 셔츠에 진회색 카디건, 끝단이 한 단 접힌 데님 진까지. 지나가는 사람을 잡고 물어봐도 열에 열 대학생이라고 할 만한 모습이잖아?

옆의 주인이가 주황색 로고가 들어간 새파란 바람막이를 걸쳐서 그런지 은형이의 어른스러운 분위기가 더더욱 도드라졌다.

시선이 몰리자 당황했는지, 은형이는 붉어진 목덜미를 만지작거리다 말했다.

"우리 여행 가기로 한 걸 깜빡 잊고 세탁기를 돌려서. 천영이 옷 걸치고 왔어."

내가 놀라며 대답했다.

"아, 진짜? 어쩐지 스타일이 다르더라."

"키 차이는 얼마 안 나니까. 그래도 바지는 조금 접어야 하더라."

"아니야, 이거 원래 접어 입는 옷 같은데? 아닌가?"

남자 옷은 잘 모르는 나를 대신해서 은지호와 주인이가 한바탕 토론을 벌이기 시작했다.

그 모습을 지켜보다가, 문득 전철이 도착하는 바람에 나는 그들을 이끌고 황급히 탔다.

봄 햇살은 겨울과는 비교도 안 되게 강렬하고 뜨거웠다. 자리에 앉자마자 나는 좌우로 선크림부터 권했다.

"바를래?"

"너 가방을 왜 들고 왔나 했더니, 들고 온 게 그거였어?"

은지호가 어쩐지 가소롭다는 표정으로 대답했다.

조금 발끈한 내가 대답했다.

"다른 것도 많거든."

"어디, 뭐 갖고 왔나 보자."

그의 말에 나는 군말 없이 가방을 넘겨주었다. 내 가방을 뒤져 보던 그는 이윽고 어이없다는 듯 웃기 시작했다.

"카드 게임을 왜 들고 와. 아니, 할리갈리랑 젠가는 왜 들고 왔냐? 우리 숙소 잡고 노는 것도 아니고 당일치기할 거면서."

나는 조금 작아진 목소리로 답했다.

"그래도 혹시 모르잖아. 카드 게임은 기차에서 할 수도 있고."

"전에 가 봐서 모르냐. 우리 중에 아무도 그거 안 하고 잠만 잔 거."

잠시 바닥만 노려보다가 나는 내놔, 하고는 그에게서 가방을 다시 빼앗았다.

내 가방의 내용물이 재작년 겨울과 똑같다는 것을 은지호가 알려나 모르겠다. 분명히 모르니까 그러는 거겠지만.

잠시 씨근대던 나는 다시 주변을 둘러보았다.

내 양옆에 앉은 것은 주인이와 은지호였고, 반여령은 맞은편에 은형이와 앉아 꾸벅꾸벅 졸고 있었다. 가끔 은형이와 무슨 얘기를 하는 것도 같았는데, 내 쪽에는 전혀 들리지 않았다.

전철 안으로 쏟아지는 햇빛 속에서 은형이와 나란히 앉아 가만가만 얘기를 나누는 반여령의 모습은 그녀가 기억을 잃고 난 이래로 가장 편안해 보였다.

그런데도 왜 그 모습을 지켜보는 내 가슴이 새카맣게 타들어 가는지, 나는 도무지 알 수가 없었다.

분명히 반여령의 혼란스러움을 달래기 위해 여행을 온 건데도, 기억 속 여행과 지금의 여행을 비교해 살펴보며 갈수록 혼란스러워지고 있는 사람은 다름 아닌 나였다.

턱을 괴고 그 광경을 한참이나 바라보다가, 나는 좌석 등받이에 기대어 눈을 감았다.

* * *

"바다다."

불편하게 덜컹거리는 마을버스를 20분 정도 타고 내려서 바다를 본 반여령의 첫마디였다.

순간 들려온 그녀의 목소리가 너무 덤덤한 나머지 내 심장이 덜컹 내려앉았다.

기억을 잃어버렸다고 취향까지 바뀔 수 있나? 가만있자, 며칠 전에 컴퓨터로 밤새워 읽었던 논문들 중에서 그 비슷한 사례를 본 것도 같은데.

그러나 다시 고개를 돌려 바라보자, 반여령의 눈은 기억

속 못지않게 반짝이고 있어서 나는 마음이 놓였다.

겨울에 있던 쓰레기가 봄이라고 사라질 리 없다는 것처럼, 바닷가는 여전히 썰렁하고 더러웠다. 그런데도 여령이는 환히 빛나는 얼굴로 종종걸음으로 바다로 다가갔다.

그제야 긴장한 듯 굳어 있던 나머지 사대천왕의 얼굴도 서서히 펴졌다.

은형이가 가장 먼저 한결 갠 얼굴로 말했다.

"좋아해서 다행이다."

"방학도 아닌데 주말에 이렇게 시간 내서 바다 와 보는 거 처음이다."

옆에서 그렇게 말하는 은지호는 반여령만큼이나 상쾌해 보이는 얼굴이었다.

두 손을 주머니에 집어넣은 그가 반여령이 있는 쪽을 향해 빠른 걸음으로 걸어갔다. 분명히 발이 땅에 닿아 있는데도 몇 센티쯤 둥둥 떠 보이는 듯한 걸음걸이였다.

이어 두 손을 번쩍 치켜든 주인이가 새파란 바람막이 자락을 나풀거리며 황소처럼 돌진했다.

잠시 그 모습을 멀뚱히 지켜보던 나와 은형이는 눈이 마주치자 기다렸다는 듯이 웃음을 터트렸다. 그리고 우리도 바닷가를 향해 한들한들 걸음을 옮겼다.

확실히 봄이라 날씨가 만만해선지, 주말을 이용해 근교로 놀러 나온 가족들이 많은 것 같았다. 겨울과는 비교도 안 되게 사람이 많다 보니 이쪽을 힐긋거리는 시선도 늘었다.

그러거나 말거나, 사대천왕과 반여령은 말도 안 되게 신났다. 내가 얘들 이렇게까지 신난 모습은 최근 몇 달 동안 못 봤는데 싶을 만큼.

바다 앞에 서서 온갖 자세로 사진을 찍어 대는 은지호와 반여령, 주인이를 보고 심지어 몇몇 사람들이 사인을 요청하기까지 했다.

그 모습을 보던 나는 걱정 섞인 목소리로 중얼거렸다.

"저거 사람들이 몰래 안 찍어야 할 텐데."

인터넷에서 카리스마 어쩌구 하는 이름으로 돌아다니는 은지호의 실체가 저렇다는 게 밝혀지면, 분명히 지금보다도 고생하는 건 그일 텐데. 그러나 그의 모습이 너무 즐거워 보이는 나머지 말릴 생각은 들지 않았다.

그러다 또 촬영 버튼을 누르다 말고 나는 생각했다.

원래 이 여행은 반여령이랑 나랑 화해하려고 온 거였는데, 뭔가 좀 바뀌지 않았나?

제안한 건 나인데 신난 건 쟤들이고, 어쩐지 사이가 좋아진 것 같은 건 은지호와 반여령인데…….

내가 심각하게 고찰에 빠지거나 말거나, 바닷바람에 엉망이 된 머리카락을 크게 쓸어 넘긴 은지호가 이쪽으로 걸어오며 외쳤다.

"아, 배고프다! 이제 밥 먹자."

하긴, 내가 봐도 은지호는 바다에 오고서부터 나와 은형이가 소비한 것의 배 이상의 칼로리를 소모한 것 같긴 했다.

그렇게 신나게 뛰어다녔으니 배가 고플 만도 하지. 그런 생각을 하는데, 내 가방 뒤를 죽 당긴 은지호가 불쑥 물었다.

"아, 이 큰 가방에 라면 하나 안 가져왔냐?"

"여행 가는데 김밥도 아니고 라면을 왜 가져와?"

내가 황당해하며 쏘아붙이는 찰나, 옆에서 주인이가 외쳤다.

"오, 라면! 라면 좋아. 우리 전에 왔을 때도 라면 먹었잖아."

"이번에도 먹을래?"

금세 죽이 맞아서 시시덕거리는 은지호와 주인이 옆에서 반여령이 미간을 조금 좁힌 채 중얼거렸다.

"라면? 어디에서?"

내가 그녀에게 목소리를 낮춰 속삭였다.

"전에는 그냥 길에서 먹었거든."

"겨울이었다며……? 바람 다 맞고?"

미심쩍은 듯 대답하는 반여령의 뒤에서 은지호가 대답했다.

"원래 라면은 추운 데서 찬바람 맞으면서 먹어야 맛있는 거야."

도무지 재벌 2세답지 않은 소리를 내놓은 그는 우주인과 어깨동무를 하더니 발길을 돌렸다. 정확히 우리가 전에 컵라면을 샀던 대형 편의점이 있는 쪽을 향해서였다.

그들을 황당한 얼굴로 보던 내가 소리 높여 외쳤다.

"그치만 지금은 겨울도 아닌데?!"

그러나 은지호와 주인이는 괜찮다는 듯 손만 휘휘 흔들더니 이윽고 멀리 가 버렸다.

그쪽을 보던 은형이가 말없이 어깨만 들었다 내리며 웃었다. 그가 덧붙였다.

"먹고 싶다는데 어쩌겠어?"

결국, 두 번째 여행에서도 우리의 점심은 라면으로 대체될 모양이었다. 나는 작게 한숨을 내쉬었다.

가난한 학생 지갑 사정으론 다행이다 싶으면서도, 또 한편으론 진짜 이대로 괜찮나 싶은데…….

그러나 반여령은 별 불만이 없어 보였다. 그녀는 바다만 있으면 아무래도 좋다는 듯, 바다 쪽으로 시선을 고정하고 있었다.

아무래도 더 산책하고 싶은 모양인데. 그녀의 뒤통수를 빤히 보던 나는 은형이를 툭툭 치고는 속삭였다.

"은형아, 나 여령이 데리고 잠깐 둘만 다녀와도 될까? 어차피 주인이 고르는 데 시간 또 오래 걸릴 테니까."

"아, 응. 다녀와."

은형이가 흔쾌히 고개를 끄덕였다.

그런 그에게 나는 걱정스런 목소리로 덧붙였다.

"멀리서 지켜보다가 이상한 사람이 우리한테 온다 싶으

면, 바로 와 줄 수 있어? 아무래도 전의 일이 좀…….”

“걱정 마. 잘 지켜볼게.”

은형이가 믿음직스러운 목소리로 말했다.

그제야 마음이 놓인 나는 여령이의 등 뒤로 다가가 그녀의 어깨를 살짝 쳤다.

놀란 듯 나를 돌아본 여령이가 이윽고 환히 웃었다.

전혀 예상치 못한 타이밍에 튀어나온 그 미소에 가슴이 철렁했다. 하마터면 그녀가 기억을 잃지 않았다고 순간 착각할 뻔했다.

그러나 그것은 순전히 바다의 마력이었던 듯, 여령이는 금세 경계심 섞인 얼굴로 돌아왔다. 그녀가 떨떠름하게 물었다.

“왜?”

“아, 그게, 우리 애들 올 동안 잠깐 산책 다녀올래? 너, 바다 더 가까이서 보고 싶은 것 같아서.”

잠깐 생각에 잠기는 듯하던 여령이는 이윽고 손을 내밀어 내 손을 불쑥 잡았다.

그녀가 내 손을 잡아당겨 손깍지를 끼는 것을 보며, 나는 또다시 낯선 기분을 느꼈다. 마치 어린 시절에 친해지고 싶었지만 멀리서 지켜만 보던 애가 갑자기 내 어깨에 기대거나 손을 잡았을 때처럼, 가슴이 작게 울렁대는 기분.

여령이에게 이런 기분을 느낄 이유는 어디에도 없는데. 내가 조금 우울해져서 눈을 내리까는 사이, 그녀가 다시 내 손을 잡아당겼다.

"얼른 가자."

"아, 응."

그제야 정신을 차린 나는 그녀를 따라 후다닥 걸음을 옮겼다.

유난히 걸음이 빠른 그녀와 속도를 맞추느라고 몇 번쯤 발이 꼬여 가며 도착한 곳은, 언젠가 여령이와 나란히 매달려 바다를 내다보았던 난간 앞이었다.

바다를 향해 푹 들어온 이 길에는 유난히 많은 관광객들이 몰려 있었다. 그들의 시선은 난간 위에 두 손을 얹고 검은 머리카락을 휘날리며 서 있는 여령이에게 한 번 향했다가 그대로 떨어지지 못했다.

그러다 여령이가 나부끼는 검은 머리카락을 손으로 대강 모아 묶으며 내뱉은 말에 나는 움찔했다.

"너무 좋아."

나는 놀라서 휘둥그레진 눈으로 그녀를 쳐다보았다. 어쩌면 기억을 잃었음에도 예전과 똑같은 말을 할 수 있는 걸까?

한편으론 다른 생각도 들었다. 사람은 같은데 어째서 우리는 더 이상 맞물리지 못하고 헛돌기만 하는 것처럼 느껴지는 건지. 더 이상 손 내밀어 더듬어도 아무것도 잡히지 않는 느낌이 드는 건지.

그렇게 생각하자 반여령의 손이 빠져나간 손안이 무척

허전해졌다. 괜히 바람막이 주머니를 뒤적거리던 내 손에 뭔가가 불쑥 잡혔다.

무심코 그것을 꺼내 본 나는 탄성을 내뱉었다.

"아."

이게 여기 있었네.

그것은 다름 아닌 정체불명의 여자애가 복도에 떨어뜨리고 간 쪽지였다. 아니, 물론 이 쪽지가 정말 그 애의 것인지 아닌지는 아직 확실치 않지만.

그때 일을 떠올리고 또다시 잠시 상념에 잠기려던 나는 금세 고개를 털어 내 버렸다.

아니야, 이런 건 나중에 생각해도 되잖아. 나는 지금 반여령과 여행을 온 참이라고. 이번 여행에서만큼은 다른 생각 안 하고 그녀에게 온전히 집중하기로 했잖아.

게다가, 온전히 눈앞에 닥친 일들만 생각하기에도 힘에 부치는데……. 그렇게 중얼거리던 나는 문득 고개를 들어 시야 정면을 보았다.

코앞에서 새파랗게 빛나는 바다가 눈부셨다. 내 머리카락을 거세게 밀어 올리는 바닷바람처럼, 사납게 휘몰아치는 겨울 파도처럼, 그것들이 여러 상념으로 복잡한 내 머릿속도 한바탕 쓸어 내 줬으면 싶었다.

그러다 여령이가 부르는 소리에 나는 퍼뜩 고개를 돌렸다.

"무슨 생각 해?"

돌아본 곳에서는 여령이의 검은 눈이 바다만큼이나 눈부시게 반짝이고 있었다. 그 모습이 오래전 기억 속의 일을 상기시켰다.

나는 입을 한동안 달싹이다가 가만히 닫고 말았다.

이상한 일이었다.

그 물음에 원래는 분명히 대충 둘러댈 생각이었다.

여령이가 기억을 잃어버리고부터 늘 그러하듯, 어린애를 물가에서 떼어 놓는 것처럼 위험한 부분은 전혀 건드리지 않은 채.

그런데 대답을 구하는 듯 나를 바라보는 여령이의 눈을 본 순간, 내가 지난 여행 때는 그녀의 그런 눈빛을 일부러 외면했다는 사실이 떠올랐다.

'또 나를 두고 어디론가 가 버릴 거야?'라든가, '왜 자꾸만 다른 생각을 하는 거야?'라고 묻는 듯한 그녀의 눈을 보면서도 나는 아무 말도 하지 않았다.

그 기억을 떠올린 순간, 나는 뭔가에 사로잡힌 것처럼 말을 꺼내고야 말았다.

"작년 일."

"작년?"

"작년에, 너랑 같이 여기 왔을 때……."

그런데 그때였다. 내가 아직 무슨 말을 하지도 않았는데, 여령이가 갑자기 무언가에 찔린 듯한 표정을 지으며 내 팔을 뿌리쳤다.

나는 당황하며 손을 뻗었다.

"여, 여령아?"

"나라고……."

잠시 입술을 꽉 깨물었던 그녀가 다시 말했다.

"나라고 좋아서 기억을 잃어버린 건 아니야."

나는 당황하며 생각했다. 이런, 어쩌다가 그런 결론에 도달한 거지?

아무래도 반여령은 내가 현재의 그녀와 기억 속의 그녀를 비교하고 있다고 오해한 것이 분명했다. 그뿐만 아니라, 내가 나에 대해 아무것도 기억하지 못하는 지금의 그녀를 싫어하고 있다고.

내 변명을 다 듣기도 전에 반여령은 성큼 몸을 돌렸다. 나는 떠나려는 그녀의 팔을 다급히 붙잡으며 외쳤다.

"여령아! 아니야, 무슨 생각을 하는지는 알겠지만 오해야……."

그러나 그녀는 이미 내게서 완전히 마음이 떠난 듯, 차가운 눈으로 나를 힐끗 보더니 망설임 없이 성큼성큼 걸음을 옮겼다.

황급히 그녀를 뒤쫓아 가며 내가 다시 말했다.

"가지 말고 잠시만 내 말 좀 들어 봐, 여령아. 제발……."

그제야 반여령이 걸음을 멈추었다. 내가 숨을 헐떡이는 가운데, 마침내 돌아선 그녀가 나를 똑바로 마주 보았다.

이때를 놓칠세라 나는 그녀의 두 손을 꼭 붙잡았다. 그러자 붙잡힌 손을 내려다본 그녀가 묘한 표정을 지었다.

아차, 붙잡은 힘이 너무 셌나? 손의 힘을 조금 뺀 나는 다시 말을 이었다.

“알겠어, 반여령? 난 기억을 잃어버린 걸로 널 싫어한다거나 할 수 없어. 왜냐하면…….”

내 머릿속을 점령한 생각은 반여령을 설득해야 한다는 것, 오직 하나뿐이었다. 그녀가 더는 내게서 멀어지게 해서는 안 된다는 생각.

그리고 한편으로는 이런 생각도 어렴풋이 들었다.

어쩌면, 지금까지 내내 숨겨 온 비밀을 말하기에 지금이 적기일지도 몰라. 반여령도 나처럼 기억을 잃어버린 지금이, 내가 그 사실을 밝히기에 가장 좋은 기회일지도.

여령이의 긴장된 시선이 내리꽂히는 가운데, 나는 마침내 순순히 털어놓았다.

“왜냐하면, 기억을 잃어버린 건 나도…… 마찬가지니까.”

한동안 믿기지 않는다는 듯한 침묵이 흘렀다.

회색 바다에서 몰아닥친 바람이 우리 둘의 머리카락을 헝클어트리고 텅 빈 하늘을 휘돌았다.

그 가운데, 한동안 나를 망연히 바라보던 반여령이 마침내 되물었다.

“그게…… 무슨 소리야?”

마른침을 삼킨 내가 순순히 대답했다.
"방금 말한 그대로야. 나도…… 기억을 잃어버린 적이 있어. 아직 돌아오지 않았고."
"도대체 언제부터? 어떤 기억을?"
그렇게 묻는 반여령의 목소리에 혼란이 가득한 것에 나는 잠시나마 당황했다.
엄밀히 말하자면 반여령은 지금 그때의 나와 비슷한 일을 겪고 있는 게 아닌가? 그러니 내 말에 대한 반응으로 그녀가 보여야 할 것은 혼란이 아니라 안도감일 텐데. 그녀가 겪고 있는 일이 그녀에게만 벌어진 일이 아니라는 깨달음도.
애초에 그럴 거라고 생각했기 때문에 나도 사실을 털어놓을 결심을 한 거였는데. 내가 당황하며 그녀의 얼굴을 빤히 보는 가운데, 그녀가 다시 물었다.
"언제? 도대체 언제 그랬던 건데?"
뭔가 이상하다는 생각이 들었지만, 기껏 꺼낸 말을 여기에서 멈출 수도 없었다. 게다가 그녀의 표정을 보아하니 농담이나 거짓말이라고 둘러댈 상황도 아니었다.
결국, 나는 주저하며 말을 이었다.
"열네 살 때, 정확히 우리가 중학교 입학하던 날."
"……."
"그해 3월 2일."
그녀의 눈치를 보며 슬금슬금 대답하던 내게 다시 날카

로운 물음이 꽂혔다.

"어떤 기억을 잃어버린 건데?"

그렇게 묻는 반여령의 목소리가 꼭 금방이라도 울 것처럼 들려서 나는 다시 의아해졌다. 그게 지금 너한테 그렇게 중요해?

어차피 내가 무슨 기억을 잃어버렸든, 지금 그것을 기억 못 하는 것은 그녀 역시 마찬가지 아닌가. 그런데 왜, 마치 내가 말하면 알기라도 할 것처럼…….

그렇게 생각하면서도 나는 순순히 털어놓았다.

"그 전까지의 모든……."

그러자 또다시 침묵이 찾아왔다. 회색 바람이 우리 둘의 머리카락을 다시금 거세게 휘날렸다.

마치 바람이 내 머릿속을 같이 헝클기라도 한 것처럼, 나는 잠시나마 어지러워졌다.

그리고 내가 말을 맺었다.

"……너와, 너희 집에 대한 기억들."

"……."

여전히 혼란이 가득한 얼굴의 그녀에게 나는 말을 이었다.

"알겠지? 내가 네가 기억을 잃어버렸다는 등의 이유로 너를 싫어할 수 없는 이유는 이래서야."

"……."

"내가 걱정했던 건 오히려 기억을 잃어버린 네가 더는

나를 좋아해 주지 않을까 봐서였어. 난…….”

차라리 고해하는 듯한 기분으로 내가 말을 맺었다.

“난, 우리가 친구가 된 과정에 대한 기억이 없으니까.”

“어떻게…….”

내가 들은 여령이의 첫말이었다.

나는 고개를 들었다.

그녀의 목소리에 섞인 격한 감정에 나는 다시금 의구심이 들었다. 기억을 잃은 반여령이 이런 일에 저토록 격한 감정을 드러내는 것이 과연 가능한 일일까?

그러다 온갖 감정이 파도처럼 넘실대는 반여령의 검은 눈을 보고, 나는 직감했다.

그녀는 지금 기억을 잃은 상태가 아니야.

내가 그 사실을 깨달은 그 순간, 반여령이 다시 입을 열었다.

“어떻게 그걸 지금까지 말 안 했을 수가 있어?”

“여령아, 너—”

나는 잔뜩 떨리는 눈으로 입을 열었다. 그러나 내 말보다도 여령이의 말이 더 빨랐다.

“나에 대한 기억을 전부 잃어버렸었다고? 그것도 중학교 입학하기 전날에? 그럼 단이 네가, 그날 아침에 날 놀란 눈으로 보던 이유가…….”

이제 여령이의 목소리는 거의 울먹거리고 있었다.

내가 겨우 말을 맺었다.

"너, 기억 돌아왔구나."

그때 불현듯 내 머릿속에 스치고 지나가는 생각이 있었다. 나는 반여령의 손을 움켜쥐고 있던 내 두 손을 천천히 떼어 냈다.

손바닥 안에 고스란히 남아 있는 것을 나는 복잡한 눈빛으로 바라보았다.

그것은 내가 방금 주머니에서 끄집어낸 종이쪽지였다.

하필 내가 이것을 쥔 손으로 반여령과 접촉한 직후, 거짓말처럼 그녀의 기억이 돌아온 것에 대해서 나는 어떻게 받아들여야 할까?

나는 그만 손을 들어 이마를 부술 듯 감싸고 말았다.

결국 내 상상과 비약이 버무려진 엉터리 같은 추리가 정확히 맞아떨어진 셈이었다. 하지만 이건 정말이지, 말도…….

그런 내 혼란과 별개로 시간은 매정하게 흘러갔다. 여전한 침묵 속에서, 여령이는 불쑥 팔을 들어 어느새 붉어진 눈가를 문질러 닦아 냈다.

그리고 그녀가 다시 말을 꺼냈다.

"그럼 3년 전 네가 나를 모르는 사람 대하듯이 어색해했던 것도, 갑자기 내게서 멀어지려고 했던 것도, 전부…… 그것 때문이었어?"

"아……."

달리 할 말이 없었기에, 나는 자그마한 신음밖에 토할 수가 없었다.

그런 내게 반여령의 원망 섞인 눈초리가 내리꽂혔다.

"어떻게…… 그걸 나한테 지금까지 숨길 수가 있어?"

바다를 등지고 서 있었기 때문에, 나는 반여령의 등 뒤에서 편의점을 나오는 은지호와 주인이의 모습을 잘 볼 수 있었다.

그들은 은형이와 합류하더니 모여서 이쪽을 보며 수군거리기 시작했다. 아무래도 우리 사이의 분위기가 심상치 않다는 것을 그들도 알아챈 모양이었다.

망연자실하니 서 있는 내 귓가에 다시 여령이의 울음 섞인 목소리가 꽂혔다.

"내가 기억을 잃어버리지 않았으면, 그랬으면 너 평생 말 안 했을 거야? 그냥 그때는 잠깐 우리한테 안 좋았던 시절이라고, 내가 그렇게 생각하게 하고는 넘어갔을 거야?"

투명한 구슬 같은 물방울을 계속 쏟아 내는 반여령의 눈을 마주하자 내 머릿속은 그대로 멈춰 버렸다. 신화 속 메두사의 눈을 마주친 것처럼 온몸이 돌처럼 딱딱하게 굳기 시작했다.

나는 물론 '아니.'라고 간단히 대답할 수 있었다.

하지만 그 대답이 거짓말이라는 것은 내가 제일 잘 알았다.

만약 반여령이 기억을 잃지 않았다면, 그녀에게 평생 이 사실에 대해 말하지 않았을 거냐고?

아마도 그랬겠지.

차라리 올해 한 번 저쪽 세계로 돌아가지 않았더라면 언젠가는 이 일에 대해 말했을지도 몰랐다.

하지만 다시 건너갔던 그 세계에서, 나는 결국 이 세계가 책 속이라는 증거를 찾아내고야 말았다. 이로써 나는 책 바깥세상의 사람이고, 이들은 책 속 사람이라는 것이 확실히 증명된 셈이다.

반여령과 사대천왕은 내게 있어 세계가 바뀌는 날이 3월 2일이란 것을 알고 있다.

거기에 더해 내가 기억을 잃어버린 것 또한 3월 2일이라는 사실까지 밝힌다면, 과연 그 두 일의 연관성을 의심하는 사람이 아무도 없을까?

이미 힌트는 충분히 제공했다.

생각이 별로 없었고 언제든 원래대로 돌아갈 수 있으리라 믿었던 중학 시절, 무심히 흘렸던 몇 마디 말들조차 영민한 그들의 머릿속에는 아직도 남아 있을 것이다.

그러다 결국 그들이 3월 2일이 '원래 이 세계에 살던 내가 다른 세계로 끌려가는 날'이 아니라, 사실은 '다른 세계에서 넘어왔던 내가 원래 세계로 돌아가는 날'이란 것을 알아채 버리기라도 한다면?

그렇게 해서 반여령이 아는 함단이와 지금의 나는 같은

모습과 이름을 갖고 있을 뿐, 완전히 다른 존재란 것을 한 사람이라도 눈치채게 된다면?

생각만 해도 등골이 오싹해지는 기분이었다. 그래서 결코 기억을 잃은 것에 대해서만은 말하지 않으리라고, 그렇게 다짐했는데.

지금 내게 주어진 선택지는 두 가지였다.

하나는 내가 반여령이 알던 함단이와 다른 사람임을 밝히는 것. 그러니 엄밀히 말하자면 나는 기억을 잃어버린 게 아니라 아예 다른 사람인 거라고 해명하는 것.

그게 아니라면, 차라리 단호하게 아니라고 못을 박거나.

그러나 그것 역시 결국엔 거짓말 위에 거짓말로 도배하는 것이고, 내가 내 숨통을 막는 일이었다.

도대체 내가 이 모든 짓을 언제까지 견뎌 낼 수 있을까?

언제까지?

나는 눈을 질끈 감았다.

그 누군가가, 가령 신이나 작가가 그 자신의 농간으로 나를 이 세계에 보낸 거라면 지금 한 번만큼은 나를 빼내 주었으면 싶었다.

이미 쓴 글을 종이나 모니터 위에서 지우듯, 이미 찍어 낸 책이라면 페이지 한 장을 찢어 내듯, 그렇게 나를 이 상황에서 꺼내 주었으면 싶었다.

그러나 눈앞이 새하얘질 만큼 오랫동안 눈을 감았다가

떠 보아도 달라지는 것은 없었다.

여전히 반여령은 눈물 젖은 눈으로 나를 향해 해명을 요구하는 눈빛을 보내고 있었고, 멀리서는 마침내 상의를 마친 은지호와 주인이, 은형이가 우리를 향해 막 걸음을 떼고 있었다.

주변 사람들은 우리를 보고 수군거리고, 멀리서 갈매기가 나를 조롱하듯 빙빙 돌았다.

철썩, 발밑 어디쯤에선가 파도가 벽에 부딪쳐 거세게 부서지는 소리와, 뺨에 부딪치는 바람마저 고통스러울 만큼 생생했다.

내가 두 번째로 눈을 감았다 뜰 때 즈음, 마침내 여령이의 목소리가 다시 날아왔다.

놀랄 만큼 낮은 목소리였다.

"내가 하루 종일 네 곁을 맴돌고 눈치 보던 날들이 너한테는 그런 무게였어?"

나는 여전히 아무런 대답도 할 수 없었다.

"내가 너한테 어떻게 사과하지, 내일은 꼭 말을 걸어 봐야지, 무슨 말로 시작하지, 매일 밤을 고민으로 지새우던 날들이…… 아무튼 잘 넘겼으니 그냥 묻고 넘어가면 되는 일이야?"

"……."

"나는, 내가, 얼마나, 너를……."

말을 잇던 반여령은 기어이 두 손에 얼굴을 파묻고 흐느꼈다.

방금까지는 반여령이 아무 말도 하지 말아 줬으면 싶었는데, 막상 그녀가 말없이 울기 시작하자 전보다도 배는 고통스러워졌다. 마치 누가 내 머리와 심장을 쥐어짜는 것만 같았다.

그때, 팽팽하던 침묵을 뚫고 은지호의 목소리가 날아왔다.

"왜들 그래."

"아……."

이어 반여령의 상태를 확인한 은지호는 놀라서 물었다.

"너 울어? 뭐야, 왜……."

주인이와 은형이 또한 놀란 얼굴로 이쪽으로 다가왔다.

그들은 울고 있는 여령이를 보았다가, 또 고개 숙인 채 침묵하는 나를 보았다가, 한참이나 우리 둘을 번갈아 보며 어쩔 줄을 몰랐다.

그 가운데, 얼굴을 가리고 있던 두 손을 훌쩍 내린 반여령이 마침내 선언했다. 잔뜩 열이 오른 얼굴이었다.

"미안한데, 나…… 집에 갈래."

* * *

무슨 정신으로 집에 들어왔는지 모르겠다. 돌아오는 기차에서도, 또 전철에서도 한 번도 주변을 살핀 기억이 없다.

낯선 곳에서는 고개를 들고 이곳저곳을 살펴보며 맞게 가고 있나 신경을 곤두세우는 게 당연한데, 마치 불투명한 막에 갇힌 듯 아무것도 보이지 않았다.

앞사람의 등을 무작정 따라갔고, 때로는 내가 길을 놓치면 누군가의 손이 불쑥 다가와서 내 손목을 잡고 이끌었다.

내가 고맙다는 말을 했나 모르겠다. 사실 그게 누구였는지도 기억이 안 났다. 때로는 은지호였고, 때로는 주인이였고, 가끔은 은형이였을 텐데.

아무튼 확실한 건 그중에 반여령은 없었다.

반여령은 돌아가는 길 내내 한 번도 내 곁으로 오지 않았다. 아파트로 들어가는 동안에도.

방에 돌아와 무거운 가방을 내팽개치듯 내려놓은 다음에야, 내가 방금 여행을 다녀왔다는 것이 기억이 났다.

학교 다니는 가방에 그대로 짐을 싸서 다녀왔기 때문에 당장 내용물을 정리해야 할 텐데, 도저히 그럴 엄두가 안 났다.

가방 안을 확인하면 여행 다녀왔다는 게 실감이 날 것 같아서. 차라리 방금 있던 일 모두를 꿈이라 치부하고 넘어가고 싶었다.

한참이나 멍하니 있던 나는 천천히 침대에 기대어 주저앉았다. 지금까지도 내 머릿속을 가득 채우고 있는 것은 반여령의 우는 얼굴뿐이었다.

일전에 그녀가 내 앞에서 울었을 때, 그것은 나 때문에 운 것이 아니라 나를 위해 운 것이었다. 그 둘의 차이가 얼마나 큰 것이었는지, 나는 지금에야 절절히 깨닫고 있었다.

가만히 있던 나는 툭 내뱉었다.

"왜 아무 말도 못 했을까?"

분명히 무슨 변명이든 할 수 있었을 텐데.

아니……. 나는 고개를 내저었다. 사실을 거짓으로 뒤덮는 것조차 이젠 지쳐서.

도대체 어떻게 해야 우리 둘 중 아무도 상처받지 않고 그 상황에서 벗어날 수 있었을까?

기억을 잃고 불안해하던 반여령을 달래 주고 싶었는데, 그래서 꺼냈던 얘기가 도리어 그녀를 더한 불안과 혼란 속으로 밀어 넣었다.

그렇다고 그녀가 요구한 진실을 털어놓자니, 그녀에게 내가 그녀가 알던 사람과 완전히 다른 사람이란 사실을 밝히라고? 그거야말로 반여령을 지금보다 더한 충격에 몰아넣을 텐데.

그렇게 생각하다 말고, 나는 또다시 고개를 저었다.

아니, 아니지.

사실 내가 지금 정말로 두려워하고 있는 건, 반여령이 상처받는 것이 아니야. 내가 정말로 두려워하고 있는 것은,

반여령이 그 사실을 알고 나를 내치는 것…….

그녀가 나를 마치 자기 친구의 껍데기를 뒤집어쓰고 본인인 양 행세하던 사기꾼이나, 괴물 보듯 바라본다면 나는……. 그렇게 생각하며 나는 이불을 꽉 움켜쥐었다.

아무리 돌이켜 생각해 봐도 그 상황에 내가 할 수 있었던 최선이 무엇이었는지 알 수가 없었다. 그냥, 기억을 잃었다고 말을 꺼냈던 것 자체가 지독한 실수였다는 생각밖에는.

그러다 나는 갑자기 자리에서 벌떡 일어났다.

나는 아무 책이나 책장에서 꺼내 페이지를 거꾸로 넘겨 보았다. 몇 분 동안이나 의미 없이 그 짓을 반복하고 나서야, 그래서는 아무것도 바뀌지 않는다는 것을 깨달은 나는 다시 책들을 대충 던져 놓았다.

그리고 다시 침대에 풀썩 누운 내가 중얼거렸다.

"그렇지, 책 속이 아니니까."

이 세계는 책 속일지언정 나는 지금 책 바깥에 있지 않으니까. 페이지를 멋대로 넘길 수도, 되넘길 수도, 하다못해 찢어 낼 수도 없는 거지.

그리고 나는 다시 중얼거렸다. 하지만, 그렇다면…….

"여기가 책 속이란 걸 내게 왜 알게 한 걸까?"

왜 하필이면 내가 이들을 더는 책 속 인물이라고 생각하지 않으려던 때에, 마음껏 사랑하려고 했을 때. 그때 내게 그 사실을 알게 한 걸까?

진작 알았다면 진작 사랑하는 것을 그만뒀을 텐데.

몰랐다면 차라리 마음 편히 계속 사랑할 수라도 있었을 텐데.

내가 놓인 이 상황 자체가, 균형 감각을 잃어버린 나에 대한 징벌처럼 느껴졌다.

* * *

도대체 언제 잠들었던 걸까. 침대 위에 얼굴을 파묻고 곤히 엎드려 있던 나는, 바깥에서 들리는 초인종 소리에 잠에서 깼다.

오늘 엄마 아빠는 늦게 들어오신댔는데, 대체 누구지? 그렇게 생각하며 인터폰 버튼을 눌러 현관문 바깥을 내다본 나는 잠시 침묵했다.

그 자리에는 다름 아닌 여령이가 초조한 얼굴로 서 있었다.

화면 너머의 나를 보기라도 한 듯이 그녀가 말했다.

[얘기 좀 해.]

나 못지않게 초조하고 피곤해 보이는 그녀의 얼굴을 멍하니 보던 나는 결국 문을 열었다.

아무 말 없이 현관으로 들어온 여령이가 신발을 벗었다.

한동안 거실에는 정적만이 감돌았다.

솔직히 말해 의외였다. 여령이가 서럽게 우는 모습을 보며, 나는 어쩌면 우리가 앞으로 고등학교 졸업할 때까지도 모르는 사이로 지낼 수 있겠구나, 하는 생각까지 했었는데.

그런데 채 하루도 안 지나서 이렇게 선뜻 찾아와 줄 줄이야.

내가 소파에 걸터앉아 탁자 밑을 잠자코 내려다보고 있는 사이, 나와 나란히 앉아 있던 여령이가 가만히 입을 열었다.

흠칫 놀란 나는 고개를 돌려 그쪽을 바라보았다.

"네가 중학교 입학하기 이전의 나에 대한 기억이 없다고 하니까, 입학 바로 직전에 있었던 일에 대해서도 모르고 있겠다는 생각이 들어서……. 그래서 찾아왔어."

"어, 응?"

영문을 몰라 하던 내 얼굴은 이어진 그녀의 말에 싸하게 굳어졌다.

"우리가 싸웠던 일 말이야."

나는 망연히 뇌까렸다. 아, 그랬지. 그 일이 있었지.

그 주제는 여단 오빠나 여령이네 부모님과 우리 부모님, 우리를 오랫동안 알아 온 사람에게서 끊임없이 끌려 나온 주제였다.

그러나 나는 그때마다 애써 얼버무리거나 화제를 돌렸다. 그도 그럴 게, 내가 기억도 없는 일에 대해 왈가왈부할 수는 없으니.

여령이 또한 그 얘기가 나올 때마다 나의 뜻에 따르는 것처럼, 얼굴을 굳히거나 애써 말을 돌리거나 했다. 그래서 나는 그녀가 직접 그 일을 꺼낼 것이라고는 상상도 못 했다.

내가 침묵 속에서 기다리는 가운데, 주먹을 꾹 쥐었다 편 여령이가 다시 말했다.

"일단은 미안해. 아까 화낸 거……."

엥? 갑자기 이 판국에 사과가 왜 나오는지 모르겠네.

나는 당황해서 뒷목을 긁적이며 대답했다.

"아, 아니야. 그게 왜."

바닷가에서의 일은 확실히 나라도 화날 만한 상황이었다.

친구가 갑자기 태도가 이상해지고 자기를 피해서 자기가 무슨 잘못을 했나 며칠 동안 고심하고 전전긍긍했는데, 사실은 그게 다른 이유도 아니고 기억을 잃어버려서였다니.

심지어 사이가 회복되고 나서도 그것에 대해 조금도 말해 주지 않다니.

게다가 반여령과 나의 경우에는 사이가 소원해졌던 기간이 며칠도 아닌 몇 달이었다. 막 중학교 입학해서 새로운 환경에 대한 적응이 필요한 시기에, 안정감을 주어야 할 단짝의 갑작스러운 태도 변화.

다시 생각해도 상황부터 타이밍까지 공교롭게 겹쳤군.

내가 한숨을 내쉬기가 무섭게 반여령이 다시 말했다.

"네가 기억을 잃어버린 게…… 내 탓일지도 모른다는 생각이 뒤늦게 들었어."

"뭐……?"

잠시 침묵이 흘렀다. 이윽고 손가락을 들어 나를 가리킨 내가 말했다.

"나도 뭐 교통사고 같은 걸 당했는데, 내가 하도 멀쩡히 걸어 다니니까 네가 그대로 잊어버렸던 거야?"

반여령의 경우를 봐서는 충분히 가능성 있는 일이었다.

그러자 반여령은 작게 고개를 내저었다.

"아니……. 그런 건 아니지만."

그러더니 반여령은 또다시 복잡해진 표정으로 입을 다물었다. 나는 그런 그녀를 우두커니 응시했다.

뭘까? 내가 기억을 잃어버린 게 자기 탓일지도 모른다니.

외부적인 충격에 의한 게 아니라면 남아 있는 요인은 심리적인 충격뿐이다.

그렇다면 반여령은 내가 그녀와 싸웠던 게 나한테 그 정도의 심리적 충격을 줄 일이었다고 생각하는 걸까? 도대체 얼마나 심하게 싸웠기에?

내가 그렇게 생각하는 사이, 반여령이 다시 입을 열었다.

"일단 들어 줘. 아마 듣다 보면 생각이 날지도 몰라."

나는 일단 고개를 끄덕였다. 그러면서 나는 속으로만 잠자코 중얼거렸다.

글쎄, 아마도 그렇지는 않을걸…….

겉모습과 이름이 똑같다고는 해도, 나와 과거의 함단이

두 사람이 완전히 다른 사람이란 것은 내가 제일 잘 알았다.

아무리 똑똑한 사람이라고 한들 책 한 번 펴 보지 않은 시험을 잘 볼 수는 없는 것처럼, 남에게 있던 일을 듣는다고 내 기억이 되살아날 리 없다.

남의 얘기가 너무 생생하거나 공감 가는 나머지 내게 있었던 일처럼 느껴지는 일은 종종 있어도, 그건 어디까지나 착각에 불과한 것과 마찬가지로.

반여령의 무거운 표정을 보며 나는 잠시 고민했다. 역시 그녀의 얘기를 들어 주기보다는, 그냥 그녀의 손을 잡고 '옛날에 너랑 나랑 얼마나 심하게 싸웠든 간에, 이제 그런 건 아무런 상관도 없어.' 하고 말하는 편이 낫지 않을까?

아니, 하지만 그래서는 반여령은 나와 제대로 화해를 한 건지, 내가 기억을 잃어버려서 어영부영 넘어간 건지 알지 못한 채 계속 불안한 기분을 안고 살아가야 할 것이다.

더군다나 가족들 사이에서도 계속 얘기가 나오는 일인데, 나 혼자만 깨끗하게 잊어버렸다고 하면 수상해 보일게 분명하니까.

그래, 언젠가는 넘어야 할 산이었다.

나는 결국 한숨을 내쉬고는 자세를 고쳐 앉았다.

그때까지만 해도 이어질 얘기가 별로 심각한 것일 거라고는 생각지 않았다.

우리들 기억이란 게 다 그렇지 않나. 어렸을 때는 세상

중요한 일처럼 보이던 것이 크고 봐서는 도대체 왜 그런 걸로 싸웠나 싶을 만큼 어이없고 얼굴이 화끈거리는 것들뿐이다.

가령 아이스크림 두 개 중에 큰 것을 누가 먹을 것인가, 세발자전거 뒤에 누가 탈 것인가 하는 그런 문제들.

열세 살이었으니 그것보다는 심각한 문제였겠지만, 그래봐야 어린애들 싸움을 벗어나지 못했겠지.

그때 마침내 숨을 추스른 여령이가 입을 열었다.

"너무 오래된 일이고, 또 너랑 화해하고 나서는 나도 일부러 생각하지 않고 있던 일이라서 내 기억이 틀렸을 수도 있어."

"괜찮아, 별로 중요한 거 아니야. 편하게 말해."

나는 거리낌 없이 대답했다. 뭐, 어린애들 싸움인 데다 남의 기억이라고 생각하니 더욱 긴장이 안 되기도 하고.

그러자 입술만 몇 번 달싹이던 여령이가 다시 입을 열었다.

"너도 알겠지만 우리는 거의 태어나면서부터 이웃집이었어. 우리 엄마 아빠는 신혼집이 여기였고, 너희 집은 원래는 너희 큰삼촌께서 사시던 집이었다고 들었어. 그래서 전부터 교류는 있었는데, 큰삼촌께서 이사 가시면서 너희 가족한테 집을 파셔서 옆집이 된 거라고. 그리고 얼마 안 가서 네가 태어났고. 그래서 우리는 거의 친남매처럼 자랐지. 나랑, 너랑, 여단 오빠."

"응. 그건 나도 알아."

나는 고개를 끄덕이며 대답했다. 그러다 문득, 내가 아는 원래 세계의 가정사와 이 세계의 가정사를 비교해 볼 생각은 한 번도 하지 않았다는 것을 깨달았다.

하지만 반여령과 사대천왕의 존재 빼고는 다른 점이 없는데, 비교할 필요가 있을까?

그러나 얼마 안 가 나는 깨달을 수 있었다.

때로는 한 사람의 존재가 성격 형성에 있어 무척 큰 영향을 미치기도 한다는 것을.

어린 시절 대부분의 시간을, 어쩌면 부모님보다도 더 많은 시간을 함께 보낸 사람이 나를 얼마만큼 바꿀 수 있는지를.

"어렸을 때 너는 되게 차분한 성격이었어."

"차분했다고? 내가?"

나는 으레 어른이 좋은 말로 칭찬할 때나 내보이는 머쓱한 웃음을 짓다가, 반여령의 표정을 보고서야 그녀가 나를 칭찬하기 위해 그런 말을 꺼낸 것이 아니란 것을 깨달았다.

하긴, 지금은 명절도 아니고 덕담을 주고받을 이유는 어디에도 없거니와 그럴 상황도 아니었다.

내가 할 말을 잃은 가운데, 반여령이 말을 이었다.

"차분하고, 당당하고, 할 말 다 하는 성격. 활발한 편이 아니라서 평소에 주도적으로 뭘 이끌거나 하진 않아도 다들 무슨 일이 생기면 너부터 찾았거든. 네가 제일 똑 부러지게 대처할 줄 아니까.”

“말도 안 돼.”

나는 다시 한번 손을 내저었다. 내 어린 시절로 말하자면, 그야말로 내향성의 끝이었다.

하필 이 아파트에는 내 또래 애들이라고는 얼마 없었고, 그마저도 따로 묶여 그룹 과외를 했다.

상대적으로 그럴 여력이 안 되었던 건지, 굳이 사교육에 뜻이 없었던 건지는 모르겠지만 우리 엄마는 그런 곳에 나를 보내지 않았고, 따라서 나는 자연스레 겉돌게 되었다.

친척들은 대체로 아래 지방에 포진해 있었으니 쉽게 찾아갈 거리는 아니었고, 그러다 보니 평소에 교류하는 또래 친척들도 없었던 나는 자연스레 말수가 적은 아이로 자랐다. 외동이라 더욱더 그랬는지도 모른다.

나는 낯가림이 심했고, 앞으로 나서야 하거나 주목받을 기회가 있으면 오히려 뒤로 숨었다. 다른 애들이 즐기거나 뽐내듯이 앞으로 나설 때 나는 오히려 등 돌려 도망치곤 했다.

학부모들에게서는 ‘너희 엄마는 참 편하시겠다.’ 같은 얘기를 종종 들었지만, ‘애답지 않다.’거나 ‘귀염성이 없다.’는 얘기 역시 그만큼 많이 들었다. 실제로 다른 애들이 놀이터에서 땀 흘리며 뛰놀고 있을 때, 나는 대체로 책을 뒤적였다.

초등학생이 되고, 성격이 웬만큼 활발해져서 애들과 원만히 어울리게 되고 나서도 나는 밖에 나가는 것보다는 혼자서 책 읽는 것을 좋아했다.

부르면 대체로 빠지지 않고 나가거나, 주기적으로 시끌벅적한 자리에 가는 것도 따지고 보면 내 외롭던 어린 시절에 대한 반작용에 불과할 것이다. 일종의 피해 의식 같은 것.

그때, 여령이가 다시 말했다.

"어쩌면 나 때문에 그랬는지도 몰라. 나, 지금은 기억이 없지만 어렸을 때는 거의 벽만 보고 있거나 했대. 무슨 말을 물어도 한참 있다 대답하고. 바깥 말이 아예 안 들리는 건 아닌데, 머릿속에 생각이 너무 많았다나 봐."

"뭐?"

여령이의 어린 시절에 대한 얘기야말로 나는 처음 듣는 소리였다.

나는 눈이 튀어나올 듯 놀랐다. 반여령의 어린 시절이라면 당연히 소설 속 여주인공들 특유의 천진하고 사랑스러운 여자애를 생각했는데.

여령이는 말을 잇다 말고 눈을 내리깔았다.

"어쩌면, 그래서 네가 그렇게 어른스러운 성격이 됐는지도 몰라. 나는 무슨 말을 들어도, 뭘 시켜도 대개 아무 말도 안 하고 고개만 푹 숙이고 있었으니까. 그때마다 네가 내 손을 잡고 앞으로 나섰거든."

그녀는 빈손을 몇 번 쥐었다 폈다.

"모르겠어. 왜 그랬는지는 기억이 잘 안 나는데, 그냥 내 대부분의 기억은 네가 내 손을 잡고 앞으로 나서서 대신 뭘 말하는 기억이야. '여령이 아프대요.' 하고 핑계 대고 날 데리고 도망친다든지, '여령이가 하기 싫대요.'라고 말한다든지."

그거야말로 어린 시절 나로서는 상상조차 할 수 없는 모습이었다.

나는 잠시 멍해져서 여령이를 바라보았다. 지금 이 순간, 반여령은 분명히 내 눈앞에 있는데도 어쩐지 오래된 필름 속에 있는 것처럼 낡아 보였다.

나는 비로소 기억을 잃어버렸다는 내 말에 여령이가 왜 그렇게나 크게 반응했는지 알 수 있었다.

반여령에 대한 기억을 잃어버린다는 것은, 내 지난 삶에 대한 기억 대부분을 잃어버린다는 것과 같았다. 내가 안다고 생각했던 '또 다른 나'의 과거에 대해, 나는 실제로는 눈곱만큼도 몰랐던 셈이다.

반여령은 내 기억을 이루고 있는 무수히 많은 퍼즐 조각 중 하나가 아니라, 퍼즐 판 그 자체였다. 존재가 없으면 모든 조각이 어그러지고 마는.

여령이가 다시 얘기를 시작했다.

"아직도 기억나. 초등학교 학예회 날이었는데, 하필이면 너희 부모님이랑 우리 부모님 모두 못 오셨었거든."

"으응."

나는 멍하니 고개만 끄덕였다.

"그때 나는 연극에서 공주를 맡았었어. 내가 하겠다고 한 건 아니었고, 공주 대사가 제일 많았는데 날짜가 촉박해서 다 외우는 애들이 몇 없었거든. 나는 작년에도 잘하는 걸 봤으니까, 올해에도 믿고 맡긴 거였지."

나는 다시 고개를 끄덕였다.

내가 어렸을 때는 못 해 봤다는 일종의 피해 의식에서 이런저런 행사에 참여했다면, 여령이의 경우에는 체념 어린 태도에 가까웠다. 어렸을 때부터 잘한다는 이유로 이것저것 부림을 당하다 보니, 나서는 일에 익숙해진 것이 뻔히 보였다.

실제로 지금도 여령이는 그럴 기미만 보이면 내 팔을 잡고 여기서 나가자고 졸라 대고는 했다.

여령이가 다시 말했다.

"그런데 학예회 끝나고 우리 반 여자애들 학부모가 찾아와서 나한테 그랬거든. 작년에도 올해에도 주인공 했으니까, 내년에는 한 번 양보해 달라고. 아무리 공주가 하고 싶어도 친구들 마음도 생각해 달라면서."

그렇게 말하던 그녀의 입가에 옅은 미소가 떠올랐다.

내가 의아해하는 가운데, 갑자기 고개를 들어 나를 바라본 그녀가 말했다.

"그때 네가 딱 나타나서 내 손을 잡으면서 그랬어. 꼭 네가 내 언니인 것처럼……."

바로 그때였다. 전혀 모르는 얘기라고 생각하며 듣고 있었는데 그 순간, 갑자기 눈앞이 어그러지며 장면이 바뀌었다.

천장에 색색의 작은 국기들이 걸린 드높은 강당, 바닥에 흩어진 색종이 조각들. 반쯤 찢어진 채 나뒹구는 금색 응원 술.

어린애들 대부분이 한 손에는 꽃을, 한 손에는 어른들의 손을 잡고 서 있는 그곳에서 나와 반여령만이 갈 곳 없는 미아들처럼 서로의 손을 잡고 멀뚱히 서 있었다.

어안이 벙벙해질 정도로 생생한 장면이었다. 그리고 나는 잠시 눈을 깜빡였다.

아니, 하지만 왜? 그 기억이 내게 있을 리 없는데. 그럼 이건 남의 얘기를 듣고 비슷한 기억을 떠올리는 일에 불과한 것일까? 하기야, 학예회 기억쯤이야 대한민국에서 초등학교를 졸업한 애들에게는 모두 있다.

그렇게 생각하기가 무섭게 귓가에서 목소리가 들렸다. 동굴 속에서 말하듯 웡웡 울리는 목소리였다.

'그래, 음……. 한솔이 말을 듣자 하니, 이번에 한솔이가 백설공주를 하고 싶다고 너한테 그렇게 부탁을 했다면서? 제발 좀 역할을 양보해 달라고.'

'그건…….'

'음, 작년 연극에서도 주인공을 했다던데. 아줌마가 나쁜 말 하려는 건 아니고, 작년에도 했고 올해도 했으니까 내년에는 한 번 양보해 줬으면 좋겠어. 다른 아이들도 공주 역할을 해 봐야지. 아무리 공주가 하고 싶어도, 친구들도 생각해 줘야 하지 않겠니? 한솔이가 집에 와서 어찌나 울던지.'

낯선 여자의 목소리.

전혀 들어 본 일이 없는 목소리라고 생각했지만 대답하는 목소리는 분명 여령이의 것이었다. 지금보다 조금 더 어리고 가는 그 목소리는 가끔 떨리고 있었다.

그리고 그때, 불쑥 끼어드는 내 목소리.

'아줌마, 아저씨. 한솔이가 뭐라고 했는데요?'

'뭐?'

'한솔이가 아줌마랑 아저씨한테 어떻게 말을 했길래 여령이한테 그러세요? 한쪽 말만 듣고 여령이한테 막 그렇게 타이르듯이 얘기하시는 건 좀 아닌 것 같은데요. 원래 이런 건 양쪽 말을 다 들어 봐야 한댔어요.'

어린애라고는 믿기지 않을 정도로 똑 부러지는 말이었다. 방금 여령이가 어린 시절 나에 대해 했던 묘사와 조금도 다르지 않았다.

나는 잠시 당황했다. 그럼 설마, 이게 이 세계의 내 기억이라는 거야? 하지만 어떻게? 그때의 나와 지금의 나는 분명히 다른 사람일 텐데.

그때 다시 말소리가 들려왔다.

'얘, 아줌마가 너희들 친구 한솔이네 엄마인데, 너희들한테 뭐라고 말도 못 하니?'

'방금 여령이한테 꼭, 여령이가 잘못한 것처럼 말하셨잖아요. 한솔이가 계속 부탁했는데 여령이가 양보 안 한 것처럼.'

'아줌마가 틀린 말 했니?'

'네, 틀린 말인데요. 여령이가 계속 선생님한테 자기는 안 한다고 말했는데, 선생님이 여령이가 제일 대사 빨리 외우고 안 틀리니까 연습 시간이 줄어든다고 억지로 하라고 시켰어요. 그게 반 애들 모두한테 좋을 거라고.'

그리고 또 울 듯한 여령이의 목소리.

'미안해, 한솔아. 다음부터는 내가 꼭 양보할게. 절대로 공주 안 할게.'

'……정말?'

'응. 정말.'

'그래.'

조금 더 정신을 집중하자, 기억 속에서 내게 말하는 남녀의 얼굴이며 한솔이라는 여자애의 얼굴까지 선명히 보일 듯했다.

그리고 나는 다시 현실로 돌아왔다. 잠깐 미간을 찡그리고 있다가 나는 입을 열었다.

"한솔이?"

여령이가 말을 하다 말고 놀란 얼굴로 대답했다.

"아, 맞아. 그런 이름이었어."

하긴, 내 기억력으로도 기억하고 있을 정도면 반여령이 잊었을 리는 당연히 없었다.

그러더니 반여령은 놀라고도 조금 기쁜 듯한 얼굴로 '혹시 기억나는 거 있어?' 하고 물어 왔다.

나는 여전히 미간을 좁힌 채 고개를 흔들었다. 이 무섭도록 생생한 환상을 내 기억이라고 말하기엔 걸리는 것이 너무 많았다. 애초에 내게는 이 기억이 있을 수 없는데…….

그러다 내 눈앞에 문득 다시 펼쳐지는 장면이 있었다. 잠시 인상을 쓰고 그것을 자세히 들여다보던 나는 곧 깨달을 수 있었다.

그것은 옛날 우리 집이었다.

아직 리모델링을 거치기 전인 문들과 나무 벽은 체리색을 그대로 드러내고 있었고, 바닥에는 옥색 장판이 깔려 있었다. 내가 어렸을 때 자주 뚱땅거리곤 하던 전자 악기와 작은 트램펄린이 아직 거실에 남아 있었다.

아직 어린 나는 설거지 중인 엄마의 허리에 매달려 바쁘게 종알댔다.

'엄마, 오늘 학예회에서 한솔이네 엄마랑 아빠가 여령이한테 막 뭐라고 했다? 그래서 내가 쫓아냈어.'

엄마는 분주해 보였다. 설거지한 그릇들을 싱크대 위에 올려놓으며 엄마가 대답했다.

'왜? 뭐라고 했는데?'

'응, 여령이가 작년에도 공주 했는데 올해도 공주 한다고, 막 양보를 할 줄 모른다고.'

어린 내 목소리가 종알종알 이어졌다. 반쯤은 신나고, 또 반쯤은 정의감에 취한 목소리였다.

'완전 어이없는 거야. 그게 여령이 잘못은 아니잖아. 그래서 내가…….'

신나서 흘러나오던 말은 채 맺어지지도 못하고 끊겼다.

'그러고 보니까 올해는 네가 공주 하지 그랬어. 그럼 우리도 갔을 텐데.'

나는 떠들던 것을 멈추고 망연히 엄마를 올려다보았다. 지금보다도 높고, 산처럼 거대한 등이 보였다.

기억 속의 엄마가 무심히 말을 이었다.

'그래서 우리는 네가 초등학교 올라갈 때 산 비디오카메라도 지금까지 못 쓰고 있잖아.'

한참이나 멍하니 있던 나는 간신히 대답했다.

'엄마, 못 온다며.'

'아따, 그럼 그거 콩알만큼 나오는 거 찍으려고 갈 거냐.'

거실에서 그렇게 대답한 것은 아빠였다.

어린 나는 돌연 입을 걸어 잠근 듯 한참이나 아무 말도 하지 않고 엄마의 허리만 꽉 끌어안고 있다가, 팔을 풀고 곧장 방으로 들어가 버렸다.

갑자기 시야가 암전되고, 나는 다시 통로를 헤엄쳐 나오듯 현재로 돌아왔다.

거실의 전등 빛을 받아 환해 보이는 얼굴로 웃으며 여령이가 말을 이었다.

"그날이 당시 나한테는 가장 기억에 남는 날이야."

나는 그런 여령이를 복잡한 얼굴로 응시했다.

같은 사건이라고 해도, 그 사건을 겪은 사람들의 기억은 전혀 다를 수 있다. 가령 큰 테러가 일어났을 때 생존자들의 증언이 다른 것처럼.

큰 사건은 물론이고 일상적인 사건에서도 그것은 마찬가지.

관점의 차이일 수도 있고, 단순히 기억력의 차이일 수도, 아니면…… 그 일이 일어나기 전후에 어떤 일이 있었는가의 문제일지도 모른다.

여령이의 웃는 얼굴을 바라보다가, 나는 복잡한 표정으로 시선을 내렸다.

혼란스러웠다.

내게 없어야 할 기억이 돌연 떠오른 것은 둘째 치고, 기억 속의 내가 느끼는 감정이 내게 너무나 생생히 잘 전달되어 와서.

마치 정말로 내가 겪은 일인 것처럼.

그런 내 앞에서 여령이는 또 다른 일에 대한 얘기를 꺼내었다.

"또 이런 일도 있었어. 초등학교 6학년 때인가. 목소리도 크고 키도 우리 반에서 제일 커서 내가 조금 무서워하던 애가 있었는데, 그 애가 나한테 항상 시비를 걸었거든. 주변

일을 똑바로 안 한다든지, 내가 청소 시간에 청소를 제대로 안 한다든지. 그럴 때마다 네가 도와줬었는데……."

반여령은 말하다 말고 두 손을 내려 깍지를 끼었다.

"그러다 어느 날인가에 시험을 봤는데, 그 애가 끝나자마자 나한테 오더니 이것저것 물어보는 거야. 무슨 문제 답은 뭐 썼고, 무슨 문제 답은 뭐 썼냐고. 그러다 걔가 갑자기 내가 뭘 틀렸다고 그러더라. 문제집을 가지고 와서 보여 주면서."

나는 굳어진 얼굴로 그녀의 말을 경청했다.

"그래서 내가 알려 줘서 고맙다고 했더니, 자기는 다 맞았다면서 갑자기 복도에 나가서 소리를 지르는 거야. '내가 반여령을 이겼다!' 하고. 그때 네가 갑자기 걔 손목을 잡더니……."

어쩌면 방금 학예회 얘기를 듣고 기억이 떠올랐던 것은 내 착각이거나, 아니면 단지 우연에 불과할지도 모른다고 생각했는데.

거기까지 들은 순간 또 시야가 일렁이며 눈앞에 솟구치는 생생한 환상이 있었다.

시험이 끝나고 어수선한 분위기의 교실. 곧장 밖으로 뛰쳐나가는 애들이 있는가 하면, 공부 잘하는 애를 붙들고 뭔가를 물어보는 애들도 있었다. 지금도 전국권에서 노는 반여령이니 그때도 시달리는 것이 당연했다.

십수 명의 애들, 심지어 다른 반으로 보이는 애들한테까지 붙잡히고도 당황한 기색 없이 차분한 얼굴로 뭔가를 말하는 어린 반여령의 모습을 보며 나는 또다시 의심에 사로잡혔다.

이것 역시 내 뇌가 익숙한 상황 속에 반여령을 끼워 넣어서 만들어 낸 환상인 걸까?

그러던 내 눈에 문득 키 큰 여자애가 반여령에게 다가가 이것저것 캐묻는 것이 보였다.

얼마 안 가 그 여자애는 자기 책상 서랍에서 책 한 권을 빼서 가져오더니, 그것을 펼치고 뭐라고 설명했다. 반여령은 당황한 기색 없이 순순히 고개를 끄덕였다.

이윽고 그 애가 기쁨에 찬 얼굴로 내 옆을 스쳐 지나갔다. 그 애가 복도로 달려가며 내 어깨를 툭 친 것이 고의인지 아닌지는 알 수 없었다. 얼마 안 가 복도에서 외치는 소리가 들렸다.

'내가 반여령 이겼다! 내가 이겼어!'

어린 나는 잠시 어깨를 문지르며 고개를 기웃거리다 그 애를 따라 복도로 나갔다.

그 애에게 다가간 내가 손목을 붙잡았다.

'잠깐 나 좀 봐.'

그 애는 불쾌함이 깃든 얼굴로 나를 돌아보며 물었다.

'왜 그래?'

우리가 굳이 용건도 없는데 따로 시간 내 얘기를 할 만큼 좋은 사이가 아니란 건 충분히 알 수 있었다.

그리고 나는 그 애가 입은 후드 앞주머니를 가리키며 말했다.

'너 그 후드 앞주머니에 든 종이, 꺼내 봐.'

그에 시선들이 곧장 이쪽으로 쏠렸다. 시험이 막 끝나 애들이 많이 오가던 복도인 데다, 여자애가 방금 '내가 반여령을 이겼다!'고 외침으로써 시선이 더 쏠린 차였다.

작은 웅성거림은 금세 들불처럼 번졌다. 그 애는 당황한 기색으로 내 손을 뿌리치듯 놓았다.

그녀가 말을 더듬었다.

'무, 무슨 소리야.'

'시험 때 너 후드 앞주머니에 손 넣어서 무슨 종이 꺼냈다 넣었다 하는 거 다 봤어.'

어린 나의 냉랭한 목소리가 이어졌다.

'그 종이 꺼내서, 거기 뭐가 적혀 있는지 보여 줘. 시험 내용이랑 상관없기만 하면 괜찮은 거 아니야?'

'그, 그런 거 아니야!'

여자애는 그렇게 외치더니 대뜸 뒤돌아 화장실 쪽으로 달려가려 했다.

이를 으득 깨문 내가 그 애의 후드를 빠르게 잡아챘고, 앞에서는 몇몇 애들이 그 애의 앞을 가로막았다.

마침내 누군가 그 애의 후드 주머니에 손을 불쑥 집어넣자, 그 애는 숫제 비명을 질러 댔다.

'아, 하지 마! 하지 말라고! 왜 남의 걸……!'

'네가 아니라며?'

태연하게 물은 애들이 서로 종이를 돌려 보더니 일제히 놀란 표정을 지었다. 나도 다가가서 종이를 살폈다.

그 무렵 나는 이 사건의 결말을 이미 예상했다.

반여령에게 덤비는 애들이 대부분 그렇지, 뭐. 반여령이 거의 아무런 노력도 하지 않고도 자기 위에 있다는 데 엄청난 모욕감을 느껴서, 어떻게든 이기지 못하고는 견디지 못하는 애들.

구깃구깃하게 접힌 종이 위에는 방금 보았던 사회 시험의 요약이 조악한 글씨로 적혀 있었다. 백제 수도가 어쩌구, 신라 수도가 어쩌구.

작게 한숨을 내쉰 나는 그대로 그 애의 팔을 붙잡고 어디론가 끌고 가려고 했다.

그러자 그 애가 다시 비명을 질렀다.

'어딜 데려가는 거야!'

'교무실. 너 방금 커닝한 거잖아. 아니야?'

'아니야! 난 그냥 공부하면서 적어 놓은 걸 깜빡해서 후드 안에 넣은 것뿐이란 말이야. 내가 시험 볼 때 봤다는 증거 있어?'

그 애가 빨개진 얼굴로 버럭버럭 외쳐 대면, 나는 어이가 없어서 허, 하고 한숨을 내뱉었다.

그때, 물처럼 조용한 목소리가 우리 사이로 끼어들었다.

반여령이었다.

'단아, 그만하자.'

'뭐?'

'난 괜찮아. 시험 같은 거 별로 중요한 것도 아니고.'

나는 노골적으로 어이없다는 표정을 지으며 말했다.

'아니, 괜찮기는 뭐가 괜찮아? 시험이 중요하든 말든 간에, 얘는 지금 자기 실력으로 너 못 이기겠으니까 커닝한 거잖아. 그래 놓고 복도에 나가선 널 이겼다고 큰소리치고.'

'아, 글쎄, 커닝한 적 없다니까! 증거 있어?!'

비명처럼 터지는 외침을 들으며 어린 나는 인상을 찡그렸지만, 반여령은 내 옆에서 계속 고개를 내저으며 괜찮다는 말만 반복할 뿐이었다.

하, 결국 짧게 한숨을 내뱉은 나는 내내 잡고 있던 손목을 놓았다. 마침내 내게서 풀려난 그 애가 손목을 주무르며 날 보고 인상을 썼다.

그러거나 말거나, 나는 반여령을 이끌고 그녀를 후미진 곳으로 이끌었다. 마침내 단둘이 되자마자, 지친 듯 푹 고꾸라져 내 어깨에 뺨을 기댄 반여령이 작게 속삭였다.

'쟤네 엄마가 우리 엄마랑 가깝거든. 또, 나한테도 잘해 주시고…….'

'야, 그거랑 무슨 상관이야.'

'속상해하실 것 같아서.'

한숨 쉬듯 그렇게 말한 반여령이 나를 강아지 같은 눈으로 물끄러미 올려다보면, 나는 그녀의 머리를 헝클지 않고서는 별도리가 없었다.

그리고 나는 또다시 현실로 돌아왔다. 내 눈앞에서 반여령이 한숨을 내쉬고 있었다.

그녀가 조금 어두워진 얼굴로 말했다.

"그때가 6학년 기말고사 때쯤이었으니까, 우리가 싸우기 한두 달 전밖에 안 됐을 때구나."

그리고 반여령은 손을 매만지며 머뭇머뭇 입을 여닫았다.

그녀가 다시 말했다.

"그때만 해도 난 우리가 그렇게 싸우게 될 줄은 조금도 짐작 못 하고 있었는데."

그렇게 말하는 반여령의 위로 나는 또다시 기억 혹은 환상을 보았다.

해프닝이 있었던 다음 날 곧바로 채점 결과가 나왔고, 반 1등은 단연 반여령이었다.

담임 선생님이 그 사실을 말하자, 반여령은 곧장 일으켜 세워져 모두의 박수를 받았다. 박수갈채를 받는 그녀의 얼굴은 여전히 평온하기만 했다.

심지어 사건을 일으켰던 키 큰 여자애조차 반여령을 보며 뭐라고 말했다.

'아, 아깝다. 이번에는 진짜 이길 수 있을 줄 알았는데.'

나는 그 애에게서 익숙한 치기를 보았다.

남들이 자신을 의심하는 게 뻔하니, 자기가 되레 당당하게 행동해서 '재가 정말 그런 짓을 했다면 지금 저럴 수 있을까?' 하는 생각이 들게 만드는 것.

실제로도 애들은 그쪽을 보며 서로 툭툭 치고 수군거리다가그래도 너도 잘 봤다며, 정말 아깝다며 하나둘 격려를 건넸다.

누군가 불쑥 말했다.

'야, 어떻게 여령이를 이길 생각을 해.'

그토록 반여령을 이기려고 애를 썼던 입장에서는 기분 나쁠 법도 한데, 정작 그 애는 목덜미를 긁적이며 흔쾌히 웃었다.

'이게 마지막 시험이라고 생각하니까 초조해서 그랬지. 그런데 지금 생각해 보니까 정말 괜한 욕심이었던 것 같아.'

그러더니 그 애는 고개를 들고 '야, 반여령!' 하고 불렀다. 성적표를 가방에 집어넣던 반여령이 화들짝 놀라 그 애를 바라보았다.

그 애는 엄지를 추켜올리며 웃었다.

'너 진짜 잘한다. 중학교 가서도 힘내라.'

잠시 어쩔 줄 몰라 하는 표정을 짓고 있던 반여령은 이윽고 어색하게 웃으며 고개를 끄덕였다. 그런 반여령의 어깨를 덥석 잡아챈 그 애가 말했다.

'우리 이 앞에 뭐 먹으러 가자. 내가 사 줄게.'

나는 턱을 괴고 그 애와 반여령이 뒷문을 빠져나가는 모습을 보다가, 콧방귀를 뀌며 고개를 휙 돌렸다. 저러다 어련히 제자리에 돌려놓겠거니 생각하면서.

그리고 얼마 안 가 청소하기 위해 교실을 나서던 나는 화장실에서 그 애와 단둘이 맞닥트렸다.

잠깐 화장실 안을 살펴본 내가 물었다.

'여령이는? 같이 나갔잖아.'

'다른 친구들이랑 있어. 그보다 너.'

그 애는 갑자기 삐딱한 미소를 짓더니 되물었다.

'이번 시험에서 몇 등 했어?'

그에 잠시 대걸레 자루를 쥐고 머뭇거리던 내가 대답했다.

'3등. 그게 왜 궁금한데?'

'난 2등인데.'

'어쩌라고.'

나는 심드렁하게 내뱉으며 그 애를 지나치려 했다. 그 애가 내 손목을 세게 틀어쥐지만 않았어도 그랬을 것이다.

나는 인상을 있는 대로 찌푸리며 다시 뒤를 돌아보았다.

'뭐 하는 거야, 아프잖아!'

'아파? 너는 어제 이거보다 더 세게 잡았는데.'

'야, 그건 네가 먼저 커…… 의심스러운 짓을 해서…….'

커닝이라고 말하려다, 아무튼 반여령이 좋게 넘어가기로 했으니 황급히 말을 바꾼 나는 속으로만 투덜거렸다.

아니, 하지만 아무리 봐도 백 퍼센트잖아. 그런 주제에 오늘은 반여령한테 인정한다느니, 맛있는 거 사 주겠다느니, 도대체 어디서 나오는 뻔뻔함이냐고. 얼굴에 철판도 아니고 콘크리트를 깔았나. 그렇게 생각하던 참이었다.

갑자기 그 애가 내게 얼굴을 바짝 들이미는 바람에, 나는 당황해서 한 발짝 뒤로 물러났다.

반여령의 말대로 그 애는 초등학생이란 게 의심스러울 정도로 키가 컸고, 어깨는 떡 벌어져 있었다.

그 애가 어두운 목소리로 말했다.

'야, 난 솔직히 우리 반에서 반여령이 제일 재수 없다고 생각했는데, 내가 잘못 생각했더라고.'

기어이 나를 벽까지 몬 그 애가 내 어깨를 툭 치며 말했다.

'너, 네가 제일 재수 없어.'

'뭐?'

'아니, 내가 생각을 해 봤거든. 커닝을 했다고 의심한다는 건 결국 내 실력이 의심스럽다는 거잖아. 차라리 반여령이 나를 의심하면 참겠거든? 그런데 왜 네가 나서냐?'

그 애가 내 어깨를 검지로 세게 찔렀다. 단순히 영상으로 보고 있는 것뿐인데도 어깨에 미미한 통증이 느껴질 정도였다.

그리고 그 애가 무섭도록 사나운 표정으로 덧붙였다.

'넌 내가 반여령을 이기려고 그랬다고 하는데, 너야말로 날 이기려고 나를 커닝범으로 본 거 아니야?'

'뭐라고?'

'왜 반여령은 괜찮다는데 네가 나서냐고. 나보다 공부도 못하는 네가.'

그러더니 그 애는 혼자 '아, 어이가 없네.' 하고 중얼거리며 머리카락을 쓸어 넘기더니 실실 웃었다.

나는 이번에야말로 말문이 막혔다.

사실이 어떻든 간에, 시험 시간에 요약 쪽지가 든 주머니를 뒤적인 의심스러운 행동을 한 건 재인데 왜 내가 이런 소리를 들어야 한단 말인가? 더군다나 내가 저 애보다 공부를 못한다는 이유로.

그때 그 애가 단호한 목소리로 말했다.

'야, 넌 네가 착한 줄 알지? 착하고, 정의롭고. 반여령은 워낙 소심하니까, 반여령 일까지 네가 나서서 전부 해결해 주지 않으면 안 될 것 같고.'

내가 학기 초부터 너 계속 지켜봐서 좀 알거든. 빈정거리듯 그렇게 덧붙이는 얼굴은 여전히 사나웠다.

그녀가 말을 이었다.

'내가 너한테 충고 하나 해 줄까? 너 그거, 다 착각이야. 반여령한테는 너 필요 없어. 아니, 오히려 반여령이 네 옆에 있어서

지금까지 버틴 줄 알아, 너.'

'그게 무슨 말이야.'

그 애가 바짝 마른 표정으로 팔짱을 꼈다.

'반여령이 네 옆에 있으니까 다른 애들이 그나마 네 말 들어 준 거라고. 아니었으면 애들도 네 말 들은 척도 안 했어. 어제도 봤지? 네가 아무리 날 커닝범으로 몰려고 해도, 반여령이 괜찮다고 하니까 아무도 의심 안 하는 거.'

그 말을 듣고 멍하니 벽에 기댄 내 어깨를 그 애가 다시 쿡 찔렀다.

'봐, 너도 인정하잖아. 반여령이 너한테 붙어 있는 게 아니라, 네가 반여령한테 붙어 있는 거란 거.'

그녀는 비웃는 표정으로 말을 계속했다.

'나는 솔직히 반여령이 왜 널 참아 주는지 모르겠다? 반여령은 예쁘고, 착하고, 공부도 잘하고. 너랑은 진짜 비교도 안 되잖아. 반여령이 너 같은 성격이었으면 모르겠는데, 넌 아니야.'

내 어깨를 떠밀며 그 애가 조용한 목소리로 덧붙였다. '넌 안 돼.' 그 목소리가 너무 생생하게 들리는 바람에, 나는 소름이 돋아난 뒷목을 문질렀다.

'제발 나대지 좀 마.'

마지막으로 쏘아붙인 그 애가 화장실을 나간 다음에, 나는 물이 뚝뚝 떨어지는 대걸레를 움켜쥐고 화장실을 나갔다.

교실이 가까워질수록 심장이 터질 듯 가쁘게 뛰어 댔다. 그것은 그 전까지는 한 번도 느껴 보지 못했던 두려움이었다.

대걸레를 바짝 움켜쥐고 걸음을 옮기는 내 눈에, 마침내 환하게 웃고 있는 반여령과 애들의 모습이 열린 교실 뒷문 사이로 들어왔다.

그 자리에 멈춰 선 나는 믿을 수 없다는 듯 중얼거렸다.

반여령이 내게 붙어 있는 게 아니라, 내가 반여령에게 붙어 있는 거라고?

이전까지는 한 번도 의심조차 해 보지 않았던 일이 갑자기 사실인 것처럼만 느껴졌다. 과연, 여기에서 바라보는 반여령은 한 반의 중심으로 전혀 손색이 없어 보였다.

사실은 그 애 말대로, 나야말로 지금까지 반여령에게 기생하며 애들에게 온갖 소리를 해 왔던 것이 아닐까? 그렇게 생각하자 속이 무척 거북해졌다.

그런 장면들을 바라보며, 나는 점차 기억 속의 나와 지금의 내 감정이 뒤섞이고 있다는 것을 깨달았다.

처음에는 단지 장면이 보이고 목소리가 들리는 것뿐이었는데, 어느새 과거의 내가 하는 생각들마저 내게 생생히 전달되어 오고 있었다.

과거의 나는 곧 결연히 고개를 내젓고는 생각의 소용돌이에서 빠져나왔다. 내가 중얼거렸다.

'얼굴이 예쁘고 공부 잘하는 게 뭐가 중요해. 반여령은 반여령이고 나는 나인데. 나는 하나도 부족한 거 없어. 나는 괜찮아.'

괜찮아…….

다독이는 목소리가 내 의식 속에 파문처럼 번져 나갔다. 그러나 그 속에 이미 의심이 깃들기 시작했다는 것을 나는 알 수 있었다.

당연하지. 만약 선천적으로 타고난 성격에서 나와 이 세계의 내가 크게 차이가 없다면, 내가 이 세계에서 당당하고 똑 부러지던 성격으로 자라난 것은 순전히 반여령을 위해서였다.

곧잘 얼굴이 빨개져서 아무 말도 못 하면서 아무 사람에게나 끌려다니곤 하는 그녀를 위해.

어렸을 때부터 지금까지 그렇게 믿으며 자랐고, 그래서

내 행동에 망설임 같은 것은 찾아볼 수 없었다. 모든 것이 반여령을 위해서라고 믿었으니까.

그런데 처음으로 나의 근간이 뒤흔들렸다.

사실 내가 반여령을 위해 행했던 모든 일이, 남들 눈에는 반여령을 등에 업고 설치는 일로밖에 보이지 않았던 것이다.

반여령 곁에 있기에는 내가 너무 부족한 사람이다. 미녀와 야수, 백설 공주와 난쟁이처럼 어울리지 않는 그림이다.

내가 이 세계에 온 것은 열네 살이 넘던 때였는데도, 나는 간혹 들려오는 그런 무신경한 말에 상처를 받곤 했다.

그런데 그보다도 어렸던 내가 그런 말들에 얼마나 상처받았을지, 상상도 할 수 없었다.

나는 어찌해야 할 줄을 모르고 바짝 마른 입술만 달싹이며 눈앞의 반여령을 바라보았다.

모든 빛에는 그림자가 있듯, 반여령의 기억 속에 내가 그녀를 근사하게 구해 준 일 따위로 기억된 일에는 대부분 뒷얘기가 있었다. 타인의 입장에서 바라보는 것조차 힘들 정도로 어둡고 괴로운 이야기가.

말문이 막힌 내가 명치께를 주먹으로 두드리던 그때, 그녀가 다시 말을 꺼냈다.

"우리가 싸웠던 건 그로부터 한두 달이 지난 어느 날이었어. 2월 초쯤, 우리가 원서를 썼던 사립 중학교에서 나란히 합격 통지가 도착했을 때."

드디어 본론이었다.

'이 세계의 나'와 지금의 내가 뒤바뀌기까지 고작 한 달밖에 남아 있지 않던 시점의 일이어서일까.

그때의 나든 그보다 훨씬 어린 시절의 나든, 지금의 나와는 다른 사람인 것은 똑같은데도 괜히 좀 더 나와 가까운 듯한 기분이 들었다. 그래서 더 떨리고, 그래서 더 긴장되었다.

"사실 전조는 그전부터 있었을 거야."

반여령이 잔뜩 가라앉은 목소리로 던진 말에 나는 고개를 기웃했다.

"전조?"

"사실 그때 이후로 벌써 몇 년이나 생각해 봤지만, 아직도 모르겠어. 어디서부터 틀어지고 있었는지. 사실은, 뭐가 잘못됐는지조차도."

눈을 질끈 감은 반여령의 속눈썹이 괴로운 듯 떨렸다.

"끝은 알겠지만 시작은 모르겠어."

"괜찮아, 생각나는 대로 정리하지 않고 얘기해도. 어차피 나는 전부 모르는 얘기니까."

나는 담담한 목소리로 덧붙였다.

"또, 나한테 그걸 말해 줄 수 있는 사람은 너밖에 없으니까. 나는 네가 말하는 대로 믿을 거야."

내가 그렇게 말하고 나서야 반여령은 한결 또렷해진 눈

을 깜빡이며 천천히 숨을 들이쉬었다.

그리고 그녀가 느리게 말을 이었다.

"글쎄……. 내가 이상함을 느끼기 시작했던 건 졸업식 전날이었어."

"졸업식 전날?"

"응. 그 전부터 징조는 있었다고 생각해. ……넌 왠지 교실에서 나와 어울리지 않으려는 기색을 보였고, 가끔은 내가 다가가면 얼굴을 찌푸리기도 했어. 아마 나한테 일부러 눈치 주려고 그랬던 건 아니었을 거야. 그보다는 왠인지 다른 사람들의 시선을 신경 쓰는 것 같았어."

나는 가만히 숨을 죽이고 그녀의 말에 귀를 기울였다.

"……그때 우리는 같은 사립 중학교를 알아보고 있었고, 너는 내신 때문에 초조해하고 있었어. 나는 네가 예민해진 것도 그 연장선상이겠거니 생각하고 넘겼어. 무엇보다도, 너는 그렇게 예민하게 굴다가도 학교 끝나면 당연한 듯 내 옆으로 왔으니까. 그래서 별생각을 하지 않았던 거야."

"……."

"그러다 그날……. 그런데 지금 생각해도 모르겠어. 졸업식 전날이라고 해도 특별한 건 없었거든. 기껏해야 롤링 페이퍼 정도일까."

말하다 말고 반여령이 문득 미간을 찌푸리며 꺼낸 말에서 나는 단서를 찾았다.

'기껏해야 롤링 페이퍼'. 반여령에게는 특별하지 않은 의례적인 일이었겠지만, 반 아이 중 하나와 마찰을 빚고 있던 내게는 얘기가 달랐을 것이다.

내가 조바심 섞인 목소리로 물었다.

"내 롤링 페이퍼 봤어?"

반여령은 고개를 내저었다.

"아니. 꼭 끌어안고서 보여 주지 않더라고. 그러고는 내 걸 보여 달라고 하길래, 순순히 넘겨줬더니."

"으응."

나는 고개를 끄덕였다. 손가락으로 턱 언저리를 매만지며 잠시 생각에 잠겨 있던 반여령이 다시 입을 열었다.

"그리고 얼마 안 가서 반 단체 사진을 찍자고 해서 교탁을 중심으로 모이는데, 한 애가 계속 내 팔을 끌고 가운데로 데려가려고 하는 거야. 내가 예쁘니까 중심에 서야 한다면서. 아, 그 애였어. 기말고사 날 커닝 관련으로 일이 있었던……."

"아."

나는 탄식처럼 내뱉었다.

"내가 가기 싫어서 네 팔을 붙잡는데."

한동안 잠잠하나 싶었는데, 또다시 내 것이 아닌 기억들이 시야를 뒤덮어 왔다.

졸업 파티 때 썼을 법한 풍선들이 몇 개는 칠판에 매달려 있고 몇 개는 바닥에 굴러다니는가 하면, 구석에는 빈 콜라병과 피자 박스가 산더미처럼 쌓여 있는 어느 교실.

반여령이 울상 어린 표정으로 내 팔을 구명줄 잡듯 힘주어 붙드는 그 순간, 내 입에서 나조차 제어 못 한 비명이 터졌다.

'너는 할 말이 있으면 네가 좀 해!!'

'다, 단아.'

'나는, 나는…… 반여령 네 대변인이 아니야!'

"……정확히 그렇게 말했어."

현재의 반여령이 읊는 말과 과거의 내 말이 한 치의 오차도 없이 딱 들어맞게 겹쳐졌다.

나는 한동안 말문이 막혔다.

아무리 떠오르는 기억 속 나와 지금의 나는 다른 존재이고, 또 어린 나이였음을 감안해도 내가 반여령에게 한 말이라고는 도저히 믿기지 않았다.

그 말이 남긴 진한 여운이 거실 안을 뒤덮고 정적으로 물들였다.

이윽고, 머뭇거리던 반여령이 힘겹게 그 침묵을 깼다.

"……그렇게 아무 말도 없이 집으로 돌아갔던 날, 나는 솔직히 밤새 걱정했어. 다음 날 네가 나한테 말을 걸어 주지 않으면 어쩌지 하는 생각 때문에. 그런데 넌…….”

문득 말을 멈춘 반여령이 울음을 참는 것 같은 눈으로 나를 바라보았다.

“넌 오히려, 나한테 잘해 줬어……. 그래서 나는 이유를 물어봐야겠다 하는 생각조차 까먹고 만 거야. 어쩌면 들춰내는 게 두려워서였을 수도 있어. 아니, 틀림없이 그랬을 거야.”

“…….”

“아무튼 우리는 중학교 입학시험을 치르고 결과를 기다리는 그때까지도 잘 지냈어.”

짧게 한숨을 내쉰 그녀가 말을 이었다.

“중학교 입학시험을 치르고 얼마 안 돼서, 우리 두 가족은 우리 집에서 같이 식사를 했어. 원래 방학 때는 꽤 자주 모였던 데다, 그때는 지금보다도 더 자주 만났거든. 거의 매일같이 서로의 집에서 식사를 했어.”

“응, 무슨 말인지 알아.”

나는 고개를 끄덕거리며 대답했다.

고등학교 입학 전날에도 다 함께 모여 고기를 굽곤 하던 가족이었으니, 그때도 별로 다르지 않았으리라. 안 봐도 눈에 선히 떠오르는 풍경이었다.

여령이의 목소리가 기억을 더듬는 듯 점차 깊어져 갔다.

“저녁 날 대화는 흔히 그렇듯이 이웃 얘기를 맴돌다가, 또 부모님들 직장 얘기를 맴돌다가, 그러다 우리 중학교 입학 얘기까지 나왔어. 시기상으로도 당연했지. 둘 다 입학시험을 치르고 결과를 기다리던 때니까."

반여령의 안색이 다시 어두워졌다.

"네 표정이 급격히 나빠진 건, 너희 부모님께서 네 합격 가능성을 점쳐 보기 시작하셨던 때였어. '우리 단이는 떨어져도 할 말 없지, 뭐.' 같은 말들. 그럴 때마다 너는 짜증을 냈어. '왜 나쁜 말만 해요.'라든가, '나도 기대 안 해요.'라든가."

나는 한숨을 깊이 내쉬었다. 우리 부모님 말버릇이야 항상 그렇지, 뭐.

그러나 어렸을 때의 내게는 그것조차 감당 못 할 것이었을지도 모른다. 자기 자신조차 스스로의 실력에 확신을 갖지 못하는 그때, 가장 가까운 사람들의 그런 말들은 큰 상처가 된다.

게다가 그때는 너무 어려서 아주 사소한 실패, 가령 가창 시험에서 실수를 했다거나 뜀틀에서 떨어졌다거나 하는 일 따위도 무척 큰 실수처럼 받아들여지곤 하니까.

조금의 간격을 두고 반여령의 말이 이어졌다.

"그때 나는, 네가 나와 같은 학교가 아니게 될지도 모른다는 생각에 많이 불안했던 것 같아. 앞서 말한 것처럼 나는 너 없이는 내 할 말도 못 하는 한심한 애였고, 졸업식 전날의 그 사건 때문에 내 성격을 고쳐야겠다고 생각은 했지만 과연 할 수 있을지 의문이었거든. 그 와중에 너와 떨어진다고 생각하니까 너무 무서워서…….”

다음 반여령의 말에 나는 그제야 상황이 어떻게 굴러간 것인지 짐작할 수 있었다.

“네 소매를 붙잡고 ‘네가 안 가면 나도 가지 말까?’라고 물었어.”

“…….”

“그러자, 네 표정이 변했어.”

나는 아마도 내가 소리를 질렀을 거라 생각했다.

반여령이 팔을 당긴 것만으로 반 아이들 모두가 보는 앞에서 그 정도의 폭언을 내뱉을 정도로 불안정한 상태였다면, 부모님 앞에서라고 소리를 지르지 말란 법은 없다.

그러나 결과는 내 예상과는 좀 달랐다.

“넌 그냥 무표정으로 나를 보더니, ‘그럼 그럴래?’라고 물었어. 툭 던지듯이.”

“…….”

거기까지 말한 반여령이 갑자기 내 눈을 마주치기 힘겨운 듯, 내 시선을 피해 고개를 돌렸다. 나는 파르라니 빛나는 그녀의 창백한 옆얼굴을 그저 가만히 바라만 보았다.

그녀가 속삭이듯 작게 덧붙였다.

“이제야 말하는 거지만, 나는 그때의 네가 졸업식 전날의 너보다도 더 무서웠어.”

“…….”

"나는 차라리 네가 소리를 질러 줬으면 싶었어. 그러면 네 입장이 더 곤란해질 거라는 걸 누구보다도 잘 알고 있으면서도 말이야……. 그때, 갑자기 일어난 네가 자리를 박차고 나가 버렸어. 내가 뒤쫓아서 복도로 나갔더니, 넌 날 잡고 그제야 소리를 질렀어."

'너한테는 그것들이 그렇게 다 쉬워? 너한테는 그게 그렇게 아무것도 아니야? 왜 그렇게 쉽게 포기해?'

'단아.'

'난…… 이제 더는 너랑 같은 학교 다니기 싫어.'

"……."

"부모님들이 우리를 따라서 아파트 복도로 나오셨을 때, 너는 이미 울고 있었고 나는 당황해서 어쩔 줄 모르고 있었어……. 그런데도 문 너머로 네가 외치는 소리가 희미하게 들렸는지, 너희 어머니는 너한테 먼저 화를 내셨어."

거기까지 말한 반여령이 입술을 깨물었다.

"난, 이번에도 졸업식 전날에 그랬듯이 곧 괜찮아질 거라고 생각했지만……."

반여령의 마지막 말이 거실 안을 어둡게 메아리쳤다.

"……중학교에 입학하던 3월 2일 그날까지, 너는 나한테 한마디도 하지 않았어."

그녀의 말이 끝나자 싸한 침묵이 우리를 감싸 안았다.

그 가운데, 나는 잠시 고개를 숙이고 생각에 잠겼다.

이 세계의 나는 '난…… 이제 더는 너랑 같은 학교 다니기 싫어.'가 자신이 반여령에게 내뱉는 마지막 말일 줄을 알았을까?

아니, 그랬더라면 그녀는 그 대신에 다른 말을 했을 것이다. 조금 더 작별 인사에 어울릴 만한 근사하고, 부드러운 말을.

그러나 그녀는 그 말을 마지막으로 흔적도 없이 사라져 버렸고, 그 결과 중학교 입학식 날 여령이가 떨리는 목소리로 '안녕?' 하고 말을 건 것은 전혀 다른 사람이 되었다.

반여령은 화해의 대상을 잘못 골랐다. 그렇게 생각하자, 넥타이를 잘못 맨 듯 숨이 콱 막혀 왔다.

잠깐 눈을 질끈 감았다가, 나는 여령이를 바라보며 입을 열었다.

"말해 줘서 고마워. 너한테도……."

나는 잠시 말을 골랐다.

"좋은 기억이 아니었을 거 알아."

그러자 여령이는 잠시 입술을 깨물며 날카로운 무언가에 찔린 듯한 표정을 지었다.

이윽고 그녀가 간절한 눈으로 말했다.

"단아, 그렇게 말하지 마."

"응?"

"꼭 나만의 일인 것처럼."

"……."

"네가 기억 못 해도, 그건 우리 두 사람 모두의 일이야. 나만의 일이 아니야. 네가 바라면, 난 언제든……."

내 손등을 두 손으로 감싸고 그렇게 말하던 여령이가 돌연 눈을 내리깔더니 눈물을 글썽거렸다. 그 모습을 본 나는 한숨을 내쉬었다.

여단 오빠도 그렇고, 이 남매는 별거 아닌 말을 무척이나 애틋하게 하는 재주가 있다.

고개를 내저은 내가 다시 말했다.

"그런 뜻이 아니었어."

그리고 잠시 숨을 고르고 나는 말을 이었다.

"그런데 내가, 지금은, 좀 혼란스러워서."

"알아. 나도…… 겪어 봤으니까. 내 기억에 없는 일에 대해 다른 사람들이 말하는 게 얼마나 혼란스러운지."

그렇게 말한 반여령이 자리에서 일어났다.

오늘 무슨 일이 있었건 간에 어쨌든 본인 기억을 되찾아서일까, 그녀의 얼굴은 비 갠 듯 개운해져 있었다. 비가 그쳤으니 남은 먹구름쯤이야 곧 사라질 것처럼 보였다.

그것만은 정말 다행이었다. 지금 나는 새롭게 되찾은 내 기억들을 살피는 데만도 정신이 없어서, 도무지 반여령을 신경 써 주지 못할 것 같았다.

반여령을 현관으로 배웅해 주며 나는 거듭해서 말했다.

"조금만 생각을 정리하면 될 거야. 조금만."

그리고 나는 덧붙였다.

"아, 혹시."

"응."

"네 롤링 페이퍼 좀 가져다줄 수 있어? 집에 있으면."

그러자 여령이는 의외란 듯 눈을 크게 떴다가, 고개를 기울이며 '한번 찾아볼게.' 하고 말했다.

반여령네 집은 우리 집과는 달리 정리가 잘된 편이라, 버리지만 않았다면 곧 찾아올 수 있을 거란 생각이 들었다. 그리고 어쩌면 내 것 역시도…….

여령이가 마침내 밖으로 나가 문을 닫자, 온 집 안이 거짓말처럼 조용해졌다. 잠시 멍하니 서 있다가, 나는 비척비척 걸음을 옮기며 한숨을 내쉬었다.

"하……."

새롭게 알게 된 게 너무 많아서 머리가 뒤죽박죽으로 엉켜 버렸다.

이 세계에서의 내 어린 시절, 지금과는 반대인 듯한 반여령과 내 모습. 친구들. 부모님. ……중학교 입학 직전의 싸움. 거기까지 떠올린 나는 머리카락을 헝클어 올리며 하, 하고 다시 한숨을 내뱉었다.

반여령이 모르는 게 있다. 내가 그녀에게 한마디도 하지 않았던 것은 그녀에게 화가 나서가 아니었다.

나는 눈을 질끈 감고 내가 건져 낸 마지막 기억을 되새겼다.

반여령이 모르는 그 싸움의 뒷얘기가 있었다.

여령이와 싸웠던 그날, 엄마는 어린 내 손목을 잡아끌고 집으로 들어갔다.

현관문을 쾅 닫자마자 엄마는 나한테 엄한 목소리로 물었다.

'왜 그래? 너 여령이한테 무슨 말 했어.'

'엄마도 여령이가 하는 말 들었잖아! 여령이가 내가 안 가면 자기도 안 가겠다잖아.'

'그게 왜? 여령이 학교니까 여령이 마음인데.'

'쟤는 항상 그게 문제야. 자기가 쉽게 얻었다고 쉽게 버리려고 하잖아. 맨날 양보하고, 물러나고…….'

말을 하던 나는 갑자기 고개를 떨어뜨리며 말했다.

'엄마, 어떤 애가 그러는데.'

'응.'

'여령이가 나한테 붙어 있는 게 아니라 내가 여령이한테 붙어 있는 거래. 나 때문에…… 여령이가 손해를 본다면서.'

나는 젖은 눈으로 바닥을 노려보며 말을 이었다.

'난 내가 여령이를 지켜 준다고 믿었는데, 어쩌면 그게 아닌가 봐. 지금도 내가 떨어질 수 있다는 이유만으로 저렇게 자기한테 좋은 학교를 쉽게 포기하려고 하는 걸 보니까…….'

'단아.'

'엄마. 나 중학교 입학 신청한 거, 그거 취소할까?'

그러자 엄마는 당장 어처구니없다는 표정을 지으며 대답했다.

'무슨 소리야, 아직 결과도 안 나왔는데. 아무리 떨어질 것 같다고 해도 미리 전화해서 탈락시켜 달라고 하는 건 좀 그렇잖아.'

바쁘게 고개를 가로저은 내가 말했다.

'아니, 점수 문제가 아니라……. 나는 여령이랑 더는 같은 학교 다니면 안 될 것 같아.'

'뭐?'

'여령이랑 나랑 이렇게 계속 붙어 있으면, 오히려 서로한테 안 좋을 것 같아. 진짜로 점수 때문에 이러는 거 아니야, 엄마.'

그리고 나는 엄마의 손을 잡고 매달리며 간절하게 빌기 시작했다.

아, 엄마. 일반 중학교 가서도 공부 진짜 열심히 할게. 거기라고 공부 못하는 거 아니잖아, 또 익숙한 친구들도 많고. 엄마, 내가 잘할게. 제발 한 번만 내 부탁 들어주라, 응?

그 모습을 제삼자의 관점에서 지켜보며, 나는 희미한 안타까움마저 느꼈다.

내가 저 애의 미래를 모르고 있다면 차라리 좋았겠지만, 나는 저 애가 반여령과 같은 중학교에 가서 어떻게 되는지를 정확히 알고 있었다. 이미 책으로 보아서.

그렇기에 내게 저 애의 행동은, 정해진 운명의 길에서 벗어나려는 몸부림과도 비슷하게 느껴졌다.

또한, 그것은 내가 이 세계에 오고 지금까지 했던 일들과 몹시 닮아 있기도 했다.

친해져선 안 된다, 버림받을 테니까.

사랑해선 안 된다, 상처받을 테니까.

다가올 파국을 예측하고 꺾이지 않는 핸들에 필사적으로 매달리는 일.

과거의 나 역시도 엄마에게 그렇게 매달렸다.

그러나 돌아오는 대답은 차가웠다.

'너도 이제 여령이 질투하니?'

'어, 엄마. 그런 거 아니야.'

내가 충격받은 얼굴로 부인해도 엄마는 꿋꿋하게 말을 이었다.

'아니야. 내가 보기에는 너는 지금 네가 모르고 있을 뿐이지, 사실 여령이를 질투하는 게 맞아. 여령이는 중학교 시험에 붙는 게 당연하고 넌 아니니까. 지금 그것 때문에 잠깐 이러는 거 아니야?'

'아니라니까!'

'내가 보기에는 너 중학교 붙으면 또 좋다고 붙어 다닌다. 너 지금 잠깐 불안해서 그래.'

엄마! 필사적으로 외치며 매달리는 내 손을 엄마는 거리낌 없이 털어 냈다. 아파트 복도 쪽을 가리킨 엄마가 다시 말했다.

'여령이한테 무슨 말을 했는지 몰라도, 가서 미안하다고 해. 너보다 공부 잘하는 게 여령이 잘못은 아니잖아.'

'아…….'

'너 지금 여기서 여령이한테 사과 안 하면, 네가 평소에 그렇게 말하던 여령이 싫어하는 애들이랑 똑같은 사람 되는 거야.'

나는 제자리에 우뚝 서서 아무 말도 하지 않다가, 엄마가 명령한 것처럼 하는 대신 오히려 방으로 들어가 문을 쾅 닫았다.

'단아! 얘, 단아! 너 이게 어디서 배운 버릇이야!'

엄마가 밖에서 내 문을 부서져라 쾅쾅 내리치며 외쳐 대도, 나는 대답하는 대신 이불로 몸을 친친 감싸고 귀를 틀어막았다.

갑자기 흉포한 충동이 내 가슴 깊은 곳에서 치솟았다. 뭔가를 갈기갈기 찢지 않고선 견딜 수가 없었다.

그러다 문득 자리에서 벌떡 일어난 나는 옷장 문을 쾅 열었다. 옷장 한구석에 두루마리처럼 돌돌 말려 있던 종이를 꺼내 펼쳤다.

그 안에는 색색의 사인펜과 볼펜들로 삐뚤빼뚤하게 적힌 글씨가 수도 없이 적혀 있었다.

맨 위에 적힌 것은 분명히 내 이름임에도 불구하고, 그 종이에 적힌 글의 반절 정도는 나에 대한 얘기가 아니었다.

[단이야! 여령이랑 친해 보여서 부러워.]

[항상 여령이를 지켜 주느라 고생 많다.]

[뭐든지 잘하는 여령이의 친구!]

그리고 글자들 사이에 섞여 있는, 연필로 쓴 희미한 글씨가 눈에 들어온 순간.

[여령이를 놔줘.]

나는 그대로 롤링 페이퍼 위에 이마를 가져다 대며 토할 듯 울음을 터트렸다.

그리고 다음 날, 여느 때처럼 아파트 복도에서 여령이와 마주친 나는 인사를 건네는 여령이에게 아무 말도 하지 않았다.

그 광경을 목격한 엄마는 당황하며 당장 나를 끌고 가 여령이 없는 곳에서 소리를 질렀다.

'단아, 이제 여령이 질투하는 거 그만하랬잖아. 그런다고 네가 합격하는 것도 아닌데.'

나는 그런 엄마의 말들을 무표정으로 흘려 넘겼다.

내가 여령이를 무시하면 무시할수록, 엄마가 뒤에서 여령이와 나를 비교하는 시간 역시 많아졌다. 그조차 어린 나는 담담하게 견뎌 냈다.

마침내 중학교에서 내 합격 소식이 들려오고 나자, 엄마는 더 이상 내가 그러지 않을 거라 생각해선지 마음을 놓은 듯했다.

그러나 나는 여전히 반여령에게 아무 말도 하지 않았다. 아마도 그녀와 완전히 인연을 끊을 각오였을 것이다.

그러던 어느 3월 2일 아침, 나는 반짝 눈을 떴다.

옷장 앞에 걸린 흰 교복을 보았고, 화들짝 놀라며 대체 저게 뭐냐고 중얼거렸다. 엄마에게 등짝을 맞아 가며 간신히 아침밥을 먹고 교복을 입고 아파트 복도에 나섰을 때, 눈부시게 웃는 반여령이 나를 반겼다.

나는 이 세계의 내가 굳게 각오했던 일들을 조금도 모른 채, 얼이 빠진 얼굴로 그녀를 보다가 간신히 대답했다.

'어, 안녕.'

반여령의 미소가 더욱 짙어지면 내 가슴은 더욱 요동쳤다.

그러나 태어나서 처음 본 예쁜 여자애에 대한 설렘이라고 생각했던 그것은, 어쩌면 과거의 내가 보내는 희미한 경고음이었을지도 모른다.

그쪽이 아니야. 그쪽으로 가선 안 돼.

내가 이제까지 힘들게 틀어 왔던 것을 망치지 마.

나는 그것에 대답하는 대신, 반여령의 손을 잡았다.

* * *

반여령이 롤링 페이퍼를 갖고 오길 기다리며, 나는 기억에 기반해 옷장 속에서 찾아낸 내 롤링 페이퍼를 훑어보았다.

롤링 페이퍼에 새겨진 문구들은 지금 다시 봐도 한숨만 나올 정도였다.

마치 그때의 모든 주변 상황들이 내가 반여령을 미워하도록 강제로 밀어붙이고 있는 것 같았다. 스스로의 부족함에 못 견뎌 증오의 화살을 그녀에게로 돌리도록.

만약 열네 살 때 이 몸으로 들어왔던 내가 기억까지 온전히 물려받았다면 어땠을까? 나는 가정해 보았다.

다른 사람의 몸에 들어가는 것으로 시작되는 소설이나 드라마에서, 주인공이 몸 주인의 기억들을 당연한 듯 물려받는 경우도 나는 흔히 보았다.

만약 그랬다면 나는 정말 반여령을 미워하지 않을 수 있었을까? 정해진 미래와 다른 행보를 보일 수 있었을까? 확신할 수 없다는 생각이 들수록 한숨이 짙어졌다.

몇 시간 동안 내내 부정적인 생각과 씨름해 온 머리가 지끈거리며 고통을 호소해 왔지만, 딱히 내가 할 수 있는 일은 없었다. 내가 지금 당장 이 집을 뛰쳐나가지 않는 이상 이 두통은 결코 사라지지 않을 것이다.

이 방의 전 주인이 남긴 생각들이 벽지나 물건마다 온통 들러붙어 나를 보며 비난하는 것 같았다. 지금까지 아무것도 모르고 평온하게 지냈던 나를.

이 세계에 들어와 지금까지 있었던 온갖 다사다난한 일들조차 방금 알게 된 일에 비하면 새 발의 피처럼 느껴질 지경이었다. 하기는, 그럴 수밖에 없나. 나는 문득 쓰게 웃음 지었다.

지금까지 있었던 일들은 어디까지나 내가 중심이 아닌, 나로서는 마음만 먹는다면 언제든지 물러날 수 있는 일이었지만, 이번 일은 오롯이 나만의 일이니까.

나는 주먹을 세게 움켜쥐었다. 이 일이 은형이와 주인이, 그리고 다른 모든 이들이 겪은 일들에 비하면 아무것도 아닌 것을 머리로는 알고 있지만…….

주먹을 움켜쥔 채 한참이나 제자리에서 눈을 감고 있던 나는 결국 다시 눈을 뜨고 걸음을 옮겼다.

이대로는 도저히 견딜 수가 없었다. '이 세계'의 함단이가 썼던 방에서 한시라도 빨리 빠져나가야만 했다. 무엇보다도 이제 곧 저녁이 되어 집으로 돌아오실 부모님들을 어떤 얼굴로 마주해야 할지에 대해서도 확신이 서지 않았다.

후드를 걸치고 모자를 푹 눌러쓴 나는 그대로 집을 빠져나왔다. 목적지는 딱히 없었다. 그저 발 닿는 대로 쏘다닐 생각이었다.

*　*　*

원래라면 저녁에 돌아올 예정이었던 여행이 고작 두세 시간 만에 싱겁게 파하고 나서, 우주인은 곧장 집으로 들어가는 대신 옷을 갈아입고 카페로 나왔다.

그는 문득 주머니에서 울리는 진동을 느끼고 핸드폰을 꺼내 귀로 가져갔다.

[여보세요? 주인아.]

"응, 여령아."

힐끗 맞은편을 바라본 우주인이 몸을 조금 틀고는 작아진 목소리로 말했다.

"기억 돌아오고 어디 나쁜 데는 없어? 머리가 아프다거나…… 더 이상 혼란스럽진 않고?"

[응, 난 괜찮아. 그런데 단이가…….]

물기 맺힌 목소리로 돌아온 대답에, 눈을 크게 뜬 우주인은 또 한 번 맞은편을 향해 시선을 던졌다. 그 시선을 받은 상대방이 몸을 움찔 떨었다.

이윽고, 다른 손으로 핸드폰을 옮긴 우주인이 가라앉은 얼굴로 말했다.

"엄마? 엄마가 왜."

[응, 그때 단이가 나한테 기억이 없다는 걸 밝혔을 때.

그때 내가 화를 냈었잖아.]

"아아, 응."

[그런데 집에 돌아와서 생각해 보니까, 단이가 기억을 잃어버린 시기가 딱 나와 크게 싸웠을 때쯤이라서……. 사실 단이가 기억을 잃어버린 건 나 때문에, 그러니까 나 때문에 괴로워서일 수도 있겠다는 생각을 했어.]

작게 한숨을 내쉰 우주인이 대답했다.

"여령아, 아무리 그래도 그건 비약이야. 그런 식으로 매번 스스로를 괴롭힐 필요는 없잖아."

[아, 아니. 하지만 정말로 나 때문이면……. 아무튼 그래서 마음을 정리한 다음 곧바로 단이한테 가서 사과를 했어. 사실은 네가 기억을 잃어버린 건 나 때문일지도 모른다고. 그리고 단이가 잊어버린 일들 몇 개를 털어놓았는데.]

"응."

[단이도 중간마다 떠오르는 게 있는지, 누구랑 있었던 일인 건지, 자세히 무슨 얘기를 했었는지 그런 걸 대강 맞히더라고. 그래서 어쩌면 조만간 기억이 돌아올 수도 있겠다는 생각을 했는데, 단이는 오히려 기억을 잃고 산 지가 오래돼서 그런지 개운하기보다는 심란해 보였어. 그러더니, 뭘 좀 갖다 달라기에 잠깐 집에 다녀왔더니, 그새…….]

"그새?"

잠자코 듣던 우주인이 목소리를 높였다.

[아무리 초인종을 눌러도 안 나와. 전화도 안 받고. 모르겠어, 잠깐 어디 간 걸까? 어디에 신고를 해야 하는 걸까?]

그 무렵, 조용히 핸드폰의 마이크 부분을 엄지로 막은 우주인은 고개를 들었다.

그가 맞은편을 향해 물었다.

"어떻게 하는 게 좋을 것 같아?"

그러자 잠시 눈을 굴리던 상대방은 이윽고 단호하게 말했다.

"만약 함단이가 되찾았다는 그 기억이 제가 아는 그 기억이 맞다면…… 지금 함단이랑 반여령이 서로 얼굴 봐서 좋을 게 하나도 없어요."

그에 잠시 뭔가를 곰곰이 생각하는 눈빛이 되었던 우주인은 다시 마이크를 막고 있던 엄지를 치우더니 말했다.

"응, 여령아. 내 생각엔 엄마를 찾는 건 다른 애들한테 부탁하는 게 좋을 것 같아. 여령이 너도 기억 되찾은 지도 얼마 안 돼서 아직 혼란스러울 텐데, 게다가 엄마가 되찾은 기억도 너랑 관련되어 있는 거잖아. 그러니까 엄마도 너를 보면 오히려 더 혼란스러워하지 않을까?"

[그, 그럴까?]

"응. 은형이한테 연락해 봐. 나는 지호한테 연락할게."

[그래. 그렇게 할게.]

축 늘어진 목소리로 대답이 돌아왔다.

전화를 끊으려던 우주인은 문득 핸드폰을 다시 들어 물었다.

“아 참, 맞다. 엄마가 갖다 달라고 했던 거, 혹시 뭐였는지 물어봐도 돼?”

여전히 혼란스러운 듯한 목소리가 돌아왔다.

[아, 응. 그게…… 롤링 페이퍼를 갖다 달라던데. 초등학교 졸업할 때쯤 반 애들이랑 다 같이 만들었던.]

“아, 그렇구나……. 알았어, 고마워. 끊을게.”

은형이랑 연락해 보고 다시 알려 줘. 그렇게 말한 우주인은 종료 버튼을 눌렀다. 그리고 곧장 은지호에게로 전화를 건 그는 간략하게 상황을 설명했다.

맞은편에서 뭔가가 부서지는 소리가 나기까지 얼마 걸리지 않았다.

음, 아마도 의자를 박차고 일어나다가 의자를 넘어뜨리고 팔꿈치로 책이랑 필통도 같이 밀어 떨어뜨린 모양인데. 어디 보자, 떨어진 볼펜의 개수가 한 개, 두 개, 세 개…….

우주인이 거기까지 생각할 무렵, 별다른 말도 없이 갑자기 전화가 뚝 끊겼다. 그럼에도 우주인은 여전히 평온한 얼굴로 잠잠해진 핸드폰을 내려다보았다.

그가 작게 중얼거렸다.

“엄마한테 미움받을지도 모르겠네.”

은지호가 나선 이상 절대로 얌전히 끝나진 않을 텐데.

본인도 요란하게 일을 벌이면 상대방이 질색할 거란 걸 알긴 해서 처음엔 어느 정도 자제할 테지만, 결국 이성이든 인내심이든 어느 한쪽이 바닥나면 그다음엔 얄짤없을 테지. 당장 인력을 대대적으로 투입하고 볼 것이다. 수중에 있는 것을 활용하지 않고는 못 견디는 그니까.

이래서 사람이 돈 없던 때론 못 돌아간다니까. 본론에서 몇백 광년쯤 떨어진 생각을 하다가 간신히 정신을 차린 우주인은 다시 앞을 바라보았다.

후드를 뒤집어쓴 여자애가 초초해 보이는 표정으로 컵을 매만지고 있었다. 실내인데도 후드를 벗을 생각을 안 하는 그녀에게 벌써 커피숍 안 사람들의 시선이 몇이나 쏠렸다. 그 꼴을 잠자코 바라보던 우주인이 문득 한숨을 토했다.

아니, 이건 뭐, 후드 좀 버리라고 했더니 색만 달라진 또 다른 후드를 쓰고 나타나다니. 조언한 의미가 하나도 없잖아. 애써 짜증을 가라앉힌 그가 물었다.

"엄마, 어디로 갔는지 알아?"

"아니요. 전혀 모르겠어요."

명쾌하게 돌아오는 대답에 우주인의 이마에 살짝 힘줄이 돋았다.

이윽고 입술에 옅은 미소를 띤 그가 물었다.

"나를 자원봉사자라고 착각이라도 하는 건 아니겠지?"

"윽……."

"천기를 본다느니 어쩐다느니 하는 수상한 말까지 지껄여 가면서 먼저 거래를 제안한 건 너였잖아. 나는 벌써 몇 번이나 널 도와줬으니, 이제는 네가 날 도와서 쓸모 있는 정보들을 토해 낼 차례지."

"……."

말없이 순순히 고개를 숙이는 그녀에게 우주인이 유리잔 모서리를 매만지며 말을 이었다.

"천기니 뭐니 하는 허황한 거짓말을 믿어 줬으면, 너도 그만큼은 은혜를 갚아 줘야 하는 거 아니야?"

그러자 찔린다는 표정을 지은 여자애는 고개를 더욱 숙이며 구시렁거렸다.

"'거짓말'이라고 말한 데서부터 이미 제 말을 조금도 안 믿고 있다는 뜻이잖아요. 게다가 자기 입으로 당당하게 은혜라고……. 그냥 좀 숨겨 준 걸 가지고."

우주인이 그 말을 단호하게 잘랐다.

"네가 누구 덕분에 아직까지 안 잡혔다고 생각하는데? 학교에서나 성운 체육관에서나."

"……."

"거기다 병원을 두 번이나 무단 침입했지. 어디 보자, 발해 병원은 천영이네 거였지? 천영이 번호가—"

당장 핸드폰을 꺼낼 시늉을 하는 우주인의 팔을 그녀가 다급하게 잡아챘다.

이윽고 울상 어린 외침이 터졌다.

"그, 그만둬요! 그리고 나쁜 일 하러 간 것도 아니고, 좋은 일 하러 간 거였다니까요!"

우주인은 눈 하나 깜빡 않고 대답했다.

"그렇게 말해 봐야 사람들은 네 말 안 믿어. 애초에 너도 그걸 아니까 이렇게 안 들키려고 용을 쓰고 있는 거 아니야?"

"으윽……."

"그보다도 어서 말해 봐. 엄마가 어디로 갔는지, 정말 짚이는 데가 하나도 없어?"

머리를 쥐어뜯는 시늉을 하던 여자애가 그제야 두 손을 천천히 내렸다.

다시 고개를 든 그녀는 울상이 된 얼굴로 대답했다.

"거짓말이 아니고 정말 몰라요. 애초에 흐름, 아니, 천기(天氣)에 따르면……."

"하나 더 알려 줄까? 무속인 사칭도 불법이야."

잠시 눈을 찌푸렸던 그녀가 말을 이었다.

"……사실, 함단이랑 반여령은 지금 사이가 좋을 수가 없어요. 당신들과 사이좋게 지내는 것도 물론 불가능하고. 그런데 그게 지금 완전히 뒤틀려 버렸어요. 그게 기억 상실증 때문이었다는 건 방금 알았지만, 아무튼……."

눈을 내리깐 그녀가 살짝 뾰족해진 목소리로 말했다.

"그러니 그쪽 일은 저한테 물어보시면 안 돼요."

"좋아. 그럼 네가 알고 있는 것 중에 내가 알아야 할 만한 일은?"

빈 컵을 옆으로 밀어낸 우주인이 태연히 말을 이었다.

"이를테면 천영이에 관해서라거나. 난 천영이 드라마 촬영장에서 무슨 일 안 생길지가 제일 걱정이거든. 여령이만큼이나 질투를 불러일으키는 타입이기도 하고, 같이 촬영하는 배우들을 조사하니 느낌이 좋지 않은 사람들도 몇 명 있었고."

"글쎄요, 그것도 잘……."

자신감 없이 머뭇머뭇 돌아온 목소리에 우주인의 눈썹 끝이 살짝 치켜 올라갔다. 그가 되물었다.

"그쪽은 왜? 엄마에 관해서만 안 물어보면 된다며."

여자애가 울상을 하곤 대답했다.

"그게, 나비 효과인지 뭔지…… 원래 유천영도 드라마를 할 설, 아니, 팔자가 아니었거든요."

"흐음……."

"유천영 성격이 단체 생활을 좋아하는 것도 아니고, 모르는 사람들이랑 북적대는 거 싫어하고, 관심 없는 일은 죽어도 안 하는 성격인데. 도대체 무슨 바람이 분 건지……."

설명으로 시작했던 말은 점차 혼잣말이 되어 갔다.

잘 알지도 못하는 사람에 대해 심각한 얼굴로 용케 줄줄 읊는 그녀의 모습에 우주인은 턱을 괴며 잠시 생각에 잠겼다.

천기를 읽는다는 허황된 말을 믿을 마음은 여전히 조금도 없었지만, 저럴 때면 아무튼 그 정보의 출처가 무엇이건 간에 상식을 초월한 것이기는 하겠구나 하는 생각이 들었다.

음모론에나 나올 만한 첩보 기관을 뒷배로 둔 것이 아님에야.

친한 사람이 워낙 없어 실제 성격에 대해서도 거의 알려지지 않은 유천영에 대한 지식만 저 정도라니. 과연 그런 허풍을 떨 만도 해…….

그러다 말고, 문득 떠오른 생각에 우주인은 미간을 살짝 구겼다. 그가 입을 열었다.

"너 말이야."

갑자기 불쑥 날아온 말에 그녀는 떠들던 것을 멈추고 고개를 들었다.

우주인이 스스로를 가리키며 말했다.

"나에 대한 것도 알아? 그러니까 내 옛날 일이나 가족 관련해서. 이를테면 '그 여자'에 대한 것."

그 즉시 까만 눈이 비바람이라도 맞은 듯 세차게 흔들리는 것을 보며, 우주인은 전보다도 더욱 화사한 미소를 머금었다.

그가 중얼거렸다.

아, 역시나. 나에 대해서도 이미 알고 있었단 말이지?

사실 그것에 대해 추궁하거나 화를 낼 마음은 없었다. 이미 그녀의 능력으로 이득을 취하기로 일찌감치 마음을 먹은 이상, 그녀의 능력이 그 정도로 대단하다는 것은 오히려 환영하고 볼 일이다.

물론 개인적으로 약간 불쾌해지는 것은 어쩔 수 없었다. 아무리 그래도 작년에야 겨우 가장 친한 친구들에게만 털어놓을 결심을 했을 정도의 일인 것이다.

거기까지 생각한 우주인은 다시 웃었다.

그러고 보면 이 애도 참 타이밍을 잘 맞춰 나타났단 말이야. 엄마를 만나기 전에 이 애를 먼저 만났더라면, 그리고 작년 담력 시험에서 그런 일이 없었다면 아마 이런 너그럽고 여유로운 반응 따위 나오지 않았을 텐데.

아무튼, 지금은 이 여자애 하나쯤 그 일을 안다고 해서 머리끝까지 화가 치솟거나 하지는 않는다.

우주인의 머릿속 생각과는 별개로 맞은편에 앉은 여자애의 얼굴은 시시각각 창백해졌다. 그러고 보니 얼마 전에도 웃는 자신에게 대고 '그쪽은 기분 나쁠수록 웃잖아요!' 하고 외친 적이 있었다.

오해하고 있나? 문득 그런 생각이 들었지만, 그것도 그것대로 재미있겠다 싶어 그가 더욱 짙게 미소 짓는 찰나였다.

"저기, 그……."

"응?"

우주인이 부러 더욱 환히 웃으며 대답하자, 여자애가 당장 쭈그러들었다. 고개를 푹 숙인 그녀는 머뭇대다가 던졌다.

"그쪽 어머, 아, 아니지. 그렇게 부르면 안 되는구나. '그 여자'가 했던 소리요, 재판소에서……."

징그럽다는 둥, 다 아는 눈으로 보지 말라는 둥, 사람 자식이 아니라 사탄의 자식이라던 그거 말인가?

산발이 된 머리로 울고불고하던 모습이 눈에 선했다. 그조차 그에게는 이미 영화관 스크린 속에서 본 것처럼 흐릿해진 장면이었다.

우주인은 대수롭잖게 고개를 끄덕였다. 그러나 머리 한 구석이 예민해지는 것은 어쩔 수 없었다.

도대체 무슨 얘기를 하려고? 대수롭지 않은 얘기를 하려고 이 화제를 꺼낸 거라면, 조금 화가 날 것도 같은데.

과연 흘러나온 말은 그의 예상을 벗어나지 않았다.

"그건 정말 말도 안 되는 말이었어요."

결국 값싼 동정심일 뿐이었다.

우주인이 급기야 입가에서 미소를 지우려던 찰나였다. 다시 들려온 말에 그는 눈을 크게 뜨고 두어 번 깜빡였다.

"왜, 왜냐하면 그쪽은 사실…… 우씨 가문의 피를 물려받은 것치고는 정말 기적적으로 착한 편이거든요!"

"뭐……?"

"한번 기억을 되짚어 보세요. 우씨 가문 사람 중에 성격이 순한 사람이 도대체 누가 있어요? 우산? 우비? 우리 혼? 우리나라?"

갑자기 고개를 휙 쳐든 그녀가 이제껏 한 번도 들어 본 적 없는 결연한 목소리로 하는 말에 우주인은 다시금 아연해졌다. 도대체 저게 무슨 말이람…….

어째 이거 우리 가문에서 들으면 이미지 손해 배상 청구라도 할 것 같은데……. 그렇게 생각하면서도 우주인은 얼떨결에 고개를 끄덕이고 말았다.

남의 가계도를 줄줄이 꿰고 있는 것도 물론 놀라웠지만, 그보다도 놀라운 것은 그 말의 정확성이었다. 정말이지, 그중에 '온순한'이란 말이 어울리는 사람은 과연 단 한 사람도 없었다.

여자애가 손뼉을 짝 치며 외쳤다.

"그렇다니까요. 사실 그쪽은 말하자면 그 개판……. 아니, 현세의 마굴……. 아무튼 그 안에서는 할 수 있는 한 착하게 자라난 겁니다. 거의 기적이에요."

"……."

"음, 그러니까. 기특하다고요."

스스로에 대해 자부심을 가져도 됩니다. 진지한 얼굴로 그렇게 말하는 여자애를 우주인은 황망한 눈으로 올려다보았다. 얘가 대체 지금 무슨 소리를 하는 건지.

그리고 그녀가 자리에서 떠나고 십여 분 뒤, 누군가 우주인이 앉아 있던 카페 문을 거칠게 박차고 들어왔다. 곧장 우주인에게로 직진한 그가 맞은편 빈자리를 보고 혀를 찼다.

"칫, 놓쳤나."

그제야 그쪽을 돌아본 우주인은 평소와 다름없는 미소를 떠올리며 물었다.

"형, 주말에 우리 동네엔 웬일이야? 설마 나 보러 왔어?"

"그럴 리 있냐! 네가 주말에 어떤 여자애랑 단둘이 카페에 있다는 제보를 받고 온 거지."

땀에 헝클어진 금색 머리칼을 쓸어 넘긴 이루다가 다시금 혀를 찼다.

"쳇, 현장 검거할 생각이었는데."

아무렴 백 미터 달리기를 해도 뽀송한 이마를 자랑하는 그가 땀이 나게 달려왔을 정도면 오죽 간절했을지는 알 만했다.

도대체 왜 저렇게 열심히 뛰어온 거람? 우주인이 조금 질린다는 표정을 짓는 사이, 이루다가 문득 빈정거리듯 물었다.

"드디어 아들이란 이름으로 주변을 맴돌고 열심히 치대는 꼴사나운 짓은 그만두는 거냐?"

우주인도 지지 않고 대답했다.

"하하, 형. 친구라는 이름으로 그러는 사람보다야 아무렴 덜 꼴사납지 않을까?"

몇 마디 던졌을 뿐인데 이루다의 무릎이 휘청거리며 꺾였다. 한참이고 얼굴을 가리고 앓는 소리를 내는 이루다를 보며 우주인은 잠시 반성했다. 내가 잘못했나.

"형, 뭐 마시고 싶어? 내가 사 줄게. 여기서 땀이나 좀 식히고 가."

잠시 고민하던 우주인이 짐짓 다정하게 꺼낸 말에, 이루다는 의외로 사양하지 않고 맞은편에 털퍼덕 앉았다.

곧 사각사각한 얼음이 가득 담긴 에이드가 쟁반에 담겨 나왔다. 에이드를 한 모금 빨자마자 물 준 꽃처럼 금세 생생해진 이루다가 선뜻 물었다.

"그래서, 만나고 있던 애는 누구였어? 네가 사실 연애에 관심 없다는 건 내가 알고."

"형, 나한테 관심 있어?"

우주인은 태연하게 되물었다. 이 한마디면 질색하며 그만둘 줄 알았는데, 의외로 이루다는 자리를 지키며 얘기를 계속했다.

"은인의 딸? 정보상?"

현대와 무협 영화를 헷갈리는 게 아닌가 싶어 퍽 유감스러워졌지만, 어느 정도는 들어맞는 말이기도 했다.

그리고 잠시 턱을 매만지던 우주인은 툭 던졌다.

"도마뱀?"

"허?"

"거위? 뭐 그런 거."

"하여간 네 머릿속은 알 수가 없다. 그래서 그게 무슨 소리인데."

질색하며 되묻는 이루다에게 빙긋 웃어 준 우주인이 말을 이었다.

"도마뱀이 있다면, 한 번에 잡기보다는 꼬리를 몇 번 자르고서 잡는 게 이득 아니야?"

"뭐?"

"황금 알을 낳는 거위로 치자면 배를 가르는 건 최후의 순간인 게 당연한 거고."

"알겠다. 너 이 자식, 또 사람 이용해 먹고 있구나."

하여간 성격 나쁜 놈. 그렇게 중얼거린 이루다가 음료를 또다시 쭉 빨았다.

성격이 나쁘다니, 도대체 누가 누구한테 할 소린지 모르겠네. 그렇게 생각하던 우주인은 문득 중얼거렸다.

"그런데 잡는 건 계획보다 미룰까 봐."

"또 무슨 소리야?"

이루다가 중얼거리거나 말거나, 우주인은 턱을 괴고 창밖을 보며 한동안 생각에 잠겼다.

제44조. 과거로부터의 메시지(하)

과거로부터의 메시지(하)

6월이 코앞으로 다가오면서 날은 점차 더워져서 저녁 시간이 가까워진 거리는 전혀 어둡지도, 춥지도 않았다.

그런데도 나는 내 머리칼을 헝클고 지나가는 바람에서 뾰족한 가시를 느낀 것 같았다.

전혀 추운 날이 아닌데도 주머니 깊숙이 두 손을 쑤셔 넣고, 어깨를 공처럼 둥글게 말고 걷는 나를 향해 지나가는 사람들이 종종 시선을 던졌다.

마음 답답한 날이면 흔히 그랬듯 상가로 발을 꺾으려다 말고 나는 주춤했다. 주말이니 상가 쪽은 단연 학생들로 끓어 넘칠 것이다.

결국, 다시 발길을 돌린 나는 한적한 길을 따라 느리게 걷기 시작했다.

전철역이 지나는 다리 밑을 지나 계속 걷다 보니, 점차 주변에는 2, 3층짜리 상가들과 주택밖에는 남지 않았다. 대여섯 명씩 무리 지은 어린애들이 종종 뭐라 외치면서 내 옆을 쏜살같이 스쳐 지나갔다.

나는 문득 걷던 것을 멈추고는 나를 방금 지나친 애들의 얼굴을 빤히 쳐다보았다. 그늘 한 점 묻어 있지 않은 애들의 얼굴을 보자 또다시 한숨이 번졌다.

나는 이 주택가 어딘가에 살고 있을 저 애들의 부모님을 생각했다. 그들도 아마 그들의 아이들에게 어느 날은 칭찬하고, 어느 날은 타박하고, 그러다 더러는 다투거나 소리 지르며 싸우는 나날을 반복하고 있겠지.

그리고 저 애들은 웃거나, 울거나, 또 더러는 답답한 나머지 집을 박차고 나오기도 할 것이다. 바로 나처럼.

그러다 말고 한 손으로 머리칼을 쓸어 넘긴 내가 중얼거렸다.

"이게 대체 뭐 하는 짓이야. 무슨 질풍노도의 시기도 아니고."

더군다나 고등학교 1학년도 아니고 2학년이었다. 집에는 반여령과 여행을 간답시고 던지고 나온 문제집이 책상 위에 고이 놓여 있을 것이다. 오늘 풀어야 하는 부분이 고스란히 접힌 채, 아직 한 번도 펼쳐지지 않은 채로.

결국 학원은 체질에 안 맞는다고, 앞으로는 혼자 해 보기로 결심했으니 더더욱 성실해져야만 하는데. 반여령처럼 노력 안 해도 잘할 만큼 똑똑하지도 않으면서.

나 스스로 그렇게 생각하자 또 한 번 우울해졌다. 나는 내 머리를 약한 힘으로 때리며 또다시 중얼거렸다.

"이것도 자학이야, 자학."

하지만 한편으로는 어쩔 수 없다는 생각이 들었다.

반여령과 나는 너무 오래, 자주 붙어 지냈고, 반여령이 하는 대부분의 일을 나도 했고 내가 하는 대부분의 일을 반여령도 했으니까.

반여령과 고작 4, 5년 정도 알고 지낸 나조차 무슨 일이든 반여령과 나를 비교하는 게 습관이 되었는데, 태어나서부터 반여령을 알았던 지난날의 나는 도대체 어땠을지 상상도 가지 않는다.

그리고 부모님. 거기까지 떠올린 나는 미간을 성큼 좁혔다.

주변을 두리번거리던 나는 앉으라고 만들어 둔 듯한 돌의자를 발견했다. 대충 그 위를 털어 내고 푹 걸터앉은 내가 다시 생각에 잠겼다.

부모라…….

기억 속에서 마주친 이 세계 속 엄마의 모습은 단연 충격이었다.

기억 속에서 엄마는 나를 단 한 번도 이해해 주려 하지 않았다. 내가 왜 그러는지, 깊은 대화를 하려고 하기는커녕 내 행동이 당연히 질투에 의한 일이라고 치부하고 넘기려고 했다.

꽤 편리하고 부당한 사고방식이다. 그리고 거기에서 나는 한 가지 단서를 얻었다.

고개를 푹 숙인 나는 생각을 거듭했다.

만약, 그 일을 겪었던 이 세계의 내가, 더는 이런 일을 겪고 싶지 않다고 소망했다면?

이런 일을 더는 겪지 않는 방법은 간단하다.

옆집에 반여령이 없으면 돼.

하지만 도대체 무슨 수로 옆집에 멀쩡히 살고 있는 반여령을 쫓아낸단 말인가? 반여령네 가족을 강제로 이사 보내기라도 한단 말인가? 아니면 우리가? 둘 다 이제 막 중학생이 되던 내게는 턱도 없는 일이다.

더군다나, 반여령과 다른 학교로 보내 달라는 내 말을 그저 질투에 의한 것으로 치부했던 그때의 엄마가 이사 가자는 말에 쉽게 '그래.' 할 리도 없다. 당장 가서 화해하란 말이나 안 하면 다행이지.

그래서 만약, 모든 희망을 잃어버린 내가 간절히 기도했다면?

더 이상 반여령이 옆집에 살지 않게 해 달라고, 아주 간절히 기도한 나머지 그 말도 안 되는 일이 정말 성공하기라도 했다면?

평행 차원 이론이란 것을 책에서 읽은 적이 있다. 그 책에 따르면, 우리가 어떤 일을 선택할 때 그 선택이 분기점이 되어 세계는 갈라진다.

그렇게 갈라진 세계에서 우리가 또다시 선택을 하면 세계는 갈라지고 또 갈라져서, 마침내 한 줄기에서 뻗어 나온 무수히 많은 나뭇가지 같은 형상을 띤다.

이를테면 이 우주나 다른 차원 어딘가에 우리 엄마와 아빠가 결혼하지 않는 세계가 존재한다면, 그 세계에 나는 존재하지 않을 것이다.

그와 비슷한 맥락으로, 무수히 많은 세계 중 어느 세계에는 반여령이 존재하지 않을 수도 있다.

마치 내가 살다 온 그 세계처럼.

그러니 그 애의 소망에 의해 이 세계의 나와 지금의 내가 갑작스럽게 자리를 바꾸게 되었다고 하면……. 그러다 말고 나는 다시 고개를 내저었다.

아니야, 그래도 여전히 의문점이 남는다.

가령, 내가 가끔 저쪽 세계로 건너가던 일에 대해서는 대체 어떻게 받아들여야 할까? 저쪽 세계의 내가 가끔 반여령을 그리워해서 그런 일이 일어난다고 하기에는 앞뒤가 맞지 않는다.

왜냐하면 내가 저쪽 세계로 건너갔을 때, 이쪽 세계에서 나를 알고 있던 이들은 나의 존재를 잊고 있었다고 했다.

즉, 내가 저쪽 세계로 넘어갔을 때 저쪽 세계의 내가 이쪽 세계로 건너오는 게 아니란 뜻이다.

그럼 도대체 뭐가 어떻게 된 거야?

진상을 제대로 파악하기에는 아직 아는 것이 너무 부족했다. 사실 4년 반 전, 반여령과 나에게 있었던 일조차 나는 이제야 겨우 알게 되지 않았는가. 물론 반여령에게 '사실 나는 다른 세계의…….' 따위의 얘기를 꺼낼 수는 없었으니 당연한 일이지만.

그러다 말고 나는 문득 안타까움에 주먹을 꽉 쥐었다. 손톱이 손바닥 살을 푹 파고드는 것을 느끼며 내가 중얼거렸다.

"역시, 지난주에 그 애를 잡았어야 했는데……."

그 애가 내가 모르는 것에 대해서도 알고 있을 거라는 느낌이 들어. 그러지 않았다면 나를 보고 그토록 열심히 도망쳤을 리는 없다는 생각이 들었다.

무엇보다도 사대천왕이나 반여령을 보던 그녀의 눈빛이 남달랐다. 그때는 잘 느끼지 못했는데, 모두가 경외의 눈으로 보는 가운데 그녀만이 사대천왕이나 반여령을 오히려 멀리해야 하는 대상처럼 보고 있었다.

말로는 존경한다면서 악수를 청하면서도, 그녀의 눈에는 존경 같은 것은 조금도 담겨 있지 않았다. 오히려 할 수만 있다면 지금 당장 그 자리를 박차고 나가고 싶어 하는 기색이 엿보였다.

그리고 그것은 과거의 내가 거울 속에서 가장 많이 맞닥트리던 바로 그 눈빛이기도 했다.

거기까지 생각한 나는 문득 한숨을 내쉬며 고개를 떨구었다.

"하지만…… 이미 놓친 이상은 어쩔 수 없겠지."

나는 생각의 방향을 바꾸었다. 이제는 이미 지나간 일보다도 앞으로 내가 해야 할 일에 대해 생각해야 할 때였다.

나는 방금 알게 된 그 일에 대해 부모님께 말해야 할까? 지금이라도 '이 세계의 나'와 부모님의 관계를 바로잡으려 노력해야 할까? 다시는 그런 일이 일어나지 않도록.

아니면 그냥 덮고 이대로 지낼 수도 있다. 왜냐하면, 어쨌든 그것은 내가 직접 겪은 일도 아니니까.

게다가 그 일에 대해 따지려면 그 일을 단순히 소설 속 전개를 위해 작가가 시킨 것으로 봐야 할지, 아니면 부모님들 본인의 의도인지부터 확실히 해야 하는데…….

사실, 부모님이 나를 나보다 공부 잘하고 말 잘 듣는 다른 아이와 비교하는 것은 반여령이 없던 때에도 흔히 있는 일이었다. 부모님은 때때로 성적 갖고 나를 놀리셨고, 내가 짜증을 내면 우리도 좋은 줄 아냐며 버럭 화를 내셨으니까.

나는 주먹으로 이마를 짚으며 다시금 깊은 한숨을 토해냈다. 그렇다면 역시 집에 돌아가서 얘기를 해 봐야 할까? 그런데 도대체 뭐라고 해야 한담?

'엄마, 4년 전 그 일에 대해서 말인데, 여령이와 나를 더는 비교하지 말아 줬으면 좋겠어.' 그러다 엄마가 또 내게 '질투하지 마.'라며 화를 내기라도 한다면? 그때야말로 더는 못 견딜 것 같은데.

몇 번이나 고개를 내젓던 나는 결국 벌떡 자리에서 일어났다. 마침 지나가는 사람들이 내 쪽을 걱정스럽거나 혹은 의심스러운 시선으로 지켜보고 있었다.

이제라도 알아채서 다행이야. 여기에 더 있었다간 가출 청소년으로 신고당했을지도 모르겠어. 일단 여기를 떠나자.

황급히 걸음을 옮기던 나는 때마침 주머니에서 진동이 울리는 것을 느끼고 핸드폰을 꺼냈다.

"엇."

아차. 한순간 핸드폰이 미끄러지며 그대로 땅으로 떨어졌다.

땅에 떨어진 핸드폰은 몇 번 구르다가 그만 기이한 모습으로 비틀리고 말았다. 잠시 얼어 있던 나는 주춤주춤 다가가 핸드폰을 주워 올렸다.

"어휴."

저번에 수리를 하긴 했는데, 부러졌던 자리가 좀 부실했던 모양이었다. 핸드폰은 예전에 반휘혈과 골목에서 마주쳤을 적에 동강 났던 모습 그대로 부러져 있었다.

이건 AS 센터에 항의해야 하는 거 아니야? 그렇게 투덜거리면서 나는 핸드폰의 유해를 한참 동안 만지작거렸다. 당연한 말이지만 화면에는 전혀 불이 들어오지 않았다.

"누구한테서 전화가 오긴 왔던 것 같은데."

그제야 반여령에게 롤링 페이퍼를 가져다 달라고 부탁했던 것이 머릿속에 떠올랐다.

만약 그녀가 그 직후에 우리 집에 돌아왔다면 내가 외출했다는 것도 알았을 테고, 내가 심란해하는 것이 빤히 보였을 것이므로 전화를 해서 나를 찾는 것도 당연하지.

머리칼을 벅벅 헤집다 마침내 한숨을 내쉰 나는 발길을 돌렸다.

"슬슬 돌아가자……."

어두워진 하늘만큼이나 걸음도 무거웠다.

한 걸음을 내디딜 때마다 머릿속에서 목소리가 울렸다.

정말 이대로 돌아가도 괜찮아? 부모님 얼굴 볼 자신 있어? 싸우지 않을 자신은?

나는 그때마다 고개를 내저었다. 그러나 달리 갈 데가 없는 것도 사실이었다.

핸드폰은 꺼졌지, 주머니를 뒤져 보니 하도 급하게 나오느라 지갑도 챙겨 나오지 않았지. 이대로는 어디 카페 같은 데 들어가 시간을 죽일 수도 없었다. 놀이터 같은 데 처박혀 있지 않는 한은.

애초에 내 일도 아닌데 왜 이렇게 동요하는 거야? 다시금 스스로에게 꾸짖듯 말한 나는 시야에 불빛이 번지자 퍼뜩 고개를 들었다.

낮은 건물들 위로 언덕에 솟은 아파트의 모습을 따라 무작정 걸음을 옮기느라 여기가 어디인지조차 모르고 있었다.

주위를 휘휘 둘러본 나는 한숨을 내쉬었다.

하필이면 여기인가.

반여령네 삼촌인지 외삼촌인지 하던 분이 운영하는 카페였다. 우리가 방학 때마다 죽치고 앉아 있는 곳이기도 했다.

이런 와중에 하필이면 반여령을 떠올리게 하는 곳으로 오게 되다니. 한숨을 푹푹 내쉬던 나는 카페 앞을 자세히 살피고는 의아해졌다.

아예 번화가에 속한다고는 못 하겠지만 인근에 개인 카페가 많아서 주말이면 그럭저럭 번잡해지기는 하는데, 그래도 이 정도는 결코 아니었다.

바글바글하게 몰려든 사람들이 카페와 그 인근을 몇 겹으로 둘러싸고 있었다.

카페가 아무리 음료가 맛있어 봐야 아르바이트생이 타는 거고, 음식점도 아닌데 저렇게 줄 서서 기다릴 필요가 있나? 의아해하던 나는 다시 걸음을 옮겼다.

사람이 많기는 해도 못 뚫고 갈 정도는 아니었다. 여기서부터는 아는 길이었다. 이곳만 뚫고 지나가면 그다음부터는 곧바로 일직선인데.

"잠시만요."

내가 그렇게 말할 때마다 사람들은 순순히 길을 터 주었다. 젊은 사람이나 학생들이 대부분이었다.

정말 모르겠네, 이 사람들이 이렇게까지 몰릴 일이 뭐가 있지? 그러다 이 인근에 경찰서가 있다는 것을 떠올린 나는 깨달았다. 아, 시위하러 온 사람들인가? 아닌데, 시위는 주로 광화문인데.

그러던 내 눈에 갑자기 환한 조명 빛이 쏟아져 들어왔다. 눈을 찡그린 나는 황급히 두어 걸음 물러났다.

몇 번 눈을 깜빡이고 다시 고개를 들자, 전광판과 거대한 조명, 분주히 오가는 차들이 보였다. 도대체 왜 지금까지 보지 못했는지 의아해질 정도였다.

그리고 나는 다시 고민에 빠졌다.

촬영? 하지만 이 일대에는 심심할 정도로 찍을 게 없는데? 차라리 저기 맛집 골목을 찍으러 간다면 모를까…….

그러다 말고 몇 달 전에 들은 이야기를 떠올린 나는 가만히 입을 벌렸다.

"아."

몇 달 전이라고 해 봐야 한두 달 전일 텐데, 이렇게 새까맣게 잊고 있었다니.

유천영이 촬영하는 드라마 〈검은 비〉의 장르는 추리 수사물로, 마침 경찰서 맞은편에 있던 반여령네 카페가 장소

협찬을 하게 되었다.

와, 그러니까 지금 드라마를 촬영 중이었다는 거지? 나는 눈을 깜빡이며 상황을 살폈다.

유리문 너머로 카페 안에 있는 사람들을 자세히 보니 다들 일반인과는 좀 달랐다. 평범함을 가장하고 있는 배우들인가?

그중에서도 가장 잘 보이는 테이블에 앉아 뭔가를 얘기하고 있는 이나라의 모습은 단연 눈에 띄었다. 상대 배우는 엄청 잘생긴 것을 봐서는 유명한 남자 배우일 텐데, 잘 기억이 나지 않았다.

얘기를 하다 말고 문득 화난 표정을 지은 이나라가 남자 배우에게 물을 와락 끼얹었다.

와, 수사물이라며? 이건 거의 아침 드라마인데. 내가 감탄하는 사이, 가방끈을 어깨에 걸친 이나라가 화난 걸음으로 문을 벌컥 밀고 나갔다.

그때 마침 문 쪽으로 다가가는 남자가 있었다. 화가 난 나머지 앞도 제대로 보지 않고 걷던 이나라와 남자는 그대로 세게 부딪치고 말았다.

그제야 얼굴에서 분노를 지운 이나라가 화들짝 놀라며 고개를 들었다. 그녀가 말했다.

"아, 죄송……. 네가 왜 여기 있어?"

남자의 목소리가 한 박자 늦게 돌아왔다.

"무슨 일, 있어요?"

그즈음 나는 다른 길을 찾아야겠다 싶어 몸을 돌리다 말고, 귓가를 파고드는 익숙한 목소리에 다시 뒤돌았다.

아까는 인파에 가려 보지 못했던 검은색 머리카락이 그제야 눈에 들어왔다. 도대체 왜 진작 알아채지 못했는지 이해가 안 될 정도로 눈에 띄는 모습이었다.

그가 천천히 고개를 틀자, 조명 빛이 반듯한 콧날 위로 미끄러졌다.

유천영이었다.

나는 몇 번이고 눈을 깜빡이며 그를 바라보았다. 아무리 봐도 진짜 그였다.

그 사실을 확인하고 나자, 나는 잠시나마 멍한 기분에 사로잡혔다.

물론 유천영이 드라마 촬영 때문에 우리와의 여행에도 빠졌다는 것은 알고 있었지만, 그가 드라마 찍는다는 것을 단순히 머리로 아는 것과 직접 보는 것은 완전히 별개라.

하필이면 해 질 무렵, 어스름하게 보랏빛으로 물든 하늘과 상가 아래 서 있는 유천영의 모습은 더더욱 비현실적이었다.

원래부터 썩 인간적이지 않은 얼굴 위로 조명이 자꾸만 흰빛을 뿌려서, 그는 더더욱 창백하고 마네킹같이 보였다.

그의 모습을 빤히 보던 내 머릿속에 갑자기 오래전 일 하나가 아무런 맥락도 없이 떠올랐다.

핸드폰도 없던 초등학교 시절, 유난히 잠 못 들고 무서운 상상에 시달리던 어느 날 밤.

무슨 용기였는지, 나는 안방에 부모님이 계심에도 불구하고 거실로 기어 나와 텔레비전을 켰다. 다행히도 재빨리 리모컨으로 음량을 줄여서 눈치채지 못했는지, 안방에서는 아무런 인기척도 없었다.

그렇게 나는 무릎을 감싸 안고 베란다 너머가 밝아져 올 때까지 네모난 화면만 바라보며 날을 지새웠다. 화면 속 배우들은 창백한 빛 속에서 금붕어처럼 소리 없이 입만 뻐끔댔다.

지금 내가 바라보는 유천영의 모습이 그와 같았다. 우리 사이로 분주히 오가는 스태프들과 쏟아지는 소음조차 내 현실 감각을 돌려주지는 못했다.

순간 어디로 가고 있었는지조차 잊어버린 나는 군중들 사이에 한참이나 껴서 그의 모습을 구경했다.

그러면서 나는 생각했다. 언젠가는 유천영이 풍기는 비현실적인 분위기 때문에 소외감을 느끼기도 했고, 점점 멀어진다는 생각에 공허감을 느끼기도 했었는데.

하지만 지금은 그렇지 않았다.

오히려 그는 빛나는 곳에 서 있고, 나는 수많은 군중 속의 한 명일 뿐이라는 이 거리감이 마음에 들었다. 눈 마주칠 걱정 없이 얼마든지 마음 놓고 바라볼 수 있으니까.

항상 손 닿는 거리에 있었지만 잡을 수 없었던 그를 보며, 나는 결국 오래전 일을 다시 떠올리고야 말았다.

어느 여름날, 그와 내가 운동장 그늘에 앉아 나누었던 대화.

그 순간 나는 어쩔 수 없이 중얼거리고 말았다.

"왜 하필 너일까?"

내가 이쪽 세계에 마음 주고 싶어 할 때마다, 파수꾼처럼 나타나 가로막던 것은 언제나 그와 그의 말들이었다.

'너는 나한테…… 관심이 없는 것 같았어. 그래서 네가 좋아.'

곁에 있되 다가오지는 말란 그 말.

그 말만으로 그는 그가 내게 허락되지 않은 존재임을 확실히 했다. 그 뒤로 나는 꿈에서조차 그의 손밖에는 잡아본 적이 없었다.

그러나 그런 동시에 그는 내 동아줄이었다.

내가 몇 번이나 몰개성한 사람들 속에 섞여 나 자신을 잃어버릴 때마다, 그는 내가 어디 있는지 다 알고 있다는 듯 조금도 헤매지 않고 나를 찾아 단번에 꺼냈다. 손을 잡고 빛 아래로 데리고 나왔다.

눈을 질끈 감은 나는 중얼거렸다.

왜 또 너일까?

정말이지, 이럴 때면 내가 혼란스러워하는 순간을 찾아 나타나는 능력이라도 있는 거냐고 묻고 싶다.

촬영을 구경하는 사이 해가 졌다. 해가 지자 촬영 기기와 조명들은 더욱 밝은 빛을 뿜어내고, 카페 조명도 어둠 속에 따뜻한 노란색으로 더욱 두드러졌다.

배우들과 스태프들은 한데 모여 뭔가를 논의하더니, 나뉘어서 몇 대의 차에 올라탔다. 유천영 쪽을 보니, 그는 그를 붙잡는 사람들과 대화를 나누고 있었다.

나는 팔짱을 끼며 그 모습을 보고 감탄했다. 유명 인사들 속에서도 여전히 유명 인사로구나.

하긴, 발해 그룹 막내 도련님이니까 줄 서려는 사람이 많은 것도 이해는 간다. 물론 단순히 인간적인 호감일 가능성도 배제할 수는 없겠지만.

그의 양옆에 서서 뭔가를 즐겁게 떠들어 대는 남녀 중 여자 쪽은 눈에 익었지만, 남자 쪽은 누군지 영 알 수가 없었다. 짙은 화장과 옷차림 때문에 잘 가늠할 수는 없었지만 둘 다 이십 대 초반으로밖에는 보이지 않았고, 잘하면 우리와 동갑이라고 해도 믿을 수 있을 것 같았다.

환하게 굽실거리는 금발을 가슴 아래까지 늘어뜨린 여자는 하얗고 조그마한 얼굴에 연신 미소를 짓고 있었다. 주변에 빛이라곤 얼마 없는데도, 기다란 속눈썹으로 둘러싸인 그녀의 눈 안에서 자꾸만 별이 반짝이는 것 같았다.

드라마상 계절이 여름인지, 조금 춥다 싶게 입은 옷 아래로 드러난 하얗고 긴 팔다리를 보며 나는 감탄했다.

연예인인 걸 감안해도 진짜 말랐다. 혹시 아이돌인가? 그제야 윤정인이 전에 건너 부탁했던 것이 생각이 났다.

'달링즈'의 예린이구나. 그리고 나는 남자 쪽을 흘낏 건너다보았다. 저쪽은 대체 누구지?

얼굴이 아예 낯익지 않은 건 아닌데, 진짜 모르겠다. 단정한 이목구비의 소유자인 데다 눈이 컸지만, 눈꼬리가 상당히 치켜 올라간 탓에 온순한 인상은 아니었다.

이나라와 닮은 것을 보니 남동생 역인 듯도 한데, 닮은 것치고는 분위기가 전혀 달랐다.

이목구비가 비슷한데 분위기가 저렇게까지 다를 수도 있구나.

감탄하다 말고, 주인이와 그의 사촌 형 우산을 떠올린 나는 고개를 끄덕였다. 그럴 수도 있지, 뭐.

유천영은 그들 중 누구와도 썩 친하지 않은 듯했다. 건조한 얼굴인 건 평소와 다름없지만 그가 은형이와 있을 때, 또는 은지호와 다툴 때 어떤 표정을 짓는지 나는 안다.

그렇게 생각하다 말고 나는 또 픽 웃었다. 그걸 아는 게 뭐가 어떻다고? 어설픈 우월감이야 뭐야.

다시 반대편을 돌아본 나는 아차 했다. 거의 흩어진 군중들 사이로 내다보이는 하늘은 빛 한 줄기 없이 캄캄해져 있었다.

어떡하지. 이제는 반여령은 물론이고 귀가하신 부모님조차 내가 자리를 비웠다는 사실을 알게 되었을 것이다.

물론 여행을 간다고 얘기를 해 놓기는 했지만, 반여령과 부모님이 우리 집 앞에서 마주쳤다면 왜 나만 돌아오지 않았는지 의심하실 가능성이 컸다.

"미치겠다, 일곱 시 넘었겠네. 얼른 가자."

머리를 벅벅 헤집은 나는 황급히 발을 옮겼다.

걷다 말고 다시 뒤를 돌아보니, 유천영은 두 남녀 사이에서 빠져나와 어딘가로 가서는 마스크를 받아 오고 있었다.

나는 잠시 고개를 기울였다.

차를 탈 거면 마스크를 쓸 필요는 없을 텐데, 설마하니 집까지 대중교통을 이용하려고? 지하철로도 삼십 분은 족히 걸리는 거리인데. 왜 굳이 차를 타지 않고?

그러다 마스크를 쓰고 모자까지 푹 눌러쓴 그가 단숨에 이쪽으로 방향을 꺾는 바람에 나는 당황했다.

그는 어디로 가든 방황하는 법이 없었다. 꼭 후회하지 않는 최선의 선택이 뭔지 알고 있는 사람 같았다.

그가 그런 모습을 보일 때마다 나는 당황하곤 했다.

꼭 그는 눈 감으면서도 주마등조차 없을 것 같아서.

주마등 속에서 가장 많이 보이는 것은 아마도 영영 잃어버린 것들의 얼굴일 것이다.

"함단이."

어둠에 파묻힌 길 속에서 그가 나를 다시 불렀다.

모자챙을 조금 아래로 내린 그가 물었다.

"여기서 뭐 해."

바람이 우리 사이를 쓸고 지나가자 잠시 정적이 찾아왔다.

그런 가운데, 나는 옅은 그늘 속에서 진하게 반짝이는 푸른 눈을 멍하니 보다가 간신히 입을 열었다.

"혼내는 줄…… 알았어."

한참을 망설이다가, 내가 그에게 던진 첫말에 유천영은 고개를 기울였다. 그가 의아하게 물었다.

"왜?"

"네 목소리가 조금 심각하게 들려서."

"그건, 네 표정이 내내 이상했으니까."

그의 대답을 반쯤 흘려들은 나는 눈을 힐끗 들어 그가 떠나온 뒤쪽을 바라보았다.

얼떨결에 유천영에게서 버림받은 남녀가 복잡 미묘한 표정으로 나를 쳐다보고 있었다. 둘 다 적대적인 눈빛은 아니었지만, 사람 꺼림칙하게 하는 게 있어서 아무래도 내 얼굴을 기억하지 않길 빌 수밖에 없을 것 같았다.

그러다 말고 뒤늦게 그의 말뜻을 깨달은 나는 경악하며 고개를 들었다.

내가 허둥지둥 물었다.

"어, 언제부터 알았어? 나 여기 있는 거."

유천영은 태연히 대답했다.

"너 왔을 때부터."

"말도 안 돼. 난 처음 여기 왔을 때 사람들 너무 많아서 너 발견하지도 못했었는데. 너 옆통수나 뒤통수에도 눈 달린 거 아니야?"

내가 그렇게 말하며 그가 푹 눌러쓴 모자를 치우려 하자, 그가 내 손길을 피하며 설핏 웃었다. 동전 마술처럼 갑자기 나타난 그 미소에 나는 조금 충격을 받았다.

나는 멍하니 그를 올려다보았다. 어쩌면 내가 아직도 그를 기억 속 텔레비전 속 존재와 겹쳐 보고 있던 모양이었다. 그가 내게 웃었다는 것에 이토록 충격받은 것을 보면.

그때 내가 조용해진 것을 본 유천영이 의아하게 물었다.

"왜 그래?"

"아, 아니야."

황급히 고개를 내저은 나는 잠시 망설이다가 다시 물었다.

"그, 그보다 너 여기 계속 있어도 괜찮아? 따로 갈 곳 있는 거 아니야?"

"없어. 너는?"

"응?"

유천영이 내가 원래 향하려던 길 쪽을 가리켰다.

"방금 어디로 급하게 가려는 것 같던데."

"아, 그거."

어설프게 웃은 나는 낮게 대답했다.

"그냥, 집에……."

그리고 나는 이상한 기분에 사로잡혀 한참을 머리카락만 헝클었다. 그래, 집. 집에 가야 할 텐데.

왜 몇 년 동안이나 계속 살아온 우리 집이 갑자기 낯선 곳처럼 느껴지는지…….

그때 내가 하는 양을 빤히 보던 유천영이 갑자기 내 손을 잡았다. 그가 그대로 나를 데리고 어딘가로 향하자 나는 눈을 깜빡이며 물었다.

"어디 가?"

"카페."

과연 그가 얼마 가지 않아 멈춘 곳은 방금까지 촬영하고 있던 반여령네 삼촌 카페가 아니라 길목에 있는 좀 더 작은 카페 앞이었다.

고작해야 두세 테이블 정도밖에 없는 실내를 유리문 너머로 살핀 내가 되물었다.

"여기는 갑자기 왜?"

"음료 한 잔 사 주려고."

마치 친구라기보다는 오랜만에 만난 삼촌 같은 말투로 그렇게 말하는 유천영을 나는 빤히 올려다보았다.

그때, 그가 문득 고개를 돌려 다시 날 보더니 말했다.

"얘기할 거 있으면 해도 괜찮고."

"……."

나직하게 따라붙은 말에 나는 잠시 그 자리에 굳어 있었다.

그러다 앞서 걷던 유천영이 나를 돌아보자, 나는 고개를 내젓고는 애써 웃으며 그를 따라 걸음을 옮겼다.

그러면서 나는 속으로 읊조렸다.

여단 오빠가 내가 좋아하도록 허락된 유일한 사람이었다면, 그는 분명 내가 좋아해선 안 되는 최초의 사람이었을 텐데.

그럼에도 그가 너무 다정해서, 나는 가끔 그 때문에 몹시 서러워졌다.

* * *

너무 작은 카페라서, 카페 문을 열고 들어오자마자 카운터의 직원과 눈이 마주치는 바람에 나는 괜히 인사부터 건넸다.

"안녕하세요."

나에 이어 유천영도 꾸벅 고개를 숙이고는 가장 가까운 테이블을 찾아 들어갔다.

우리가 자리에 앉는 내내 직원의 경악 어린 눈길이 우리에게서 떨어지지 않았다.

단순히 유천영의 외모에 놀랐다기보다는 그가 누구인지 알아본 것 같았다. 하긴, 최근 이 주변에서 촬영을 며칠 동안이나 진행했을 테니 못 알아보는 게 이상할 테지.

아니나 다를까, 유천영이 카운터로 다가가자 직원은 사인을 요구했다. 나는 그 옆에서 괜히 시키지도 않은 변명을 해 댔다.

"아, 저는 유천영 같은 고등학교 친구예요. 같은 반은 한 번도 된 적 없는데 같은 중학교 나와서 친하고요. 아, 그리고 이동 수업하면 같은 교실에서 수업 들어요."

옆에서 잠시 누가 물어봤냐는 표정을 짓고 있던 유천영이 물었다.

"뭐 마실래?"

"음, 오렌지 주스."

카페에서 오렌지 주스나 차 마시는 게 제일 돈 아깝다는 소리를 듣곤 했지만, 커피는 공부할 때 또 마셔야 하니 잠을 제대로 자려면 다른 선택지가 없었다. 요컨대 게임 할 때 얼마 남지 않은 포션을 효율적으로 사용하는 것과 비슷하달까.

내 말을 들은 유천영은 누구처럼 돈 아깝다느니 뭐라느니 하지는 않았지만 잠시 표정이 이상해지더니, 다시 앞을 보며 말했다.

"오렌지 주스 따뜻하게 해 주세요."

그 말을 들은 나는 나도 모르게 그의 등을 찰싹 쳤다. 눈이 화등잔만 해진 내가 말했다.

"그게 말이 돼? 오렌지 주스를 왜 따뜻하게 마셔?"

"데우면 되지 않을까?"

유천영은 여전히 태연자약했다. 그에 속이 답답해진 내가 대답했다.

"애초에 오렌지 주스를 왜 데우는데?"

"너 안색이 너무 안 좋아서."

"아니야, 그래도 그건 아니야. 봐, 직원분도 우리 이상하게 보시잖아!"

이거 어떡할 거야, 이거. 내가 그렇게 말하며 유천영의 옆구리를 찌르는 사이, 형용할 수 없는 표정을 짓고 있던 직원분은 내 말을 듣고 애써 표정을 바꾸더니 상냥하게 말씀하셨다.

그녀가 상냥하게 말했다.

"한번 해 볼게요."

"아, 아니에요. 너무 무의미한 도전이 될 것 같은데……."

내가 기어들어 가는 목소리로 말리거나 말거나, 계산을 마치고 카드를 돌려준 그녀는 주방을 향해 사라졌다.

나는 부디 그녀가 하는 SNS가 없길 바랐다. 하다못해 실시간 검색어에 '유천영 따뜻한 오렌지 주스' 같은 게 올라와 봐, 나는 오늘 잠도 못 잘 것이다. 그래서는 기껏 커피를 안 마신 의미가 없잖아.

내 고뇌를 아는지 모르는지, 태연한 얼굴로 다가와 맞은편에 앉은 유천영이 물었다.

“여행은 어땠어?”

“아, 여행.”

나는 그제야 여행을 끝내고 돌아온 것이 불과 오늘 낮의 일임을 상기했다.

아직 유천영한테 엉망진창으로 끝난 여행에 대해 아무도 전해 주지 않았구나. 당연히 은형이가 집에 돌아가서 전해 줬을 줄 알았는데. 생각해 보니 유천영은 오늘 내내 밖에 있었다. 그러니 그가 아직 은형이와 마주쳤을 리가 없었다.

그때 유천영이 다시 말했다.

“나도 가고 싶었는데.”

나는 그렇게 말하는 유천영의 얼굴을 빤히 응시했다. 카페의 오렌지색 조명 아래 속눈썹 그림자가 흰 뺨에 길게 너울거리고 있었다. 그리고 나는 다시 생각했다.

빈말…… 일 리는 없군. 유천영 성격에 그런 걸 할 리 없으니까.

잠시 눈을 굴리던 내가 조심스럽게 물었다.

“너도 우리랑 여행하는 거 좋아했어?”

그러자 유천영이 무슨 새삼스런 말을 하느냐는 듯한 눈빛으로 나를 쳐다보았다.

아니, 하지만 나는 지금까지 그가 돌아다니기 좋아하는 여령이와 주인이에게 맞춰 주는 줄로만 알고 있었는데.

그도 그럴 게, 늘 의욕 없는 표정을 짓고 있다가 여행 날이 되면 잠에 취한 얼굴로 미적미적 기어 나와 기차에서 새우잠이나 자곤 하던 그였다.

그 때문에 피곤하면 안 나와도 좋다 얘기를 한번 꺼내 볼까 하다가도, 막상 그가 안 온다고 생각하면 아쉬워져서 못 본 척 눈감고는 했는데. 그래서 여행 얘기를 꺼낼 때마다 그에게는 늘 약간의 죄책감이 들곤 했었다.

그때 유천영이 다시 말했다.

"좋아하는 편이라고 생각해."

"정말? 여행 계획 짤 때면 늘 의견도 별로 안 내잖아."

"그야 뭘 해도 대부분 괜찮으니까. 가만히 있었던 건 싫지 않아서였어."

그의 담담한 대답에 나는 더욱 당황하며 말했다.

"그래도, 우리 그렇게 세운 계획 대부분 지키지도 않잖아? 맨날 이리 튀고 저리 튀고. 결국에는 늘 별거 안 하다 끝나는데."

"우리 원래 만나서 별거 한 적 없었어."

갑자기 날아온 팩트 폭력에 내 입이 다물렸다. 멍한 표정을 짓고 있는 나를 보고 유천영이 다시 웃었다. 아까 길에서 보았던 것과 같이 홀연한 웃음이었다.

그러나 그 웃음은 그의 입가에 한동안 사라지지 않고 머물렀다. 혹시 환영인가 싶어 몇 번 눈을 깜빡이던 내가 물었다.

“너 웃음 왜 그렇게 늘었어?”

그제야 웃음을 지운 유천영은 스스로의 뺨을 쓸어 보았다.

“늘었어?”

“응.”

“감독님은 더 늘리라던데.”

아하, 연기 때문이었군. 나는 작게 고개를 주억거렸다. 뭐, 확실히 ‘절대 영도 카리스마 어쩌고…….’ 하는 수식어가 붙는 역할이 아니고서야 본래의 그보다는 웃음을 늘릴 필요가 있겠지.

그럼 촬영장에서도 오히려 우리와 함께 있을 때보다 더 자주 웃겠구나. 그리고 나는 턱을 괴며 생각에 잠겼다.

사실 유천영은 겉보기에 비해 그렇게 냉랭한 성격이 아니고, 실제로 중학교 때도 3학년이 끝날 때쯤에는 대부분의 남자애들과 친해져 있었다.

그는 남자애들 사이에서 오히려 주인이보다도 더 남동생 같은 느낌으로 통하는 모양이었다. 하긴, 악의나 마이너스적인 감정과는 전혀 인연이 없는 그니까.

그런 그가 잘 웃기까지 시작했다면, 촬영장 사람들 역시 우리와 마찬가지로 그가 겉보기와는 다른 성격이란 것을 깨닫지 않았을까?

그렇다면 두 남녀가 특히 유천영에게서 떨어지지 않으려 했던 것도 이해가 갔다. 그는 오래 곁에 두고 보고 싶은 사람임이 확실하니까.

하지만 그것과 별개로, 촬영장에서 웃고 있는 유천영의 모습이나 많은 사람들 사이에 끼어 있는 유천영의 모습을 생각하니 왠지 모를 서운함이 느껴졌다.

거기까지 생각하고 나는 잠시 스스로 생각을 되새기는 시간을 가졌다. 아니지, 잠깐. 내가 이런 것에 서운함을 느끼는 게 친구로서 타당하기나 한가?

음, 너무 오랫동안 우리가 그를 독점했던 게 틀림없었다. 그가 많은 사람들과 잘 지내면 좋은 거지, 이게 무슨 이기적인 생각이람? 나는 고개를 절레절레 내저었다. 무슨 대여섯 살 어린애도 아니고 말이야.

그러다 말고 아무 생각 없이 떠올렸던 비유에 다시금 내 가슴이 서늘해졌다.

어린애…….

반여령에게서 벗어나려 애쓰던 어린 날의 나.

그때, 유천영의 목소리가 나를 상념에서 깨웠다.

"왜 그래?"

잠에서 깨어난 것처럼 부스스 고개를 든 나는 희미하게 웃으며 물었다.

"아…… 우리 무슨 얘기 하고 있었지?"

"여행. ……혹시 여행에서, 무슨 일 있었어?"

그가 조금의 간격을 두고 조심스럽게 물어 온 말에, 나는 망설이다가 고개를 끄덕였다.

나는 일단 반여령이 기억을 되찾았다는 것부터 털어놓았다. 그 무렵, 음료가 나와서 유천영이 쟁반을 가지고 돌아왔다.

테이블 위에 컵들을 내려놓는 그에게 나는 망설이다가 다시 말했다.

"그런데 또 싸웠어."

"싸워? 왜."

유천영이 고개를 기울이며 되물었다. 확실히, 그 전까지 나와 반여령의 싸움은 반여령의 기억만 돌아오면 해결될 것으로 여겨졌으니 그가 의아해하는 것도 이해는 갔다.

나는 한숨을 내쉬며 털어놓았다.

"사실은…… 나도 열네 살 이전의 기억이 없거든."

유천영은 대답 없이 한쪽 눈썹만 구부러뜨렸다. 아무래도 방금 내 말을 제대로 이해하지 못한 모양이었다.

확실히 그럴 만도 하지.

한숨을 푹 내쉰 내가 다시 설명했다.

"뭐라고 해야 하지……. 반여령은 기억을 잃어버린 것에 대해서 내가 자기를 탓하는 것처럼 느꼈나 봐. 그래서 그게 오해라고 말해 주려던 게, 사실은 나도 열네 살 이전의 기억을 이미 오래전에 잃어버렸다고 말하는 데까지 가서……. 그런데 어찌 된 영문인지, 하필 그때 반여령의 기억이 돌아왔거든."

나는 쪽지에 얽힌 비밀에 대해 유천영은 물론이고, 그 누구에게도 털어놓을 생각이 없었다.

내가 푸념하듯 말을 이었다.

"그 뒤에는 분위기 박살 났지, 뭐. 여령이가 왜 자기한테 진작 말하지 않았냐고, 자기가 기억 잃어버리지 않았으면 평생 말 안 했을 거냐고 그러는데…… 솔직히 아무 말도 못 하겠더라고. 그 말이 맞아서."

그렇게 말하고 나는 힐끔 유천영의 눈치를 보았다. 혹시나 그가 '왜 말을 못 하겠는데?' 같은 반문을 할까 봐 두려워서였다.

그러나 그는 계속 말해 보라는 듯 담담한 눈으로 나를 바라보기만 할 뿐, 아무 말이 없었다.

그에 안도한 내가 다시 말했다.

"그래서 여차저차 여행이 끝나고 집에 돌아왔는데, 그 뒤에 여령이가 우리 집에 다시 찾아와서는 하는 말이, 어쩌면 내가 기억을 잃어버린 게 자기 때문인지도 모르겠대. 그러면서 내가 기억을 잃어버리기 직전에 우리가 싸웠던 일에 대한 얘기를 하는데……."

유천영이 담담하게 되물었다.

"하는데?"

"기억이, 떠올랐어."

"……."

일순 복잡한 표정을 짓는 유천영의 앞에서 나는 헝클어진 머리카락을 쓸어 넘겼다.

내가 말을 이었다.

"그런데 아무리 생각해도 이게, 반여령이 아니라 우리 부모님이 잘못한 거더라고. 그래서……."

그리고 나는 손을 수그리며 중얼거리듯 덧붙였다.

"아, 모르겠어. 여령이 얼굴 보기는 복잡하지, 부모님 얼굴 보기는 더 복잡하지. 무작정 집을 나왔는데 핸드폰은 부러지고. 우리 집까지 최단 거리로 보이는 길을 가는데 마침 네가 촬영을 하고 있고……."

내 말이 점차 다큐멘터리 내레이션에 가까워지던 그때였다. 내 말을 잠자코 듣고 있던 유천영이 툭 던졌다.

"어떻게 하고 싶은데?"

"어?"

"부모님과의 문제."

아니, 잠깐. 그렇게 훅 치고 들어오는 건 반칙이지. 결국, 유천영이 게슴츠레하게 보는 가운데 테이블 위로 상체를 엎드린 나는 죽는소리를 냈다.

내가 원망 어린 얼굴로 대꾸했다.

"내가 그걸 알았으면 지금 이러고 있겠어?"

핸드폰이 망가진 데다, 부모님이 집에 돌아온 것도 알고 있으면 한시라도 빨리 집에 기어들어 가야 할 판국에.

사실, 유천영이 음료 사 준다는 말에 냉큼 따라와서 이러고 있다는 것도 내가 현실에서 도피하고 있다는 증거였다.

한동안 음악 소리만이 카페 안을 흐르는 가운데, 살짝 고개를 든 내가 다시 말했다.

"사실, 지금 집에 들어가도 당장은 문제가 없거든?"

"응."

유천영이 담담한 목소리로 대답했다.

"왜냐하면 지금 표면상으로 내가 잘못한 건 연락 좀 안 받고 집에 늦게 들어간 것뿐이니까. 핸드폰 부러진 거 내밀면서 '친구 만나고 들어왔어, 미안!' 하면 뭐, 잔소리나 좀 하고 마시겠지."

"그렇겠지."

"그러니까 지금 당장 돌아가서 아무 일도 없는 척하고 살아도 아무런 문제가 없는데……. 모르겠어, 부모님이 하셨던 말들이 머릿속에 떠오른 이상, 내가 언제까지 그걸 덮어 두고 살아갈 수 있을지."

그러자 유천영은 아무런 대답도 하지 않았다.

나는 반대편으로 고개를 돌리며 또 주절주절 털어놓았다.

"그렇다고 얘기를 꺼내자니, 안 그래도 평소에 싸우는 일 많은데 몇 년 전 일 갖고 싸우기까지 하면 완전 긁어 부스럼 될까 봐, 조금…… 무서워."

그리고 내가 입을 다물자, 테이블 위에는 다시 침묵이 내려앉았다.

팔에 뺨을 파묻고 잠자코 있던 나는 불쑥 눈을 들어 유천영 쪽을 바라보았다. 그는 시선을 테이블에 고정한 채 침묵을 지키고 있었다.

하긴, 그러고 보면 유천영에게는 조금 먼 세계 얘기였나? 나는 몇 번 은형이에게 들어서 알고 있던 그의 가족사를 생각했다.

부모님과 두 형은 물론이고 유서 깊은 두 집안에서 쏟아지는 사랑을 한 몸에 받고 자란 막내가 바로 유천영이었다. 그걸 생각하니, 중학교 3학년 때쯤에 유천영이 주인이보다도 훨씬 더 남동생 같은 취급을 받았던 이유를 알 수 있을 것 같기도 하고.

주인이야 부모님으로부터 비롯된 약간의 그늘이 드리워져 있지만 유천영은 그것조차 없었다. 모두가 그의 것을 빼앗기는커녕 줄 생각밖에 하지 않았으니까.

유천영이 이렇게 표정이 없고 표현도 없는 성격이 된 것에 대해 은형이가 가설을 하나 들려준 적이 있었다.

'아마 가족들이 천영이한테 과하게 반응한 게 원인이 되지 않았을까 해.'

'뭐?'

'눈짓 한 번, 손짓 한 번 하면 그걸 가장 먼저 사다 안겨 주고 싶어서 안달을 못 하니, 그게 부담스러워서 저렇게 표현이 극단적으로 줄어든 게 아닐까?'

그러니까 주인이가 퍼붓는 애정을 통해 자기 자신의 귀여움을 깨닫고 애교를 발전시킨 반면, 유천영의 경우에는 그와 정반대로 무뚝뚝함의 극치를 달리기 시작했던 것이다.

유천영도 몇 년 동안이나 부모님께 말 못 하고 담아 둔 일이 있을까? 나는 잠시 생각해 보았지만 뭔가를 담아 두는 유천영이라니, 상상도 되지 않았다.

그래도 혹시 모르니 물어보기나 할까.

나는 다시 입을 열었다.

"유천영, 너도 몇 년 동안 속에 담아 두고 부모님이나 형제들에게 말 못 한 거라든가, 그런 거 있어?"

"아니."

즉답이었다. 한숨을 푹 내쉰 나는 다시금 테이블 위로 머리를 처박으며 생각했다. 그럼 그렇지.

좋겠다는 생각이 가장 먼저 떠올랐다. 그러다 또 금세 다른 생각이 그 뒤를 따랐다.

사실 유천영이 부모님께 담아 둔 것이 없는 것은 단순히 그의 부모님이 좋은 사람이기 때문일 가능성도 있겠지만, 어쩌면 유천영 본인이 워낙 직설적인 사람이라서가 아닐까?

그러다 나는 또 헷갈리기 시작했다. 아니, 잠깐. 반대인가? 유천영네 가족이 애초에 모든 것을 터놓고 말하는 분위기였기 때문에 유천영이 직설적인 성격으로 자란 걸지도.

그리고 나는 이제껏 한 번도 해 본 적이 없는 생각에 사로잡혔다. 그럼 혹시, 내가 이렇게 말 못 하고 혼자 끙끙 앓는 답답한 성격으로 자란 것도 반쯤은 우리 집의 분위기 때문일 수도 있다는 건가? 무슨 말만 해도 다른 사람과 나에 대한 비교가 튀어나오던 집이었기 때문에.

흠, 이거면 답답한 성격 좀 고치라는 은지호한테 핑계 댈 수 있을지도. 턱을 괴며 그렇게 생각하는 것도 잠시, 나는 또 고개를 내저었다.

아니지, 내가 이런 성격으로 자란 게 설령 내 탓보다 집의 분위기 탓이 크다고 해도 결국 그걸 고치는 데 필요한 건 내 노력이지 변명이 아닌걸.

그렇지만 그렇게 생각하자 또다시 속상해졌다. 내가 혼자 표정을 이리저리 바꿔 가며 생각에 잠겨 있던 그때, 그 꼴을 빤히 보던 유천영이 툭 던졌다.

“또 왜.”

그제야 흠칫 고개를 든 나는 어설프게 웃으며 대답했다.

"음, 그냥……. 내가 다른 가족에게서 태어났다면 지금쯤 내 성격이 어떻게 달라졌을지, 한번 상상해 보고 있었어."

유천영은 도대체 내 생각의 주제가 어쩌다 거기까지 갔는지 의아한 눈치였다.

나는 테이블 위로 두 손을 모으고 그의 눈치를 살피며 구질구질한 부연 설명을 덧붙였다.

"아니, 왜, 사람은 어렸을 때 성격 대부분이 형성된다고 하잖아?"

"그렇지."

"그래서 좀 생각해 봤어. 만약 내 어렸을 때 있던 사건들 중에 일부가 존재하지 않았다면 어땠을지."

"……."

조용히 팔짱을 끼는 유천영 앞에서 나는 턱을 괴며 회상에 잠겼다.

어렸을 때부터 부모님과 언성을 높이며 싸우고, 서로에게 막말해 댔던 일들. 그중 대부분은 성적에 관련된 것이었다.

어쨌거나 어릴 적 다툼은 가슴속에 큰 상처로 남는다. 사소한 다툼 중에 흘러나온 한마디 말 같은 것이 머릿속에 들러붙어 평생 떨어지지 않기도 한다.

너무 큰 아픔을 겪었을 때, 사람의 정신은 거기서 자라나길 멈춰 버린다는 얘기도 있다.

손가락으로 테이블 위를 툭툭 두드리던 나는 말을 이었다.

"그런데 그런 일이 일어날지 말지는 내가 선택할 수 없는 거였잖아. 또, 지금보다 어렸을 때는 그런 일들에 어떻게 대처해야 할지 몰랐으니까, 나 스스로 좋게 해결할 수 있는 것도 아니었고."

"……."

"아, 뭐라고 설명해야 할지 모르겠어. 뭐랄까, 나는 완전히 새하얀 곰 인형이 되고 싶었는데, 알고 보니까 예전에 천이 이미 얼룩져서 절대로 그런 곰 인형이 될 수 없다는 걸 알아 버린 느낌?"

반여령에 대한 기억을 뚝 떼어 내 버리고 도망쳐 버린 이 세계의 나를 이해할 수 있을 것도 같은 기분이었다.

내 상처와 상처 때문에 앓았던 시간들이 아예 없던 것이 됐으면 좋겠다는 생각이 들었다. 그러면 아파했던 그 시간 동안에 더 쓸모 있는 뭔가를 할 수 있었을 것만 같아서. 지금의 나보다도 좀 더 가시 없는 사람으로 자랄 수 있었을 것만 같아서.

결국 곰 인형에 대한 비유는, 내가 앞으로 절대 좋은 사람이 될 수 없을지도 모른다는 것에 대한 약간의 두려움과 절망이었다.

나는 아마도 유천영처럼 그늘 없는 사람은 될 수 없겠지. 그렇게 생각하자 내 그늘과 흉터들이 부끄러워 감추고 싫어졌다.

나는 고개를 푹 숙이며 입속으로 중얼거렸다.

미치겠다. 도대체 방금 그 말들을 왜 한 거야? 그냥 입 다물고 있지. 안 그래도 유천영과 나는 이미 너무 다른 사람인데, 여기서 다른 점을 더 설명해 줘서 뭘 어쩌자고.

그때였다. 지금까지 내 말을 잠자코 듣고 있던 유천영이 마침내 입을 열었다.

"……네가 다시 떠오른 기억들 때문에 많이 힘들다는 건 알겠어."

그 뒤에 이어질 말이 뭔지 나는 도무지 짐작할 수 없었다. 겁이 나서 견딜 수 없어진 내가 황급히 그의 말을 가로챘다.

"아, 아니야. 못 들은 척해. 내가 너무 투덜거렸지."

그리고 나는 머리를 마구 헤집으며 말을 이었다.

"아, 내 성격이 이렇게 된 게 다 옛날 일 때문이란 거 다시 생각해 보니까 너무 과거 탓이잖아. 사실 무슨 일이든 받아들이는 태도가 중요한 거니까, 이건 결국 내 노력의 결과이기도 할 텐데. 하하, 나 진짜 너무 한심한 소리 했다."

애써 과장스럽게 웃은 나는 황급히 몸을 일으키려 했다. 이만 갈까? 그렇게 말하려고 보니 테이블 위의 아직 손도 대지 않은 주스가 눈에 밟혔다.

따뜻한 오렌지 주스가 무슨 맛인지는 여전히 궁금하지

않지만, 이것부터 마셔서 없애지 않으면 여길 나갈 수가 없겠군. 그런 생각에서 내가 다급히 잔으로 손을 가져가던 그때였다.

유천영의 목소리가 다시 날아왔다. 나는 고개를 들었다.

"아까부터, 네가 왜 그런 식으로 말하는지 모르겠어."

그 말을 들은 내 심장이 덜컹 내려앉았다.

유천영이 분명 지금 내게 화를 내고 있는 거라는 생각이 들었다. 그는 사람들의 부정적인 감정 대부분을 이해하지 못하지만, 그것을 대놓고 말하지 않을 정도의 배려심은 있었다. 그런 그가 배려를 집어치웠다는 게 바로 그 증거였다.

그렇게 생각하기가 무섭게 그가 말했다.

"네 말처럼, 그런 일들이 일어날지 말지는 네가 정할 수 없는 거였잖아. 네가 할 수 있는 건 그 일들을 이겨 내기 위해 노력하는 것뿐이었고."

"……."

"지금 네 모습이 그 일들의 결과인지, 아니면 이겨 내려고 노력한 결과인지는 모르지만…… 그래도, 나는 지금의 네가 어디가 잘못됐다거나 부족하다고는 생각 안 해."

유천영이 담담히 말을 맺었다.

"아무튼 내가 좋아하는 건 지금의 너야."

"……."

"그러니 난, 이제까지의 네 노력이 충분했다고 생각해."

잠시 정적이 찾아왔다.

말이 없는 우리 위에서 오렌지색 전등 불빛만이 일렁였다.

나는 한참이나 오렌지 주스 잔을 붙든 손에 힘을 주고 있다가, 문득 잔을 들어 그것을 한 모금 들이켰다.

유천영이 그런 나를 빤히 쳐다보았다.

마침내 잔에서 입을 뗀 내가 말했다.

"맛없어……."

오렌지 주스를 데우는 과정에서 당분과 물이 함께 증발하기라도 한 건지, 단맛은 거의 사라지고 싱숭생숭한 신맛만 아주 조금 남아 있었다.

한쪽 눈썹을 까딱인 유천영이 내게 손을 내밀었다.

"줘 봐."

나는 순순히 그에게 들고 있던 컵을 내밀었다.

곧장 한 모금 들이켠 그는 매끈한 이마를 구기며 무척이나 미묘한 표정을 지었다.

테이블 위로 잔을 내려놓은 그가 말했다.

"미안."

"아냐, 네 돈인데 뭐가."

나는 키득대며 말했다. 오히려 내가 고맙지, 이렇게 데려와 주고, 그리고 카페도…….

기세 좋게 말을 이어 가려던 나는, 결국 채 한마디도 하지 못하고 다시 엎드리며 팔에 얼굴을 묻었다. 유천영은 당황하는 대신 고요한 눈으로 그런 나를 바라만 보았다.

푹 엎드린 내가 잠긴 목소리로 중얼거렸다.

"너는 어떻게 그러냐."

나는 결국, 오늘 그를 처음 마주쳤을 때 내뱉었던 말을 또 한 번 중얼거릴 수밖에 없었다.

왜 하필 너일까.

나는 맥없이 중얼거렸다.

"너는 어떻게, 항상 그러냐."

사실 유천영은 내 푸념 앞에서 다른 말을 할 수도 있었을 것이다.

지금과는 다른 가족에게서 태어난 내 모습을 같이 상상해 주었을 수도 있고, 아무튼 의미 없는 얘기고 결국엔 현실 도피에 불과하다고 충고했을 수도 있다.

그러나 그는 그중에 어떤 것도 하지 않았다.

'아무튼 내가 좋아하는 건 지금의 너야.'

질릴 정도로 담담한 목소리로 그렇게만 말했다.

그는 결국 내가 그런 생각을 하게 된 이유가 지금의 나 자신을 싫어하기 때문이란 것을 알아보고, 단숨에 뿌리를 뽑아 버렸다.

나는 고개를 들어 유천영의 푸른 눈을 바라보았다. 저 눈앞에서 어처구니없을 정도로 간단히 해결된 내 문제만 벌써 다섯 손가락이 넘어간다.
내가 계속 빤히 바라보자 유천영은 의아한 듯 물었다.
"왜?"
그의 가장 대단한 점은 어떠한 생색도 내지 않고, 또 방금 자기가 얼마나 대단한 일을 한 건지에 대한 자각도 없이 그런 일을 한다는 것이다.
내가 말없이 고개를 내젓고 고맙다고 말하려는 그때, 테이블 위로 미약한 진동이 느껴졌다.
나는 반사적으로 내 주머니를 내려다보았다가 멈칫했다. 두 동강 나서 전원도 안 들어오는 것을 확인했으니 당연히 내 것은 아니었다.
유천영의 핸드폰이 테이블 위에서 미미한 진동음을 내며 떨리고 있었다. 그가 핸드폰에 손을 가져가기 전, 나는 액정 위에 비친 글자를 읽었다.
[반여령]
비로소 마법에서 풀려난 기분이었다.
나는 앉은 자리에서 벌떡 일어났다.
"내 정신 좀 봐."
기껏 핸드폰을 가진 유천영과 만났으면서 반여령에게 전화하는 걸 잊고 있었다니. 일 났네, 이거.
내가 초조하게 입술을 잘근대는 사이, 유천영은 고개를

기울이며 핸드폰을 귀에 가져다 댔다.

"여보세요."

[유천영! 너 촬영 끝났어?]

"응."

[그럼 단이 수색 좀 도와!]

아니나 다를까 반여령의 용건은 정확히 내가 예상한 것이었다.

유천영이 대답하려다 말고 나를 힐끗 보기에 나는 얼른 손을 내밀었다. 내가 다급히 말했다.

"나 좀 바꿔 주라."

그러자 핸드폰 너머에서 당장 놀란 목소리가 돌아왔다.

[단아!]

평소에 그녀에게서 수도 없이 들어온 내 이름이 어딘지 낯설게 들렸다.

그러고 보면, 여령이와 내가 평소에 서로의 이름을 부르는 것이 하루에 몇 번쯤 되었을까? 나는 새삼 자문해 보았다.

아마도 아침에 아파트 복도에서 마주쳐 인사하는 것부터 시작해서, 못해도 열 번은 되겠지. 그토록 흔한 부름이었는데도 들은 순간 못 견디게 이상한 기분이 들었다.

그리고 나는 새삼스레 깨달았다.

그러고 보면 반여령이 기억을 잃은 지도 거의 일주일 가까운 시간이 지났구나.

물론 그 시간 내내 반여령은 거의 내 옆에 있었지만, 지금처럼 거리낌 없이 내 이름을 부른 적은 드물었다. 우습게도 그녀가 원래대로 돌아오고 나서야 나는 그녀의 부재를 실감했다.

내가 감상에 사로잡힌 것과는 별개로, 반여령은 몹시도 염려하는 목소리로 쏘아붙였다.

[단아, 너 어디야! 갖다 달라는 거 찾아서 갖고 왔는데, 그 짧은 새 집은 비어 있고, 전화도 안 받고. 게다가 가뜩이나 그런 일이 있고 난 다음이니까 내가…….]

그제야 정신을 차린 나는 느릿느릿 대답했다.

"아, 미안해. 집에 있는 게 답답해서 잠깐 산책하려고 나왔는데, 진짜 갑자기 핸드폰이 망가져서. 집에 돌아오는 길에 촬영하던 유천영이랑 만났어."

[우리 집 근처에서 촬영…… 아, 삼촌네 카페!]

금세 우리가 있는 장소를 깨닫고 당장 오겠다는 여령이를 내가 말렸다.

어차피 음료수도 거의 다 마셨고, 슬슬 일어나야겠지.

나는 빈 잔들을 쟁반 위에 옮겨 담으며 말했다.

"아니야, 우리 지금 일어났어. 가서 얘기하자."

[응? 아…….]

돌아온 여령이의 대답은 의외로 미적지근했다. 아마도 내가 걱정되어 당장 얼굴을 봐야겠다는 생각에 막무가내로 오겠다고 했다가, 막상 '얘기한다'는 표현에 이제야 우리 사이에 남은 문제를 깨달은 게 분명했다.

사실 누구의 잘못도 아닌 문제인데 말이야. 나는 쓰게 웃었다.

어느 한쪽이 잘못해서 일어난 일도 아니었고, 우리가 서로의 관계를 망치길 원해서 일어난 일은 더더욱 아니었다.

그러니만큼 좀 더 여유를 두고 봐도 되었을 텐데, 우리 둘 다 지나치게 예민하게 굴고 있었다는 생각이 이제야 들었다.

잊을 만하면 몰아친 사건 사고 때문에 나도, 반여령도 그동안 알게 모르게 많이 지쳐 있던 거겠지. 그러다 반여령의 기억 상실 사건으로 우리의 예민함은 정점을 찍은 걸 테고.

사건 자체의 황당함도 문제였지만, 그보다도 문제였던 것은 사실 따로 있었을지도 모른다.

핸드폰 너머에서 계속되는 침묵에 나는 다시 입을 열었다.

"여령아."

[응.]

그녀의 목소리는 답지 않게 뻣뻣하게 굳어 있었다.

나는 한숨처럼 옅게 웃으며 말했다.

"잘 돌아왔어."

사실 우리가 그토록 예민하게 굴었던 것은 반여령이 기억을 잃어버렸기 때문이 아니라, 우리가 서로를 잃어버렸기 때문이 아니었을까?

열네 살 이후로 그녀와 그토록 오랫동안 떨어져 있어 본 적은 처음이었다.

반여령과 나는 마치 한집에서 자란 자매처럼 온종일을 붙어 다녔고, 그런데도 질리지도, 지치지도 않았다.

친해지고 난 다음의 우리는 서로에게 꼭 맞게 설계된 퍼즐 조각 같았다. 실제로 반여령이 열네 살 이전의 나와 이후의 내 차이를 크게 깨닫지 못한 것도 어쩌면 그런 데 있었을 것이다. 특히 장난치거나 상황극을 할 때면 은지호조차 질색할 정도로 죽이 잘 맞았다.

그럴 때마다 나는 혼자서 종종 감탄하곤 했다. 도대체 반여령 같은 애가 갑자기 어디서 나타난 걸까?

내가 원래의 고향을 버리고, 상식적인 세계보다 비상식적인 이 세계에 남기를 바라게 됐던 이유조차 결국엔 그녀였다.

그런 그녀가 일주일간 온종일 내 곁에서 사라졌었는데, 내 정신이 온전했을 리가 없지. 좀 더 일찍 깨달았어야 했는데.

나는 다시 입을 열었다.

"아까 네가 기억 찾았을 때 이걸 말하고 싶었는데, 너무 늦었지. 그래도…… 잘 돌아왔어."

수화기 너머에서는 숨소리조차 들리지 않았다. 나는 눈

을 슬며시 내리깔았다.

“네가 저번에 나 기다렸을 때 이런 기분이었겠구나 싶더라. 내가 사라졌을 때 너희가 날 기억해 주길 간절히 바랐는데, 막상 겪어 보니까 꼭 그게 좋지만도 않은 것 같아.”

[아니야, 왜 그런 소릴 해.]

반여령이 어느새 울음기에 젖은 목소리로 말했다.

[나는, 내가 너 기억하는 편이 좋아. 나도 그러고 싶어.]

“너 없으니까 길게는 못 버티겠더라고.”

[나도 그래, 단아.]

그러더니 갑자기 수화기 너머에서 흐어엉, 하고 울음에 가까운 소리가 들려오는 바람에 나는 조금 당황했다. 그것도 잠시, 결국엔 내 눈에도 눈물이 그렁그렁하게 괴고 말았다.

내가 말했다.

“반여령, 내가 미안해. 나 기억 잃어버렸다고 얘기 안 한 거, 너 싫어해서 그런 거 아니야. 나도 내가 기억 잃어버렸다고 하면 네가 낯선 사람 보듯 날 볼까 봐, 혹시나 싫어할까 봐…….”

아까는 말 못 한 진심이 술술 나왔다. 어떤 상황에서든 반여령이 날 싫어하지 않을 거란 믿음이 생겼기에 비로소 꺼낸 말이었다.

아무튼 유천영이 그렇듯 반여령도 지금의 나를 좋아했다.

내 열네 살 이전의 과거가 그녀가 아는 것과 다르다고 해서 지금의 나를 싫어할 그녀가 아니었다.

그러자 반여령이 대답했다.

[내가 널 왜 싫어해, 바보야. 내 마음도 모르고…….]

"너야말로 몰라. 나 너 진짜 좋아한단 말이야."

[난 아닌 줄 알아? 내가 더 좋아한다고.]

급기야는 연애 시작하고 처음 싸워 본 커플이라도 된 것처럼 서로를 얼마나 좋아하는지 피력하기 시작한 우리를 옆에서 유천영이 형언할 수 없는 표정으로 바라보았다.

그제야 그가 이 상황을 타개한 일등 공신이라는 데 생각이 미친 나는 그에게 한쪽 엄지만 척 들어 보였다.

"고맙나. 덕분에 내 마음을 깨달았어."

듬직한 목소리로 그렇게 말하는 내게 유천영이 조금 창백해진 얼굴로 중얼거렸다.

"그런 쪽으로 깨달으라고 한 얘기는 아닌데……."

그때, 딸랑 하는 경쾌한 종소리와 함께 카페의 작은 문이 덜컹 열렸다. 그쪽을 돌아보니 은색 머리칼이 마구 흐트러진 은지호가 문틈에 손을 기댄 채 우리를 보고 있었다.

핸드폰을 귀에서 조금 뗀 내가 물었다.

"은지호?"

"핸드폰 멀쩡하면서 전화를 왜 안 받아? 유천영은 계속 통화 중이고."

다짜고짜 말하는 그에게 나는 통화 중이던 핸드폰을 내

밀어 보였다.

"아, 이거 내 거 아니야. 유천영 거. 내 핸드폰은 망가졌어."

그러자 대번에 눈썹을 구긴 은지호가 되물었다.

"망가져? 어쩌다."

"떨어뜨려서."

"맞아. 야, 이럴 때가 아니야."

빨리. 그렇게 말하며 은지호가 내게 손을 내밀었고, 나는 잠시 고민하다 손을 내밀었다.

즉시 내 손을 강하게 붙잡은 은지호는 그동안 우리와 무관한 사람인 양 멀뚱히 서 있던 유천영의 팔목까지 붙잡았다. 그러자 유천영의 매끈하던 미간에 대번에 주름이 졌다.

그가 불쾌한 듯 물었다.

"왜?"

"야, 너는 공인이란 자각이 있냐, 없냐? 카페에서 또래 여자애랑 단둘이 음료를 마시고 있으면 어떡해?"

"헉."

나는 헛숨을 들이켰다.

그렇지, 이제는 다른 누구도 대동하지 않고 단둘이서 있으면 안 되는 거였지? 아무리 우리가 오랜 친구 사이인 데다 아주 우연히 마주쳤다고는 해도.

더군다나 우리가 있던 카페는 유천영이 촬영한 곳에서 얼마 떨어지지도 않은 곳이었다. 당연히 아직 돌아가지 않았던 그의 팬이 그의 모습을 발견했을 가능성도 충분했다.

거기까지 생각한 내가 다급히 물었다.

“무슨 일 났어? 인터넷에.”

뭐, 신문 기사라든가. 내가 걱정스럽게 덧붙이자 은지호가 손을 내저었다.

“아니, 아직 거기까진 아닌데.”

그리고 그가 쓱 내민 핸드폰 화면을 보고 나는 침묵했다.

내 핸드폰에도 간단한 인터넷 기능이 있긴 해도 천문학적인 요금 때문에 전혀 쓸 수 없지만, 그런 것에 구애될 은지호가 아니었다. 널따란 핸드폰 화면 가득 유천영의 사진이 있었다.

방금 앉아 있던 카페에서 찍힌 사진이 분명해 보였다. 오렌지색 조명이 그의 검푸른 머리카락 위로 따뜻하게 녹아들어 있었다.

옆에 있던 내 모습도 조금 나오긴 했는데, 다행히 거의 다 잘려 나가고 조금 앞으로 숙인 고개와 유리잔을 감싼 손만이 나와 있었다. 그나마도 갈색 머리카락이 얼굴을 다 가리는 각도라 옆얼굴조차 나오지 않았다.

그 밑에 적힌 문구를 보고 나는 한숨을 거하게 내쉬었다. 어휴, 내 이럴 줄 알았지.

[헐ㅋㅋㅋ 방금 내가 알바하던 카페에 유천영 왔는데 오렌

지 주스를 따뜻하게 시킴. 태어나서 처음 들어 봤지만 유천영이 마시고 싶다 하니 성심성의껏 해 줬다.

옆의 여자애는 계속 자기랑 유천영 오래된 친구라고, 아무 사이도 아니라고 아무도 안 물어본 거 열심히 설명하는데 괜히 귀여웠음. 알겠어 언니가 오해 안 할게ㅋㅋ]

따뜻한 오렌지 주스는 아니나 다를까 직원분께도 강렬한 인상을 남겼던 모양이었다. 그나마 내 하등 쓸데없는(유천영이 정말이지 눈빛으로 왜 그러냐고 물었던) 설명이 고스란히 적혀 있어서 다행이었다.

내 얼굴이 안도의 빛으로 물드는 것을 보고 은지호가 입을 떼었다.

"너희 진짜 뒤에 저런 설명도 없었으면 당장 큰일 났을 줄 알아라. 함단이, 시키지도 않은 설명 열심히 한 건 잘했다. 잘했는데, 너 애초에 저기 앉아 있으면 안 됐던 거 알지."

나는 하하 웃으며 시선을 피했다.

잠시 가늘어진 눈으로 그런 나를 바라보던 은지호가 다시 입을 열었다.

"다음부터 먹을 거 사 준다고 따라오라고 해도 따라가지 말라고."

"납치범이냐, 내가."

뒤에서 잠자코 우리를 따라오던 유천영이 조금 불만스런

기색으로 끼어들었다.

확실히, 유천영 입장에서는 내가 영 이상한 표정을 하고 있어 지나칠 수 없었던 것뿐인데 은지호에게서 난데없이 그런 취급을 받으니 그럴 만도 했다. 하긴, 나도 애초에 대화하고 싶은 마음이 없었더라면 따라가지도 않았겠지.

그러자 유천영을 길게 바라보던 은지호가 잠시 후 고개를 홱 돌렸다.

그가 대답했다.

"안 그래도 나 때문에라도 위험에 노출됐잖아."

돌아오는 목소리가 뜻밖에 무척 가라앉아 있어서 나는 잠시 당황했다.

여전히 내 쪽은 바라보지 않던 은지호가 묵묵히 말을 이었다.

"더군다나 너는 이제 공인이니까, 우리 둘 다 조금쯤 거리를 두는 게 함단이의 안전을 위해서 맞지 않겠냐고."

"아니야. 그러지 마."

불쑥 끼어들어 그렇게 말한 것은 나였다.

나를 끌고 묵묵히 앞서 걷던 은지호도, 옆에서 한동안 말이 없던 유천영도 고개 돌려 내 쪽을 바라보았다.

나는 얼굴을 찡그리며 말을 이었다.

"너희랑 있어서 위험한 것보다도, 너희가 나랑 멀어져서 말도 안 하는 게 백배는 신경 쓰인단 말이야."

그러자 나를 잠시 멍하니 보던 은지호가 이윽고 미간을 좁혔다. 그것을 보고 나는 조금 겁을 집어먹었다.

아차, 화났나? 하긴, 그 일로 일종의 트라우마까지 생겨 버린 그에겐 내 위험은 상관없다는 내 말이 유쾌하진 않겠지.

그러나 그는 의외로 화나지 않은 모양이었다. 나는 도무지 재가 폭발하는 기준을 모르겠어. 내가 생각하는 가운데, 그가 내 뺨을 살짝 꼬집으며 말했다.

"네 수명 주는 거 아니라 이거지."

"무슨 소리래."

몸을 비틀어 그의 손에서 쉽게 빠져나온 나는 심드렁히 대꾸했다.

그러자 은지호가 다시 말했다.

"뭐긴, 위험에 처하면 '전 사실 은지호 수명과 일심동체예요. 저한테 이 인분의 목숨이 달려 있으니 다시 한번 생각해 주세요.' 하란 얘기지."

"그 말 듣고 잘도 멈추겠다."

내가 투덜거리자 은지호도 같이 투덜거렸다. 내 갸륵한 뜻을 몰라, 진짜.

그렇게 말하는 것과 달리, 내 손목을 잡은 그의 손에는 이전보다도 더 힘이 들어가 있었다.

아파트 입구 앞에는 여령이와 은형이가 나와 있었다. 은형이는 내 옆에서 은지호에게 손목을 잡혀 졸졸 따라오는 유천영을 보고 놀란 눈치였다.

"어떻게 만나서 같이 오는 거야?"

그 말에 은지호는 어처구니가 없다는 표정으로 방금 우리에게 보여 주었던 핸드폰 화면을 휙 내밀었다.

"하여간 이 중에 세상 이목 걱정하는 건 나뿐이라니까. 다들 세상 혼자 살지……."

은지호가 투덜대는 동안 나는 4년 전 반여령과 내가 싸우게 됐던 일을 간략하게 설명했다. 그리고 그 뒤에 숨어 있던 우리 부모님과 내 사이의 긴 싸움의 역사도.

내 설명이 계속되는 동안 이들의 얼굴은 점차 심각해졌다. 심지어 은지호조차 불만에 차서 투덜대던 것을 멈추고 내 얘기를 경청할 정도였다.

얘기가 끝나자, 우리는 다시 무거운 침묵에 휩싸였다. 우리가 서 있는 아파트 입구 근처를 드나들던 주민 몇몇이 우리를 힐끗 보고는 이상하다는 표정을 지으며 슬쩍 피해 갈 정도였다.

깊은 한숨을 내쉰 내가 물었다.

"너희는 내가 어떻게 해야 할 것 같아?"

"나 같으면 일단 또 같은 일 터질 때까지 참고 넘어가긴 하는데."

그렇게 말한 것은 팔짱을 끼고 그동안 생각에 잠겨 있던 은지호였다.

나는 조금 놀란 눈으로 그를 응시했다. 뭔가를 참는 은지호라니, 잘 상상이 되지 않는데.

하지만 그러고 보면 그는 자신의 인생 자체가 원하는 것과 해야 하는 것 사이에서 고뇌하는 인내의 역사였다고 말한 적이 있었다.

천하의 은지호조차 부모님의 앞에서는 한 수 접어주고 마는구나. 나는 고개를 끄덕이고는 몸을 돌렸다.

뜻밖에도 다른 의견을 제시한 것은 은형이였다. 그가 특유의 아나운서처럼 침착하고 또렷한 목소리로 말했다.

"나는 지금 말하는 게 낫다고 생각해."

"왜?"

여령이조차 조금 놀란 눈치로 그렇게 물었다. 그러자 은형이는 왜인지 내 눈치를 보며 잠시 머뭇거리더니, 이렇게 말했다.

"다음에 또 이 문제로 사건이 터진다면, 그건 시험 끝난 직후일 게 분명하니까."

"아."

나는 작은 탄성을 터트렸다. 그의 말을 듣고서야 나는 그가 말하기 전 잠시 머뭇거렸던 까닭을 알 수 있었다.

그의 말은 내가 여령이와 비교당할 만큼 시험을 망친다는 것을 전제하고 있기 때문이었다.

그리고 나는 미묘한 얼굴을 했다. 아니, 뭐 솔직히 말해서 내가 여령이보다 시험 못 본 게 어디 한두 번인가? 비교 대상이 전국 1등쯤 되면 비참하다기보다는 어이가 없을 뿐이라고.

시험 못 봐서 속상해하는 나에게 게을러서 이기지 못하는 거라는 둥, 그런 소리만 늘어놓지 않으면 다 괜찮단 말이야.

그렇게 생각하며 내가 묵묵히 고개를 끄덕이자, 은형이는 마저 생각한 것을 털어놓았다.

"단이 너는 시험 보기 전에 공부 열심히 하는 편이니까, 그런데도 시험을 망쳤다면 기분도 많이 안 좋고, 그 전에 잠을 많이 못 자서 몸 상태도 나쁠 거 아니야. 그 상태에서 부모님이랑 싸우면…… 더 안 좋게 번질 가능성이 커질 것 같아."

"아, 그건 그래."

나는 곧바로 수긍했다.

애초에 부모님과 내가 유독 시험 직후에만 서로 마음에 없는 말까지 하며 싸우던 것도 '이번만큼은 잘될 거야.' 하는 기대가 배반당한 데서 오는 절망감과, 그만큼 좋지 않은 내 몸 상태 때문이었다.

애당초 우리 엄마나 나나 평소에는 썩 예민한 편이 아니기 때문에, 누구 한 사람이 말실수해도 농담 같은 말로 지적하고 넘길 뿐 싸움으로까지 번지는 일은 거의 없었다.

대한민국 듣고 있습니까, 시험이 이렇게나 유해한 겁니다.

잠시 이를 갈던 나는 다시 생각했다. 아니, 그러면 역시 이렇게 아무 일도 없을 때 내 쪽에서 일을 터트려 버리는 편이 더 나으려나?

잠자코 듣던 유천영도 동의했다.

"나도 지금에 한 표."

"너는 왜……."

"어떻게 더 참고 살아?"

그가 그렇게 묻자, 모두가 한마음인 듯 고개를 끄덕였다.

그 모습을 보며, 나는 괜히 심각한 분위기인 와중에 한쪽 입꼬리가 올라가는 것을 막으려고 무던히 애를 써야만 했다. 그들의 말과 행동에서 '그동안 많이 힘들었지.'라는 메시지가 간접적으로 전해져 오는 듯해서.

나는 그들과 함께 곧장 엘리베이터를 타고 올라가 우리 집 앞으로 이동했다. 사람 수가 너무 많아서 발소리가 나지 않게 신경 써서 걷느라 평소보다 시간이 많이 걸렸다.

문 앞에 서서 나는 잠시 심호흡을 했다.

그리고 나는 결연히 말했다.

"나 들어간다."

"파이팅, 단아."

여령이가 나만큼이나 긴장한 목소리로 말했다.

나는 작게 웃으며 덧붙였다.

"내가 울면서 나오든 웃으면서 나오든 등 두드려 줘야 한다."

내 말에 은지호가 으름장 놓듯 대답했다.

"등 두드려 주는 게 문제겠냐. 같이 술 먹는 거 빼고 다 해 준다."

그 말에 여령이가 '아, 술! 우리 미성년자라 이게 안 좋네! 딱 술 먹어야 하는 날 아니야?' 하고 말하자 주변이 금세 시끄러워졌다.

우리가 갑자기 수능 끝나고 1월에 뭘 할지에 대해 얘기하느라고 잠시 소란스러워진 그때, 우리 사이로 문 안에서 날아온 목소리가 끼어들었다.

"거기 단이니?"

뭐라고 대답할 새도 없이 문이 벌컥 열리며 현관 등 불빛이 쏟아졌다. 엉겁결에 마음의 준비도 없이 엄마를 마주하게 된 나는 하하, 어색한 웃음을 흘렸다.

내 옆에서 여령이가 당황을 숨기지 못한 얼굴로 고개를 꾸벅 숙였다.

"안녕하세요, 이모."

"어, 안녕. 여령이도 있었구나."

다행히 엄마는 여령이의 반응이 어딘가 이상하다는 것을 눈치채지 못한 모양이었다. 더불어 좁은 문 뒤에 큰 몸들을 구겨 넣느라고 안달이 난 은지호와 유천영, 은형이의 존재도.

전부 또래에 비해 머리 반 개는 큰 녀석들이 그러고 있으니까 웃음이 터지려는 것을 참을 수가 없었다.

내가 실룩이는 입꼬리를 숨기려 고개를 푹 숙이는 사이, 엄마는 내게 일상적인 잔소리를 퍼붓기 시작했다.

"너는 이렇게 늦게까지 집에 안 들어올 거면 문자라도 남겨야지, 문자도 안 받고 전화도 안 받고 뭐 하는 거야? 조금만 더 늦었으면 너희 아빠랑 차 끌고 나가서 동네 한 바퀴 돌려고 그랬어."

"아, 그게 엄마."

내가 머뭇거리며 동강 난 핸드폰을 꺼내 보이자, 엄마는 곧장 내 등짝을 때렸다.

"고쳐 준 지가 언제인데 또 부러트리고 있어! 우리 집이 부자니? 우리 집이 부자야?"

악 소리가 절로 날 정도로 매운 손길에 나는 고개를 푹 수그리며 눈물을 삼켰다. 그보다도 생각보다 화가 많이 나신 모양인데, 오늘 얘기해도 괜찮을까? 나는 벌써부터 걱정이 되기 시작했다.

여령이에게 괜찮다는 뜻의 수신호를 대충 보내 준 뒤에, 나는 집으로 들어가 문을 굳게 닫았다.

집에 돌아오자마자 뒤 한 번 돌아보지 않고 곧장 거실로 돌아가 앉는 엄마에게 내가 떨리는 목소리로 말했다.

"어, 엄마."

"왜?"

"할 얘기가 있어……. 아빠한테도."

그러자 소파에 길게 누워 계시던 아빠가 고개만 들어 나를 올려다보았다. 최근 우리 집에서 싸움이 났던 적은 거의 없기에, 아빠도 엄마와 비슷하게 별 용건 아니겠지 하는 심드렁한 표정이었다.

두 사람의 무심한 시선을 받은 나는 잠시 바닥만 보며 두 손을 꼼지락거리다가, 심호흡을 하고 천천히 고개를 들며 내뱉었다.

"엄마, 아빠. 나…… 엄마 아빠가 시험 결과나 다른 걸 가지고 나랑 여령이 비교하는 거 그만둬 줬으면 좋겠어. 일상적인 일을 포함해서도."

그러자 엄마와 아빠는 서로를 돌아보았다. 그러더니 대수롭지 않게 일제히 푸핫, 하고 웃음을 터트렸다.

반응이 이럴 줄은 알았기에 나는 실망하지 않았다.

내가 담담히 바라보는 가운데, 엄마가 웃음기 섞인 눈으로 나를 돌아보며 물었다.

"왜, 또 질투 나는 일 있었어? 그래서 속상해?"

엄마가 무슨 일인지 말해 보라고, 달래는 듯한 말투로 덧붙였지만 나는 어조의 변화 없이 대꾸했다.

"그런 것도 그만둬 줬으면 좋겠어. 내가 비교하지 말라고 하면 질투하냐고 물어보는 거, 그렇게 '아직 네가 어리긴 어리구나.' 하는 것 같은 표정으로."

그러자 비로소 거실 안에 싸늘한 침묵이 찾아왔다. 마침내 내가 농담하고 있지 않다는 것을 깨달은 엄마와 아빠의 표정이 빠르게 식었다. 내 얼굴을 찌르는 두 사람의 시선이 바늘처럼 따끔따끔하게 느껴졌다.

하지만 여기서 물러날 수는 없었다. 항상 이 공기가 두려워서 그만두고 얌전히 물러나곤 했다. 항상 같은 돌부리에 걸려 넘어지면서, 어쩌면 그걸 치우기 위해서는 길 전체를 갈아엎어야 할지도 모른다는 생각에 외면하고 싶어서.

나는 입술을 질끈 깨물며 두 분의 말을 기다렸다.

마침내 얼굴이 딱딱하게 굳어진 엄마가 침묵을 깼다.

“단아, 너는 엄마가 지금까지 그러는 게, 단순히 그냥 너 놀리려고 그러는 거라고 생각했니?”

내가 대답하지 않자, 작게 한숨을 내쉰 엄마가 다시 말했다.

“그런 말을 하는데 엄마라고 기분이 왜 좋겠어? 엄마가 마냥 너 놀리려고 그런 말 한 건 아니야. 네가 공부 좀 더 했으면 좋겠고, 더 열심히 했으면 좋겠는데 그게 안 되니까. 진지하게 말하면 네가 상처받을까 봐 일부러 가볍게 말한 거지.”

거기까지 들은 나는 한숨을 쉬며 주먹을 꽉 쥐었다. 다시 고개를 든 내가 대답했다.

“엄마는 왜 그런 게 가볍다고 생각해? 엄마는 여령이랑 비교한 게 나름 재치 있다고 생각했을지 몰라도, 나한테는 전혀 아니야.”

"왜? 그럼 너는 엄마가 어떻게 말하기를 바라는데."

되묻는 엄마의 목소리가 점차 뾰족해졌다.

"너는 엄마가 네가 여령이를 영원히 못 이길 거라고, 그렇게 말했으면 좋겠어? 열심히 해도 어차피 못 이길 테니, 네가 할 수 있는 만큼만 하라고? 내가 너한테 그런 식으로 말하면 좋겠다는 거야?"

"엄마, 그런 말이 아니잖아."

"너야말로 지금 해 보지도 않고 너 스스로를 포기하고 있는 거 아니니? 엄마는 너 믿으니까 그렇게 말한 거잖아."

내 말이 조금도 전해지지 않고 있다는 것을 깨달은 나는 더 이상 말하기를 포기하고 뒤돌아섰다.

방으로 향하는 내 뒤에서 엄마의 날 선 외침이 날아왔다.

"너 어른이 말하는데 어딜 가!"

"잠깐만!"

그렇게 외치고 곧장 방으로 들어간 나는 옷장을 뒤져 롤링 페이퍼를 꺼냈다. 방금 반여령에게서 받아 온 것도 잊지 않고 다시 챙긴 나는 거실로 돌아갔다.

할 말을 잔뜩 장전한 표정으로 기다리고 있던 엄마는 내가 대뜸 종이 두 장을 바닥에 펼쳐 놓자 당황한 얼굴을 했다.

"이게 뭐야?"

"나랑 반여령이 초등학교 졸업할 때 받았던 롤링 페이퍼."

"이건……."

엄마는 이런 게 있는 줄도 몰랐다는 얼굴로 찬찬히 바닥에 앉아 종이들을 훑었다. 아무래도 옛날의 나는 이걸 엄마에게 보여 주지 않고 숨겨 둔 것이 틀림없었다.

아무렴, 자신이 학교에서 멀쩡히 지내고 있지 못하다는 걸 부모님께 당당히 말할 수 있는 자식은 몇 없겠지. 더군다나 어릴 적 나는 틀림없이 엄마가 나보다도 반여령을 더 좋아한다고 믿고 있었을 게 분명하니까.

내 앞에서 종이를 번갈아 살피던 엄마는 점차 얼굴을 굳혔다. 고개를 든 엄마가 충격에 물든 얼굴로 물었다.

"단아, 이게 뭐니."

"말했잖아, 롤링 페이퍼라고."

"왜 네 얘기는 얼마 안 적혀 있니."

"그야, 다른 애들도 엄마처럼 말했으니까."

엄마가 충격 때문에 금이 간 얼굴로 나를 올려다보았다.

나는 담담하게 말을 이었다.

"나는 애들한테 예쁜데 공부도 잘하는 여령이 친구, 착하고 못 하는 게 없는 여령이 친구, 단지 그뿐이었으니까."

"아니야, 단아. 엄마는 너 그렇게 생각한 적 없어."

나는 롤링 페이퍼를 발견한 뒤로 내내 품고 있었던 말을 마침내 입 밖으로 꺼냈다.

"거기 적힌 말이랑 엄마가 평소에 나한테 하는 말들, 얼마나 다른데?"

엄마가 더는 내 눈을 마주치지 못하고 고개를 숙였다. 엄마가 쥔 흰 도화지의 모서리가 우그러져 형체를 잃었다. 그 모습을 보면서도 나는 침묵을 지켰다.

그때, 대화가 중반에 접어들 무렵부터 허리를 꼿꼿이 펴고 앉아 있던 아빠가 엄마에게 손을 내밀었다.

"어디, 나도 한번 줘 보소."

엄마는 여전히 고개를 숙인 채, 눈도 마주치지 않고 아빠에게 종이를 건네주었다.

모서리가 우그러진 종이를 읽어 내리던 아빠는 마찬가지로 차차 충격에 젖었다. 두 사람이 한참이나 바닥만 보는 채로 아무 말이 없는 모습을 물끄러미 바라보던 나는 결국 자리에서 일어났다.

내가 방으로 들어가기 전 마지막으로 말했다.

"나 오늘 잠은 여령이네 집에서 자고 올게."

아무런 대답도 돌아오지 않았다.

내가 방에 들어가 편한 옷으로 갈아입고, 화장실에서 칫솔을 챙겨 신발장으로 갈 때까지도 거실에서는 어떠한 기척도 느껴지지 않았다.

도어 록을 열다 말고, 다시 뒤돌아선 나는 마지막으로 말했다.

"엄마, 나는 내가 나인 걸 더 이상 싫어하게 되고 싶지 않아."

그제야 석상이 되는 마법에서 풀려난 것처럼, 천천히 고개를 들어 이쪽을 바라보는 엄마와 아빠에게 내가 말했다.

"내가 엄마 아빠 자식으로 태어나서 미안하다는 생각도, 이제는 그만하고 싶어."

그리고 나는 문을 열었다. 잔뜩 긴장한 반여령과 다른 이들의 얼굴이 나를 반겼다.

문을 도로 닫을 때, 닫히는 문 사이로 희미하게 '아니야.' 하고 말하는 소리가 들려온 것도 같았다.

그리고 문이 완전히 닫히자, 나는 비로소 참았던 숨을 토해 내며 말했다.

"다 말했어."

"수고했어."

은형이가 가장 먼저 그렇게 말했다. 곧이어 은지호가 '잘했어.' 하고 말하며 내 팔을 툭 치고, 유천영이 내 머리에 손을 얹었다. 마지막으로 여령이가 나를 끌어안았다.

깊게 심호흡한 나는 다시 한번 말했다.

"내가 할 수 있는 일은 했어."

돌을 던졌으니, 이제 남은 것은 파문을 기다리는 것뿐이다.

* * *

도저히 이 모든 게 하루 동안 벌어졌던 일이라고는 믿을 수 없을 만큼 긴긴 하루가 드디어 지나갔다.

여령이네 집에 와서 씻고 누운 것까지는 좋았지만, 그렇게나 피곤했는데도 막상 누우니 잠이 오질 않았다.

내가 돌아오기 전, 먼저 씻고서는 결연한 얼굴로 '오늘 못다 한 얘기 다 하는 거야!' 하고 외쳤던 여령이는 그게 꿈이었나 싶게 곤히 곯아떨어져 있었다.

혹시나 자는 척하는 건가 싶어 살짝 어깨를 밀어 보았지만, 잠시 침묵이 흐르는가 싶더니 푸푸 하는 숨소리만 쏟아졌다.

베개에 뒷머리만 갖다 대도 기절하다니, 어떻게 하는 건지 도통 신기하다니까. 감탄해서 그녀의 얼굴을 들여다보던 나도 이윽고 다시 벌러덩 누웠다.

"음, 난 분명히 깨웠다."

반여령이 듣지 못할 변명 한마디를 중얼거리면서.

그 뒤로는 줄곧 이 상태였다.

나는 천장에 비친 창문 그림자를 눈싸움이라도 하는 것처럼 응시했다. 쾅 하고 가끔 주차장 쪽에서 차 문 닫는 소리가 크게 들려오는 것을 제외하면 방 안은 온통 고요했다. 가끔 책상 위에 놓인 여령이의 핸드폰이 밝은 빛을 내다가 꺼지기를 반복했다.

지구에서 아주 먼 위성 기지에 여령이와 나, 단둘이 있는 것만 같은 기분이 들었다. 내 경험상 이런 기분이 들 때면 밤이 유난히 길었다.

몸을 뒤척거리고 발을 꼼지락거리기를 또 한참, 참지 못하고 시계를 확인한 나는 경악하며 중얼거렸다.

"아직도 한 시밖에 안 됐잖아?"

아무리 일찍 잠드는 반여령에게 맞춰 열 시 반에 누웠다고는 하지만, 이렇게나 오래 뒤척였으니 체감상 얼추 새벽 다섯 시는 돼야 했는데.

나는 이마를 감싸고 끙끙거리기 시작했다. 다시 눈을 감고 잠들기를 시도했다가는 실패할 게 뻔하고, 우리 집으로 돌아가기에는 시간이 일러도 너무 일렀다.

어떡한담. 몸을 공처럼 둥글게 말고는 무릎에 턱을 얹고 고민하다가, 마침내 마음을 정한 나는 침대에서 내려왔다.

"안 자는 사람이 누구 있으려나."

민아랑 혜힐이는 자고 있을 테고, 김혜우는 안 잘 테지만 게임하느라 바쁠 테니 전화하면 안 될 테고, 주인이는 워낙에 오락가락해서 잘 모르겠네. 그럼 지금 연락할 수 있는 사람은 주인이뿐인가?

내 핸드폰은 물론 깔끔하게 동강 나 버렸지만, 여령이가 핸드폰 쓸 일 있으면 자기 핸드폰을 맘껏 쓰라고 말해 주었다.

그래도 여령이도 참 대단하다니까. 나는 속으로 조금 감탄했다. 아무리 우리가 오래 알고 지낸 사이인 데다 겹치지 않는 친구가 거의 없다고는 해도, 나는 그렇게 선뜻 못 빌려줄 것 같은데. 앞뒤가 같은 사람의 표본이라니까.

나는 핸드폰을 열고 주인이의 번호를 찾아 '지금 뭐 해?' 하고 입력하며 거실로 나왔다. 그러기가 무섭게 부엌 쪽에서 인기척이 들렸다.

나는 퍼뜩 고개를 들었다. 정글 한가운데 있는 것처럼 예민하게 살아났던 감각이 금세 다시 가라앉았다.

나는 부엌에 덩그러니 서 있는 검은 인영을 보고 소리 죽여 웃었다.

"여단 오빠."

그가 대답하지 않고 손에 든 컵만 쓱 들어 보이기에 나는 고개를 기웃했다. 마시겠냐고 묻는 건가?

"그게 뭔데?"

"허브티."

돌아온 대답에 나는 다시 고개를 기웃했다. 우리 집에서는 좀처럼 잘 취급하지 않는 것이었다. 찬장에 있는 거라곤 양주와 발효주뿐인데, 뭐.

허브티에 진정 효과가 있다는 얘기를 들은 적이 있기는 한 것 같았다. 내가 망설이다 고개를 끄덕이자, 여단 오빠의 그림자가 다시 컴컴한 부엌으로 사라지더니 덜그럭거리는 소리가 다시 들려왔다.

얼마 안 가 김이 모락모락 피어오르는 머그잔 두 잔을 들고 온 여단 오빠가 거실 탁자 위에 그것들을 조심스레 내려놓았다.

"자."

"잘 마실게. 고마워, 오빠."

내가 그렇게 대답하는데 갑자기 바깥에서 차 소리가 크게 들렸다. 끼이이익 하는 찢어질 듯한 브레이크 소리가 허공을 찢었다.

나는 어깨를 움츠리고 조금 더 기다렸지만, 뭔가에 부딪치는 소리 따위는 들리지 않았다. 그제야 다시 긴장을 푼 나는 고개를 돌렸다. 여단 오빠의 얼굴이 희끄무레한 빛 속에 희미하게 드러나 있었다.

그가 나와 내 손에 들린 핸드폰을 내려다보며 말했다.

"안 자고 왜 나왔어?"

"아. 잠이 안 와서, 문자나 좀 할까 하고……. 그러는 오빠는 왜 안 자고 부엌에서 차를 마시고 있어?"

"그러게."

"아, 뭐야."

어째 여단 오빠답지 않은 말투였다.

손을 들어 그의 팔을 작게 툭 때린 나는 이어진 그의 말에 웃음을 참지 못했다.

"너랑 마주치려고 그랬나 봐."

"뭐야, 오빠. 그 말투 뭐야."

늘 담백한 말투에 볼링공처럼 무거운 진심만 담아 구구절절 스트라이크 치던 여단 오빠였다. 그런 그가 대뜸 드라마에서나 본 것 같은 멘트를 던지니 영 어울리지 않았다.

내가 그의 어깨에 손을 올리고 거의 엎어지다시피 웃자, 그런 나를 가볍게 부축하며 여단 오빠가 물었다.

"……그렇게 이상해?"

"이상하진 않은데, 여단 오빠가 그러니까 너무 웃겨."

안 어울려. 그렇게 내뱉으려다 코앞에 다가온 여단 오빠의 얼굴을 본 나는 생각을 바꾸었다. 음, 아니지. 저 얼굴에 안 어울리는 게 어디 있어? 얼굴이 개연성이다.

그리고 나는 잠시 상상에 빠져 보았다. 세월이 흘러 대학생이 된 여단 오빠가, 어느 대학교 정문에 기대어 서 있다가 지나가는 누군가에게서 '여기서 뭐 하세요?' 하는 질문을 듣는 장면을.

그리고 그녀의 어깨를 잡으며 '너랑 만나려고 그랬나 봐.' 하고 진지하게 말하는 여단 오빠의 모습을 상상한 나는 기어이 두 무릎에 이마를 처박았다.

"아, 안 되겠다."

엎어져서 한참이나 어깨를 들썩이는 나를 여단 오빠는 어째서인지 못마땅하다는 눈으로 내려다보았다. 그 가운데, 두 눈에 고인 눈물을 닦아 내며 다시 고개를 든 내가 말했다.

"오빠, 영화에 캐스팅당하고 싶은 게 아니라면 이런 말은 그만두는 게 좋겠다. 특히 밖에서는."

"뭐?"

"안 어울릴 것 같은데 너무 잘 어울려서 신기해. 그게 문제야."

여단 오빠는 여전히 내 말뜻을 이해하지 못한 표정이었지만, 내가 거듭 '알겠어?' 하고 말하자 느리게 고개를 끄덕였다. 그런 그를 웃음기 남은 얼굴로 바라보던 나는 문득 말했다.

"아, 그러고 보니……."

"응?"

"오빠 방금 하는 거 보니까, 유천영 연기하는 거 볼 일이 벌써부터 걱정된다."

왜인지 거실 안이 조금 조용해진 가운데, 나는 턱을 괴고 고개를 돌리며 말했다.

"틀림없이 안 어울릴 것 같은데, 의외로 잘 어울려서 그 점이 웃길 것 같아. 유천영이 보는 앞에서 드라마 보다가 빵 터지면 어떡하지. 걔 분명히 삐질 텐데……."

그리고 문득 여단 오빠를 다시 올려다본 내가 말했다.

"아, 맞아, 오빠. 내가 얘기했었나? 오늘 밖에 잠깐 다녀오는 길에 유천영 만난 거. 애들이랑 여행 다녀온 것과는 별개로……."

"응."

"그래서 걔 연기하는 거 실제로 보게 됐었는데 확실히 어색하진 않더라. 애가 재능이 있나 봐. 아, 그런데 진짜 신기했던 건 뭐냐면……."

내 생각은 점차 눈앞의 어둠으로부터 기억 속 석양이 지던 거리로 옮겨 갔다. 뺨에 달라붙은 머리카락 끝을 매만지던 내가 멍하니 말을 이었다.

"걔가 웃음이 는 거."

"응……."

"진짜 대수롭지 않은 말을 했는데도 웃는 거야. 원래는 절대로 그런 애가 아닌데. 그래서 왜 그렇게 늘었냐고 하니까, 감독님이 늘리라고 해서 늘렸대. 그래선지 촬영장 사람들한테도 인기 많은가 보더라고. 하긴, 애가 막상 친해지고 보면 정 없는 성격은 아니니까……."

거기까지 말하고 문득 여단 오빠를 바라본 나는 흠칫했다. 그토록 심사가 복잡해 보이는 여단 오빠의 얼굴은 처음이었다.

그러다 눈이 마주칠 뻔하자, 황급히 시선을 떨어뜨린 나는 조심스레 손을 들어 가슴께에 얹었다. 심장이 빠르게 두근거렸다.

내가 방금 뭘 실수한 거지? 해선 안 되는 얘기 같은 게 있었나? 너무 내 생각에 몰두한 게 문제였을까?

바로 그때, 갑자기 안방 쪽에서 문 열리는 소리가 들려왔다. 나와 여단 오빠 모두 기겁하며 뒤를 돌아보았다.

정신을 차렸을 때, 우리는 누가 먼저라고 할 것 없이 다급히 손을 잡고 베란다로 숨고 있었다. 베란다 문이 열려 있는 것이 천만다행이었다.

너무 급하게 숨은 나머지, 벽에 바짝 기대는 과정에서 하필이면 머리 위치에 박혀 있던 못에 세게 뒤통수를 부딪친 나는 고꾸라지며 끙끙댔다. 그나마 세게 부딪치지 않아서 다행이지, 아니었으면 이 새벽에 파상풍 걱정을 해야 할 뻔했다.

여단 오빠도 그 점이 걱정됐는지, 기척을 숨긴 와중에도 내 뒤통수를 매만지며 상처를 확인해 보려 했다.

나는 괜찮다는 뜻으로 고개를 내젓고 거실의 동태에 귀를 기울였다. 거실을 한 바퀴 돌아보신 여령이네 아버지가 고개를 기웃거리며 말씀하셨다.

"이상하다, 소리가 들렸는데……."

그러다 머그잔을 발견하신 듯 덜그럭거리는 소리가 들렸다.

아차, 나는 눈썹을 찡그렸다. 도망치면서 찻잔도 함께 가져왔어야 하는 건데.

차가 아직 따뜻하다는 걸 여령이네 아버지께서 눈치채 버리시기라도 하면……. 그러다가 베란다 문이 열려 있다는 것을 발견해 버리시기라도 한다면?

그제야 나는 후회하기 시작했다. 도망치지 말고 차라리 거실에 남아 있을 걸 그랬나? 둘 다 잠이 안 와서 거실에 나왔다가 잠시 얘기를 나누고 있는 것뿐인 것처럼, 태연하게 손을 들어 올리며 '여어, 아버님.' 했어야…… 아니지. 그건 건달들이나 쓰는 말투고. 그럼 뭐라고 해야 하지?

있지도 않은 상황을 상상하며 내 머릿속이 점차 혼란의 도가니가 되어 가는 동안, 여령이네 아버지는 더 수색할 마음을 접으신 듯 갑자기 하품을 하더니 안방으로 들어가셨다.

발소리가 멀어지고, 곧이어 찰칵하고 문 닫는 소리가 들리자 나와 여단 오빠 둘 다 안도의 한숨을 푹 내쉬었다.

그제야 잊고 있던 뒤통수의 통증과 함께 맨발을 타고 올라온 베란다 타일의 냉기가 느껴졌다.

한동안 몸을 웅크리고 있다가, 마침내 말할 정도로 긴장이 풀린 내가 중얼거렸다.

"영화가 뭐 따로 있나, 이럴 때면 인생 자체가 하나의 영화인 것을……."

생각나는 대로 뱉은 것뿐인데 어째선지 옆에서 여단 오빠가 작게 웃음을 터트렸다. 아, 방금 표정이 이상하던 건 풀렸나? 내가 안도하는 사이, 안방 쪽을 힐끗 본 그는 웃음을 그치고 구급상자를 가져오겠다며 부엌 쪽으로 가 버렸다.

여전히 베란다 벽 뒤에 몸을 숨긴 채 그가 돌아오길 기다리며, 나는 내가 왜 무슨 첩보 요원이라도 된 것처럼 이러고 있는지 새삼 자문했다. 이젠 여령이네 부모님도 다시 안방에 들어가시고 안 계시는데.

어쨌거나 우리는 상처 치료도 거실로 돌아가지 않고 굳이 베란다에서 진행했다. 내가 아픈 데 없다고, 괜찮다고 해도 여단 오빠는 파상풍 걸리면 안 된다며 꿋꿋이 치료를 진행했다.

그런데 한 가지 문제가 있었으니, 못에 박은 데가 어디였는지 어둠 속에서 도통 짚이지 않는다는 것이었다.

내 뒷머리 이곳저곳을 꾹꾹 눌러 보며 어디가 아프냐고 묻는 여단 오빠에게, 나는 게슴츠레하게 올려다보다가 말했다.

“아, 됐어. 때려 쳐 때려 쳐.”

“안 돼. 그러다 진짜로 파상풍 걸리면…….”

그러더니 고개를 픽 돌린 여단 오빠가 기어이 입꼬리를 실룩이는 것을 보고서야 나는 눈치챘다. 혹시, 나 놀리려고 굳이 치료하자고 한 거 아니야?

내가 그의 얼굴로 손을 뻗으며 말했다.

“오빠, 내 얼굴 좀 봐.”

그러자 여단 오빠는 한 손으로 얼굴을 가리고는 고개를 도리도리 내저었다. 아니, 뭐. 귀여운 건 인정하는데.

미묘한 표정이 된 내가 다시 손을 뻗어 그의 고개를 이쪽으로 돌리게 하려고 했지만, 그는 한 손으로는 얼굴을 가리고 다른 손으로는 내 손목을 잡으며 계속 버텼다.

몸싸움을 하던 끝에 결국에는 우리 둘 다 웃음이 터지고 말았다. 우리는 서로의 손목을 잡은 채 마주 보며 한참을 작게 웃었다.

그러고 나서야 여단 오빠가 구급상자를 정리하며 말했다.

"부모님이랑 얘기한 건 어떻게 됐어? 네 핸드폰이 망가져서 그 뒤로 연락 못 했잖아."

"아, 맞다. 아까 그 얘기 다 못 했었지, 참."

고개를 끄덕인 나는 무릎을 끌어안고 조곤조곤 낮은 목소리로 얘기를 시작했다. 여단 오빠는 간간이 고개를 끄덕이고, 또 가끔은 손을 내밀어 내 손등이나 무릎을 덮고 위로하듯 작게 토닥였다.

우리 사이로 가끔 자동차 소음과 취객의 고함 소리, 개 짖는 소리가 종종 지나가고, 덤프트럭의 전조등 불빛이 창 위로 밝은 빛을 던질 때면 우리 둘 다 베란다 바깥으로 고개를 돌렸다.

나는 불현듯 이 순간이 내 기억 속에 아주 오래 남으리란 것을 깨달았다.

불편하게 웅크린 몸과 맨발을 통해 타고 올라오는 냉기, 혼자 있을 때처럼 내 어깨를 짓누르는 대신 물결처럼 우리 사이로 부드럽게 흐르는 밤의 어둠과 소음.

나는 말을 멈추고 여단 오빠의 옅은 빛에 잠긴 옆얼굴을 빤히 바라보았다. 내가 갑작스럽게 말을 멈추자, 여단 오빠가 의아하게 되물었다.

“왜 그래?”

내가 아무런 대답도 하지 않자, 그는 대답하고 싶지 않으면 그러지 않아도 된다는 것처럼 다만 내 손을 힘 있게 움켜잡았다.

내 손가락 사이를 파고드는 깍지 낀 손의 온기를 느끼며, 나는 그 없이 보낸 지난 밤들을 생각했다.

잠 안 오는 밤, 지금 당장 연락할 수 있는 사람의 수를 세다 보면, 나 자신이 남은 성냥의 개수를 세며 긴 밤을 새우는 성냥팔이 소녀라도 된 듯한 기분이 들곤 했다.

성냥은 가끔은 늘어나고, 또 내 실수로 줄어들기도 하고, 그러다 어느 날 성냥의 개수가 밤의 길이보다 짧아지는 순간이 오면 어쩌지 하며 조바심에 지새는 나날이 많았다.

그런데 여단 오빠와 같이 있는 동안은 절대 꺼지지 않을 모닥불에 두 손을 쬐고 있는 듯한 기분이었다.

나는 다시 눈을 가늘게 뜨며 이날의 공기와 나를 바라보는 여단 오빠의 눈빛, 내 손에 닿은 체온과 심지어 나를 감싼 냉기까지도 모두 기억하려고 애썼다.

이럴 때면 흘러간 하루가 다시는 돌아오지 않는다는 게, 우리는 매일매일 새로운 하루를 살아갈 수밖에 없다는 사실이 슬펐다.

*　*　*

다음 날, 눈을 떠 보니 여령이는 이미 일어난 듯 옆은 비어 있었다.

몇 시지? 고개를 돌려 시간을 확인하려다 말고, 나는 가볍게 재채기를 했다.

"에취."

그리고 이마에 손등을 대 본 나는 중얼거렸다.

아, 아니겠지, 설마? 어제 결국 여단 오빠와 새벽 다섯 시까지 베란다에서 밤을 지새웠으니, 감기에 걸려도 이상하지 않다고 생각은 했지만.

안 돼, 이제 곧 6월 모의고사도 있단 말이야. 고개를 내젓던 나는 등 뒤에서 여령이가 문을 벌컥 열고 들어오자 흠칫 놀랐다.

"단아! 엄마가 너 밥 먹고 갈 거냐고 물어보시는데."

"어? 음……."

잠시 고민하던 나는 고개를 내저었다.

일단 첫 번째 이유는 여단 오빠와 얼굴을 맞대고 밥을 먹어야 한다는 것이었다. 부스스한 머리에다 잠이 덜 깬 얼굴로 마주치면 민망한 것은 고사하고, 어제 베란다에서의 일이 생각나서 웃음이 터지고 말걸. 그럼 여령이네 부모님이 우리 사이의 이상한 기류를 눈치채는 것은 시간문제였다.

그것도 그렇지만 두 번째 이유는, 집의 공기를 한번 확인해 볼 필요성을 느꼈기 때문이었다.

부모님이 도대체 어제 내 말에 대해 어떻게 받아들이셨을지.

숨 막히게 무거우면 물론 그것도 그것대로 무섭겠지만, 그보다도 더 무서운 것은 부모님이 어제 일에 대해 전혀 대수롭지 않게 생각하고 넘어가 버리는 것이다.

내가 화내지 않고 차분히 말했다고 해서 그 내용까지 심각하지 않다고 생각하면 정말로 곤란한데.

나는 칫솔만 챙기고 신발장으로 가서 어제 신고 온 슬리퍼를 신었다. 코앞인데도 굳이 현관까지 배웅 나온 여령이는 나가기 전, 내 손을 힘주어 움켜잡았다.

그녀가 걱정 가득한 얼굴로 속삭였다.

"이상하다 싶으면 당장 우리 집으로 튀는 거야."

"당연하지."

"내가 네 옆집이라서 다행이다."

그녀가 그렇게 말한 순간 나는 흠칫했다.

머릿속에서 내 것이 아닌 목소리가 울리는 듯했다.

'왜 하필 네가 내 옆집인 건데.'

잠시 현기증이 덮쳐 왔다.

갑자기 눈을 질끈 감는 나를 여령이가 불렀다.

"단아?"

다시 눈을 뜬 나는 고개를 내젓고, 아무것도 아니라고 말하고는 그녀의 손을 잡으며 고맙다고 인사했다. 문이 닫힐 때까지도 여령이의 걱정 어린 얼굴이 잔상처럼 남았다.

우리 집 문을 열고 들어가기 전, 나는 잠시 심호흡을 했다.

마침내 도어 록을 열고 번호 하나 틀리면 당장 함정이 발동되어 죽기라도 할 것처럼 잔뜩 긴장한 채 힘주어 누르자, 경쾌한 삐리리 소리와 함께 문이 열렸다.

비밀번호를 누를 때와는 딴판으로 조심스럽게 신발을 벗고 집 안으로 들어간 나는 눈앞에 보이는 거실 풍경에 일순 멈춰 섰다.

엄마와 아빠 둘 다 초췌한 얼굴로 거실에 마주 앉아 있었다.

아빠는 그렇게 좋아하는 눕는 자세 대신에 허리를 세우고 꼿꼿하게 앉아 있었고, 엄마 역시 마찬가지였다.

혹시나 술을 마시며 밤을 새웠나 싶어 옆을 힐끗 살폈더니, 두 사람이 으레 밤을 샐 때면 굴러다니곤 하는 술병은 하나도 없었다. 아주 진하게 탄 커피 두 잔만이 둘 사이에 놓여 있었다.

공포 영화에나 나올 것처럼 천천히 고개를 돌려 나를 본 엄마가 초췌한 얼굴로 웃었다.

"우리 딸 왔어? 재밌게 놀았고?"

초등학생 때 정도를 제외하고는 한 번도 들어 본 적 없는 목소리에 나는 오소소 소름이 돋는 것을 느꼈다. 엄마, 대체 왜 그래.

그때, 맞은편에서 아빠도 말을 꺼냈다.

"우리 딸, 노느라 수고가 많네."

"……."

혹시 비꼬는 건가? 싶어진 나는 아빠의 얼굴을 들여다보았지만, 아빠 역시 밤을 새운 듯 초췌한 얼굴을 하고 있기는 마찬가지였다.

결국, 어색한 공기를 견디지 못하고 방으로 들어간 나는 책상 위에 놓인 작은 상자를 보고 탄성을 내질렀다.

"이게 뭐야?"

거실에 대고 물었지만 대답은 돌아오지 않았다.

상자를 뜯어보니 다름 아닌 핸드폰이었다. 그것도 아주 최신 기종으로, 내 주위에서 이 정도 핸드폰을 쓰는 사람은 은지호밖에 없었다.

다시 거실을 돌아본 내가 전보다 더 커진 목소리로 물었다.

"엄마, 이거 뭐야? 갑자기 웬 핸드폰?"

기다렸다는 듯 엄마의 대답이 돌아왔다.

"고장 났잖아. 오늘 아침에 너희 아빠랑 가서 같이 사 왔어."

아침부터 다른 중요한 일도 많을 텐데 굳이 핸드폰을?

의아해하던 나는 다시 대답했다.

"나 공부에 집중 안 한다고 있던 핸드폰도 없애라며?"

그런데 웬 새 핸드폰이람, 정말? 역시 술김에 바깥에 나가셨다가 실수로 사 오신 게 아닐까? 나는 그런 생각을 하며 핸드폰을 요모조모 살폈다.

비록 곧 환불을 하게 된다고 할지라도, 무척 예쁘게 생긴 핸드폰은 구경하는 것만으로도 기분이 좋아졌다. 그때, 거실에서 다시금 대답이 돌아왔다. 전보다 다정해진 목소리였다.

"너무 스트레스받으면서 해도 안 좋다더라."

"……."

"안 그래도 집에서 혼자 한다고 스트레스 많이 받잖아. 어차피 네가 알아서 잘할 텐데, 엄마가 너무 걱정을 많이 했다 싶고 그렇더라고."

나는 눈을 휘둥그레 뜨며 다시 고개를 획 돌려 거실 쪽을 바라보았다.

문 사이로 나와 눈이 마주치자, 아버지는 눈에 띄게 헛기침을 하더니 슬슬 몸을 일으켜 안방 쪽으로 들어가셨다. 들어가기 전 아버지가 평소답지 않게 딱 한마디 남겼다.

"이번에는 조심히 써라."

으레 그러하듯 전자파가 뇌에 미치는 치명적인 영향이라든가, 핸드폰만 없애면 성적이 더 올라갈 거라며 간절함이 없다고 설교하는 일 따위는 조금도 없었다.

얼마 안 가 엄마도 어색하게 걸음을 옮겨 안방으로 향하셨다. 나와 같이 있기 싫어서라기보다는, 명백히 나를 배려하고 있다는 것이 느껴졌다.

닫힌 문을 한참이나 골똘히 바라보다가, 나는 다시 고개를 돌려 손안의 핸드폰을 바라보았다.

핸드폰을 한참이나 손안에서 굴려 보던 내가 마침내 중얼거렸다.

"어쩌면……."

어쩌면, 나는 이번에야말로 내 미래를 새롭게 바꾸는 데 성공한 게 아닐까?

몇 달 전 다른 세계에서 보았던, 책에 쓰여 있던 나와 반려령, 그리고 사대천왕의 미래.

나는 이제야 비로소 거기에서 완전히 벗어난 게 아닐까?

그렇게 생각하자 가슴이 울렁거렸다.

핸드폰을 쥔 손에 힘을 주며 나는 중얼거렸다.

그래, 책 속에 새겨져 있던 미래와 내가 맞이할 미래는 완전히 다를 거야.

분명히 그럴 거야. 나는 앞을 보며 스스로 다짐하듯 중얼거렸다.

제45조. 피할 수 없는, 비(상)

피할 수 없는, 비(상)

엄마와 아빠가 내 말을 그냥 그런 투정으로 넘겨듣지 않았다는 것은 그 뒤로도 이어진 행동에서 확인할 수 있었다.

엄마는 밥상머리에서 툭하면 여령이를 걸고넘어지던 것을 그만두었고, 아빠도 마찬가지였다.

간혹 습관처럼 그런 말을 농담으로라도 꺼내려 할 때마다 두 사람은 식탁 아래로 서로를 찔러 가며 말을 중단시켰다.

그래 봐야 식탁이 워낙 좁다 보니 두 사람의 치열한 물밑 싸움이 내게는 다 보이기 마련이었다. 나는 어처구니없다는 표정을 지으면서도 그것을 알고 있다는 티를 전혀 내지 않았다.

한편 나는 꿈을 꾸기 시작했는데, 내가 한때 다니던 학원

근처의 대형 서점을 온종일 헤매고 다니는 꿈이었다.

내가 찾는 책은 물론 하나였다. 내 예상에 따르면 나와 반여령, 사대천왕의 얘기가 적혀 있을 '해가림'.

꿈속에서는 그 책을 찾을 수가 없어서 초조해했지만, 잠에서 깨면 혹시나 내가 다음번 꿈에서는 그 책을 찾아낼까 봐 초조해졌다.

그 책을 보고 싶은 생각이야 물론 있었지만, 이미 얘기가 그 책 내용과는 현저히 달라진 지금 그 책을 봐 봐야 무슨 소용이겠는가? 봐 봐야 괜히 불안해지는 것밖에 더 하겠어?

벌써부터 내년 3월 2일을 생각하며 그때 돌아간다면 어떻게 할지를 고민하는 시간도 많아졌다. 그러다 보면 또 나를 믿는다며 최신 핸드폰을 사 주신 엄마 아빠에게 죄송해지곤 했다.

엄마, 미안. 내 성적은 물론 더 나빠질 것도 없겠지만, 딱히 좋아지지도 않을 것 같아…….

그렇게 심란함에 잠겨 하루하루를 보내는 동안, 6월을 맞이하여 날은 점차 더워지기 시작했다.

점점 가벼워지는 대학생들의 옷차림을 보며 교복이라는 이름의 죄수복에서 벗어날 수 없는 우리는 부러움과 괴로움에 마구 몸부림쳐 댔다.

나는 수업을 듣는 내내 대각선 방향에서 계속 날아오는 김혜우의 쪽지 때문에 골머리를 앓았다.

받아서 펼쳐 보면 내용은 한결같았다.

—더워 죽겠다
—더워 죽겠
—더워 죽
—더워 죽었다……. 이것은 망자의 쪽지입니다.

옆에서 보다 못한 김혜힐이 내게 쪽지를 내놓으라고 손짓했다.

내가 쪽지를 그녀 쪽으로 밀자, 김혜힐은 간단히 몇 글자 적은 뒤 다시 그것을 반으로 접었다. 살짝 내용을 훔쳐본 나는 반사적으로 풋 하고 웃음을 터트렸다.

—층간 소음이 심하네요. 매너 죽음 부탁해요^^

그 뒤로 수업이 끝날 때까지 조용하던 김혜우는 종이 땡 치자마자 자리에서 벌떡 일어나더니 외쳤다.

"야, 김혜힐! 너 오빠한테 그런 말이 어디 있냐!"

그런 그의 옆구리를 샤프로 푹 찌르며 이민아가 말했다.

"백 원 주세요, 백 원."

"아, 맞다."

갈취나 다름없는 이민아의 말에도 김혜우는 반박하기는

커녕 군말 없이 주머니를 뒤져 백 원을 꺼냈다.

백 원을 받은 이민아가 컴퓨터 옆에 있는 철통에 그것을 땡그랑 소리 나게 던져 넣었다.

"백 원 받았습니다."

그런 그녀를 향해 내가 외쳤다.

"민아야! 그러고 보니까 우리 말인데……."

말하다 말고 나는 입을 합, 하고 다물었다. 그런 내게도 어김없이 수금원이 등장했다. 옆에서 윤정인이 이상한 춤을 춰 대며 말했다.

"백 원 주십쇼, 백 원."

"네, 여기."

한숨을 푹 내쉰 내가 백 원을 건네자, 윤정인 또한 컴퓨터 옆 철통에 그것을 던져 넣었다.

누군가 물었다.

"야, 민아 오늘 이름 뭐였냐?"

"민주잖아."

"아, 맞다."

우리 반에서 이런 기이한 일이 일어나게 된 것은 전적으로 반휘혈 때문이었다.

날이 더워지니 슬슬 입맛도 떨어지고, 급식도 질리기 시작한 우리는 돈을 걸어 피자나 치킨을 시켜 먹기로 했다. 그런데 그냥 시켜 먹자니 별 재미가 없고, 그래서 생각한 것이 일명 '반휘혈의 개명 교실'이었다.

반휘혈이 이름을 잘못 부르면 우리는 하루 동안 계속 그 이름으로 불리게 되었다. 깜빡 잊고 원래 이름을 부르거나 다른 이름을 잘못 부르는 사람은 어김없이 벌금 백 원을 내야 했다.

바뀐 이름을 적어 두는 것은 반칙이 아니었기 때문에, 우리 반 맨 앞에 걸린 학생 명단은 이상한 이름들로 도배되기 시작했다. 김혜힐의 옆에는 '김하이힐'이라고 적혔다가, 또 그 위에 검은 선이 그어지고는 '김혜진'이라고 적혀 있었다.

한편, 반휘혈이 서로의 이름을 바꿔 부르는 경우도 있었는데 이때는 웃지 못할 광경이 연출되곤 했다.

마침, 교실에서 또 누군가 이름을 불러 댔다.

"시연아!"

"야, 너 백 원!"

"아니야, 내가 부른 건 이시연이 아니고……. 정시연이 아니고 박시연이다."

"솔직하구나. 상으로 이시연과 정시연과 박시연을 모두 주마."

"미친 거 아니야?"

한바탕 왁자한 소리가 오가는 와중에 벌컥 문이 열리고 담임 선생님이 등장했다.

한때 노민찬 선생님의 개인 팬임을 자처하던 애들조차

지금은 본체만체하는 걸 보면 우리 반 사이가 많이 좋아진 것 같긴 한데, 대신에 배는 시끄러워져서 이걸 좋다고 해야 할지 말아야 할지.

출석부를 어깨에 얹고 들어오던 노민찬 선생님이 까만 글씨로 엉망이 된 우리 학생 명단을 보더니 황당한 표정을 지었다.

그가 물었다.

"이게 다 뭐니? 너희 단체로 개명이라도 하는 거니?"

"쌤, 쌤도 끼실래요?"

"휘혈아, 우리 반 담임쌤 이름 뭐야?"

누군가 물은 말에 고개를 퍼뜩 든 반휘혈이 노민찬 선생님을 빤히 보았다.

그의 크고 선명한 붉은 눈을 정면에서 마주친 노민찬 선생님은 모종의 불안이라도 느꼈는지, 작게 고개를 내저었다.

"아니야, 얘들아. 뭔지는 모르겠지만 선생님은 빠질게."

"노진구요."

그러기가 무섭게 돌아온 대답에 노민찬 선생님의 이마에 고랑이 파였다.

노진구! 우리 반 선생님 이름은 노진구! 그렇게 연호하던 반 아이들이 칠판에 커다랗게 글씨를 적었다.

이제는 아무래도 좋다는 표정이 된 선생님은 학생 명단을 찬찬히 살피더니 물었다.

"왜 단이만 이름이 한 번도 안 바뀌었어? 혼자 옆이 깨끗하네?"

"아."

나는 머쓱하게 뒷머리를 긁었다. 뒤에서 '아, 그러니까요! 완전 차별이라니까요!' 외치는 소리에 나는 속으로만 작게 항변했다. 그런 거 아니다, 뭐. 너희가 함무라비와 함박눈의 눈물겨운 역사를 아니?

이윽고 명단에서 눈을 뗀 선생님이 윤정인을 콕 집어 불렀다.

"윤정인."

"에이, 선생님! 백 원!"

"아……. 처음이니까 봐주라. 윤…… 재민. 잠깐 선생님 좀 따라와라, 윤재민."

"예이."

흔쾌히 자리에서 일어난 윤정인이 선생님을 따라갔다. 또 무슨 일 때문에 저런담. 우리는 의아한 얼굴로 서로를 응시했다.

"6월이면 행사가 많을 시기기는 하지."

"체육 대회만 아니면 좋겠다."

그 말에 작년 추계 체육 대회의 기억이 떠올라 버린 나는 나도 모르게 윽 하고 신음을 흘렸다. 나 이제 체육 대회 하면 트라우마가 생긴 것 같아.

그리고 얼마 안 가 다시 문을 열고 들어온 윤정인이 쩌렁쩌렁하게 외친 말에 우리 모두는 경악했다.

"야, 우리 수련회 간대!"

"수련회? 작년에 갔는데 또 간다고? 진심?"

"아, 에바야."

"이 학교 수련관들이랑 정경 유착 관계에 있는 거 아니야? 조사 필요한 부분 인정?"

"정경 유착이래, 졸라 웃겨."

불만이 한바탕 쏟아진 뒤에야 뒷머리를 긁적인 윤정인이 다시 말했다.

"야, 미안. 수학여행이래."

"아!"

안도감 섞인 비명 소리가 여기저기서 터져 나왔다.

윤정인 장난하냐, 하긴 윤정인이 그렇지. 얼마 안 가 그들은 숙연해진 얼굴로 컴퓨터 앞에 우르르 몰려가 백 원짜리 동전들을 떨구었다.

* * *

수학여행이란 무엇인가?

그것은 같은 학교 학생들이 외지로 2, 3일간 나가서 풍족한 볼거리와 함께 먹고 마시고 놀며 즐기는 것으로서, 고등학생에게 있어서는 일생일대의 이벤트라고 할 수 있다.

오죽하면 성인들조차 수학여행이란 단어를 들으면 '아, 그땐 그랬지…….' 하며 추억에 잠기겠는가.

비록 정해진 일정에 따라 이리저리 끌려다녀야 하는 것은 수련회와 같지만 하늘과 땅 만큼의, 아니, 그 이상의 차이가 있다.

수학여행에서는 새벽 여섯 시에 깨우지도 않고, 극기 훈련 따위도 시키지 않을뿐더러, 교관들이 눈을 부리부리하게 뜨고 순찰을 돌지도 않는다고!

여기까지가 수학여행에 대한 설명이고.

그럼 이것이 각종 순정 만화와 인터넷 소설 속에서 어떤 역할을 하는지는 대충 짐작이 갈 것이다.

수학여행을 안 가는 인터넷 소설은 인터넷 소설도 아니다. 이런 말이 있다.

물론, 방금 내가 만든 말이다.

"커흠, 흠."

그 무렵에서 생각을 멈춘 나는 잠시 헛기침을 해 댔다.

고개를 내저은 내가 중얼거렸다. 에라, 때려치우자.

이제 2년쯤 됐는데 학교에서 무슨 사건이 일어날 때마다 '인터넷 소설의 법칙 몇 조!' 하면서 과민 반응하는 것도 슬슬 지겹다. 내가 이 소설 독자였으면 진작 이런 반응에 식상해졌을 거야.

무엇보다도 나는 이제 더 이상 하루하루 무슨 일이 일어날지 두려움에 벌벌 떨던 예전의 함단이가 아니다! 반여령의 우정과 남자 친구의 사랑과 부모님의 새 핸드폰으로 무장한 나는 새롭게 태어난 함단이, 즉 함단이v나 x나 z 정도는 된다고.

그때 윤정인이 외쳤다.

"장소는 제주도로 갈 거래!"

그 순간 나는 기다렸다는 듯 외쳤다.

"야밤에 산책 나갔다가 동굴에 갇히나!"

"뭐라고?"

그가 의아한 듯 나를 응시했다. 나는 고개를 다급하게 내저었다. 그리고 나는 내 머리를 콱 쥐어박으며 속으로 중얼거렸다.

으이구, 잘한다, 잘해. 제 버릇 개도 못 준다더니.

불과 몇 분 만에 습관에 굴복하기로 한 나는 편안한 마음이 되어 윤정인을 보며 생각에 잠겼다.

그런 나를 옆에서 바라보며 김혜힐이 중얼거렸다.

"너 괜찮니……."

"그럼, 그럼. 인간의 가장 큰 적은 불확실성이랬어. 수학여행에서 무슨 일이 생길지 처음부터 끝까지 내가 정해 버리겠어."

"그건 학교 회의에서 정하는 거지 네가 정하는 게 아니잖아."

애 어디 아픈 것 같아. 김혜힐이 걱정스럽게 중얼거리는 말에도 불구하고 나는 흐뭇하게 웃었다. 나의 내공을 이런 데 쓰지 아니면 어디에 쓰겠어.

자, 다시 수학여행 얘기로 돌아가 보자.

수학여행에서 일어날 일은 크게 세 가지로 구분할 수 있다. 숙소에서 일어날 일, 장기 자랑에서 일어날 일, 그 외에 돌발적으로 일어날 일.

일단 숙소에서 일어날 수 있는 일에 나는 베개 싸움과 얼굴 낙서, 진실 게임을 적어 넣었다.

이 중에 두 개는 초등학교와 중학교 때도 흔히 일어나던 일이라 별게 아니고, 진실 게임이야말로 진짜지! 나는 주먹을 불끈 쥐었다. 이거 우리 반은 수련회 때 안 해서 너무 아쉬웠단 말이야.

나는 턱을 감싸며 중얼거렸다.

"당연히 진실 게임 때 누구 하나는 고백을 하겠지."

내 말에 대답한 것은 내 대각선 자리에서 잠자코 앉아 있던 김혜우였다.

"너 남자 친구 있잖아."

그리고 하필이면 그것을 목소리 큰 이민아가 듣고 말았다. 그녀는 잔뜩 놀라는 표정을 지으며 물었다.

"뭐야, 단이 너 바람피울 계획 있어?!"

"아, 뭐래 이민아!!"

당장 기겁해서 외쳤던 나는 잠시 후 입술을 꾹 깨물며 주머니에서 백 원을 꺼내 깡통에 쩔그렁 던져 넣었다.

나는 회한 가득한 얼굴로 중얼거렸다. 이거 꼭 계속 해야만 할까? 제안한 사람이 나이긴 한데, 이젠 좀…….

아무튼 나는 자리로 돌아와 진실 게임 위에 가위표를 직직 그었다. 에이, 하지 마, 하지 마. 고백도 없는 진실 게임 같은 게 무슨 재미야.

생각해 보니 내 주변 사람들은 거의 다 남자 친구가 있었다. 김혜힐도 그렇고, 이민아도 그렇고.

그리고 나는 다시 머리를 감싸 쥐며 볼펜 끝을 물어뜯었다. 음, 그리고 장기 자랑에서 일어날 만한 일이라고 하면…….

"역시 공개 고백인가."

"뭐?! 함단이 너 이번 장기 자랑 무대에서 공개……."

확성기처럼 또렷한 발음으로 쩌렁쩌렁 외쳐 대는 김혜우의 입을 나는 황급히 틀어막았다. 너 이 자식, 이제 보니 일부러 이러는 거였구나.

그리고 나는 다시 생각에 잠겼다. 공개 고백을 받을 사람이 물론 나는 아닐 테고, 있다고 하면…….

"……반여령, 힘내라."

그리고 나는 장기 자랑을 지웠다.

마지막에 이르러 '돌발적으로 일어날 일'에 '누군가 불러내서 고백'을 적어 넣은 다음, 또다시 그것을 지운 나는 허허로이 웃으며 외쳤다.

"좋아, 이번 수학여행 완전 아무 일도 없고 재미없겠다!"

앞에서 분필로 칠판에 뭔가를 적던 윤정인이 황당하단 얼굴로 중얼거렸다.

"야, 함단이. 너 그걸 굳이 회의할 때 말할 일이냐."

"아, 미안. 그냥 개인적인 의견이었어."

"아니, 무엇보다도 우리 반 이번에는 결코 시시하게 당하진 않을 거거든?"

그렇게 말한 윤정인이 탕, 하고 교탁을 내리쳤다. 나는 그 모습을 심드렁하게 쳐다보았다.

시시하게 당하다니, 그런 말은 아무도 안 했는데. 그보다 도대체 누구한테 당한다는 거지? 우리 뭐 어디랑 싸우나?

이어진 말에 나는 비로소 그가 생각하는 바를 깨달았다.

"왜냐하면 우리 반에는 이제 이루다는 물론이고 반휘혈까지 있으니까!"

"야, 오늘 루다 이름 루미인데."

"……."

루다가 자괴감 어린 표정으로 조용히 얼굴을 가리는 가운데, 숙연하게 동전 하나를 던져 넣은 윤정인이 다시 말을 이었다.

"자, 아무튼 우리 반에는 이제 빛나는 인재가 두 명이나 있잖냐. 이걸 이용해서 올해 장기 자랑 무대는 어떻게 우리 반이 좀 역전해 볼 수도 있지 않을까, 이 말이다."

그의 말을 듣고 나는 또다시 복잡한 기분에 잠겼다.

윤정인, 네가 지금 수집에 성공한 희귀 포켓몬이라도 되는 것처럼 말하고 있는 그 둘이 사실은 인터넷 소설 주인공들이란 걸 너는 알고 있니……?

그런 가운데, 아이들은 하나둘씩 뭔가를 깨달은 표정을 지었다.

"오, 하긴."

"그러네. 반휘혈도 춤 잘 출 것 같지 않냐?"

주변에서 금방 호의 어린 반응이 일어나면서 공기가 들뜨기 시작했다.

반휘혈은 머쓱한 얼굴로 최근에 바꾼 안경테를 매만졌다.

시력에 손상이 올지도 모른다는 조언에 따라 안경알을 도수 없는 것으로 바꾸고 나서, 반휘혈은 본연의 미모를 충분히 뽐내고 있었다. 물론, 시한폭탄 같은 그의 성질은 우리가 감수해야 할 테지만.

그리고 다들 신나서 '1등! 1등! 우승 상품! 우승 상품!' 하고 왁자하게 부르짖던 그때, 신서현이 콰악 하고 찬물을 끼얹었다.

"저번 해 장기 자랑이 배우들 문제였냐? 시나리오 문제였지."

"……."

"너희 생각 잘해. 또 벌 청소 같은 거 하고 싶지 않으면."

결국, 그때 최하위를 기록해서 다음 날 아침 샤워실을 청소했던 기억을 떠올린 1학년 8반 출신들의 표정이 어두워졌다.

"아니, 뭐. 그래도 이번엔 수련회가 아니고 수학여행이니까 벌 청소 같은 건 없지 않을까……."

누군가 우물쭈물 꺼낸 말에도 분위기는 별로 나아지지 않았다.

이제 겨우 일정과 장소가 나왔을 뿐이고, 수학여행까지는 아직 20일 남짓한 시간이 남아 있었기에 회의는 거기서 끝났다.

각자 3일 뒤인 수요일까지 아이디어를 가져오자는 말과 함께 회의가 끝나고 나서, 우리는 당연한 듯 자습 겸 자유시간을 가졌다.

날씨가 더워지면 왠지 모르게 마음이 풀어지곤 해서, 교실엔 전체적으로 자습을 하는 애들보다는 노는 애들이 더 많았다.

수능은 겨울에 치러지기 때문에 그런 걸까. 잠시 날씨와 공부할 마음 간의 상관관계에 대해 생각해 보던 나는, 다시 고개를 내젓고는 문제집 위로 시선을 내렸다. 나도 새 핸드폰만 아니었으면 노는 건데……. 그런 생각을 곱씹으면서.

창문을 통해 일직선으로 쏟아진 햇빛이 종이에 반사되어 눈이 아플 지경이었다.

나는 자꾸만 한 손으로 눈을 비비며 샤프를 움직였다. 그러다 결국, 안 되겠다 싶어 자리를 비운 애 자리를 잠시 빌려야지 하고 퍼뜩 고개를 드는 그때였다. 갑자기 반 앞자리에서 요란한 소음이 일어났다.

"와, 잠깐만! 잠깐만. 그거 클릭해 봐. 와, 대박이다 진짜."

주변에서 연신 대박, 대박 소리가 흘러나오는데 도대체 무슨 일인지 알 수가 없었다.

'클릭'이란 단어를 주워듣고 간신히 모니터와 연결된 텔레비전으로 시선을 돌리자, 매일 보는 검색창 하단에 눈에 익은 단어가 떠 있었다.

'〈검은 비〉 시사회.'

'이나라, 파격적 도전…… 가족을 잃고 독기 품은 형사로 변신한다.'

'오늘 2일 1회 방송…….'

'고품격 스릴러, 한여름 더위마저 식힌다.'

그제야 그 이유를 깨달은 나는 내뱉었다.

"아."

날씨가 더워진다는 것은 곧, 유천영이 출연한 드라마 방영일이 가까워진다는 의미도 됐다. 진작 신경 썼어야 했는데, 〈검은 비〉 방영일이 설마 오늘일 줄이야.

주변에서도 그 주제로 잔뜩 술렁이기 시작했다.

"오늘 몇 시인데?"

"저녁 여덟 시."

"유천영 1회부터 나온대?"

"몰라, 나도."

"야야, 시사회 틀어 봐. 거기 메인 하단에 뜬 거. 그래, 그거."

마우스가 지시를 따라 자그맣게 떠 있던 사진을 클릭하자, 사진이 커다랗게 확대되며 동영상이 재생되기 시작했다.

하얀 플래시 라이트가 눈부시게 쏟아지는 가운데, 눈 하나 찡그리지 않고 눈부시게 미소 짓는 이나라가 비쳤다. 그녀가 허리 숙여 인사하는 것을 시작으로, 무대 위에 서 있던 여섯 사람이 차례로 인사했다.

역시나 국민 여배우의 광채는 위대했다. 함께 서 있는 사람들 중에 그녀의 광채 아래 가리지 않은 사람은 유천영 정도가 유일했다.

반 아이들 사이에서도 감탄 섞인 목소리가 흘러나왔다.

"유천영 뭔데 저기서도 안 꿇리냐?"

"대박이다. 이렇게 보니까 진짜 다른 사람 같아."

"그러니까. 지난주에 우리 교실 한가운데서 교과서에 얼굴 처박고 자던 그 사람 맞냐."

아니, 그건 좀. 나는 얼굴을 살짝 찡그렸다. 하필이면 그런 기억까지 떠올릴 필요가 있나.

그러나 화면 속 유천영을 보니 그런 기억까지 떠올리지 않고서는 같은 세계 사람임을 실감할 수 없게 되는 것은 사실이었다.

윤정인 또한 호들갑 떨며 컴퓨터 앞에 앉은 녀석의 어깨를 퍽퍽 쳐 댔다.

"오, 달링즈다, 달링즈 예린. 저기 봐. 유천영 왼쪽에."

색을 쫙 뺀 백금색 머리카락의 여배우가 폭포수처럼 흘러내린 머리카락을 쓸어 넘기며 환히 미소 짓고 있었다. 난해할 법도 한 핫 핑크색 미니 드레스가 그녀에게는 몹시 잘 어울렸다.

그 모습을 보던 김혜우가 이민아에게로 고개를 돌리고 물었다.

"너는 저런 모습 보고도 아무렇지도 않냐?"

"뭘, 나도 피니쉬 오빠들 좋아해."

이민아가 심드렁한 얼굴로 대답했다.

어쩐지, 윤정인이 달링즈 예린 사인을 대놓고 요청하는 데는 저런 내막이 있었군. 둘 중 하나라도 팬 문화 같은 데 안 익숙하면 곤란했을 텐데 다행이다. 그렇게 생각하던 나는 때마침 화면 안에서 벌어지는 일을 보고 눈을 크게 떴다.

구두가 높아 발을 잘못 디뎠는지 잠시 크게 휘청한 예린의 등을 두 사람의 손이 동시에 받쳤다.

하나는 그녀 왼쪽에 서 있던 남자, 전에 촬영장에서 유천영에게 말을 걸던 그 남자였고 다른 하나는 유천영의 손이었다.

넘어질 뻔했다가 두 사람의 도움으로 겨우 균형을 잡은 그녀는 양옆을 향해 멋쩍은 미소를 보냈다.

[고마워요.]

[오, 방금 완전 순정 만화 속의 한 장면 같았는데요?]

리포터가 그렇게 말하고는 아까의 장면이 꽃 배경이 날리도록 편집돼서 다시 한번 반복됐다. 장면이 끝난 뒤에는 입을 가리고 경쾌하게 웃음을 터트리는 예린의 모습이 화면에 비쳤다.

"와, 진짜 졸예다."

"어떻게 잇몸 다 드러내고 웃어도 예쁘냐."

우리 반 애들이 남녀 가리지 않고 그렇게 말하는 동안, 리포터의 물음이 던져졌다.

[촬영장에서 무슨 에피소드는 없었나요? 세 사람 굉장히 많이 친해진 것 같은데요.]

그렇게 말한 그가 마이크로 유천영을 콕 집어 가리켰다.

[특히 천영 씨, 전에 보았을 때는 이런 분위기가 아니었는데요. 세 사람이랑 많이 편해졌나 봐요?]

그러기가 무섭게 예린이 기다렸다는 듯 외쳤다.

[천영이 알고 보면 너무너무 귀여워요!]

자칫 위험할 수도 있는 발언이었는데, 그렇게 말하는 그녀가 손바닥을 맞부딪치며 이온 음료 광고처럼 청량한 미소를 내뿜는 덕에 전혀 그런 느낌은 들지 않았다.

그녀 옆의 남자 배우도 기다렸다는 듯 '그러니까요, 보기와는 달라요.' 하고 동조해 주자 확실히 위험에서는 벗어났다.

[좋아요! 그럼 드라마 〈검은 비〉 촬영 현장, 함께 만나 보실까요?]

그쯤에서 수업 종이 울리는 바람에 우리는 후다닥 텔레비전을 껐다. 각자 자리로 돌아가 앉는 와중에도 그 주제로 대화가 끊이지 않았다.

"야, 방금 예린 봤냐. 유천영한테 귀엽다고 할 때 표정. 자기가 더 귀여워."

"와, 예린 옆에서 예린 입으로 직접 귀엽다고 듣는 거 어떤 기분일까?"

"유천영 오늘 등교했냐? 한번 물어보러 갈까?"

"안 했을걸?"

곳곳에서 오가는 소리를 들으며 나는 깊게 숨을 들이마시고 심호흡을 했다. 샤프를 쥔 손에서부터 심장이 두근두근 요동치는 게 느껴졌다.

유천영이 마침내 텔레비전에 나온다.

지금까지의 평범한 일상에 종지부를 찍어야 할 시점이었다.

*　*　*

거실은 내내 분주했다. 엄마는 나중에 더러워지면 치우기 힘들다며 상 위에 종이를 까느라 분주했고, 나도 그것을 도왔다.

상 위에 수저를 놓던 엄마가 불쑥 물었다.

"치킨 시켰어? 치킨?"

그 말에 나는 답답하다는 얼굴로 고개를 내저었다.

"아니, 내가 아까부터 계속 메뉴 뭐 시키냐고 물어봤는데 엄마가 대답 안 해 줬잖아."

그러자 엄마는 자기야말로 도리어 답답하다는 얼굴로 대답했다.

"어차피 우리 아니고 너희 먹을 건데 너희 알아서 시켜야지. 지금이 몇 시야, 벌써 일곱 시 사십 분이네. 지금 시키면 드라마 끝날 때쯤에야 오겠다."

"그럼 시키지 마?"

"아니, 그럼 너희 먹을 거 없어. 어른들은 족발에 보쌈 먹을 거야."

"주인이는 족발 좋아하는데."

"그럼 나머지 애들은?"

아, 하긴. 그건 그러네. 입을 삐죽이던 나는 주머니에서 핸드폰을 꺼냈다. 빛나는 최신 핸드폰 바탕 화면에서 노란색 버튼을 클릭했다.

얼마 전 갑자기 생겨나서 최근에 놀라운 속도로 확산되고 있는 메신저 '초콜릿톡'이었다.

핸드폰을 바꾸기 전, 나는 의아한 얼굴로 애들에게 몇 번이나 되물었다.

'데이터? 데이터가 뭔데? 그러니까 무슨 데이터? 뭐, 비밀 자료 같은 거?'

'아니, 바보야. 데이터가 있어야 메시지를 보낸다고.'

'뭐, 문자 보낼 때 남은 알 개수 같은 거야?'

소위 스마트폰이란 것을 쓰게 되고서야 나는 '데이터'의 개념을 비로소 이해하게 되었다.

아무튼, 초콜릿톡이 생기면서 편해진 것도 무척 많았다.

대화 목록을 죽죽 내려 '반여령과 아이들'이란 이름의 방을 확인하자, 안 보는 새 쌓인 톡이 300개가량은 됐다.

그것을 다 읽을 엄두도 못 낸 나는 곧장 내 할 말만을 입력했다.

[함단이 : 너희 치킨 뭐 먹는다고?]

[함단이 : 아 왜 메뉴 통일이 안 돼]

[우주인 : 난 암거나 잘 머경]

[은지호 : 난 뼈 있는 치킨이기만 하면 암거나 상관없음]

[반여령 : 은지호 진짜 안 어울린다……]

[은지호 : 아니 그 순살 치킨에 살들 붙여 주는 그거 있잖아]

[은지호 : 그게 몸에 별로 안 좋다니까?]

[반여령 : 건강 생각할 거면 치킨을 왜 먹는데!!]

[우주인 : 옳소!!!]

[은지호 : ;;;]

[은지호 : 니들 맘대로 해라]

[함단이 : 아 나중에 딴소리하지 말고 은지호]

[함단이 : 그럼 뼈 있는 거 한 마리 뼈 없는 거 두 마리 시킨다? 그럼 돼?]

[은지호 : ㅇㅋ]

[은지호 : 맘대루]

[권은형 : 미안. 씻고 오느라 이제 봤다.]

[권은형 : 나도 아무거나 잘 먹어.]

[함단이 : 유천영은 안 오지?]

[함단이 : 지금 숫자 1 이거 계속 안 사라지는 거 유천영이지]

[권은형 : 응.]

[권은형 : 천영이는 제작사.]

거기까지 읽은 나는 시선을 잠시 내리깔았다. 역시, 제작사 사람들이랑 다 같이 모여서 보는군. 지극히 당연한 일이었다.

다만, 이 멤버가 모일 때마다 유천영이 빠지는 게 일상이 되다 보니 그의 빈자리가 익숙해지는 게 씁쓸하다고나 할까. 그럴 때마다 시간의 흐름을 체감하게 된다고나 할까.

그쯤에서 생각을 그만둔 나는 핸드폰에 다시 입력했다

[함단이 : 세 마리로 충분한 거 맞지? 너희 밥 다 먹고 오니까]

[은지호 : ㅇㅇ]

[은지호 : 빨리 시켜]

[은지호 : 와 벌써 7시 46분이네 시간 봐]

[은지호 : 나 이제 너네 아파트 주차장에서 내렸다]

그 말에 나는 힐끗 거실 건너 베란다 쪽을 보았다.

아마 지금쯤 또 아파트 주민들이 바로 앞에 주차된 검은 세단을 보며 저게 대체 누구 차인지 토론하고 있겠군. 곧 이어 은형이와 주인이도 차례로 도착 소식을 알려 왔다.

치킨집에 전화해서 주문을 마친 나는 이제야 겨우 한 건 해냈다는 생각에 안도의 한숨을 내쉬었다.

초콜릿톡 아니었으면 각각 문자로 의견 조율하느라고 또 한참 걸렸을 텐데, 그나마 다행이긴 하네. 머리카락을 벅벅 헤집던 나는 초인종이 울리자 고개를 번쩍 들었다.

부엌 쪽에서 외치는 소리가 났다.

"단아, 가서 문 좀 열어 줘라!"

"응."

그러나 내가 도착하기도 전에 벌컥 소리와 함께 문이 열렸다.

반여령과 은지호가 함께 들어오고 있었다. 반여령은 우리 집 비밀번호를 알고 있으니, 아마 초인종을 누른 건 그냥 들어가겠다는 예고 같은 거였겠지.

그리고 예상치 못한 얼굴도 있었다. 나는 눈을 깜빡였다.

"여단 오빠? 오빠가 어떻게?"

남계 고등학교는 남학교라 그런지 하복으로 갈아입는 시기가 빨랐다. 부쩍 가벼워진 반팔 와이셔츠 차림의 그가 미미하게 웃으며 내 머리를 쓰다듬었다.

현관문을 닫고, 다시 내 앞에 바짝 다가와서 선 그가 말했다.

"오늘 야자 튀었어."

"아니, 오빠. 오빠네 어머니도 이거 아셔?"

"아니."

당당하게 대답하고 곧장 내 눈을 피할 거면 애초에 튀기는 왜 튄 건데. 나는 손을 뻗어 그의 뺨을 가볍게 건드리며 물었다.

"내일 학교에서 전화 오는 거 아니지?"

"안 와……. 아마도."

"아니, 어쩌려고?"

수능이 반년도 채 남지 않았으니 학교에서는 슬슬 초읽기에 들어갈 시점이었다. 여단 오빠야 내신도 모의고사 성적도 우수하다는 것을 알지만, 그런 만큼 학교에선 더 관리하려고 들 텐데.

그리고 나는 흘끗 뒤를 보았다. 각종 과일이며 음료수들로 한바탕 성대한 상이 차려지는 중이었다.

하긴, 두 집이 월드컵 볼 때만큼이나 신난 와중에 여단 오빠 혼자만 빠지는 것도 아쉽긴 하지.

나는 거실에 어른이 없다는 것을 확인한 뒤, 그를 살짝 안아 주고는 바로 떨어졌다. 그러고 나서야 은지호가 우리 때문에 좁은 현관에 갇혀 있는 것이 내 눈에 들어왔다.

문에 등을 바짝 기대다시피 한 은지호가 투덜거렸다.

"함단이, 나는 아주 보이지도 않지. 인사 한마디를 안 해?"

"아, 아니야. 미안해. 잘 왔어."

자자, 들어와. 나는 은지호를 집 안에 들인 후 그의 신발을 손수 정리하여 신발장에 넣었다. 아무래도 속속들이 도착할 다른 손님들을 생각하면 얼마 안 가 좁은 신발장이 터져 나갈 게 분명하니까.

얼마 지나지 않아 주인이와 은형이도 도착하여 문을 두드렸다. 나가 보니 주인이는 옆구리에 유명한 호텔 제과의 롤 케이크 상자를 끼고 있었고, 은형이는 출처 불명의 샴페인을 손에 든 채였다.

이미 거실에 앉아 있던 반여령과 은지호도 부리나케 달려올 정도로 한바탕 난리가 났다. 은지호가 롤 케이크 상자 로고를 살피며 '이거 맛있는데.' 하고 중얼거리는 동안, 여령이는 샴페인을 번쩍 들더니 현관 센서 등에 이리저리 비춰 보았다.

그녀의 뒤에서 은형이가 등 뒤에 숨기고 있던 샴페인 한 병을 더 꺼냈다. 그가 웃으며 말했다.

"저건 어른들 선물용이고, 이건 우리 마실 거. 논알코올이야."

"오, 완전 좋아! 한여름의 크리스마스 파티 같다."

활짝 웃으며 그렇게 외친 여령이가 냉큼 은형이에게서 병을 뺏어 들더니, 제가 얼마 전에 본 곡예를 해 보겠답시고 나섰다.

아니, 잠깐만. 운동 신경이 탁월한 덕에 꽤나 그럴듯해 보이긴 하지만. 그녀가 샴페인을 저글링 하듯 던지고 받는 옆에서 나와 은형이가 황급히 말렸다.

"여령아, 그거 좀 위험해 보이는데."

"그거 탄산 아냐?!"

내가 황급히 외친 말에 여령이가 아, 하고 깨달은 표정을 했다. 맞다, 그랬지. 그녀가 기겁한 얼굴로 내게 물었다.

"열면 터지는 거 아니야? 어떡하지?"

"이, 일단 싱크대로 갖고 가 봐."

은형이와 여령이가 샴페인을 신줏단지 모시듯 안고 먼저 부엌으로 향하고, 주인이도 롤 케이크 박스를 흔들며 그들을 뒤따랐다.

얼마 안 가 부엌에서 엄마의 탄성이 들려왔다.

"그냥 오지! 뭐 이런 걸 다……."

"저도 가져온 거 있어요. 그런데 그 전에 이것 좀……. 이거 탄산인데 저희가 흔들어 버려서."

"어머, 그래? 냉장고에 조금 뒀다 열면 될 거야."

부엌에서 복작복작하게 들려오는 소리를 듣던 나는 벨소리를 듣고 다시 현관으로 나갔다. 여령이네 부모님까지 도착하고서야 손님맞이가 비로소 끝이 났다.

어디 보자, 이 좁은 아파트에 복작거리는 게 총 몇 명이지. 우리 부모님, 여령이네 부모님, 나, 여단 오빠, 여령이, 유천영을 제외한 사대천왕 모두……. 나 참, 정말 월드컵이나 올림픽 볼 때보다 분위기가 들뜬 것도 어쩔 수 없군.

그러다 시계를 확인한 내가 비명처럼 소리를 질렀다.

"우리 벌써 여덟 시 오 분이야! 어떡해, 시작부터 놓쳤다."

은지호가 탁자 위 쟁반에 놓여 있던 청포도를 똑 떼며 대답했다.

"아니야, 타이틀 나온 다음에 또 광고 때릴걸."

"아, 그런가?"

"아직 안 놓쳤어. 봐."

그가 텔레비전을 틀고 채널을 돌리자, 과연 흘러나오는 것은 지글거리며 튀겨지는 치킨 광고였다. 화면 왼쪽 위에 박힌 〈검은 비〉 로고를 보며 나는 또다시 호들갑을 떨었다.

"어떡해, 꿈 아니야? 어떡해, 어떡해!"

내가 제자리에서 방방 뛰는 것을 심드렁한 눈으로 지켜보던 은지호가 다시 말했다.

"왜 이렇게 난리야?"

"너는 지금 이게 현실이란 게 실감이 돼? 나는 진짜 안 되는데."

말을 하던 나는 또다시 팔을 휘두르며 말을 이었다.

"아니, 왜냐하면, 1년 반쯤 전에 우리가 여기서 드라마 보면서 무슨 배우 무슨 배우 얘기하고 있었잖아! 그런데 지금은 유천영이 저기 나오고 우리가 그걸 보기 위해서 모였다니."

"걔는 그때도 저기 안에 들어가 있어도 이상할 게 하나 없었어."

여전히 심드렁한 태도로 그렇게 말하던 은지호는 문득 눈을 굴리고는 다시 말했다.

"아. 그렇지만 그 성격에 드라마 같은, 혼자 힘만으로 절대 못 하는 종합 예술 하겠다고 나선 건 좀 신기하긴 할지도."

도대체 뭔 바람이 분 거야. 그가 무심히 덧붙이는 것을 들으며, 내 놀람에 동조해 줄 생각이 없다는 것을 깨달은 나는 자리에 털썩 앉아 후다닥 핸드폰을 꺼냈다.

2학년 8반 친구들 톡방에 들어가자 거기는 이미 포화 상태에 가까웠다.

[이민아 : 아니 어떡하냐 진짜 우리 엄빠가 계속 안 믿어ㅋㅋㅋㅋ 아니 유천영이랑 기념사진이라도 찍어 뒀어야 하냐고]

[윤정인 : 나도 엄빠한테 유천영도 그렇고 권은형도 그렇고 나랑 나름 친하다고 했거든?]

[윤정인 : 아니 같은 학교 다니는 것도 알면서 왜 안 믿지]

[서혜리 : 그래도 양심은 있어서 나름은 붙였다?]

[이민아 : ㅋㅋㅋㅋㅋㅋㅋㅋ]

[정시연 : ㅋㅋㅋㅋㅋㅋㅋㅋ]

[윤정인 : ㅋㅋㅋㅋㅋ아! 아니야 진짜로]

[윤정인 : 체육 시간마다 우리 뒤에서 따로 얘기하는 거 못 봤냐]

[서혜리 : 은형아 귀찮으면 귀찮다고 해!]

[정시연 : 우리는 네 편이야!]

[윤정인 : 미쳐]

[윤정인 : 초대해? 초대 ㄱ?]

[윤정인 : ㄱ???]

[서혜리 : 안 돼 나 쌩얼임]

[이민아 : ㅋㅋㅋㅋㅋㅋㅋㅋㅋㅋ]

[윤정인 : ㅋㅋㅋㅋㅋㅋㅋㅋㅋㅋㅋㅋㅋ아놔]

[정시연 : 아니 누가 화상 통화하자 했냐곻ㅋㅋㅋ 쌩얼이래 아]

[이민아 : 개웃었넼ㅋㅋㅋ]

거기까지 읽은 나는 간신히 손가락을 움직여 한 줄을 썼다.

[함단이 : 안녕……]

[윤정인 : 오]

대번에 여기저기서 대답이 돌아왔다. 너 왜 여섯 시부터 안 나타났냐, 지금 어디냐, 드라마 본방 사수하냐, 곧바로 쏟아지는 질문에 나는 차례로 대답을 입력했다.

우리 집에서 반여령네 집이랑 다 같이 방영회 하기로 해서, 먹을 거 세팅해 놓고 치킨도 시켜 놓고 거실에서 기다리고 있다.

[윤정인 : 와 맞네…… 진짜 태어나서부터 옆집인 거 대박 신기]

[이민아 : 그니까]

[이민아 : 완전 부러워]

[김혜힐 : 그러게…… 난 태어나 보니까]

[김혜힐 : 원수랑 한집이던데……]

[이민아 : ㅋㅋㅋㅋㅋㅋㅋㅋㅋㅋ]

[정시연 : ㅋㅋㅋㅋㅋㅋㅋㅋㅋㅋㅋㅋ]

[윤정인 : 의문의 극딜ㅋㅋㅋㅋ]

[김혜우 : 넌 진짜 나한테 왜 그러냐]

[김혜우 : 아 함단이 너는 기분 진짜 이상하겠다]

[김혜우 : 중학교 친구니까]

나는 또다시 천천히 입력했다.

[함단이 : 응…… 지금 누가 뺨 때리면]

[함단이 : 꿈에서 깰 것 같음]

[이민아 : 그러니까 진짜 어떡해]

[이민아 : 나 같으면 벌써 울었다;;]

[함단이 : 안 그래도 지금 눈물 참고 있어]

[이민아 : ㅋㅋㅋㅋㅋㅋㅋ]

내가 화면을 내려다보며 픽 웃던 그때, 어깨 위 왼쪽에서 목소리가 날아왔다.

“뭐 봐?”

부드러운 어조로 그렇게 말한 이는 여단 오빠였다.

방금까지 세수한다고 화장실에 있더니, 언제 들어와서 앉았지? 나는 고개를 들어 그를 올려다보고는 대답했다.

"반 친구들이랑 얘기 중이었어. 다들 안 믿긴다고."

"그래?"

"응. 다들 부모님이 유천영이랑 같은 교실에서 수업 들었다고 해도 안 믿는다고, 인증 샷이라도 찍어 놔야 했나 그러고 있다."

하여간 진짜 웃겨들. 코끝을 찡그리며 킥킥 웃던 나는 여단 오빠가 아무런 반응이 없자 눈을 동그랗게 떴다.

"오빠?"

그때까지도 내 뒷목과 어깨에 이어지는 부분을 안마하듯 부드럽게 매만지고 있던 그가 문득 자리에서 일어나며 대답했다.

"여기 앉아. 바닥에 앉지 말고."

"어? 아니야, 아니야. 그래도 손님인데. 그리고 나는 바닥이 편해."

실제로 집에 혼자 있을 때면 거실 탁자에 밥을 차려 놓고 먹다 보니 바닥에 앉을 때가 더 많았다.

주변을 둘러보니 고작 4인용인 소파에는 자리가 부족해서 우리 엄마와 아빠, 여령이네 부모님밖에는 앉아 있지 않았고, 외따로 떨어진 보조 소파에는 여단 오빠만이 앉아 있었다.

나머지는 바닥에 멀뚱히 앉아 무릎을 끌어안거나, 혹은 책상다리를 하고서 간혹 과일을 집어 먹으며 광고를 보고 있었다.

여단 오빠가 다시 내 어깨에 손을 얹으며 말했다.

"그래도."

"아냐, 나 진짜 괜찮은데."

그러자 여단 오빠는 잠시 고개를 기울이더니, 이윽고 소파에서 내려와 내 옆에 앉았다.

서로의 팔이 닿을 정도로 붙어 앉았기 때문에 나는 조금 걱정이 됐다. 괜찮을까? 다행히 양가 부모님들의 시선은 텔레비전에 고정돼 있었다.

"어, 시작한다."

마침내 광고가 끝나고, 흘러나오는 '15세 이용가' 문구를 보며 내가 중얼거릴 무렵, 옆에서 누군가 슬그머니 내 손을 더듬어 쥐었다.

흠칫한 나는 최대한 티 나지 않도록 눈동자만 굴려 여단 오빠를 바라보았다.

이 오빠가 왜 이러지. 아마 평소였으면 우리 사이를 철저하게 숨긴답시고 내 옆에도 앉지 않았을 텐데.

슬쩍 탁자 너머를 건너다보자, 애초에 드라마에는 별 관심이 없었던 듯한 은지호가 탁자의 청포도를 또다시 떼어내다 말고 이쪽으로 시선을 보내고 있었다.

혹시나 그의 시선 때문에 우리 부모님이 이쪽을 돌아볼 것이 우려된 나는 입 모양으로 속삭였다. 앞 봐, 앞.

그러나 그는 순순히 고개를 돌렸다가도 종종 이쪽에 시선 주는 것을 멈추지 못했다.

나는 은지호의 태도가 신경 쓰였지만, 드라마가 시작되자 더는 그에게 신경을 쓸 수 없었다.

텔레비전으로 고개를 돌리자, 화면 가득 떠오른 거친 질감의 천이 보였다. 천으로 눈과 입이 가로막힌 듯 '으으읍' 소리밖에 들리지 않았고, 간혹 시야가 덜컹거리며 위아래로 흔들릴 때면 천 사이로 창백한 백열등 불빛과 함께 바깥 풍경이 스쳤다.

그러나 너무 단편적인 장면이라 얻어 낼 만한 것은 전혀 없었다. 용도를 잃어버린 듯한 찢긴 초록 깃발, 회색 시멘트 벽, 나무 합판이 여러 개 기대진 벽…….

그때, 환청처럼 여러 겹으로 울리는 목소리가 귓가에 들렸다.

[혜서야, 언니 말 들려? 너 어디야?]

[언니.]

[너 어디야, 혜서야……. 너 어디 있어.]

[언니, 나 무서워. 도와줘. 구해 줘.]

[혜서야, 알지? 너는 절대 혼자가 아니야.]

잠깐의 틈을 두고 다시 절박한 목소리가 이어졌다.

[네가 듣는 건 나도 들을 수 있어. 네가 보는 건 나도 볼 수 있어. 네가 느끼는 건 나도 느낄 수 있어.]

바로 그때, 풍덩 소리와 함께 시야가 뒤바뀌었다. 눈가를 가리고 있던 천이 풀리며 옥색 기포가 시야를 가득 메웠다. 깊은 물속, 몸은 천천히 가라앉았다.

[혜서야! 혜서야!]

[연서 언니…….]

[혜서야!]

그리고 급박한 상황과는 전혀 어울리지 않는 목소리가 퍼뜩 울렸다.

[조연서.]

갑자기 화면이 바뀌었다. 차창에 머리를 기댄 채 졸고 있던 여자가 부름에 번쩍 눈을 떴다.

헝클어진 갈색 머리칼 위에 모자를 푹 눌러쓴 데다 눈 밑은 다소 과장되어 보인다 싶을 정도로 검게 물들어 있었다. 설상가상으로 입가는 초콜릿 소스와 설탕 가루로 잔뜩 더러워져 있었다.

그 모습을 바라보며 나는 나도 모르게 한숨을 내뱉었다. 어떻게 저렇게 하고 나와도 예쁘지, 정말이지 감탄스러울 정도다.

그 무렵, 거실 안의 모두가 주인이의 얼굴을 한 번씩 힐끗 쳐다보는 것이 느껴졌다. 아무래도 다들 나와 같은 생각을 한 것 같았다.

음, 주인아. 넌 야근해도 잘생김이 죽지 않겠구나. 결코 미래에 야근을 하란 뜻은 아닌데. 그렇게 중얼거리며 나는 다시 시선을 화면으로 되돌렸다.

화면 속에서는 이나라가 분장한 배우, 그러니까 '조연서'와 그녀 동료의 추격전이 벌어지고 있었다.

그들이 폐허가 된 공사장 근처를 온통 들쑤시고, 아슬아슬하게 보일 정도로 건물 옥상을 넘나드는 것을 보며 나는 속으로 혀를 내둘렀다.

세상에, 저걸 어떻게 찍은 거야. 액션을 준비하느라 많이 힘들었다고 하더니 저래서였군.

"배우들 진짜 대단하다."

"그러게. 아, 그런데 저 정도는 나도 할 수 있을 것 같긴 한데. 2미터 정도면 뛸 만하겠는걸?"

"여령아, 안 돼. 위험해."

은형이와 반여령이 주고받는 동안, 옆에서는 주인이의 목소리가 해설처럼 이어지고 있었다.

"첫 장면을 보니 쌍둥이끼리는 보이지 않는 텔레파시 같은 게 통한다는 설정인가 봐. 죽은 쌍둥이 동생이 남긴 기억을 통해 동생을 죽인 범인을 찾는다니, 영화 '콘스탄틴'이랑 닮은 구석이 많네."

그쪽을 돌아본 내가 불쑥 물었다.

“‘콘스탄틴’이 뭐야?”

“그게 뭐냐면, 키아누 리브스가 나온 퇴마 영화인데…….”

그러는 사이, 드라마 1화답게 영화를 방불케 하는 화려한 추격 끝에 범인 검거가 마무리되고, 장면은 퀴퀴한 냄새가 날 것 같은 뒷골목에서 대학교 강의실로 단숨에 도약했다.

화면 속 앉은 자리에서 벌떡 일어나며 활짝 미소 짓는 예린의 모습이 가득 비쳤다.

그녀가 박수를 짝 치며 말했다.

[그럼, 이번 주 회의는 여기까지 할게요. 회식 가실 분들은 이따 저녁 여섯 시에 후문에서 모여요.]

[넵!!]

가장 먼저 우렁찬 목소리로 대답한 것은 촬영장에서 보았던 이나라를 닮은 남자였다. 〈검은 비〉 제작 발표회 당시 예린의 옆에 서 있던 남자 중 하나기도 했다.

자신에게 시선이 집중되자, 잠시 머쓱한 듯 뒷머리를 긁적인 그는 옆에서 일어나던 사람의 팔을 턱 붙잡았다.

[야, 강현우. 너도 갈 거지?]

[나 알바 있어.]

얼굴은 아직 나오지 않았지만, 돌아오는 목소리를 듣고 나는 눈을 동그랗게 떴다. 어, 설마…….

아니나 다를까 화면에 비친 ‘강현우’의 얼굴은 다름 아닌 유천영이었다.

크림색 꽈배기 니트에 카키색 항공 점퍼를 걸치고 검은 메신저 백을 멨을 뿐인데도, 그는 미성년자란 것을 믿을 수 없게 하는 분위기를 풍겼다.

사방이 조용해진 와중에 은지호의 목소리가 산통을 깼다.

“이야, 이렇게 보니까 쟤가 노안이긴 노안이다.”

“어른스럽다고 해 주라, 지호야.”

은형이가 웃음을 참는 듯한 기색으로 그렇게 대꾸한 이후에, 곧장 어른들의 품평이 이어졌다.

“지호야, 너 천영이랑 사이 안 좋니? 멋있기만 하구만.”

그제야 이 자리가 우리만 있는 게 아님을 깨달은 은지호의 얼굴이 당황으로 물들었다.

“아뇨, 저는…….”

그가 황급히 변명하는 것에 대고 네가 그런 줄은 몰랐다, 요즘 애들은 너무 치고받고 하더라, 너도 그랬니 하는 폭격들이 쏟아졌다.

뒤에서 누가 내 등을 쿡쿡 찌르기에 돌아보니, 주인이가 은지호 쪽을 가리키곤 입을 가리며 웃는 시늉을 했다.

나는 따라 웃으면서도 속으로 생각했다. 엄마, 우리는 엄마가 생각하는 그런 이상적이고 예쁜 사이가 아니랍니다…….

그리고 나는 다시 고개를 돌려 화면 속을 바라보았다.

노안이란 은지호의 표현은 지나친 감이 있지만, 도저히

지난주만 해도 우리와 같이 교실에 있었다고는 믿기 힘든 것은 사실이었다.

막상 함께 교실에 있을 땐 그렇게까지 섞이지 않는다는 느낌은 아니었는데 말이야. 나는 턱을 매만졌다. 역시 옷의 역할이 크긴 큰가.

화면 속 남자가 유천영에게 징징거렸다.

[아, 왜. 어떻게 나를 혼자 보낼 생각을 하냐.]

유천영은 지지 않고 무심히 대꾸했다.

[알바 있다니까.]

그리고 그가 쓱 지나쳐 가려는 것을 가방끈을 붙잡아 막으며, 남자가 다시 투덜거렸다.

[현우야, 내가 이런 말까지는 안 하려고 했는데 말이지. 너 대학 입학하면서 너무 나랑 멀어지려는 경향이 있다.]

[하…….]

[너 어렸을 때 내가 너 다 챙겨 준 거 기억나지? 애가 너무 순진해서는, 자기 의견도 말 못 하고 마구 끌려다니는 거, 그럴 때마다 구해 준 게 나 아니냐. 그런데 내가 막상 도움이 필요할 때가 되니까 이제는 네가 날 내팽개쳐……. 이게 사람 도리는 아니지.]

유천영. 아니지, 강현우가 기가 막힌다는 듯 숨을 크게 들이쉬었다가 내뱉는 사이, 남자는 가슴에 손을 얹으며 일장 연설을 계속했다.

[우리 황 교수님 맨날 하시는 말씀 기억하지? '똑똑한 사람 이전에 사람이 되어야 한다'. 내가 보기에는 이런 네 모습을 말씀드리면, 어? 황 교수님이 '강현우 학생! 학점 4.5가 전부가 아니지. 불쌍한 민석 학생 좀 잘 챙겨 주시오.' 이럴 것 같은데, 어떻게 생각…….]

그 무렵 참지 못한 듯한 강현우가 질색 어린 얼굴로 내뱉었다.

[알았어, 알았어.]

[진짜? 진짜지?]

[취소하기 전에 그만 물어봐라.]

[아싸!]

그리고 방방 뛰던 남자가 돌연 유천영에게 어깨를 바싹 붙이더니 속삭였다.

[그럼 작전 알지, 네가 내 흑기사 계속해 줘야 한다. 종반까지 나를 제정신으로 남겨 줘야 해.]

[그런 작전은 처음 들어 봤는데.]

[아, 나 주량 한 잔인 거 알잖냐.]

남자가 간절한 얼굴로 말을 계속했다.

[다른 사람들 다 취했을 때 예리랑 밖에 나가서 단둘이 얘기 좀 하고 싶은데, 항상 내가 제일 먼저 취해서 짬이 안 나. 너만 믿는다, 현우야. 제발.]

[그래그래.]

[둘이 무슨 얘기해?]

그때, 달링즈의 예린이 활짝 웃는 얼굴로 둘 사이에 끼어 들었다.

아하, 그러니까 예린의 극 중 이름은 '예리'인가. 외우기 쉬워서 좋네. 그런 생각을 하는 와중에 남자가 유천영의 뒷덜미를 덥석 붙들며 말했다.

[예리야, 오늘은 현우도 간대.]

[뭐? 정말? 잘됐다.]

[아직 정확히는 몰라. 일단 대타 구해 보고.]

그 말에 얼굴이 밝아져서 손뼉을 짝 치던 예린에게 무심히 말하던 유천영이 핸드폰을 꺼내 어디론가 전화를 거는 그때였다.

남자가 갑자기 핸드폰을 꺼내며 의아한 얼굴을 했다.

[누구지.]

남자의 핸드폰 위엔 '엄마'란 글자가 선명하게 찍혀 있었다.

이윽고 전화를 받은 남자가 금방 얼굴을 구겼다. 그가 강의실 모두가 돌아볼 정도로 우렁찬 소리로 외쳤다.

[아! 일곱 살 애들도 아니고, 무슨 외식은 외식이야! 안 돼요, 저 동아리 회식 있어요.]

[그럼 너희 누나 집에 들어온 게 일주일 만인데, 얼굴 안 볼 거야? 그러다 가족끼리 얼굴 까먹어!]

[아! 절대 안 까먹어요. 이참에 1년쯤 안 보면 좋겠네. 까

먹나 안 까먹나 확인해 보게.]

[시끄럿! 딴소리하지 말고 여섯 시까지 딱 집에 들어와, 알았어?]

[아, 엄마! 엄마!]

안타깝게 외치던 남자는 결국 전화가 끊기자 고개를 숙이며 아흐으, 하는 정체불명의 신음을 냈다.

그런 그에게 예린이 걱정스러운 듯 물었다.

[그럼 어떡해? 못 오는 거야?]

[아, 누나는 왜 하필 오늘 범인을 잡아서…….]

[와, 경찰? 멋있다!]

[하나도 안 멋있어, 맨날 잠복 수사한답시고 머리는 기름져 가지곤 때 탄 옷만 입고 돌아다녀.]

그때, 조용히 듣고 있던 유천영이 별안간 폭탄 발언을 날렸다.

[연서 누나는 그래도 멋있잖아.]

그 말에 잠시 우리가 앉아 있던 거실이 조용해졌다.

이윽고 양쪽 엄마들이 서로의 팔을 때리며 말했다.

"어머, 천영이 되게 멋있게 나온다."

"그러게. 천영이가 생각 외로……."

그런 가운데 은지호마저 눈살을 찌푸리며 한마디 했다.

"러브 라인 나온다는 거 솔직히 안 믿었는데."

나도 동감이었다. 도대체 저게 어떻게 될까, 싶은 불신 가득한 맘이었는데. 그런데 되네. 그것도 꽤 잘 어울리기까지 한다. 나는 황당한 눈으로 텔레비전 화면을 응시했다.

결국 예린이 '그래도 플러스 1, 마이너스 1이라 사람 수가 맞아서 다행이다.'라고 말하며 유천영을 데리고 가고, 안 된다고 바닥을 치며 말하던 남자가 빈 강의실에 홀로 남겨지는 것으로 장면이 끝났다.

이윽고 장면은 다시 바뀌며 떠들썩한 술집으로 넘어가는데, 조느라 회의 내용을 잘 못 들었다고 자백하는 유천영을 예린은 '학점 4.5 지키랴 알바 하랴, 그럴 수도 있지 뭐.' 하고 너그럽게 용서한다. 그리고 그녀는 손수 회의 때 나온 내용을 되풀이해 줬다.

[우리 이번 현장 취재 말이야. 폐가 특집 하기로 했거든.]

[폐가 특집?]

[응. 그래서 이리저리 살펴본 결과 선정된 곳이 여기거든, 화곡읍 화곡리…….]

그녀가 지도를 띄운 핸드폰 화면을 보여 주며 설명했다.

드라마에 나오는 핸드폰은 아니나 다를까 최신형이었다. 그것을 보며 나는 생각했다. 나도 스마트폰으로 안 바꿨어 봐, 소외감 들 뻔했지 뭐야.

드라마 속에선 예린의 설명이 이어졌다.

[……원래는 청소년 캠프가 매해 있던 곳인데, 한 학생이 실종되고 나서는 캠프도 끊겼고, 자연스레 폐가가 됐대.]

[캠프…….]

그렇게 중얼거리는 유천영의 눈이 설핏 가늘어졌다. 그의 흰 얼굴이 조명 아래 보랏빛과 주황빛으로 물들었다.

그리고 장면은 다시 바뀌어 주인공 이나라, 극 중 이름 조연서가 있는 경찰서 안으로 바뀌었다.

온갖 파일철과 서류들이 쌓인 책상들, 분주히 오가는 사람들 가운데 이나라는 파일 하나를 들여다보며 어두운 얼굴로 이마를 짚었다.

그 모습을 문득 본 동료가 가볍게 면박을 주었다.

[연서 씨, 보고서도 썼으면 오늘은 얼른 퇴근해.]

[아, 네.]

그쪽을 향해 머쓱한 미소를 보내곤 점퍼를 걸치며 자리에서 일어나는 그녀의 손가락 밑에 몇 개의 글씨들이 검게 눌려 있었다. '미제 사건', '캠프', '쌍둥이 중 동생'. 그것만으로 스토리의 윤곽은 잡힌 셈이다.

마침내 1화가 끝나고, 여느 때처럼 광고가 흘러나오는 것을 보며 우리는 서로를 돌아보았다. 마주 본 얼굴들이 꿈에서 막 빠져나온 것처럼 한 시간 새 낯설어져 있었다.

한번 기지개를 켠 여령이가 팔을 쑥 내리며 말했다.

"와, 나 중간부터는 유천영이 나온다는 것도 신경 안 쓰고 집중했어."

"그러게, 나도."

나는 순순히 대꾸했다.

스토리야 별다를 게 없었대도 10주년 기획 드라마라 그런지 화면이며 배우들에 공을 들인 것이 느껴졌다. 곳곳에서 영화 같은 연출이 느껴졌다.

다시 화면을 돌아보며 여령이가 말했다.

"드라마 속에선 진짜 다른 사람 같더라. 유천영이랑 비슷한 것 같으면서도 다르고. 좀 은형이 생각나던데?"

그렇게 말한 그녀가 은형이를 돌아보며 덧붙인 말에 나도 고개를 끄덕였다.

아, 그러게. 진짜다. 아르바이트와 과외로 생계를 꾸리며 혼자 살면서도 힘든 내색을 하지 않고, 도리어 공부며 다른 것들까지 완벽하게 챙기는 어른스러운 사람.

눈이 마주치자, 은형이가 머쓱한 듯 앞머리를 매만지며 말했다.

"티가 그렇게 났어? 안 그래도 자기 입으로 말하더라고. 나 생각하면서 연기하면 좀 편하다고."

"아, 역시."

"와, 대박이다."

여령이와 내가 놀라서 차례로 말하는 가운데, 주인이가 신난 것 같은 목소리로 말했다.

"이거 드라마 엄청나게 잘될 것 같아."

그 말에는 어른이나 아이 할 것 없이 고개를 끄덕였다.

우리 엄마와 여령이네 어머니가 차례로 말했다.

"그러게, 최근에 볼 거 없었는데 하나 생긴 느낌이다."

"나는 천영이가 주인공 남동생의 친구래서 별로 비중 없을 줄 알았는데 아닌가 봐?"

은형이가 예의 바른 태도로 대답했다.

"예, 저희도 깜짝 놀랐어요."

"역할도 엄청 멋지게 나오고 말이야."

그리고 우리 엄마가 대뜸 하는 말에 나는 고개를 퍼뜩 들었다.

"두고 봐, 이번 드라마 나가고 나서 천영이 인기 폭발한다."

"에이. 뭐야, 엄마."

내가 질색하며 손을 내젓는데, 엄마는 도리어 의아하단 얼굴로 나를 보았다.

"얘 봐라, 엄마 못 믿니? 엄마 드라마 내공이 몇 년인데?"

"아니, 그게 아니라……."

반박하던 나는 잠시 말끝을 흐렸다.

엄마의 그런 모습에서 예전에 무슨 일이 생기기만 하면 '이제 이렇게 해서 이렇게 될 거다, 내 인터넷 소설 내공이 몇 년인데.' 하던 내 모습이 떠올라서 부끄러워졌다고는 말 못 한다. 피는 못 속인다는 게 이렇게 증명되다니.

그런 가운데 엄마가 다시 말했다.

"진짜로 그럴걸. 인터넷에 한번 쳐 봐라."

그때, 주인이의 목소리가 거실을 가르고 불쑥 날아왔다.

"어, 진짜네."

"뭐?"

나는 물론이고 여령이와 다른 애들도 고개를 돌렸다.

먹이를 본 비둘기처럼 후다닥 무릎걸음으로 모인 우리에게 주인이가 핸드폰을 떡하니 내밀었다.

"이것 봐, 지금 실시간 검색어."

〈검은 비〉와 관련된 키워드들이 검색어 순위를 온통 점령하고 있었다. 드라마 제작사 측에서 이나라 캐스팅한 보람을 톡톡히 느끼고 있겠어, 지금. 그렇게 생각하던 나는 검색어 2위를 보고 숨을 멈췄다.

주인이가 내게 다시 말했다.

"검은 비가 1위고, 2위가 유천영, 3위가 이나라야."

"……."

"우리 누나가 밀리다니, 일시적인 거긴 하지만 대단한데."

주인이가 쓰게 웃으며 말하는 가운데, 나는 아무에게도 하지 못할 말을 입속으로 읊조렸다.

그야 드라마 속 주연은 이나라지만, 이 세계의 주연은 유천영이니까.

그것을 알고 보는 내게는 너무도 당연한 결과였다.

* * *

아홉 시 반이 되어 드라마가 끝나고서도 치킨은 올 생각을 안 했다.

휴일도 아닌데 왜 안 와? 툴툴거리는 말과 함께 어른들은 우리를 방에 밀어 넣었다. 치킨이라도 먹고 가란 거였다.

그 바람에 내 좁은 방은 여섯이나 되는 사람들로 미어터졌다. 식탁 의자를 끌어와도 앉을 자리가 모자라 두 사람은 침대에 걸터앉아야 했다.

나 참, 유천영까지 있었으면 진짜 미어터졌겠네. 나는 혀를 내둘렀다. 그러면서도 한편으론 그의 부재가 여전히 아쉬웠다.

다른 애들도 유천영의 빈자리를 나만큼이나 절실히 느끼는 모양이었다.

주인이가 핸드폰을 손안에서 공 굴리듯 굴리며 물었다.

"한번 전화해 볼까? 슬슬 연락이 올 거라고 생각했는데, 안 오네."

그에 심드렁히 대답한 것은 내 침대에 걸터앉아 발만 까딱이던 은지호였다.

"그쪽은 그쪽대로 바쁘지 않겠냐. 모여서 텔레비전 보는 건 끝났으니 이제야 애기하면서 자리 시작하는 분위기겠지, 뭐."

"하긴, 그런가?"

주인이가 고개를 끄덕였고, 나 역시 고개를 끄덕이는 수밖에 없었다. 하긴, 첫 방영 끝났으니 땡 하고 파장하는 게 아니라 이제야 비로소 얘기도 하고 토론도 하고 그렇겠지.

내가 중얼거렸다.

"거긴 연예인들 있겠지."

들으라고 한 소린 아니었는데, 어이없다는 듯 픽 웃은 은지호가 턱을 들며 핀잔을 주었다.

"야, 유천영도 이제 연예인이야."

"아, 맞다."

"우린 일반인들답게 검색이나 좀 해 보자. 컴퓨터 좀 켜 봐."

그의 말에 나는 순순히 내가 앉아 있던 컴퓨터 의자에서 비켜났다.

컴퓨터 의자 위에 털썩 걸터앉은 은지호가 전원 버튼을 누르자, 주인이가 벌떡 일어나서는 쪼르르 달려가 그의 등 뒤에 섰다.

둘이 걸터앉아 뭐라고 조잘대는 것을 보던 나는 문득 여단 오빠에게 시선을 주었다.

어쩐지 그의 표정이 좋지 않다는 것을 깨달은 내가 말했다.

"오빠, 왜 그래?"

아무리 여단 오빠가 붙임성이 없대도 여령이네 오빠였

고, 이 자리에 있는 것은 전부 여령이 친구들이었다. 더군다나 얼굴을 몇 번씩 보기도 했는데 그가 이토록 불편해할 이유는 전혀 없었다.

어쩌지. 나는 손을 뻗어 그의 창백한 흰 손을 조몰락거렸다. 손가락을 뻗어 그의 엄지와 검지 사이, 오목하게 파인 부분을 꾹꾹 눌러 보며 나는 생각했다.

아까 거실에서 먹은 게 체하기라도 했나? 확실히 〈검은 비〉 자체가 재미는 있어도 먹을 거 먹으면서 보기에 좋은 드라마는 아니었지. 15세 이용가였고 말이야.

그러자 여단 오빠는 말없이 고개만 내젓더니 내 어깨에 이마를 기댔다. 아니, 이 오빠가 오늘따라 정말 왜 이래? 오늘따라 어리광이 늘었네.

내가 그의 머리카락 사이사이로 손가락을 넣어 헤집으며 물었다.

"오늘 공부 많이 힘들었어? 그래서 야자 튄 거야?"

또 고개만 도리도리.

"학교에서 무슨 일 있기라도 했어?"

이번에도 도리도리.

도대체 그럼 뭣 때문에 아까부터 이 상태인 거지? 잠시 고민하던 나는 마침 현관 쪽에서 벨 소리가 울리는 것을 듣고 말했다.

"어, 애들아. 미안한데 나가서 치킨 좀 받아 줄래?"

"너희 집인데 왜……."

거기까지 말하고 이쪽을 돌아보았던 은지호는 침대 위에서 벽에 등을 대고 서로에게 기대어 앉아 있는 나와 여단 오빠를 보고 별꼴을 다 봤다는 듯, 눈썹을 찌푸리며 질색했다.

아니, 그렇게까지 싫어할 일이냐? 여기 공공장소 아니고 우리 집이거든. 내가 그런 생각을 하는 사이, 한참이나 얼굴을 찌푸리고 있던 은지호는 여단 오빠와 눈이 마주치고서야 간신히 표정을 되돌렸다.

먼저 시선을 피한 은지호가 말없이 방을 나가 버리고 나서도, 여단 오빠는 한동안 검고 긴 속눈썹 아래로 그의 뒷모습을 물끄러미 응시했다. 속을 알 수 없는 눈빛이었다.

그 모습을 내려다보던 내가 다시 물었다.

"오빠, 또 왜 그래?"

"아니……."

또다시 고개를 내저은 그는 내 어깨에 더욱 깊숙이 기대더니 잠긴 목소리로 속삭였다.

"내가 좀, 예민해서."

그 말에 나는 괜히 예민한 사람 붙잡아 이곳에 모셔 둔 것 같아 미안해졌다. 물론 여단 오빠라고 나를 남자애들 천지인 이곳에 남겨 두고 가면 마음 편하진 않겠지만, 여령이도 있고 괜찮은데.

얼마 안 가 여령이가 우리 집 찬장에서 접시와 젓가락을 사람 수대로 챙겨 와서 우리에게 나눠 주고, 내 책상 위와 방바닥에는 치킨 세 마리가 나뉘어 놓였다. 이것 참, 개판일세.

안 그래도 복작거리던 내 방이 더욱 복잡해지고 있었다. 은지호의 어깨에 두 팔을 기대고 함께 모니터를 집중해서 바라보던 주인이는 잠시 후 어지러웠던지 고개를 내젓고는 창문을 열었다.

창문으로 훅 들어오는 아파트 단지의 바람은 밤인데도 불구하고 열기를 머금고 있었지만, 치킨 냄새가 빠져나가서 두통은 좀 덜해졌다.

“와, 진짜 반응 장난 아닌데.”

답지 않게 젓가락도 쓰지 않고 손으로 치킨을 뜯고 있던 은지호가 말했다. 나는 그쪽을 돌아보았다.

“어떤데?”

“와서 봐.”

여단 오빠가 기대지 않은 쪽 어깨를 살짝 들어 올리며 내가 대답했다.

“갈 수가 없어.”

“이거 다 못 읽어. 키역키역키역, 유유유, 이런 거 다 읽을 순 없잖아.”

“체.”

"핸드폰으로 봐라."

혀를 차곤 핸드폰을 슬금슬금 꺼내는 내 뒤로 여령이가 '나도 볼래!' 하고 외치며 은지호의 등 뒤로 다가섰다. 이윽고 은형이도 손에 치킨 접시를 든 채 그쪽으로 슬쩍 다가가는 것을 나는 부러운 눈으로 응시했다.

인터넷 창에 '유천영'을 검색하자, 그새 온갖 사이트를 도배한 게시 글들이 보였다.

[드라마 게시판]

제목 : 강현우란 친구 보셨어요?

내용 : 장난 아니네요~ 유천영이란 신인 배우인데 원래는 모델만 했고 연기는 처음이라나 봐요. 어쩐지 옷발이 잘 받더라니.

[댓글]

kim0*** : 걔 올해 18살이래요.

└nari*** : 18살이요?? 18?? 진짜로??

└whit*** : 매너 준수해 주세요. 욕설 금지입니다.

└ding*** : 아니 욕 아니구요ㅋㅋㅋㅋ나이가ㅋㅋㅋㅋ아니 그런데 열여덟? 진짜 장난 아니네요 뭘 먹고 그렇게 컸대요?

└nari*** : 키도 키인데 분위기가…….

지식인도 그새 '강현우 역' 유천영의 나이며 프로필을 묻는 글로 도배가 되어 있었다. 유천영의 나이가 열여덟이란 것을 접한 사람들은 대체로 믿지 못하겠다는 반응이었다.

하기는, 나도 드라마상에서 봤을 때는 그가 지난주만 해도 우리랑 같은 교실에서 수업을 들었다는 사실 자체를 믿기가 힘들긴 했다. 직접 본 내가 이 모양이니, 화면으로만 접한 사람들은 오죽할까.

생각에 잠겨 있던 내게 주인이의 목소리가 날아왔다. 나는 고개를 들었다.

"장난 아니네. 실시간 검색어 말이야."

그의 목소리가 어찌 된 영문인지 살짝 잠겨 있기까지 해서 나는 고개를 기울였다.

"유천영이 〈검은 비〉까지 제치고 1위로 올라왔어."

"뭐? 말도 안 돼."

헛숨을 들이켜며 실시간 검색어를 확인하니 진짜였다.

그 바람에 SNS에서는 실시간 검색어가 돈으로 조작되고 있다는 말까지 나오는 차였다. 이게 다 유천영이 화제가 되면서 그의 가족인 발해 그룹까지 실시간 검색어에 올라온 탓이었다.

반여령이 조금 걱정스러운 듯 물었다.

"발해 그룹에서 검색어 조작하고 있다는 말이 나오고 있는데."

이러한 누명을 쓰게 된 유천영에 대한 걱정이 반, 또 한편으로는 정말 그럴지도 모른다는 데서 비롯된 걱정이 반인 것 같았다.

그 말을 들은 우주인이 은지호를 돌아보았다.

"어떻게 생각해?"

"조작은 아닐걸."

은지호가 딱 잘라 말했다.

"이런 거 조작해 봤자 발해 그룹에선 이득 볼 게 없어. 조작된 인기는 뒷맛이 구리다는 걸 알거니와, 거기서 뭐가 아쉬워서 유천영을 띄워 주겠냐. 오히려 유건 그 형은 유천영이 조금 작은 드라마에 들어갔으면 바랐다고 들었어."

그의 이어지는 설명을 들은 내가 눈을 깜빡이며 되물었다.

"그래?"

나로서는 처음 듣는 소식이었다. 은지호가 다시 대답했다.

"하이 리스크 하이 리턴이잖냐. 반대로 말하자면 하이 리턴 하이 리스크. 소중한 막냇동생이 대중들한테 샅샅이 파헤쳐지는 게 싫은 거지."

"아."

"그런데 결국 이렇게 돼 버렸으니, 그쪽에서도 골머리 좀 싸매고 있을걸? 오히려 이걸 돈 주고 내려야 하나 말아야 하나 고민 중일 거다. 아마 제작사 쪽과의 문제 때문에 그러지도 못하겠지만."

그렇구나. 나는 짧게 대답하고는 다시 핸드폰 화면만 내려다보았다.

물론 유천영이 실시간 검색어에 오른 게 이번이 처음은 아니었지만, 1년 반 전의 그때와 지금은 완전히 경우가 달랐다.

이제 겨우 드라마가 1화 방영되었을 뿐이고, 아직 본궤도에 오르지도 않았는데 이 정도 반응이었다.

드라마가 끝날 무렵이 돼서는 도대체 어느 정도의 위치에 올라 있을지 두렵기까지 했다.

마치 도미노 같았다. 고작 하나, 블록 단 하나에서 시작된 일이었대도 파장이 번져 나가는 것을 막을 순 없다.

드라마 제작사는 알았을까? 사실 그들의 성공은 유천영을 캐스팅할 때부터 정해져 있었다는 것을.

세계가 택한 사람.

무엇이든 결코 실패할 수 없는 기분은, 어느 것에 도전하든 성공할 수밖에 없는 것은 도대체 어떤 기분일까?

나는 조용히 무릎을 감싸 안고 등을 웅크렸다. 이럴 줄 알고는 있었지만, 예상이 실제가 되어 인터넷을 온통 뒤덮고 있는 것을 보니 폴터가이스트나 그와 비슷한 어떤 초자연적인 현상이라도 본 것처럼 온몸이 저릿저릿하고 등골이 오싹했다.

그때, 여단 오빠의 목소리가 날아왔다.

나는 고개를 들었다.

"나 이만 가 볼게."
"응? 아, 시간 너무 많이 썼지. 어떡해."
나는 그렇게 말하며 자리에서 일어났다.
아까 잠겨 있던 생각 탓인지, 아니면 단순히 오래 앉아 있다 일어난 것 때문인지 일순 현기증이 일어나며 몸이 한 순간 휘청했다. 그런 나를 여단 오빠가 재빨리 붙잡았다.
나는 그가 붙잡은 팔뚝 너머로 그를 올려다보며 말했다.
"아, 오빠, 고마……."
거기까지 말하고 나는 흠칫했다.
어째서일까? 여단 오빠의 눈이 다채로운 빛깔로 일렁이고 있었다.
결코 기쁨의 감정이 아니었다. 일전에 여단 오빠가 내게 헤어짐을 말할지도 모른다고 생각했던 그날, 나를 좋아하지 않냐는 물음에 그가 보냈던 눈빛과 비슷했다.
그가 내 팔을 놓자 나는 혼란에 빠졌다. 아무 일도 없다고 했지만, 역시 무슨 일이 있는 게 맞잖아.
내가 그렇게 생각하며 우두커니 서 있는 사이, 그는 재킷을 챙겨 입고 내 방구석에 버려져 있던 가방을 찾아 도로 멨다. 그 모습을 본 여령이도 이제 그만 가겠다고 말하며 그와 함께 짐을 챙겼다.
"여령아, 내가 사 온 롤 케이크 좀 소분해서 가져가. 그거 진짜 완전 맛있단 말이야."

"아, 진짜? 아니야, 그냥 내일 단이 집에 와서 먹지 뭐. 그보다 너는 안 먹고 가도 돼?"

"난 우리 집 앞에 가게 있어. 맨날 사 먹다가 먹을 때마다 너희 생각나서 사 온 거얌."

여령이와 주인이가 주고받는 대화가 내 한쪽 귀를 통과해서 그대로 다른 쪽 귀로 빠져나갔다.

실 끊어진 연처럼 여단 오빠가 준비하는 옆을 괜히 얼쩡거리던 나는 결국 그들을 따라 신발장까지 나섰다.

아직도 거실에 앉아 있던 여령이네 부모님과 우리 부모님이 이쪽을 보고 한마디씩 했다.

"단아, 코앞인데 뭐 하러 배웅을 하러 나가?"

"딸, 너 오늘따라 유난스럽다?"

"아니, 그냥. 그러고 싶은 기분이네."

아무렇게나 둘러대며 웃은 나는 운동화를 대충 구겨 신고 밖으로 나갔다.

현관문을 열자 아파트 복도에 고여 있던 더운 공기가 훅 쏟아져 들어왔다. 일순 진이 빠진 얼굴을 하는 내게 여단 오빠가 말했다.

"나오지 말고 들어가 있어."

평소와 다름없이 다정한 목소리였다. 잠깐 멈칫했지만, 단호하게 고개를 내저은 나는 그를 따라나섰다.

구겨 신은 운동화를 절뚝거리며 그와 보조를 맞춰 걷던

내가 말했다.

"오빠 안색이 너무 안 좋으니까 걱정돼서 그래."

"'아무 일'도 아니야."

그리고 조용히 눈을 내리깐 그가 덧붙였다.

"그리고 너 그러다 넘어져."

그가 당연한 듯 꿇어앉아 내 신발을 정돈해 주는 와중에도 나는 그의 안색이 아까보다 나아졌는지, 아니면 더 나빠졌는지만을 신경 써서 살폈다.

그가 요리 외에는 대체로 대단한 손재주를 고작 내 신발끈 묶는 데 쓰는 동안, 나는 그의 어깨며 머리칼을 쉼 없이 만지작거렸다.

그러다가 나는 마침내 얘기를 꺼냈다.

"오빠 기준에서 '아무 일도 아닌 일'이란 거, 어떤 건지나 알아."

"……."

"나한테 말해도 아무것도 해결 안 되는 일, 그러니까 애초에 나한테 걱정 자체를 시키고 싶지 않은 일, 아니야?"

그제야 내내 내리깔고 있던 눈을 들어 나와 시선을 마주친 그가 나직하게 말했다.

"아니야."

"아니야?"

"내가 아무것도 아니라고 하는 건, 진짜 아무것도 아니라서 그래."

"그게 어떤 건데?"

반쯤 답답한 마음에서 그렇게 물었던 나는, 돌아오는 대답에 살짝 입을 벌렸다.

"치졸하고 옹졸한 거."

그거야말로 여단 오빠와는 거리가 먼 단어들이었다. 그러나 나는 그가 간혹 머뭇머뭇 조심스럽게 꺼내던 이야기들을 기억하고 있었다.

그는 내게 나와 같이 있던 사람이 누구인지, 자신이 없을 때는 주로 누구와 시간을 보내는지 묻는 것조차 한때 꺼렸었다. 단지 서로가 다치지 않는 거리가 어디까지인지 알 수 없다는, 내 기분을 다치게 하고 싶지 않다는 이유로. 어쩌면 지금 그가 생각하던 것도 이와 비슷한 걸까?

몰아세우려고 한 건 아니었는데. 내가 금세 후회하던 그때, 내 신발 끈을 매듭지은 그가 말을 이었다.

어쩐지 전보다도 힘이 실린 목소리였다.

"왜 좋은 모습만 보이고 싶은 사람 앞에서 스스로 나쁜 모습들만 발견하게 되는 걸까."

"……."

"단아, 나는."

"응."

나는 고개를 끄덕였다.

그새 센서 등도 꺼지고, 조용해진 복도에는 우리 두 사람의 목소리만이 번갈아 울렸다. 문 안에서는 아직도 간간이 부스럭거리는 소리와 자갈 구르는 듯한 웃음소리가 들려왔다. 고작 문 한 장을 사이에 두고 있을 뿐이라고는 믿기지 않을 정도로 공기 자체가 달랐다.

그 가운데, 마침내 여단 오빠의 말이 다시 이어졌다.

"나는 예전부터 좋고 나쁨이라는 게 딱히 없었어. 너도 알고 있겠지만……."

나는 잠자코 고개만 끄덕였다.

"대체로 여령이가 하자고 하면 하고, 말자면 말았어. 내 취향은 대부분 그런 식으로 만들어졌어. 너를 만나고 나서는…… 네 취향을 따라갔고."

"응."

"네가 좋아하는 것들을 나도 좋아하게 되는 과정은 재밌었어. 꼭, 그림 속에 새롭게 재해석된 사물을 보고서야 그게 예쁘다는 것을 비로소 깨닫는 사람처럼. 매일 무심하게 지나치던 것들이 새롭게 보이는 경험은…… 어떻게 이렇게 많은 것들을 못 보고 지나쳤을까 싶어서 신기했어."

나는 땀이 고인 손을 초조하게 몇 번이고 쥐었다 폈다.

그때 날 내려다보던 여단 오빠가 다시 말했다.

"그런데 왜, 네가 좋아하는 것들이 싫어지는 일이 일어나는 걸까."

그리고 침묵이 찾아왔다.

나는 한 박자 늦게 고개를 들고 물었다.

"뭐?"

"지금까지 네가 좋아했던 것들 가운데, 내가 싫어할 만한 건 하나도 없었어. 전부 다 자세히 보면 나름의 좋은 점이 있는 것들이었어. 나도 좋아할 수 있을 만한 것들."

나는 여전히 그의 말을 반쯤 따라가지 못한 채 고개만을 끄덕였다.

여단 오빠가 괴로운 듯 토로했다.

"이상하지. 그게 싫었어. 네 주위에 좋아할 수 있을 만한 것들이 그토록 많다는 게."

"……."

"가령 그 애가."

그는 '그 애'란 단어를 유독 힘주어 발음했다. 나는 그게 누구인지도 현재로서는 알 수도 없었다.

"'그 애'가 틀림없이 누구라도 좋아할 수 있을 만한 사람이라서."

"……."

"'그 애'가 나오는 드라마조차 네가 기대했던 것 그대로, 안 좋은 점이라고는 하나도 없어서."

"……."

"네가 좋아하는 것의 싫어할 만한 점을 억지로 발견하려고 애쓰는 내가, 싫어서."

마침내 고개를 들어 나를 바라본 그가 괴로운 고백을 마쳤다.

"단아. 네가 좋아하는 것들 중에 '그 애'만은 좋아하지 못하겠어."

침묵이 흘렀다. 그 가운데, 나는 그의 어깨 위에 올려놓고 있던 손을 내렸다.

내 손은 몇 분 동안 온 힘을 다해 매달려 있던 절벽에서 미끄러지는 것처럼, 그렇게 수 톤의 무게를 갖고 툭 떨어졌다.

나는 복잡한 눈으로 여단 오빠를 응시했다. 그의 고백이 마치 물살을 거슬러 오르려는 것처럼 느껴져서 마음이 복잡했다.

누구라도 좋아할 만한 것, 좋아할 만한 사람. 그 사실을 알고 있으면서도 그것을 좋아하지 않으려 애쓰는 것이, 싫어할 만한 점을 찾으려 애쓰는 것이 예전의 내가 하던 일과 도대체 무엇이 다르단 말인가?

그럼에도 불구하고 여단 오빠는 스스로 흐름을 벗어나려 하고 있었다. 흡사 자기 갈 길 잘 가던 사람에게 대뜸 목줄을 걸어 내 쪽으로 오라고 당긴 듯한 기분이 들었다.

어렵사리 고백을 마친 후에도 그의 표정은 여전히 몹시 괴로워 보였다. 도무지 이런 감정과는 어울리는 사람이 아니었는데.

나는 조금 참담해졌다.

그토록 많은 시간을 함께하면서도 여단 오빠가 우는 모습을 내가 본 건 단 한 번뿐이었다.

그러고 보면 그때도 나로 인해서였지. 그렇게 생각하자 목덜미가 저릿해지며 손끝이 움츠러들었다.

그때, 나를 내려다보던 여단 오빠가 다시 말했다.

“그런데 지금 내가 가장 납득할 수 없는 건.”

그는 말하다 말고 무거운 숨을 토해 냈다.

나는 차마 그와 시선을 맞추지 못하고 어정쩡한 자세로 바닥만 보았다.

“내가 이걸 내 입으로 털어놓고 있다는 거야.”

“그게 어때서.”

고개를 퍼뜩 든 내가 그제야 대답했다.

여단 오빠가 자신이 느낀 감정을 내게 말하는 것에 대해 그런 식으로 느껴선 안 된다. 애초에 우리 둘 다 첫 연애였고, 당연히 처음 느껴 보는 감정이 많을 수밖에 없다.

그중에 어떤 감정이 옳고 어떤 감정이 그른 것인지 우리가 스스로 알지 못하는 건 당연하다. 아니, 애초에 그런 감정들에 있어 옳고 그름이 있는지조차도.

서로를 배려한답시고 오히려 말 안 하고 삼킨 것들이 머릿속에서 의심의 뿌리를 내리고 어떤 식으로 변모하는지를 몇 번이나 보았다. 그러니 우리 더는 이러지 말자고, 손을 맞잡고 되뇌던 것이 엊그제 같은데.

내 말에 여단 오빠는 눈을 내리감고 고개를 내저었다.

그 동작의 의미를 알 수 없어서, 마음이 급해진 내가 다시 말을 이으려던 찰나였다.

복도의 정적 위로 갑작스러운 핸드폰 벨 소리가 울렸다. 핸드폰을 꺼내어 액정 위에 떠오른 이름의 정체를 확인한 나는 잠시 동안 현기증을 느꼈다.

유천영이었다.

아까 다섯 명이 함께 있을 때는 연락도 없던 그가, 하필이면 이 타이밍에. 나는 핸드폰을 쥔 손으로 이마를 꾹 누르며 신음을 삼켰다.

정작 드라마 첫 화를 보고 나서 그토록 얘기하고 싶을 때는 아무런 연락도 없더니. 하기는, 그라고 우리와 얘기하고 싶지 않았을 리는 없으니 이제야 겨우 시간이 났다는 거겠지.

하지만 이 판국에 전화를 받을 수는 없는 노릇이었다.

여단 오빠를 힐끗 바라본 나는 두 번 고민하지 않고 종료 버튼을 눌렀다.

종료 버튼에 엄지가 붙었다 떨어지는 순간, 스치듯 닿았던 액정이 유난히 차갑게 느껴졌다.

그리고 나는 고개를 들며 말했다.

"미안, 오빠. 얘기 계속해."

그런데 그는 대답 없이 내가 방금 꺼 버린 핸드폰만 물끄러미 바라보았다. 내가 되물었다.

"왜 그래?"

"누구였어?"

거의 동시에 돌아온 대답이었다.

나는 잠시 멈칫했지만, 이윽고 다시 입을 열었다. 왜 이것이 스스로 터널을 파고 들어가는 것과 비슷하게 느껴지는지 모르겠다고 생각하면서.

"유천영."

"전화 계속 기다렸잖아."

"나중에 전화하면 되지. 학교도 있고. 그보다도……."

우리 아까 하고 있던 얘기로 돌아가자며 그의 팔을 조심스레 당기는데, 그가 그런 내 손을 잡았다.

평소같이 나를 끌어당기거나 제게 가까이 오게 하려고 그런 게 아니었다. 조심스럽긴 했지만 제지하는 손짓이었다.

그것을 느낀 순간, 나는 다시 고개를 들어 그를 물끄러미 바라보았다.

여단 오빠가 여전히 괴로워 보이는 얼굴로 말을 이었다.

"단아. 내가 아까 그런 말을 스스로 털어놓은 나를 납득 못 하겠다고 했던 이유는."

"응."

“내가 말하면…… 너는 당연히 내 말을 들어줄 걸 알고 있어서였어.”

“…….”

“내가 아무리 어이없는 요구를 하건 간에. 심지어 나조차 스스로 이해하지 못한 감정을 털어놓는다고 해도.”

나는 잠시 바닥을 내려다보며 그의 말을 입속으로 곱씹었다.

여단 오빠 스스로조차 이해하지 못한 감정……. 과연, 아까 유천영과 나를 보면 느끼는 감정에 대해 토로하던 그는 혼란스러워 보였다.

과연 나는 여단 오빠의 말이면 전부 수용하려고 했을까? 그의 요구가 아무리 어이없는 것이라 해도.

어쩌면 그랬을지도 모른다는 생각이 들긴 했다.

여단 오빠가 나와 만나기 전에 여령이의 기호를 그의 판단 기준으로 삼았듯, 여단 오빠 또한 내게 있어서는 일종의 판단 기준이었다.

그가 하는 일 중에 옳지 않은 일이 없다는 것에 나는 확신 섞인 믿음을 갖고 있었다. 내가 울퉁불퉁하고 이음매가 매끄럽지 못한 도자기라면, 그는 태어나기를 완벽한 작품이었으니까.

또한, 내게 있어서 그는 일종의 은인이기도 했다. 내가 과거 가장 힘든 순간에 혼자 있을 때, 손을 내밀어 끌어내

준 건 그였으니까.

부채감을 느끼는 건 당연한 일이다.

그러니만큼 내가 그가 말하는 것을 전부 들어주고 싶다고 생각해도 어쩔 수 없는 일이지. 무엇보다도 사귀는 사이인걸.

숨을 크게 들이쉬었다가 내뱉은 내가 물었다.

"그렇다고 해도 내가 선택한 건데, 그게 문제가 돼?"

그렇다. 어찌 되었든 여단 오빠는 단순히 말을 하는 것에 대해서까지 그만한 책임감을 느끼면 안 됐다.

어찌 되었든 그의 말을 받아들이는 건 내 선택이고, 선택에 대한 책임 역시 내가 져야 할 것인데.

그러나 그는 도리어 답답한 얼굴을 했다. 그가 작게 고개를 내젓고는 물었다.

"하지만, 선택지가 없을 때의 선택도 선택이라고 할 수 있어?"

"……."

"나는 지금 네 오랜 친구가 싫다고 말했어. 단순히 그 애가…… 네가 좋아할 만큼 괜찮다는 이유로."

"하지만…… 난 아직 여단 오빠의 말에 대해서 어떤 반응도 보여 준 적이 없는데."

머뭇거리며 대답했던 나는 이어진 그의 말에 입을 다물었다.

"하지만 너는 방금 그 애한테서 온 전화를 끊었잖아."

"……."

"저녁 내내 그토록 기다려 왔는데, 조금의 주저도 하지 않고."

입술을 잘근 깨물었던 그가 말을 이었다.

"내가 네 주위의 많은 사람들 중에서 가장 좋은 사람이 되려고 노력하는 대신, 네 주위의 좋은 사람들을 계속 없애려고 한다면 어떡할래?"

"……."

"지금은 선택이어도 나중에는 선택이 아닐 거야."

그렇게 말하는 그에게서 나는 난데없는 겨울바람을 느꼈다.

그러자 갑자기 어두운 아파트 복도 위로 하얀 눈이 솟구치며 나는 황량한 겨울, 설날의 어느 날로 되돌아왔다.

눈에 보이는 거라고는 컨테이너로 만들어진 삭막한 기지와 타이어, 벽돌을 쌓아 만든 각종 장애물밖에 없던 서바이벌 경기장.

탈락하고 자리로 돌아와 숨을 고르며 앉아 있던 내게 루카스가 옆에서 무심한 투로 던졌던 말.

'선택지가 없는 곳에서의 선택이, 정말로 선택이 될 수 있을 거라고 생각해?'

'시야를 넓혀. 너 스스로를 궁지에 몰아넣지 마. 그래야 자기

마음에 솔직하게 살 수 있으니까.'

그 말과 지금 여단 오빠의 말이 맥락이 비슷한가? 그런 것도 같고 아닌 것도 같았다.

루카스는 내가 시야가 좁은 탓에 나 스스로를 궁지에 모는 것에 대해 말했다.

다른 길이 얼마든지 남아 있음에도 단지 한 가지 길밖에는 남아 있지 않다고 여겨서 꿋꿋이 그 길을 가다 보면, 어느새 되돌아갈 수 없는 절벽 끝일지도 모른다고.

그러나 여단 오빠가 말하는 것은 여단 오빠가 내 주변의 선택지를 치워 버리고 오직 한 가지 길밖에 남겨 두지 않는 것에 대해서였다.

그러나 두 가지 모두에 대해, 그것이 괜찮냐고 묻는다면 나는 똑같은 대답밖에 돌려줄 수 없다.

그 많은 선택지가 주어진다 한들, 애초에 자기 마음에 솔직하게 산다는 게 어떤 건데?

자기 마음을 잘 안다고 스스로 확신하는 사람조차 나는 많이 보질 못했다. 두려움에 가려서, 또는 스스로 자격이 없다고 생각해서.

하지만 여단 오빠에게 내 선택지를 앗아 가도 된다고 말하는 것 역시, 내 선택과 책임 모두를 그에게 떠맡기는 일일까? 난데없이 당면한 이 문제에 나는 어쩔 줄을 모르게 되었다.

도대체 무슨 대답이 여단 오빠를 만족시킬 수 있을까?

조바심이 나서 입술을 살짝 깨물다가, 나는 문득 그런 나 스스로에 대해 웃음이 났다.

과연, 이 순간조차 나는 내 마음이나 내 기분 같은 건 생각하지 않고 있었다. 이 순간조차, 여단 오빠의 마음에 가장 들 만한 대답을 고르려고 애쓰고 있다니. 스스로가 이토록 줏대 없고 나약한 사람이란 것을 깨닫기는 오랜만이었다.

하지만, 나를 좋아하는 사람이니까.

잘 보이고 싶어서. 나에 대해 계속 좋게 느껴 줬으면 싶어서.

떠나지…… 말았으면 싶어서.

생각에 잠겨 있던 나를 복잡한 얼굴로 바라보던 여단 오빠가 다시 입을 열었다.

"단아. 나는 잠깐……."

"응."

"……생각할 시간이 필요해."

그렇게 말한 여단 오빠는 눈을 질끈 감았다가 힘겹게 뱉었다.

"나는 내가 어쩌고 싶은 건지 모르겠어."

"……."

“그런 주제에 너한테 내 생각을 말해서 혼란을 줬고.”

“…….”

“생각을 정리할 시간을 줘.”

나는 망설임 끝에 고개를 끄덕였다.

생각을 정리할 시간이 필요한 것은 나 역시 마찬가지였다.

나야말로 그동안 내가 얼마나 안일하게 그와 사귀어 왔는지, 이제야 알 것 같은 기분이 들었다.

가끔 치미는 불안한 마음은 그저 손을 잡거나 어깨에 얼굴을 파묻고 서로에게 기대는 것으로 해결하면서. 실체 없는 생각을 손에 닿은 온기가 이겨 내 주기를 기대하면서.

실로 안일하고 불성실했다.

적어도 우리 관계에 있어서는 여단 오빠가 나보다 훨씬 성실했다.

나는 우리가 함께 있기 위해 뭘 희생했는지, 또 앞으로는 뭘 희생해야 하는지조차 고민하지 않았어.

이미 시작한 이상, 함께하는 것은 더는 바꿀 수 없는 전제라고 생각해서.

여단 오빠가 지금 이렇게 말하지 않았다면, 우리는 어쩌면 가라앉는 배 위에 올라앉은 한 쌍의 비련의 연인이 될 수도 있었을 것이다. 스스로가 탄 배가 서서히 침몰하고 있는 줄도 모르고.

세상에 관성으로 원치 않는 삶을 바꾸지 못하고 살아가

는 사람들이 얼마나 많은지 모르는 것도 아니면서.

그럼에도 불구하고 여단 오빠의 팔을 잡은 손을 끝내 놓을 수가 없었다.

내가 그대로 가만히 있자, 여단 오빠가 조용히 내 손목을 잡았다. 내 손을 조용히 떼어 놓는 그의 얼굴에 잠시 고통이 스친 것도 같았다.

그리고 내 머리카락을 짧게나마 다정한 손길로 정리해 준 그가 다시 팔을 내렸다. 그 일상적인 손길에서 우리가 함께해 온 수많은 순간들이 느껴져서 나는 조금 울컥했다.

울 것처럼 올려다보는 내 눈빛을 받으며 그가 인사했다.

"잘 자. 다시 연락할게."

"응."

'이따가'라고 하지 않았다.

'다시'라고 말했다.

아예 기약 없는 말도 아닌데, 도대체 뭐가 이렇게 허전함이 느껴지는지. 나는 그가 보지 못하도록 뒤돌아서며 엄지로 명치를 꾹꾹 눌렀다.

심장이 미친 듯이 뛰고 있었다.

* * *

집으로 돌아오자 거실은 그새 비어 있었다.

고요한 거실을 지나쳐 방으로 들어간 나는 침대 위에 기어 올라가 손으로 귀를 감쌌다.

심장이 여전히 거세게 뛰고 있었다.

그대로 멍하니 앉아 있다가 나는 문득 손안의 핸드폰을 내려다보았다.

아직 읽지 않은 메시지들, 부재중 전화에 선명하게 떠오른 유천영의 이름을 보다가 나는 고개를 절레절레 내저으며 무릎에 머리를 박았다.

감각이 지나치게 명료해진 데 반해 현실감은 전혀 없었다. 꿈이라도 꾸는 듯한 기분이었다. 나는 빈방을 한 바퀴 둘러보았다. 그들이 버리고 간 나무젓가락이 휴지통 바깥으로 삐져나와 있었다.

분명히 방금까지만 해도 이 자리에 다 같이 있었다. 아직 그들이 남기고 간 떠들썩함이 채 가시지 않고 이곳저곳에 배어 있었다.

정확히 이 자리에서 나와 여단 오빠가 서로에게 머리를 기댄 채 벽을 등지고 앉아 있었다.

그로부터 고작 두어 시간이 지났을 뿐인데.

나는 시계 째깍거리는 소리를 들으며 한동안 멍하니 있었다. 한참이 지나고서야 겨우겨우 이민아에게 연락할 생각을 했다.

김혜힐도 남친이 있기는 했지만, 그쪽은 이제 2년 하고 반 정도가 지났다 보니 안정감이 완전히 달랐다.

실제로 그녀는 나와 이민아의 얘기를 들으면서도 공감간다는 표정을 짓기보다는 '그런 일도 있구나.' 하며 최대한 이해해 보려고 노력하는 듯한 태도를 보였다.

몇 번 신호가 가다가 포기할까 싶을 때쯤 신호가 덜컥 끊겼다.

[여보세요!]

"민아야."

[야! 나 안 그래도 너한테 전화하려고 그랬어! 너 왜 톡 안 읽냐.]

나, 너랑 드라마 관해서 얘기하고 싶은 거 무지 많았단 말이야! 신나서 들뜬 목소리로 그렇게 말하던 민아는 내가 대답이 없자 곧 의아한 듯 물었다.

[왜 그래, 너?]

심호흡한 나는 아까 바깥에서 여단 오빠와 나누었던 얘기에 대해 간략히 설명했다.

중간중간 가슴 한구석이 찢긴 듯 아파져 오는 것도 참으면서 애써 담담히 설명했는데, 그에 대한 민아의 대답은 이랬다.

[뭔 소리야, 그게?]

"엉."

[뭔 말인지 하나도 이해를 못 하겠어. 미안.]

그녀의 꾸밈없이 솔직한 반응에 나는 속으로 웃었다.

혜힐이네 커플이 워낙 온건하고 안정감 있어서 그럴듯한 상담 상대가 못 되는 반면, 민아네 커플도 약간의 문제점은 있었다.

내 주변에서도 둘째가라면 서러울 정도로 시원시원한 성격의 소유자들끼리 만났다는 점이다.

그들은 싸우면 세상이 다 무너질 것같이 싸우고 화해도 영화에 나올까 싶게 극적으로 했다. 나와 여단 오빠가 징검다리도 두드려 보고 건너란 말을 그대로 실천하는 반면, 이쪽은 아무리 거친 물살이라도 건너야겠으면 일단 뛰어들고 보는 편이다.

내가 잠시 조용해진 사이, 이민아의 거침없는 말이 이어졌다.

[너희 커플은 왜 그렇게 알 수 없는 이유로 싸우냐? 전에도 그 오빠가 너한테 누구랑 만나냐고 물어보지도 않아서 싸웠다면서? 아니, 정확히는 싸운 건 아니고 토라졌댔나. 암튼, 그런데 그 오빠도 원래는 너한테 물어보고 싶었는데 네가 기분 나빠할까 봐 안 물어봤다며.]

"하하, 응."

[하여간 둘 다 배려 왕들이야. 횡단보도에서 서로 먼저 가라고 양보하다가 신호 놓칠 사람들.]

"그 정도까진 아니다 뭐……."

[하긴, 그래도 끼리끼리 만났으니까 다행인가? 아니야, 여기선 누구 한 명이 확 나서서 하고 싶은 대로 이끌던가 해야 하는데…….]

그 무렵 입술을 여닫기만 반복하던 내가 조용히 물었다.

"있잖아, 너도 그렇게 생각해?"

[응? 뭐가?]

"너도 내가 보기에 너무 자기 주관이 없는 것 같아? 여단 오빠가 내가 나중에 내 맘대로는 아무것도 못 할까 봐, 그런 걸 미리 걱정할 정도로?"

[어…… 조금? 왜냐하면 둘 사이에 마음에 안 드는 거나 그런 기 있으면 너는 거의 아무 말 안 하고 넘기고 오빠가 그나마 말하는 편이라며.]

"음, 역시 그런가……."

[근데 난 그 오빠도 좀 이해 안 되긴 한다.]

듣고 있던 내가 목소리를 높였다.

"응? 왜?"

[사람이 뭐 돌부처도 아니고, 질투할 수도 있는 거 아님? 그런데 그 오빠는 자기가 질투한다고 말해 놓고는 정작 자기 혼자 죄책감 느껴 버리다니.]

성격 참 특이해. 그녀가 중얼거렸다.

아닌가? 착한 건가? 그녀가 혼자서 계속 중얼대는 말을 듣고 있던 나는 무릎을 감싸며 되물었다.

"그럼 원래 그런 상황에선 질투하는 게 보통인 거야?"

그녀는 아무렇지도 않은 목소리로 말을 이어 나갔다.

[사실 그게 되게 애매한 게, 너랑 친구들 사이가 좀 유난스러워 보일 정도로 돈독하긴 해. 그도 그럴 게 5년 친구잖아?]

나는 고개를 조심스럽게 끄덕였다.

"으응."

[우리 나이가 지금 열여덟 살이니까, 지금까지 살아온 걸 따지자면 벌써 4분의 1 이상을 걔들이랑 같이 보낸 거거든. 그러니까 어쩔 수 없는 일인 거지.]

"그렇지."

[그리고 지금 유천영이 딱히 뭘 한 것도 아닌데 너랑 가까이 지낸다는 것만으로 지금 자극을 받은 거잖아, 그 오빠가. 아, 근데 좀 이해는 되는 게 너희 둘이 원래 공기가 좀 묘하긴 해.]

저건 또 무슨 소리지. 나는 눈살을 찌푸리며 되물었다.

"묘하다고?"

[몰랐냐. 야, 나는 작년에는 너희 둘이 같은 교실에서 수업 들을 일이 없어서 몰랐는데, 이번에 보니까 장난 아니던데.]

"뭐가?"

[아, 모르겠다. 너 남친 있는데 내가 이런 말을 해도 되나 싶기도 하고. 괜히 흔드는 거 아닌가 해서.]

“그럴 정도의 말이야?”

잠시 주저하던 그녀에게서 마침내 대답이 돌아왔다.

[그게, 유천영이랑 너랑 있으면…… 둘이 서로밖에 안 보이는 것 같아.]

그 말을 들은 나는 다시 한번 눈살을 찌푸렸다. 그게 무슨.

[눈빛이 서로만 좇잖아.]

“무슨, 수업 시간에 어떻게 서로만 봐. 그리고 다 같이 앉아 있는데.”

[아니야, 네가 봤어야 해.]

나 참. 나는 무슨 말을 해야 할지 몰라 앞머리만 거칠게 쓰석였다. 눈빛이 서로만 좇는다니, 대체…….

그러다 유천영과는 유독 눈이 많이 마주치던 일이 떠올랐다. 그제야 나는 머리칼을 헤집던 손을 천천히 내렸다.

어쩌면 그때도 날 계속 보고 있었던 건가? 눈이 마주칠 때까지? 하지만 왜? 그 말은…… 그 말은 꼭.

우두커니 앉아 있는 내 귓가에 다시 이민아의 목소리가 날아왔다.

[아, 모르겠다 나도. 애초에 나는 그렇게 막 성실하게 상대방의 입장 생각하고 화내는 타입이 아니라서.]

“그래?”

[나 같으면 윤정인이 아무리 오랫동안 알아 온 여자애가 있고 그런 사이가 아니고 간에 내가 보기에 짜증 나면 그

냥 말했다. 난 내 감정이 우선이 아니면 성에 안 차. 지 연애 상대가 나지 누구야.]

"오……."

[근데 그 오빠는 그게 널 제한하는 것처럼 느껴진다고. 그것도 맞긴 하네. 나야 윤정인이 자기가 그러기 싫으면 당장 받아칠 걸 아니까 그러는 건데, 넌 별말이 없는 편이니까, 나중 가면 진짜 오빠 하자는 대로만 하게 될지도.]

"으음. 그치."

[근데 난 진짜 모르겠어. 누군가를 좋아한다는 건 원래 이기적인 거 아니야?]

민아의 마지막 말이 내 마음에 큰 반향을 남겼다.

누군가를 좋아한다는 일이 원래 이기적인 거라고?

그러나 나는 스스로의 리듬에 맞추어 잘 살고 있는 여단 오빠를 내가 억지로 꺼낸 것 같은 기분이 들 때마다 죄책감 외에는 느껴지는 것이 없었다.

나는 잠시 상상해 보았다. 날 위해 내가 원한다는 이유로 뭔가를 희생하는 여단 오빠라고? 아니, 그런 건 절대 싫은데.

내가 떠오른 바를 솔직하게 말하자 민아는 또다시 질색했다.

[나왔다, 책임감 넘치는 양보심 커플. 대한민국 모든 운전자가 너희 같으면 교통사고는 나질 않겠다.]

"아니, 뭐 그 정도야."

[얼마 전에 윤정인이랑 나랑 뭐 땜에 싸웠는지 알아? 치킨 무 때문에.]

“뭐? 도대체 왜?”

치킨과 무에 관한 장황한 대서사시를 듣다가 나는 전화를 끊었다.

핸드폰을 내려놓은 나는 천천히 숨을 들이쉬었다.

확실히 성격들이 너무 다르다 보니 별 도움은 되지 않았지만, 얘기하다 보니 마음이 편해져선지 호흡과 심장 소리는 정상으로 돌아와 있었다.

하여간 윤정인이나 이민아나 웃는 얼굴로 아무렇지도 않게 심각한 문제를 타파해 버리는 건 알아줘야 해. 허탈하게 웃으며 고개를 털다 말고 나는 턱을 괴고 웅크리며 생각에 잠겼다.

다시 핸드폰 주소록을 연 나는 주춤거리다 통화 버튼을 눌렀다. 받아 놓긴 했지만 설마 쓸 일은 없을 거라 생각했던 번호였다.

시간이 좀 늦었는데 괜찮을까? 나는 떨리는 마음으로 신호음이 끊기길 기다렸다.

채 세 번도 가지 않아 경쾌한 목소리가 날아왔다.

[와우, 이게 무슨 일이야. 내가 지금 꿈을 꾸나.]

조금 긴장했었는데, 그의 말투에 금방 어깨에서 힘을 빼며 웃을 수 있었다. 특히 그의 입에서 나오는 ‘와우’는 원어

민 리액션이 여실히 느껴져서 웃겼다.

나는 허탈하게 웃으며 말했다.

“웰 오버예요.”

[내가 사막에 갔다고 해도, 밀림에 던져졌다고 해도 연락 한 번도 않던 녀석이 갑자기 연락을 하니까.]

윽, 그걸 아직 담아 두고 있었나. 어깨를 살짝 움츠린 내가 대답했다.

“아, 그땐 번호도 없었잖아요.”

[그래?]

“그리고 그때쯤 댁네 어머님이랑 이마트 앞에선가 마주쳤었는데, 그때 어머님이 말씀하시길 통신 장비도 다 뺏었다던데.”

[무슨 소리야. 당연히 비상용 하나 정돈 따로 빼돌려 놨지. 그 정도 스킬도 없으면 어떻게 Reed사의 후계자가 되겠어.]

“그것참 대단하십니다.”

내가 툴툴거리며 말해도 맞은편에선 낄낄거리는 웃음소리만 돌아왔다.

루카스와 통화를 해 본 적은 핸드폰이 바뀌기 전에도 한 번도 없었다. 핸드폰 너머에서 들려오는 목소리가 무척 낯설게 여겨졌다.

다시 정적이 찾아오고, 금세 어색함을 느끼며 핸드폰을

만지작거리는 내게 루카스가 다시 물었다.

[무슨 일이길래 전화를 주셨을까? 아 참, 나 네 친구가 나오는 드라마 방금 보고 오는 길이다.]

"루카스도 한국 드라마를 봐요?"

[제니랑 이안은 원래 좋아하고, 나는 최근에 취미 붙이는 중. 사실 내 취향엔 좀 심심한 감이 없잖아 있는데, 이번 드라마는 루다가 절대 보지 말라길래.]

"루다가요?"

[응. 자기가 시청률에 0.00001퍼센트라도 보태 주기 싫다면서.]

거기까지 들은 나는 속으로 탄식했다.

루다야, 너 아직도 천영이 싫어하니.

1년 넘게 치고받고 싸웠으면 이제 슬슬 질려서라도 사이 좋아질 때 안 됐나? 주인이랑 루다의 경우엔 초반에 질색하던 것과 달리 최근엔 그럭저럭 잘 붙어 다니는 것 같던데. 체념한 건지 정말로 친해진 건지는 모르겠지만.

역시 성격 문제인가. 나는 턱을 매만졌다. 하긴, 둘이 좀 상극인 면이 없잖아 있긴 하지. 유천영 입장에선 루카스의 성격 역시 질색할 유형 중의 하나이다. 웃으면서 사람 속 긁기는 잘하지, 꿍꿍이를 알 수 없지.

앞으로 두 사람은 마주치지 않게 하는 게 좋겠다. 그리고 나는 마침내 입을 열었다.

"사실은 방금 말씀하신 그 드라마 나오는 친구랑도 조금 관련이 있는 문제거든요."

[뭔데 그래?]

"그리고 제 연애사랑도요."

[아하, 그거군.]

대번에 알겠다는 태도를 하는 그에게 내가 목소리를 낮추며 말했다.

"저번에 저한테 그랬었죠. 서바이벌 경기장에서 잠깐 쉴 때. 선택지 없는 선택은 선택이 될 수 없다고, 스스로 시야를 좁히지 말라고. 그래야 자기 마음에 솔직하게 살 수 있다면서."

[그랬지.]

나는 민아에게 했던 설명을 그에게도 똑같이 반복했다. 내 얘기에 대한 루카스의 대답은 민아보다도 한결 간단했다.

[성실한 사람이구나. 다소 지나칠 정도로.]

"네?"

[보통 그러고 싶다는 마음이 들 때, 자기한테 그럴 자격이 있는지 없는지는 잘 고려하지 않거든. 미움받는 게 두려울지언정.]

나는 잠깐 고민하다가 되물었다.

"그러니까, 루카스라면 고민 없이 만나지 말라고 말할 거란 뜻인가요?"

[그렇게 근사한 녀석이랑 어떻게 계속 연락하도록 둬? 나중에 그 녀석이 좋아졌다면서 가 버리면 어떡하나 걱정되는 게 당연하지. 그런데 그 녀석과 연락을 끊게 하는 대신에, 그 녀석과 자기 중에 항상 자기를 선택할 수 있도록 더 노력하겠다는 거잖아.]

나는 입을 다물었다. 루카스가 나직이 말했다.

[대단하네. 나는 그렇게 못 해.]

"왜요?"

[나를 바꾸는 것보다는 상대방한테 이래라저래라 하는 게 당연히 더 쉬운 거 아니야?]

"……."

[게다가 너는 아까도 네 남자 친구가 별다른 설명 없이 싫다는 말만 했는데 전화 안 받고 바로 통화 거부 버튼부터 눌렀다며. 너처럼 남의 말 곧이곧대로 듣는 애한테는 그편이 쉽지.]

잠시 할 말을 잃고 있는 내게 낄낄 웃던 그가 다시 말했다.

[넌 나쁜 사람 만나면 절대 안 되겠다.]

"나쁜 사람의 정의가 뭔데요?"

[나나 루다 같은 사람. 아, 우주인인가 하는 이름의 네 친구도 포함해 둘게.]

"아니, 루다랑 주인이를 본인과 같이 묶지 마시고요."

단호하게 말하는 내게 그가 '너무 칼 같은 거 아냐?' 하고 반박했다. 우리의 첫 만남을 생각하면 이 정도도 봐준 거 아닙니까. 속으로 툴툴대던 내가 다시 말했다.

"실질적으로 도움 될 만한 말은 없어요?"

여단 오빠가 한 말이 루카스와 한 말과 닮았으니 틀림없이 그에게서 뭔가를 얻어 낼 수 있을 거라고 믿었는데.

당장 대수롭잖은 투로 대답이 돌아왔다.

[생각 정리는 그쪽이 한댔는데 네가 할 게 뭐가 있는데?]

"아, 그러지 말고. 좀 진지해져 봐요."

[그런데 나는 저번부터 너랑 네 남자 친구 보면서 꾸준히 헷갈리던 게 있는데.]

"네?"

[너 말이야, 이번에야말로 한번 잘 생각해 봐. '싫지 않아'야, '좋아'야?]

제46조. 피할 수 없는, 비(하)

피할 수 없는, 비(하)

"그럼, 수학여행 장기 자랑은 이걸로 간다? 이의 없지?"

윤정인이 칠판을 탕탕 두드리는 말에 다들 고개를 끄덕였다. 사실 이미 반쯤은 아무도 그의 말을 듣고 있지 않았다.

무덥긴 한데 아직 에어컨을 틀기에는 애매한 시기. 애들은 저마다 책상에 얼굴을 박고 앓는 소리를 내거나 와이셔츠를 반팔 티로 갈아입는 방법으로 나름 더위를 이겨 내고 있었다.

간혹 책상을 붙이고 앉아 PMP로 동영상을 보고 있는 아이들도 있었다. 그럴 경우엔 대부분 인터넷 강의가 아니라 화제의 예능 프로, 혹은 드라마였다.

교실을 한 바퀴 돌면서 그들의 화면을 한 번씩 훔쳐보는 것만으로도 최근 인기 있는 프로그램 통계를 낼 수 있었는데, 요즘 최고의 흥행작은 단연 〈검은 비〉였다.

하긴, 배우진 좋지, 연출 화려하지, 같은 학교 학생이 나오기까지, 굳이 다른 드라마를 볼 이유가 있나.

오늘 유천영이 등교했던가? 드라마 첫 방영 날은 물론이고 주말까지 전화를 받지 않은 것에 대해 그가 어떻게 생각하고 있을까? 나는 주먹을 살짝 쥐었다.

지난주 루카스와 통화한 이후, 나는 깊은 고민에 빠졌다. 그러다 보니 여단 오빠에게서 연락이 없는 것은 차라리 다행으로 느껴질 지경이었고, 유천영에게도 연락할 수 없는 것은 마찬가지였다. 그가 실질적으로 이 일에 대해 한 것은 아무것도 없음에도 불구하고.

'유천영이랑 너랑 있으면…… 둘이 서로밖에 안 보이는 것 같아.'

'눈빛이 서로만 좇잖아.'

그런 말까지 들어 버렸는데, 아무렇지 않게 연락할 수 있을 리가.

특히 전화 통화만은 절대로 할 수 없었다. 목소리를 멀쩡히 할 자신도 없고, 말을 한다 해도 뚝뚝 끊길 것이 분명한데 그러다 내가 이상하다는 걸 저쪽에서 눈치채고 무슨 일이냐고 물어보기라도 하면 어떡하나.

그러나 문제가 하나 있었으니, 유천영은 본래가 타자가

느려서 메시지보다는 전화 통화를 선호한다는 점이었다. 아니, 그는 애초에 전화 통화가 아니면 영 하려고 들지를 않았다.

첫날 전화를 받지 않자 다음 날도, 그다음 날도 전화가 오기 시작했다.

아마 그가 기대하는 것은 드라마에 대한 짧은 평가와, 그리고 힘내라는 응원 정도에 불과하다는 것을 알고는 있었다. 하지만 그조차 차마 말로는 못 전하겠는데 어떡하란 말인가.

핸드폰 진동이 울릴 때면 일단 뒤집어 뒀다가, 그가 바쁠 시간을 골라 씻고 왔다거나 무음으로 해 둬서 못 받았다는 등의 메시지를 톡으로 보내곤 했다. 그러면 유천영 쪽에서도 한참 뒤에야 알겠다는 짧은 답 메시지가 돌아오곤 했다. 할 말이 뭐였냐고, 톡으로 얘기하라고 했지만 그때마다 유천영은 '전화로 할게.'라고만 덧붙였다.

사실 그와 나 사이에 전화 타이밍이 맞지 않는 것은 자주 있는 일이었지만, 이번에는 너무 티 나게 피한 탓에 들키지 않았을까 슬슬 걱정이 되기 시작했다. 혹시나 자기가 나한테 뭘 잘못했나 오해하고 있으면 어쩌지?

거기까지 생각한 나는 앓는 소리를 내며 책상 위로 엎드렸다. 오후 내내 햇빛에 익어 있던 교과서에서 따끈한 열기가 느껴졌다.

"아, 복잡해……."

나는 한숨을 푹 내쉬며 중얼거렸다. 지금까지 내가 고민해 온 문제는 대개 차원 이동이나 진로 같은, 내 의지가 딱히 반영되지 않는 일이었지만 이번만은 달랐다.

이번에 내가 맞닥트린 문제에서 결정권을 쥐고 있는 사람은 나와 여단 오빠, 단둘이었다. 그는 스스로 생각을 정리할 시간이 필요하다고 말했지만, 그동안 나도 그에게만 맡긴 채 아무런 생각도 하지 않을 수는 없었다.

멍하니 축 늘어져 있는 내게 아이들의 떠드는 소리가 들려왔다. 이토록 평화롭고 아무 일도 없는 교실에서 나 혼자 세상의 무게 전부를 떠안은 것처럼 고민하고 있으니 스스로가 우스워질 지경이었다.

이런 게 바로 같은 공간 다른 세상이란 거겠지? 내가 생각하던 그때, 별안간 내 눈앞에 손 하나가 불쑥 내밀어졌다.

나는 고개를 들었다. 윤정인이 장난기 어린 얼굴로 나를 내려다보고 있었다.

"야, 뭐 하냐. 아까부터 한숨만 푹푹 쉬고."

"아, 몰라. 나 잘 거야."

"장기 자랑에 못 나간 게 아쉬워서 그래? 너도 특별 공연 같은 거 하나 할래?"

아니, 뭐래 진짜. 나는 오자마자 헛소리만 해 대는 윤정인을 게슴츠레한 눈으로 올려다보다가 다시 픽 고개를 돌리며 눈을 감았다.

그런 내 귓가에 혜힐이의 목소리가 날아왔다.

"냅 둬, 단이 생각할 거 있다잖아."

"단이 요즘 많이 복잡할 거다."

민아의 의미심장한 말에 윤정인은 대번에 그쪽으로 방향을 틀었다.

왜, 뭔데, 뭔데? 그가 신이 나서 말하는 것을 들으며 나는 다시금 책상 위에 고개를 깊숙이 파묻었다. 그때 누가 내 손등을 툭툭 건든다 싶어 고개를 들어 보니 반휘혈이었다.

안경알을 바꾼 뒤로부터 안경테 너머로 선명하게 보이는 그의 눈이 아직도 적응되지 않았다. 그와 내가 이 반에서는 많이 친한 편이란 걸 알고 있으면서도 가끔 눈이 마주치면 흠칫 어깨를 떨게 되곤 했다.

반휘혈이 붉은 눈으로 나를 빤히 내려다보며 말했다.

"혹시, 요즘 누가 널 힘들게 하나?"

나는 그런 그를 멀뚱히 올려다보았다. 잠시 망설이던 내가 대답했다.

"인간관계 문제가 맞긴 한데…… 그건 왜?"

대답하면서도 나는 반신반의했다. 설마 아니겠지.

짧고 굵은 대답이 돌아왔다.

"이름만 말해."

아니, 여단 오빠를 도대체 어떻게 하려고. 그보다 너, 다신 주먹 쓰지 않겠다는 맹세를 기회 생길 때마다 어기는 것 같은데.

내가 '말로 해결하면 될 일이고 주먹을 쓸 일은 절대 아니다.'라고 필사적으로 설명하자, 반휘혈은 어째선지 어깨를 축 늘어트리며 실망한 곰 같은 모습으로 교실 뒤편으로 사라졌다

나는 그의 뒷모습을 보며 중얼거렸다, 어째 죄책감 드네. 아니, 그보다 너 손 씻는다며. 그런데 개인적으로 청부 같은 걸 받아 버리면 어떻게 해?

그때, 옆에서 또 다른 목소리가 날아왔다.

"재주 부리려다 실패한 곰 같은 모습이네."

"루다야."

아까 본 붉은 눈과는 대조적인 푸른 눈이 나를 향한 것을 보자, 새삼 이 세상의 비현실성이 오랜만에 와닿는 기분이었다.

그건 그렇고, 그의 말에 명백히 깃들어 있는 비아냥거리는 기색에 나는 고개를 기울였다.

루다가 세상 대부분의 사람을 비판적으로 바라본다는 것을 이제는 알지만, 그 전에 그럴 관심조차 안 주는 게 대부분인데.

내가 물었다.

"루다 너, 휘혈이 별로 안 좋아해?"

"저 힘을 갖고도 목표가 '평화롭게 살기'랑 '개그 프로 챙겨 보기'라니, 보기에 마땅하진 않지."

루다가 코웃음을 흥 치며 대답했다. 나는 다시 고개를 기울였다가 대답했다.

"그러는 너도 후계자 자리는 미련 없이 루카스한테 넘겨 버렸잖아? 어렸을 때도 싸움 별로 좋아하지 않았다며."

"그거야 후계자가 되면 무식한 교육과 훈련을 소화해야 하기 때문에 그런 거였지, 기본적으로 자기가 가진 힘을 전혀 쓰지 않는 건 낭비잖아."

그게 뭐가 어떻다는 거지? 여전히 고개를 기웃거리고 있던 나는 그의 다음 말을 듣고 대강 납득했다.

"더군다나 일반인 수준도 아닌데 말이야. 훈련을 거친 것도 아니면서. 요컨대 미켈란젤로가 그림을 그리지 않겠다고 선언하는 걸 옆에서 지켜보는 기분이랄까. 고작 전국 서열이니 뭐니 하는 소꿉놀이에만 잠깐 쓰고 말고."

"아하."

나는 고개를 끄덕였다. 제 발로 박차고 나오긴 했어도 기본적으로 무를 숭상하는 가풍에서 자란 루다 눈에는 휘혈이의 저런 소박한 모습이 일종의 재능 낭비처럼 보이는 모양이다.

그때, 루다의 노기 어린 목소리가 다시 따라붙었다.

"게다가 저 녀석은 싸움 외엔 처참하잖아. 아니, 사람 이름을 보는 족족 개명시키는 게 말이 돼? 그런데 다들 좋다고 받아 주고 있고.”

그러니까 결국에는 반휘혈이 지난주에 ‘이루미’라고 이름을 바꿔 불렀던 것이 결정적이었던 모양이었다. 나는 턱을 괴고 있던 손을 내리며 어색하게 하하 웃었다.

아마도 나머지 애들은 휘혈이의 그런 특성을 태생적인 뭔가로 이해해 버린 것 같지……. 루다도 그렇게 유하게 넘어가 주면 좋으련만, 역시 ‘이루미’는 조금 심했나. 빨리 잊어버린다면 좋을 테지만, 루다 성격상 그럴 것 같지도 않고.

뭐, 그래도 루다랑 주인이도 처음에 사이 안 좋았는데 지금은 좋으니까. 갈수록 좋아지지 않을까. 나는 낙관적으로 생각해 보기로 했다.

그때, 갑자기 고개를 숙인 루다가 목소리를 낮추어 속삭였다.

“아무튼 아까 반휘혈이랑 말하던 그 문제 말인데, 나한테 말해 주면 전문가의 솜씨로 증거도 없이…….”

“너까지 왜 그래, 진짜.”

나는 허무하게 중얼거렸다. 내가 보기엔 반휘혈이나 루다 너나 재능을 낭비하고 있는 건 똑같은데 말이야.

그때, 복도 쪽에서 갑자기 시끌벅적한 소리가 날아와서 나와 루다, 두 사람 다 고개를 돌렸다. 윤정인을 비롯한 애들도 책상에 모여 앉아 뭔가를 말하다 말고 일제히 그쪽을 돌아보았다.

“뭔 일이래?”

“하루도 조용할 날이 없네, 진짜.”

“옆 반이 7반이라서 그런가?”

“아, 근데 7반도 우리 반 보고 맨날 똑같은 생각 하고 있는 거 아님? ‘아, 시끄럽다 했더니 또 8반이야?’ 하면서.”

누군가 내뱉은 말에 윤정인이 그의 어깨를 팡팡 치며 죽어라고 웃어 댔다.

“야, 우리 반 다 조용한데 누가 그래!”

윤정인의 그 말에 누구 할 것 없이 복도로 향하던 시선을 다시 윤정인에게로 향했다.

“양심 있냐, 쟤…….”

누군가 은밀히 흘린 말에 나는 고개를 끄덕였다. 그러게, 내가 할 소리를 누가 대신하고 있네.

그리고 나는 다시 고개를 돌렸다.

일이 분이 지났는데도 소란이 가라앉기는커녕 점점 심해지자 불안감이 커졌다.

혹시 유천영이 등교한 건가? 나는 헐레벌떡 자리에서 일어났다. 그 모습이 심상치 않았는지 누군가 그런 내게 물었다.

“너 어디 가?”

“나 잠깐 화장실…….”

이민아가 알 만하다는 표정으로 나를 보더니 씨익 하고 의미심장한 미소를 지었다. 그런 그녀를 보며 나는 속으로만 눈물을 흩뿌렸다.

흑흑, 이게 뭐야. 얼굴도 안 보이는 전화 통화를 하면서도 제대로 목소리를 낼 자신이 없는데, 직접 얼굴을 볼 수 없는 게 당연하잖아.

그러게 왜 그런 말을 들어 버려 가지고. 그냥 민아가 '아, 이런 얘기는 좀 그런가?' 했을 때 알아서 끊을걸. 후회막심하는 마음으로 복도로 나서던 내 귀에 말들이 날아와 꽂혔다.

"아아악! 너무 싫어! 누가 저거 틀자고 했어!"

"아, 미안. 재밌어 보여 가지고."

"저런 거 보면 한 달 동안 잠 못 자는 사람도 있다고."

우뚝 멈춰서 그들의 얘기를 듣던 나는 이윽고 안도의 한숨을 내쉬었다.

알고 보니 그냥 누군가 반 컴퓨터로 무서운 영상을 보았던 모양이었다. '반전 주의'나 '깜놀 주의' 이런 경고가 붙어 있는 영상을 반 친구들에겐 아무런 경고도 하지 않고서 말이다.

하아, 천만다행이네. 비척비척한 걸음으로 다시 자리에 돌아와 앉은 나는 다시 창밖을 돌아보며 생각에 잠겼다.

나 정말 언제까지 이렇게 지내야 하는 거지? 아마도 이것조차 나만이 답을 낼 수 있는 문제일 터였다.

다시 2, 3일 정도가 흐르자, 유천영도 더 이상 전화하려 시도하는 대신 톡으로 말을 전하기 시작했다.

어두운 내 방, 스탠드만 켜 놓고 자습에 열중하던 나는 문득 핸드폰을 뒤집어 보곤 눈을 동그랗게 떴다.

[유처녕 : 안 가]

핸드폰을 두 손으로 붙든 내가 곧장 답장을 입력했다.

[함단이 : 아 진짜??]

[함단이 : 왜]

[유처녕 : 마지막 날이 촬영일이랑 겹쳐서]

[유처녕 : 비행기 타고 전날에 가면 되긴 하는데 괜히 여러 사람 번거롭고]

[함단이 : 아, 하긴…… 혼자 하는 일이 아니니까]

나는 입술을 만지작거리며 생각에 잠겼다.

그럼 수학여행 끝날 때까지도 나랑 얼굴 볼 일이 없다는 얘기인가? 그리고 나는 달력을 돌아보았다. 흐릿하게 비친 달력 위 15, 16, 17일 자에 빨갛게 동그라미가 쳐져 있었다.

앞으로 일주일 정도는 얼굴 볼 일이 없다는 얘기가 되겠군. 나는 느리게 한숨을 내쉬었다.

그때가 지나고 나면 더는 그의 얼굴 보는 게 부담스럽지 않게 될까? 아무렇지도 않게 걸려 온 전화를 받을 수 있게 될까? 장담할 수 없는 문제였지만 지금 당장은 다행으로 느껴졌다.

그러나 그것과는 별개로 고등학교에서 한 번 있는 행사에 유천영이 참석하지 않는다는 게 아쉽게 느껴지는 것 또한 사실이었다. 반별로 활동하기는 할 테지만, 그래도 수련회와 수학여행은 차원이 다를 텐데. 더군다나 장소가 제주도고.

다시 입술을 매만지다가 나는 천천히 메시지를 입력했다.

[함단이 : 그래도 인생에 한 번뿐인 고등학교 수학여행인데]

[함단이 : 못 와서 아쉽다]

메시지 옆에 붙은 숫자 1은 금방 사라졌다. 그러고도 꽤 오랫동안 답장이 오지 않았다.

무슨 일이지? 타자 느린 건 알고 있지만 도대체 얼마나 긴 말을 하려고? 고개를 기웃거리던 나는 문득 깨달았다.

아, 이거 분명히 전화할 타이밍인데. 아까도 유천영이 손가락을 움직여서 입력했다고 하기에는 상당히 긴 메시지가 왔던 게 사실이니까. 이번에야말로 전화로 얘기하자고 할 게 분명하다.

고개 숙인 나는 황급히 메시지를 입력했다.

[함단이 : 앗 나 이제 또 공부하러 가야겠다]

[함단이 : 이따 다시 얘기해]

핸드폰을 힘주어 붙든 나는 잔뜩 울상을 지었다.

내가 먼저 '인생에 한 번뿐인 수학여행인데 못 와서' 어쩌고저쩌고해 놓고는 정작 말을 끊다니, 이게 도대체 뭐 하는 짓인지.

하지만 통화하면서 목소리를 달달 떠는 것보다는 나으니 하는 수 없잖아. 내가 한숨을 푹 내쉬며 핸드폰을 뒤집는 그때였다. 또다시 진동이 울렸다.

그 짧은 진동에 나는 그대로 바짝 얼어붙었다. 핸드폰을 다시 뒤집는 게 그 무엇보다도 두렵게 느껴졌다.

간신히 핸드폰을 집어 들자, 그새 손에 찬 땀에 매끄러운 핸드폰 표면이 미끄러지는 것이 느껴졌다. 나는 입술을 깨물며 핸드폰을 뒤집었다.

미리 보기에 떠오른 메시지들을 읽고서 나는 안도했다.

[유천영 : 그래]

[유천영 : 열심히 해]

"하아, 다행이다."

'너 왜 전화 피해?'라거나 '전화가 불편해?'라는 메시지가 혹시나 찍혀 있을까 봐 걱정했다.

의자 등받이에 몸을 기대고 젖은 미역처럼 축 늘어져 있다가, 나는 몸을 웅크리며 또다시 중얼거렸다.

"어쩐다지, 진짜……."

그날로부터 여단 오빠와 유천영을 생각할 때마다 마음에 쌓인 돌이 점차 무거워져서, 이제는 멀쩡히 숨 쉬기도 힘들 지경이었다.

* * *

수학여행이 이틀 남은 날의 점심시간, 김혜힐이 밥을 먹다 말고 문득 투덜거렸다.

"수학여행 얼른 좀 지나갔으면 좋겠어. 요즘 학교 분위기를 보면 '수학여행 최종.jpg', '수학여행 이게 진짜 최종.jpg', '수학여행 이게 진짜진짜 최종.jpg' 이런 느낌이라니까."

"으하하, 그게 뭐야."

옆에서 웃음을 터트리는 윤정인에게 김혜힐이 진지하게 말을 이었다.

"진심으로 하는 말이야. 이러다가는 수학여행 가기도 전에 기운 다 빼 버리겠어."

"아, 그런가? 하긴, 나도 요즘 보면 그게 좀 걱정되긴 하던데. 야, 그치만 설레는 마음을 어떻게 막겠어. '그만 설레고 다들 진정하세요!' 할 수도 없잖아."

"그건 그런데."

윤정인과의 대화를 마치고 다시 꽁한 표정으로 생각에 잠기는 김혜힐을 보며 나는 고개만 끄덕였다.

그러게, 수학여행 가기 전에 벌써부터 이렇게 기운 뺐다가 막상 가서 놀 기운 다 사라지면 어쩌지 싶네. 아니면 생각보다 행사가 재미가 없다든가.

그 문제 외에도 학교를 어수선하게 만드는 것은 한 가지 더 있었다. 급식실에서 타 학년들이 떼 지어 누군가를 찾아다니는, 요즘 꽤 흔한 광경을 보며 김혜우가 김혜힐의 옆구리를 쿡 찔렀다.

"저기 봐, 또 유천영 찾는 건가?"

"몰라, 그런가 보지 뭐. 얼른 먹고 가게 식사에나 집중해."

"네네. 어지간히 상태 예민하구만."

"급식실 평소에도 시끄러웠는데 요즘은 더하잖아."

김혜힐의 까칠한 대답 뒤로 김혜우가 바쁘게 밥을 욱여넣기 시작했다. 이미 식사를 마친 나는 턱을 괴고 그들 어깨 너머로 1학년 학생들의 모습을 흘낏거렸다.

대여섯 명씩 우르르 몰려다니던 그들은 주위의 따가운 시선도 무시하고 기어이 권은형에게 다가가 말을 걸었다.

그들의 말을 잠자코 들어 준 은형이가 난감한 얼굴로 입을 열었다.

“어쩌지? 천영이랑 내가 모든 스케줄을 공유하는 건 아니라서. 나도 잘 모르겠다. 도움이 못 되어 줘서 미안해.”

“아, 아니에요! 저희야말로 미안하죠!”

말을 걸었던 애들은 도리어 얼굴이 붉어져서 고개를 꾸벅꾸벅 숙이며 멀어졌다.

그들의 등을 바라보던 은형이와 내 시선이 무심코 마주치자, 그는 웃으며 손을 흔들어 주었다. 나도 객쩍은 웃음으로 답을 대신하고는 다시 시선을 내렸다.

점심시간이 끝날 무렵 친구들과 매점을 다녀오는데, 교실 뒷문에서 은형이와 다시 마주쳤다. 손만 흔들고 지나치려는 나를 그가 불렀다.

“단아, 잠깐만.”

“응?”

나는 덜컥 불안해지면서도 순순히 그를 따라 복도를 벗어났다. 인파가 적어지는 계단참에 이르러 은형이가 마침내 말을 꺼냈다.

“요즘 학교가 많이 어수선하다. 그렇지?”

“응, 그러니까. 나까지 정신이 하나도 없어서 뭐 하나에 집중도 안 되고. 수학여행이 끝날 때까지는 그냥 맘 편히 지내야 할까 봐. 거창한 계획 같은 거 세우지 말고.”

반도 달성하지 못한 이번 주 계획을 떠올리며 그렇게 말하자, 은형이는 또다시 그린 듯한 미소를 지었다. 그 미소가 어딘지 석연찮다는 것을 깨달은 내가 물었다.

"은형이 너는 괜찮아?"

"응? 나야 뭐, 늘 괜찮지."

"선생님한테 내놓을 것 같은 그런 대답 하지 말고."

그러자 은형이가 머쓱한 듯 뺨을 긁었다.

"하하, 이게 잘 안 고쳐지네."

"뭐야, 진짜 무슨 일 있는 거였어?"

내가 눈을 동그랗게 뜨고 하는 말에 은형이는 작게 웃더니 눈빛을 조금 가라앉혔다.

"내 일은 아니고."

"그럼 유천영?"

"혹시 짚이는 거 있어?"

은형이가 대번에 그렇게 받아치며 내 눈을 지그시 내려다보는 것을 나는 차마 피할 수가 없었다.

내가 계속 대답이 없자, 한숨을 푹 내쉰 은형이가 고개를 주억거렸다. 그가 다시 입을 뗐다.

"역시 그랬구나. 전자 기기랑은 친하지도 않은 애가 웬일로 핸드폰을 달고 사는데, 연락을 기다릴 사람이 달리 있을 것 같지도 않고."

"아니, 왜 없어?"

"그거야 우리는 우리 모였던 날 집에 가는 길에 다 같이 연락을 했거든. 영상 통화로, 떠들썩하게."

곧장 반박했던 나는 그의 다음 말을 듣고 윽, 하며 고개를 수그렸다. 그러니까 그날 유천영이 전화를 걸었던 건 내가 마지막이었다는 얘기로군.

다른 애들이랑은 한꺼번에 통화를 하고 마지막으로 내게 전화를 걸었던 참인데, 하필 내가 전화를 받지 않았다. 유천영으로서는 이상하게 여겨져 몇 번인가 연락을 더 취해 보는 것이 당연했다. 설마 일부러 받지 않았다고는 생각도 못 했을 테니.

윽, 이렇게 생각하니 새삼 내가 했던 짓이 충분히 오해당할 만한 짓이란 게 실감나잖아.

미간을 왈칵 일그러뜨리는 내게 은형이가 물었다.

"또 천영이랑 무슨 일 있어? 체육 대회 때처럼."

"응? 아니, 그런 거 전혀 아닌데."

"그렇지? 내 기억에도 없는 걸로 아는데, 그런 것치고는 꽤 장기화되고 있는 것 같아서. 벌써 일주일 넘지 않았어?"

그가 손가락을 차례로 접으며 하는 말에 나는 다시 고개를 수그렸다. 내가 정말 할 말이 없다.

은형이가 덧붙였다.

"더군다나 다른 애들이랑은 아무런 문제 없이 지내는 것 같고. 원래는 그냥 지켜보려고 했는데, 이번에는 천영이가 아예 이유를 감도 못 잡는 것 같길래."

"아, 그게. 정말로 유천영이 잘못한 게 하나도 없는 일이거든……."

"그럼 왜?"

"음. 아니, 그게."

그리고 우리가 서 있던 계단참에 돌연 침묵이 찾아왔다.

나는 입만 여닫으며 도대체 이것에 대해 어떻게 말해야 할지를 고민했다.

친구들이 말하길 유천영이랑 내가 같이 있으면 서로밖에 안 보이는 것 같대……. 나는 머리를 감싸 쥐었다.

"다, 단아?"

"으으윽. 아니, 그게……."

"미안해. 나는 아무 전조도 없었으니 당연히 별거 아닌 문제일 줄 알았는데, 뭐 최근에 바빴다든가 그런 거. 그런데 굉장히 복잡한 문제였던 거지?"

"아냐! 그런 건 아니야! 그런데 차마 내 입으로 말을 하기가……."

한참이나 끙끙 앓는 소리만 내던 나는, 마침내 결심하곤 입을 열었다.

"은형아, 너도 나랑 유천영이 좀 그렇게 보여?"

"뭐라고?"

은형이의 회녹색 눈동자에 혼란이 가득 들어찼다.

"은형이 너도 나랑 유천영이 좀…… 그럴 여지가 있어 보이는…… 수상한 공기가 흐르는…… 친구 사이가 아니어 보이는……."

내 얼굴이 붉어지는 게 말하는 내내 숨을 쉬지 않았기 때문인지, 아니면 이런 말을 한다는 것 자체가 창피해선지 감이 오지 않았다.

내 말을 듣던 은형이의 눈이 천천히 커졌다.

그가 놀란 듯 내뱉었다.

"그런 문제였어?"

"아니, 내가 신경 안 쓰려고 해도 그런 얘기를 들었는데 신경이 완전히 안 쓰일 수가 없잖아."

"음……."

"그래도 전화 통화 말고 메시지로 할 수 있는 말은 다 했다? 드라마도 응원한다고 했고, 대화도 매일 하고 있고, 물론 전화할 것 같은 타이밍이 오면 내가 바로 끊긴 하지만."

구구절절 변명에 가까운 설명을 늘어놓는 내게 은형이가 고개를 내저어 보였다.

그가 손을 내밀며 말했다.

"아니야, 단아. 네가 잘못했다는 게 아니라. 너는 지금 사귀는 사람도 있는 상태인데 그런 얘기를 들으면 당연히 난감할 수밖에 없지."

지금까지 연락 못 한 것도 충분히 이해가 돼. 그렇게 말하며 고개를 주억거리는 그를 올려다보며 내가 황당한 듯 내뱉었다.

"엥."

"응?"

"그, 그런 게 아니라 다른 말을 해야 하지 않아?"

당황해서 되묻는 나를 보며 그가 눈을 휘둥그레 떴다.

"다른 말?"

"아니, 뭐 있잖아. 말도 안 된다거나, 안심하라거나, 나는 솔직히 은형이 네가 그렇게 말해 줄 줄 알고 마음 놓고 있었는데!"

그렇게 말하고 나는 다시 머리를 부여잡았다.

아니, 하지만 은형이나 다른 누구한테서라도 그런 의견을 듣지 않으면, 내가 민아가 얘기했던 말도 안 되는 일에 일말의 가능성이 있다고 믿어 버릴 것 같으니까. 그러면 유천영을 보는 게 지금보다도 더 어려워질 테고.

도끼병도 아니고, 그런 것 때문에 친구 한 명을 이렇게 영영 못 보는 것은 싫었다.

그런데 내 말을 듣던 은형이가 짐짓 가라앉은 목소리로 말했다.

"아니지, 단아."

"응?"

"내가 아무리 천영이 어렸을 때부터 친한 친구라고는 해도, 천영이 마음에 대해서 멋대로 확신하고 왈가왈부해선 안 되잖아."

"그건 그런데……."

내가 머리를 붙잡고 있던 팔을 내리며 말을 더듬거리자 은형이가 말했다.

"그 얘기라면 확실히 내가 끼어들 문제는 아니었네. 그럼 같이 교실로 돌아갈까?"

"아니, 저, 잠깐만."

내가 그렇게 말하자, 은형이가 계단 아래로 한 걸음 내려서다 말고 다시 나를 보았다. 그의 등 뒤에서 뻗어 나온 형광등 불빛에 역광이 비쳤다.

"은형이 너도…… 그 말도 안 되는 일에 조금이라도 가능성이 있다고 생각해?"

"말도 안 되는 일이 세상에 어디 있어?"

여상한 목소리로 돌아온 대답에, 나는 계단 아래로 한 발을 내딛다 말고 힐끗 그의 얼굴을 살폈다.

"왜?"

"너 방금 주인이 같았어."

"하하."

은형이가 맑은소리로 웃음을 터트리는 것을 듣고도 나는 남모르게 이마만 짚었다.

그게 무슨 소리였냐 하면은, 무슨 말만 해도 의미심장하게 들리고 다 이뤄질 것 같다는 뜻이었는데.

그런 사람이 둘 생기는 건 사양이다.

* * *

집에 돌아오자마자 나는 그간 인터넷 지식인에 올려 뒀던 글에 달린 답변을 확인했다.

[남자 친구와의 문제 도와주세요]라는 제목의 글이었는데, 인물이 특정되는 것을 피하기 위해서 최대한 뭉뚱그려 기재했음에도 어째 내가 보기에도 별로 믿고 싶지 않은 글이 되었다.

뭐, 그래도 여기는 인터넷 소설 속이니까 괜찮겠지. 사이버 인간들아, 힘을 빌려줘.

그리고 나는 첫 번째 답변을 보자마자 할 말을 잃었다.

[idh1xxxx : 소설 쓰지 마세요.]

"아오."

멍하니 있기를 한참, 나는 한숨을 푹 내쉬며 이마를 책상에 쾅 받았다.

화끈거리는 이마를 문지르며 다시 일어난 나는 문제집을 펴며 투덜거렸다.

사이버 인간들, 나빴어. 같은 처지에 좀 돕고 살면 어디가 어때서? 나는 지금 당장 지식인에 '알고 계세요? 사실 여기는 소설 속 세계란 걸…….'로 시작되는 글을 올리는 것에 대해 잠깐 동안 심각하게 고민해 보았다.

이윽고 나는 다시 고개를 가로저었다. 에이, 그만두자. 나중에 그런 글을 쓴 게 밝혀져서 음모론자로 오해받는 건 사양이다.

"공부나 하자."

요즘은 수학여행 때문에 여기도 저기도 영 어수선해서 학교에서는 거의 공부 못 하니까. 나는 딸각거리며 샤프심을 꺼냈다.

말없이 문제를 풀어 내리기를 한참, 아파트 복도 쪽에서 발소리가 들린다 싶어 고개를 퍼뜩 든 나는 문득 시간을 확인했다. 아, 벌써 열한 시 반이네.

"여단 오빠였겠구나."

그렇게 중얼거리며 나는 다시 고개를 돌렸다.

그러고 가만히 있기를 한참, 내 시선이 핸드폰에 머물러 있는 것을 보며 내가 뭘 기다리고 있는지를 깨달은 나는 한숨을 푹 내쉬며 자리에서 일어났다.

나는 핸드폰 배터리를 분리해서 침대 위에 내동댕이치며 말했다.

"아, 정말이지."

이런 내가 싫다…….

*　*　*

그날은 꿈자리마저 심상치 않았다.

'해가림'이란 소설을 찾아 대형 서점 안을 성과 없이 헤매고 다니는 꿈 정도는 깨고 나면 막막한 것만 제외하면 그럭저럭 괜찮았는데.

이번에는 난데없이 폐교의 꿈을 꾸었다. 물론 내가 다녀본 폐교가 두 개일 리는 없고, 담력 시험하러 갔던 우리 아파트 뒷산의 바로 그 폐교였다.

교실 문을 하나씩 열어젖힐 때마다 다른 시간, 다른 상황들이 나를 반겼다.

이를테면 이런 식이었다.

폐교에 들어가자마자 나는 얼굴 없는 회색 양복 차림의 남자에게 쫓기기 시작했다.

기겁해서 달리던 내가 모퉁이를 꺾자마자 가장 가까이에 있는 교실 문을 덜컥 열어젖혔을 때, 상황에 너무 안 어울려서 다소 생뚱맞기까지 한 봄 햇살이 나를 반겼다.

그리고 눈부시게 하얀 교복을 입은 반여령이, 중학교 1학년이 틀림없는 반여령이 나를 기다리며 서 있었다.

나를 돌아보고 검은 머리카락을 흩날리며 환히 웃는 그

녀에게 나는 차마 대답도 해 주지 못한 채 문을 쾅 닫고 부리나케 다른 문으로 달려갔다.

특별히 무서운 데는 전혀 없는 장면이었음에도 왜인지 나는 그 안으로 뛰어 들어가는 것을 격하게 거부하고 싶었다.

다시 다른 문을 열어젖히자, 이번에는 난데없는 교실 풍경이 나를 반겼다. 색이 다른 머리 새들이 오종종히 돌아다니는 것을 보면 중학교 때의 교실임이 분명했다.

[괜찮아?]

누군가 그렇게 묻기에 고개를 돌리자, 내게 손을 뻗은 채로 반쯤 굳은 은형이가 보였다. 예상치 못한 내 격한 반응에 상당히 당황한 눈치였다.

나를 보는 그의 눈 안에서 아직 친하지 않은 상대에 대한 조심스러움이 느껴졌다. 더 깊은 곳에 숨은 날 선 경계심도 은형이를 안 지 오래된 지금은 읽을 수 있었다.

한 발자국 뒤로 물러나며 나는 말했다.

[괘, 괜찮아.]

[잠깐만, 네 뒤에 저건 뭐야?]

[뭐?]

다시 뒤를 돌아보는 순간, 교실의 좁은 문을 비집고 들어오는 회색 남자의 형상이 보였다. 목구멍까지 차오른 비명을 간신히 삼킨 나는 은형이를 황급히 밀쳐 내고 다시 달아나기 시작했다.

문을 열 때마다 제각기 다른 풍경들이 있었다. 중학교 때의 수학여행, 축제와 짧은 여행, 그중 가장 끔찍했던 풍경은 마지막 두 개의 교실에서 보았던 것들이었다.

문을 열자마자 쏟아지는 강렬한 햇살에 나는 곧장 내가 어느 시간대로 들어왔는지를 알았다. 나무 아래 앉은 유천영의 모습이 채 보이기도 전에 나는 문을 닫고 달아났다.

돌아서기 전 문틈으로 유천영의 목소리가 비집고 들어왔다.

[이제는 내 말을 한번 들어 보지도 않겠다는 거야?]

나는 급기야 귀를 틀어막았다. 그런데도 목소리는 바로 내 옆에서 말하는 것처럼 또렷하게 들렸다.

[내 말이 무슨 뜻인지 한 번이라도 다시 물어볼 생각을 한 적은 있어?]

나야말로 그에 대해 대답할 말은 많았다.

내가 네 말뜻을 어떻게 오해할 수가 있겠어? 네가 처했던 상황, 네 말, 말이 나온 타이밍 모두가 너무나도 명백했는데, 어떻게 그게 내가 받아들인 것과 다른 뜻일 수가 있겠어?

이미 너는 내가 그 말에 대해 너무 오랫동안 곱씹게 했어. 그거면 충분하잖아.

이제 더는 너에 대해, 네 말에 대해 생각하게 하지 마.

나는 이제 다른 것에 대해, 다른 사람에 대해 생각할 시간도 부족하단 말이야.

나는 더는 너에게서 상처받고 싶지 않아.

그렇게 뇌까리며 나는 손을 들어 두 귀를 틀어막았다.

[아, 제발.]

고개를 도리질하고 뒤돌아 내가 또다시 열어젖힌 문 안에서 난데없이 맞닥트린 것은 잔뜩 찌푸린 회색 하늘이었다.

나는 교실 문틈으로 쏟아진 빗줄기가 내 양말을 적시는 것을 멍하니 내려다보았다.

파란 우산을 쓴 채, 등을 보이고 서 있던 유천영이 문득 이쪽을 돌아보았다.

그가 우산만큼이나 서늘한 눈동자로 나를 쏘아보며 말했다.

[너는 이번에도 아무것도 물어보지 않을 거야? 나한테도, 그리고 너 자신한테도.]

* * *

꿈에서 깨고 나서 한동안 제정신이 아니었다. 온몸은 밤새 달리기를 한 것처럼 푹 젖어 있고, 심장은 미친 듯이 쿵쾅댔다.

그 탓에 샤워를 하지 않고서는 나갈 수 없게 돼서, 딱히 늦게 일어나지 않았는데도 하마터면 지각할 뻔했다.

"하아."

모처럼 아슬아슬한 시간에 도착해서 뒷문을 벌컥 열자마자 교탁에 손을 짚고 말하는 윤정인의 모습이 보였다.

“그러니까 오늘 밤에 〈검은 비〉 2화도 같이 보는 건 어떰?”

어째 기억 속 며칠 전의 풍경과 오버랩 되는데. 나는 미간을 구겼다. 하긴, 수학여행이 가까워지면서 아침 자습 시간에 윤정인을 필두로 회의하는 일이 많아졌다.

아이들 사이에서 호의 어린 반응이 흘러나왔다.

“찬성이요.”

“좋아! 완전 축제 전날 분위기 나겠다.”

“우리 반만 축제 두 번 하는 거야.”

다들 신나 하는 가운데 나만이 상황을 몰라 어리둥절했다.

얼떨떨한 표정으로 책상 옆에 가방을 걸고 앉는 내게 김혜힐이 속삭였다.

“우리 수학여행 때 장기 자랑 하는 것 때문에 오늘 밤에 총연습 하기로 했어.”

“아아.”

“장기 자랑 하는 애들만 남으면 미안하니까 시간 되는 애들은 같이 남아서 피자도 시켜 먹고, 마침 〈검은 비〉도 방송하고 하니까 그거 보고 열 시에 헤어지자고.”

아하, 그랬군. 수학여행 전날인 오늘은 유천영이 나오는 드라마 〈검은 비〉 2회가 방송되는 날이기도 했다.

설명을 들은 내가 물었다.

“넌 어쩔 건데?”

김혜힐은 턱을 괸 채 눈을 되록 굴렸다. 이윽고 무심한 목소리가 흘러나왔다.

"나야 학원도 안 다니고, 김혜우가 애들 연습하는 거 보고 싶대서."

티격태격하긴 해도 남매는 남매군. 그런 이유로 밤까지 남아 주다니 말이야.

잠시 고민하던 나는 곧바로 결론을 내렸다.

어차피 집에 있어 봐야 계속 아파트 복도의 인기척을 신경 쓰게 돼서 집중 못 하는 건 매한가지인데. 이참에 환경에 변화를 줘 보는 것도 나쁘지 않겠지.

나는 흔쾌히 대답했다.

"그럼 나도 남을까?"

"좋아."

내 손등을 손으로 덮으며 그렇게 말한 김혜힐이 팔을 번쩍 들고 외쳤다. 윤정인! 그러다 그녀는 급격히 얼굴이 창백해지며 손으로 제 입을 헙, 틀어막았다.

하지만 때는 이미 늦어 있었다.

"네에, 정원이 부르셨어요?"

"아, 진짜 안 어울려. 저게 무슨 자연 친화적 이름이야."

미간을 좁히며 투덜거렸던 그녀가 윤정인에게 백 원을 내밀었다. 그 광경을 보며 나는 깊은 죄책감을 느꼈다. 미안, 혜힐아. 내가 이따가 매점에서 꼭 맛있는 거 사 줄게.

시시덕거리며 양철통에 동전을 넣던 윤정인이 나를 보고

되물었다.

"오, 너도 남는다고?"

"응. 근데 나 요즘 공부 많이 밀려서, 저녁 먹을 때까지만 어디 조용한 데서 자습하고 있어도 돼?"

"어, 춤추는 거 다 같이 지켜봐야 무슨 도움이 되겠냐? 그냥 그거 핑계로 다 같이 놀자는 거지 뭐. 치킨이랑 드라마가 본방이니까 걱정 말고 공부하다 와."

윤정인의 흔쾌한 말에 나는 고개를 끄덕였다. 그리고 하품을 하는 내게 그가 문득 떠오른 것처럼 물었다.

"그나저나 늦었네?"

"어, 잠을 좀 설쳐서……."

"꿈자리가 사나웠냐?"

나는 고개를 끄덕였다. 무슨 꿈을 꿨냐고 물으면 설명하기 난감할 뻔했는데, 다행히 그 무렵 수업 준비종이 울리고 윤정인은 자기 자리로 돌아갔다.

이민아와 나란히 팔을 붙이고 앉아 뭔가를 얘기하는 그를 보다가, 나는 다시 눈을 비비고 자리에 앉아 교과서를 꺼냈다.

나는 작게 읊조렸다.

"진짜 부적이라도 써야 하는 거 아닌가."

장소도 장소야, 왜 하필 폐교의 꿈을. 그 회색 남자는 도대체 왜 나타난 거야?

다시 고개를 들면서 나는 문득 그 일이 벌써 1년이나 되었음을 깨달았다. 그렇지, 작년 여름의 일이었지. 지금 생각해도 도무지 꿈으로밖에 여겨지지 않는 일이었다.

"그 학교는 아직 그 자리에 있을까?"

그렇게 중얼거리며 나는 창밖을 힐끗 보았다. 물감으로 칠한 듯 새파란 하늘 위로 솜얼이 하얀기만 한 뭉게구름이 두둥실 떠가고 있었다.

1교시가 끝나고 나는 곧바로 옆 반의 동향을 살폈다.

유천영은 오늘도 등교하지 않았다.

수업이 끝나자마자 곧장 핸드폰이 배부되기 시작했다. 핸드폰을 주머니에 넣으며 자리로 돌아오던 나는 어수선한 틈에서 문득 뒷문을 서성거리는 인영을 발견했다.

"여령아!"

내가 그렇게 외치며 다가가자, 나를 본 여령이가 눈을 동그랗게 떴다.

내가 어리둥절해하며 물었다.

"왜 여기 있어?"

"왜 여기 있냐니……? 아, 맞다."

나를 따라 어리둥절한 얼굴이 되었던 그녀가 금세 기겁하며 제 입을 막았다.

나는 그 모습을 보며 웃었다.

"내가 오늘 남는다고 했던 거 까먹었구나."

"응……. 아, 혼자 가기 싫은데."

"은지호나 다른 애들은?"

그녀는 입술을 내밀고 비죽였다.

"장기 자랑 준비한다고 바쁘지 뭐."

흐음, 다시 팔꿈치를 문에 기대며 내가 물었다.

"이번 해도 걔네가 나가? 너는?"

"가위바위보에서 이겨서 나는 빠져!"

"하긴, 너 눈에 띄는 거 싫어했지."

고개를 끄덕인 나는 잠시 고민하다가 교실 안을 보고 외쳤다.

"나 잠깐 친구 좀 교문까지만 데려다주고 올게!"

어어, 누군가 심드렁하게 대답했고, 나는 여령이의 팔을 잡아끌었다.

"가자, 가자."

여령이를 데려다주고 교실로 돌아오니 어째 교실 안이 썰렁해져 있었다. 이게 어떻게 된 거지? 어리둥절해하며 혜힐이에게 전화하자 의외의 대답이 돌아왔다.

[검도부에서 오늘 단체 대회 있어서 검도부실이 빈다더라고. 그래서 우리 반이 거기 빌려서 연습하기로 했어. 전신 거울 있으니까.]

"우리가 검도부 쪽에도 인맥이 있었어?"

[신서현 있잖아.]

돌아오는 대답에 나는 고개를 주억거렸다. 아, 그렇지. 같은 체육 특기생들끼리 교류가 있겠구나.

김혜힐의 물음이 다시 돌아왔다.

[너는 어떡할 거야? 교실에서 공부할래?]

“음. 아니, 나는…… ”

나는 주위를 둘러보며 잠시 생각에 잠겼다.

약탈자가 한바탕 휩쓸고 간 듯 인적은 남았는데 황량한 교실 분위기가 마음에 안 들거니와, 복도 쪽에서 쿵쾅거리는 소리가 어지간히 들려오는 것을 보면 교실에 남아 연습하는 반이 꽤 많은 모양이었다.

고민을 마친 내가 간단하게 말했다.

“나는 도서실에 있을게. 우리 학교 도서실 여섯 시까진 하지?”

[그런 걸로 알아. 그럼 나도 할 일 없어지면 그쪽으로 갈게.]

“응.”

통화를 마친 나는 곧장 문제집을 챙겨 도서실로 향했다. 가방은 챙길까 하다가 그냥 내버려 뒀다. 핸드폰과 지갑은 주머니에 있는 데다 다른 애들도 그냥 뒀으니 괜찮겠지.

그렇게 찾아간 도서실은 꽤 낯설었다. 나는 생경한 기분에 사로잡혀 유리로 된 도서실 문과 그 너머의 풍경을 관찰했다.

1학년 초 이후로는 잠깐잠깐 들러서 신서현의 추리 소설을 대신 반납해 줄 때 외에는 전혀 들르지 않았다. 읽고 싶은 책이 있으면 구립 도서관을 이용하는 편이고.

잠시 서성거리던 나는 마침내 문을 열고 안으로 들어갔다. 희한하게 카운터에도 사람이 없었다.

잘못 들어왔나? 잠시 고개를 기웃거리던 나는 어쨌든 문이 안 잠겼으니 괜찮을 거라 생각하고 책상들이 놓인 곳으로 다가갔다.

거기에도 사람은 전혀 없고, 희뿌연 먼지만이 깃털처럼 날리고 있었다. 고등학교 3학년 정도는 있을 거라고 생각했는데, 잠시 고개를 기울이던 나는 이윽고 깨달았다.

아니, 그네들은 교실에서 다 같이 하는데 굳이 여기서 할 필요가 없지. 그리고 나는 마침내 자리를 잡고 앉았다.

불과 몇 분 만에 나는 도서실에서 공부하겠다는 내 결정을 후회하기 시작했다. 그냥 교실로 돌아갈까?

아무도 없는 학교 도서실에서 혼자 공부하고 있으려니 어째 나쁜 꿈이라도 꾸는 듯한 기분이 들었다. 어쩌면 아직 어젯밤 꿈에 사로잡혀 벗어나지 못하고 있는지도 모른다.

샤프를 잡지 않은 손으로 이마를 꾹꾹 누르고 있던 나는 문득 들려오는 소리에 퍼뜩 고개를 들었다.

"정말 오셨네요……."

"꼭 내가 안 오길 바란 것 같은 반응이네."

"설마요……. 아하, 하."

비굴하게 느껴지는 여자애의 목소리와 조금 빈정거리는 듯한 남자애의 목소리가 번갈아 흘렀다.

발소리를 듣지 못했는데, 도대체 언제 들어온 거지? 그렇게 생각하던 나는 남자애 쪽의 정체를 깨닫고는 얼굴을 굳혔다.

주인이였다.

분명히 수학여행 장기 자랑 연습을 한다고 들었는데?

생각하는 것도 잠시, 나는 주인이가 다른 사대천왕에 비해 운동 신경이 썩 좋다고는 할 수 없다는 사실을 깨달았다.

물론 일반인보다야 무척 좋았지만 다른 사대천왕에 비하면 싸울 때 방해가 안 될 정도고, 몸이 날래고 반사 신경이 좋아서 서포트에 최적화되어 있었다.

그러니 그가 장기 자랑 무대에서 빠졌다고 해도 이상한 일은 아니었다. 아마 반여령은 은지호와 은형이만을 두고 말한 것인 모양이로군.

그러면 인사를 해야 할 텐데, 어째 나가기에도 애매한 타이밍이 되었다. 내가 앉은 책상 자리는 책장으로 둘러싸여 있어 카운터에서는 보이지 않았다.

본의 아니게 숨은 꼴이 됐네. 내가 머뭇거리다 마침내 자리에서 일어나려던 그때였다.

"메시지나 전화로 얘기하면 되잖아요."

"흔적이 남으면 안 되니까."

"제가 그런 얘기를 남겨서 뭐 해요? 천기니 뭐니 그런 얘기 하는 걸 들켰다간 저도 좋을 거 하나 없는데."

"아하, 그러니까 본인이 하는 얘기가 말도 안 된다는 걸 알고는 있다?"

주인이의 거침없는 말을 들으며 나는 점점 얼굴을 굳혔다.

입술을 매만지며 내가 중얼거렸다. 저건 뭐랄까, 단순히 친한 후배를 대하는 거라기에는 너무 짓궂지 않나? 아니, 짓궂음 이상의 어떤 악의마저 느껴졌다.

하지만 주인이가 아무한테나 그럴 사람도 아닌데. 망설이는 사이 나는 또다시 나갈 타이밍을 놓치고 말았다.

그때, 주인이의 목소리가 내 귓가에 훅 날아와 꽂혔다.

"피차 오래 보기 싫다는 건 알겠으니까 얼른 얘기나 해 봐. 수학여행 때 무슨 일이 일어날지."

수학여행 때 무슨 일이 일어나다니? 저게 대체 무슨 소리야? 그런 걸 어떻게 미리 알 수 있다고?

나는 몸을 바짝 낮췄다. 아까와는 비교도 안 되게 커진 심장의 쿵쾅거림이 저들에게 들릴까 걱정이었다.

다시 투덜대는 목소리가 들려왔다.

"몰라요. 평소처럼 반여령이…… 아니, 여령 선배가 공개 고백이나 좀 받고 말겠죠 뭐."

"아까부터 생각하는 건데 말투가 상당히 까칠하네?"

"피차 오래 보기 싫다고 먼저 말한 건 그쪽이면서."
"저번엔 우리 집안에서 나 정도면 획기적으로 착하게 자라난 거라며 칭찬도 해 줬잖아."
"아니, 그건……!"
경악 어린 여학생의 목소리에 이어 주인이의 높은 웃음소리가 들려왔다. 그 정도로 명랑한 웃음소리는 흔치 않은지라 그의 정체를 의심할 수도 없었다.
나는 다시 고개를 숙인 채 충격에 빠졌다.
도대체 저게 어떻게 된 거야? 저 애는 누구고, 지금 둘이서 대체 무슨 말을 하고 있는 거야?
문득 벼락같은 깨달음이 내 머릿속을 스치고 지나갔다.
수상한 여자애가 몇 번이고 내 눈앞에서 안개처럼 증발해 버렸던 일. 그 세 번 중에 두 번은 주인이와 함께 있을 때 일어났다.
그 사실을 깨닫고 멍해진 내 귓가에 다시 주인이의 목소리가 들려왔다.
"여전히 도움이 안 되네. 알았어, 나는 이만 가 볼게."
"안녕히 가세요……."
"오늘은 칭찬해 줄 건 없어?"
"아!"
여자애가 경기 어린 목소리로 외치자, 주인이는 후다닥 도서실을 나가 버렸다.

책장 뒤에 주저앉아 있던 나는 그제야 숨을 몰아쉬기 시작했다.

그때 목소리가 들려왔다.

"누구 거기 있어요?"

마음의 대비를 할 틈도 없이 책장 뒤에서 빠끔 튀어나온 얼굴과 그대로 마주쳤다.

내내 후드 그림자에 반쯤 잠겨 있던 바로 그 얼굴이었다.

잠시 정적이 흐른 뒤, 날카로운 비명이 공기를 찢었다.

"아아아악!"

내 입에서 튀어나온 소리가 아니었다.

물론 나도 비명을 지르고 싶은 심정이긴 했는데, 그 전에 먼저 비명을 질러 버린 여학생이 부리나케 달아나기 시작했다.

아니, 어딜 도망쳐! 그제야 정신을 차린 나는 후다닥 일어나서 그녀의 뒤를 쫓았다.

다행히 도서실은 문이 하나밖에 없었다. 일단 내가 문 앞을 선점해서 가로막아 버리자, 여학생은 창백해진 얼굴로 딸꾹질만 해 대더니 급기야 돌아서서 도서실 구석으로 들어갔다.

그래 봐야 평생 거기서 살 수는 없을 테지. 나는 눈을 가늘게 뜨고는 문 앞에 털썩 주저앉아 버렸다.

얼마 안 가 책장 사이에서 기어 나온 여학생이 쭈뼛쭈뼛 물음을 던졌다.

"저기요."

"누가 잡아먹는대?"

내가 답답해서 목소리를 높이자, 금세 얼굴이 창백해진 그녀는 다시 책장 사이로 기어들어 갔다. 그러나 또다시 고개만 쏙 내민 그녀가 조심스레 말했다.

"안쪽에서 '함단이'란 이름이 적힌 문제집을 찾았는데요."

"그래서."

"혹시 이걸 창밖으로 던지면 주우러 가실 생각이……."

"없어."

"아, 네……."

그리고 그녀가 다시 도서실 안으로 사라지는가 싶더니 한동안 사방이 조용했다. 다소 수상쩍을 정도의 고요함이었다.

도대체 뭘 하고 있는 걸까? 잠시 고민하던 나는 결국 참지 못하고 한 걸음을 떼어 놓았다. 언제든 다시 문으로 달려갈 준비를 하면서, 토끼를 모는 것처럼 천천히, 조심스럽게.

마침내 아까 내가 공부하던 자리로 돌아갔을 때, 나는 창문 바깥으로 제 몸을 힘겹게 욱여넣고 있는 여학생을 발견하고 비명을 질렀다.

"뭐 하는 거야! 여기 3층이야!"

내 외침에 되레 창백해진 그녀는 창문 바깥으로 몸을 욱여넣던 것을 그만두고 허우적거리기 시작했다.

어, 어어, 저거야말로 진짜 위험한데. 나는 급기야 그쪽으로 달려가 다시 안으로 건너오는 여학생을 잡아 주었다.

“조심히 와, 조심히. 뒤로 자빠지지 말고.”

“네, 네…….”

그리고 마침내 우리는 두 사람 다 무사히 땅에 발을 딛고 서게 되었다.

서로를 끌어안고 가쁜 숨을 내쉬기를 한참, 나는 문득 깨달았다. 내가 도대체 무슨 짓을 하는 거지?

여학생도 나와 비슷한 생각을 한 것 같았다.

잠시 머뭇거리던 그녀가 슬그머니 내게 붙들린 팔을 빼내기에, 나는 그녀를 단단히 붙들었다.

여학생이 쥐어짜인 개구리 같은 소리를 냈다.

“악.”

“너 잘 걸렸다. 이번에야말로 다 말해.”

“아니, 저는…….”

“너 뭐야?”

제일 먼저 그 말부터 튀어 나갔다. 추궁할 게 어디 한두 개여야지.

대답이 없는 그녀에게 내가 다시 질문들을 퍼부어 댔다.

“제일 먼저 유천영네, 아니, 아니다. 제일 먼저 그것부터 얘기하자. 반여령이 기억 상실증 걸렸을 때."

이어질 내 말을 짐작한 듯 그녀의 얼굴이 창백해졌다.

그녀의 눈을 똑바로 응시하며 내가 쏘아붙였다.

"너 그때 여령이한테 쪽지를 만지게 하려고 했잖아. '반여령은 기억을 되찾는다'라고 적힌 쪽지를."

"……"

"그리고 이번에 내가 여령이랑 여행 갔을 때 우연히 여령이가 그 쪽지를 만졌거든? 그랬더니 어떤 일이 일어났는지 알아? 여령이의 기억이 돌아왔어."

그 애는 여전히 입술이 새파래진 채 말을 하지 못했다. 그녀의 팔을 틀어쥔 손에 다시 힘을 주며 내가 물었다.

"너는 여령이가 네 쪽지를 만지면 그 일이 일어날 줄 알고 있었지?"

"……."

"유천영네 병원에서, 아무리 두 사람이 같이 사고를 당했다고 해도 부상의 정도가 다를 텐데 동시에 깨어난 건 말이 안 돼. 그것도 수상한 사람이 병실에 침입한 직후에."

나는 단호하게 말을 이었다.

"그리고 반휘혈 동생의 경우에도. 그것도 네가 한 거지?"

"……."

"너 진짜 뭐야? 그리고 이상한 건 또 있어. 주인이는 너한테 왜 수학여행 때 일어날 일을 물어봤어? 마치 네가 그때 일어날 일을 '알고 있다'는 것처럼?"

여학생은 여전히 대답할 정신이 있는 것처럼 보이지 않았다.

마침내 하고 싶었던 말을 죄다 쏟아 내고, 한 번 깊이 숨을 들이쉰 나는 드디어 진짜로 던지고 싶었던 단 하나의 질문을 던졌다.

"네가 바로—"

"—아리야! 노아리!"

바로 그때, 외치는 목소리가 우리 사이에 끼어들었다.

그 이름을 듣고 나는 대번에 평정을 잃었다.

"노아리라고?"

여학생의 어깨를 틀어쥐며 내가 물었다. 여학생은 눈썹을 찡그리며 아픈 듯한 표정을 지었다.

그런 것에는 신경 써 줄 여유가 없었던 내가 다시 되물었다.

"네가 진짜 노아리야?"

그때, 마침내 책장 모퉁이를 휙 돌아 우리를 발견한 누군가가 외쳤다.

"노아리! 너 카운터도 안 지키고 왜 여기 있어? 어라, 너는……."

목소리가 날아온 쪽으로 고개를 돌렸던 나는 그의 정체를 확인하고 놀랐다. 귀에 익은 이름을 쉴 새 없이 부르며 다가온 이는 다름 아닌 노민찬 선생님이었다.

주인이도 모자라 우리 반 담임 선생님인 노민찬 선생님까지 이 애하고 연관이 있다고?

내가 눈을 동그랗게 뜨고 쳐다보는 사이, 마찬가지로 눈을 휘둥그레 뜨며 내 이름을 부르려던 그는 문득 무언가를 떠올리고 말을 바꾸었다. 그의 다음 말에 나는 무심코 허탈한 미소를 지어야만 했다.

"너 오늘 이름이 뭐였지?"

"선생님, 저는 이름 안 바뀌잖아요."

"아, 맞다."

그의 대답에 작게 웃은 나는 다시 표정을 바꾸고 맞은편을 노려보았다. 이제는 불그스레하게 물든 도서실 풍경 속에 그녀의 얼굴만이 파리하게 떠올랐다.

네가 바로 노아리. 우리가 살고 있는 이 '해가림'라는 소설 속 세계의 작가란 거지.

입속으로 중얼거리는 내게 선생님의 물음이 날아왔다.

"단이는 여기서 뭐 하니?"

그제야 고개를 돌린 나는 애써 아무렇지 않게 웃으며 대답했다.

"저는 여기서 공부 좀 하다가 이따 애들 연습 끝나면 만나려고요. 검도부실에서 연습한다던데, 거기에는 책상 없잖아요."

"아, 맞아. 너희 오늘 남아서 연습한댔지."

"그러는 선생님은요? 왜 여기……."

그렇게 생각하며 나는 노아리의 얼굴을 건너다보았다.

그녀는 어느새 노민찬 선생님의 등 뒤로 딱 붙어 숨은 채였다. 선생님의 등을 붙든 팔이 덜덜 떨리고 있는 것을 보면서도 미안한 생각은 솔직히 들지 않았다. 댁이 내 인생에 끼친 누를 생각하면 그 정도 다그침은 약소해.

그때 당연한 것처럼 노민찬 선생님의 대답이 돌아왔다.

"나는 내 여동생 좀 데려가려고. 퇴근할 때 같이 차 타고 가거든."

"아, 네. 여동생……."

그런데 왜 여기에……. 그렇게 물으려던 나는 노민찬 선생님과 노아리의 성을 대조해 보고는 말을 멈추었다.

바보 아니야, 나? '노씨'가 그리 흔한 성도 아니고, 지금의 흐름을 봐서는 둘이 남매인 게 당연하잖아.

아니나 다를까, 노민찬 선생님이 뒤통수를 멋쩍은 듯 긁더니 하하 웃기 시작했다.

"남매라기엔 나이 차가 많이 나지? 그래도 나이 차가 많아서 좋은 점도 있더라고. 내가 딱 선생님 될 나이가 됐을 때 얘도 고등학교에 들어오더란 말이야."

"아, 네……."

"아, 그렇다고 우리 둘 다 나란히 어려운 학교 들어왔다고 오해하지는 말고. 나도 얘도 시험 봐서 정정당당히 붙은 거니까."

"네에……."

"대단하지? 물론, 나 말고 내 동생 말이야."

그리고 노민찬 선생님은 몹시 신난 것처럼 동생 자랑을 한참이나 줄줄이 늘어놓았다.

얘가 중학교 시절 갑자기 며칠 동안 이상해진 일이 있었는데, 온종일 넋을 빼놓고 나니길 않나, 자기한테 존대를 사용하기 시작하고, 자꾸만 학교 끝나고 가족들한테는 말 안 하고 멀리 나갔다 오는 일이 반복되고, 그렇게 걱정을 끼치더니 또 갑자기 정신을 차려선 이곳 소현 고등학교에 오겠다고 잠도 안 자며 공부를 하기 시작했다고.

그 말을 들으면서 나는 서서히 확신을 굳혔다.

그러니까 노아리도 태어나면서 처음부터 이곳에 살았던 게 아니라 과거 어떤 시기, 이 세계의 노아리와 바뀌었던 거지.

이 세계가 자신의 소설 속 세계임을 자각하고 나서는 자신의 소설 주 무대인 이곳 '소현 고등학교'로 오려고 그토록 공부를 열심히 한 걸 테고.

나는 노아리를 빤히 쳐다보았다.

하지만 그렇게 노력해서 소현 고등학교로 온 것치고 그녀는 정작 별달리 눈에 띄는 행동을 하지 않았다.

이 소설의 작가, 모두의 과거와 성격에 취향까지 알고 있었으니만큼 그녀가 사대천왕이나 반여령과 친해질 마음을 먹었다면 그리 어렵지 않았을 것이다. 아니, 어려울까? 그녀를 대하던 주인이의 태도를 떠올린 나는 살짝 미간을 구겼다.

하여튼 그 둘의 경우엔 어디서 꼬였는지 모르겠는데, 그녀가 우리에게 접근하고 싶었다면 방법은 많았을 것이란 얘기다.

그러나 그녀는 유천영네 아버지의 교통사고와 반여령의 기억 상실증이 있기까지 철저히 우리에게서 모습을 감췄다.

그렇다면 애초에 왜 소현 고등학교에 오려고 했던 걸까? 아무것도 하지도 않을 거면서, 달리 그럴 만한 이유가 뭐가 있어서? 단지 자신의 창작물이 눈앞에서 살아 숨 쉬는 것을 보겠다는 그런 이유 때문에? 단지 그런 이유 하나로?

아무튼, 거기 휘말려서 지금까지 하루도 평화롭게 지내본 적이 없는 나로서는 결코 유쾌하지 못한 추측이었다.

우리 사이에 흐르는 공기가 이상함을 느꼈는지, 동생 자랑에 심취해 있던 노민찬 선생님이 퍼뜩 정신을 차리고 내게 물었다.

"그런데 단이야, 너 우리 아리랑 아는 사이였니?"

"네? 네."

알고 보니 아는 사이였어요. 내가 낮은 목소리로 덧붙이자, 노아리의 얼굴이 더더욱 창백해졌다.

아무렴, 이만한 악연은 어딜 뒤져 봐도 찾기 힘들지. 서늘한 얼굴로 생각하는 내게 노민찬 선생님이 다시 물었다.

"그래? 신기하네. 언제부터 알았어?"

"꽤…… 오래전부터요."

"그러니? 아리야, 너 학교에 아는 사람 있으면 있다고 얘기를 하지 그랬어. 그럼 오빠가 걱정을 덜 하잖아."

"아니, 나는……."

울상이 되어 뭐라고 말하려는 노아리의 말을 자르고, 별안간 전화벨이 요란하게 울렸다. 누구 전화벨인가 싶어 주변을 두리번거리던 나는 주머니를 내려다보고 얼굴을 구겼다.

하필이면 내 핸드폰이었다.

시간을 확인하니 벌써 여섯 시 반가량, 과연 두 시간 내내 춤춘 이들이 슬슬 배고파질 때가 됐다.

"여보세요?"

핸드폰에 대고 묻자 맞은편에서 윤정인의 목소리가 튀어나왔다.

[어, 우리 치킨 시켰어! 얼른 튀어 와.]

"어디로 가면 되는데? 검도부? 교실?"

[여기는 땀 냄새 때문에 안 돼. 교실에서 보자.]

웃음기 섞인 목소리로 돌아오는 대답에, 알겠다는 말과 함께 전화를 끊은 나는 다시 노씨 남매를 돌아보았다.

노아리가 카운터 아래에서 가방을 끄집어내면, 노민찬

선생님이 익숙한 듯 그것을 받아 등에 둘러메고 있었다. 슬쩍 빠져나가려 했던 노아리가 나와 눈이 마주치자 다시 뜨악한 얼굴을 했다.

그녀를 골똘히 바라보던 내가 문득 시선을 들었다.

"선생님."

"응?"

"선생님이랑 아리랑 한집에 사시죠?"

노민찬 선생님이 별걸 다 묻는다는 듯 대답했다.

"응. 본가는 전북이라 우리만 따로 나와 사는데, 학교 기숙사도 있지만 아무래도 옆에 봐줄 사람이 있는 게 좋으니까. 그건 왜?"

나는 선생님에게 이제껏 지어 보인 미소 중에 가장 선량한 미소를 지으며 대답했다.

"아리가 앞으로 이사 안 갔으면 좋겠네요."

"오빠, 나 기숙사 들어갈래."

나와 그녀의 대답이 흘러나온 것은 거의 동시였다.

노아리가 노민찬 선생님의 소매를 잡아당기며 창백한 얼굴로 하는 말에, 노민찬 선생님은 의아하게 대답했다.

"왜? 너도 단체 생활은 불편하다며."

"아니야, 나 갑자기 기숙사 들어가고 싶어졌[illegible]

그들 사이로 끼어든 내가 슬그머니 질문[illegible]었다.

"그래 봐야 학교 안일 텐데?"

그러자 노아리는 또다시 입술을 꾹 깨물더니 난처하기 짝이 없다는 표정으로 바닥을 보았다.

그 모습을 심드렁히 바라보며 나는 생각했다.

어쩐지 주인이가 평소답지 않게 이 애를 그토록 몰아붙인 이유를 좀 알 것 같기도 하고……. 왠지 이제까지의 개고생에 의해 보상받은 기분이 느껴지는데.

노아리는 노민찬 선생님의 팔에 꼭 들러붙어 가면서도 나를 힐긋거렸다. 그녀가 어떤 심정인 줄도 모르고 노민찬 선생님은 선생님대로 감격에 겨워하고 있었다.

"너 웬일로 나한테 이렇게……."

음, 잘 몰랐는데 노민찬 선생님도 상당히 눈치 없는 과에 속하시는구나.

하기는, 우리 반에서 노민찬 선생님을 둘러싸고 풍파가 몰아친 게 학기 초만 해도 몇 번인데 멀쩡하셨던 걸 보면.

나는 멘탈이 튼튼한 분이라고 생각했는데 알고 보니 그냥 눈치를 못 채신 거였어.

그러다 노아리와 눈이 마주치자, 나는 검지와 중지로 내 눈을 콱 찍는 시늉을 하고 다시 그녀를 향해 콱 찍는 시늉을 해 보였다.

수학에 다녀와서 다시 보자는 뜻인데 알아들었으려나.

급기야 그녀는 노민찬 선생님에게 끼고 있던 팔도 풀고는 저 멀리 달아나 버렸다.

그 모양새를 보고 있자니 살짝 김이 빠졌다. 내가 중얼거렸다.

"어차피 노민찬 선생님이랑 한집이라며?"

그럼 가출이라도 하지 않는 한 언제든지 찾아갈 수 있을 텐데, 지금 달아나서 뭐 하겠다는 건지.

정말 저 어설픈 애가 나와 이 모든 세상의 설계자가 맞을까?

그리고 나는 자리로 돌아가 문제집을 챙겼다.

어쨌건 지금까지 미궁에 빠져 있던 여학생의 정체와 그녀의 소재지까지 확인했으니 마음이 한결 편했다. 정말로 마음먹기만 하면 언제든지 찾아가 추궁할 수 있을 터였다.

"오늘이 수학여행 전날만 아니었으면 좋았을 텐데."

나는 아쉬운 기분으로 중얼거렸지만 어쩔 수 없었다. 지금 이것만 해도 배부른 생각이지, 뭐. 앞으로 기회는 얼마든지 있을 테고. 고개를 뒤흔든 나는 도서실을 나섰다.

계단을 내려가며 나는 마침내 생각하고 싶지 않았던 것에 대해 떠올렸다.

주인이는 그녀의 존재를 알고 있었어. 그리고 어쩌면 그녀의 정체까지도.

그녀에게 일어나지 않은 미래에 대해 캐물으려는 그의 모습을 나는 똑똑히 보았다.

그것에 대해서, 내가 도대체 어떻게 받아들여야 할까?

*　*　*

닫혀 있는 교실 문을 열자 열기와 함께 갓 튀긴 치킨 냄새가 훅 풍겨 왔다.

눈앞에 펼쳐진 풍경에 나는 잠시 눈을 깜빡였다.

몇 시간 전, 내가 나올 때만 해도 약탈자가 휩쓸고 간 것처럼 휑하던 교실이 어느새 불빛과 사람들로 북적이고 있었다.

열기를 해소하기 위해선지 창문은 전부 열린 채였다. 활짝 열어젖힌 커튼 사이로 조금은 서늘한 바람이 밀려들어 오고 있었다. 바깥 하늘은 아직 환한 주황색이었다.

아이들은 서너 사람씩 모여 앉아 치킨을 뜯고 있었다. 김혜힐과 김혜우가 나를 발견하고 젓가락 든 손을 번쩍 들었다.

"여기, 여기!"

"어."

나는 그쪽으로 다가가 아무렇지도 않게 젓가락을 뜯어냈다. 그런데도 귀신같이 알아차렸는지, 김혜힐이 내 옆얼굴을 골똘히 바라보았다.

민망함에 한쪽 뺨을 슬쩍 훔친 내가 물었다.

"왜 그래?"

"흠, 소화제 좀 줄까?"

갑자기 돌아온 질문에 나는 한쪽 눈썹을 찡그렸다.

"뭐?"

"너 왠지 체할 느낌인데."

안 지 2년이나 되니까 '너 무슨 일 있는 것 같다'라는 표현을 이런 식으로도 하는구나. 허탈하게 웃으며 고개를 절레절레 내저은 나는 젓가락을 내밀어 치킨 하나를 집었다.

"마음은 고맙지만 괜찮아."

"그래?"

"응, 어렴풋이 짐작하고 있었던 걸 확인했을 뿐이라서."

그렇게 말한 나는 치킨 한 덩어리를 입안에 쏙 집어넣고 우물거렸다. 그러던 나는 곧장 혀를 빼 물며 컵을 찾기 시작했다.

"아, 콜라, 콜라. 왜 이어케 뜨거허?"

그 말에 조금 떨어진 곳에 앉아 있던 윤정인이 나를 돌아보더니 웃음을 터트렸다.

"아니, 쟤 왜 치킨 마셨냐고. 또 뭔 일 있냐?"

그의 말에도 아랑곳하지 않으며 나는 누군가 따라 준 콜라를 받아서 벌컥벌컥 들이켰다.

하, 이제 좀 살겠네. 턱을 쓱 닦으며 나는 새삼 가라앉은 눈빛을 했다.

침착하자. 당황할 것은 아무것도 없지 않나? 사실은 내내 짐작하고 있었던 사실을 이제 겨우 확인했을 뿐이다.

정체불명의 여학생이 다른 무엇도 아닌 '문장'을 통해서 자신의 능력을 행사한다는 것을 알았을 때부터, 나는 그녀의 정체가 노아리일 거라고 반쯤 확신하고 있었다. 문장으로 자신의 힘을 행사하는 것은 아마도 작가만이 부릴 수 있는 마법일 테니.

실제로 노민찬 선생님의 외침이 독서실의 팽팽하던 공기를 꿰뚫었을 때의 소름이란.

내 추측이 정확히 맞아떨어졌다는 그 감각.

어쩌면 그 소름은 내 추측이 정확히 맞아떨어지는 일이 흔치 않았기에 느낀 것이겠지.

그렇게 생각하면 주인이는 도대체 어떤 기분으로 이 세상을 살아가는지 새삼 궁금해진다. 왜냐하면 그는 자신의 추리가 백이면 백 맞아떨어지는 세상에서 살고 있으니 말이다.

그리고 나는 컵을 내려놓으며 조용히 한숨을 내뱉었다.

"하아."

그때 내 꼴을 지켜보던 김혜우가 조용한 목소리로 끼어들었다.

"너 잘못하면 트림 나온다. 콜라 먹고 그렇게 한숨 쉬지 마라."

"아니, 말을 해도."

그의 등을 한 대 철썩 때린 나는 입을 삐죽이며 턱을 괴었다. 한창 진지한 생각 중이었는데 초 치고 있어.

자, 다시 차근차근 생각해 보자.

주인이가 노아리의 존재를 나보다 먼저 알아차린 것은 그리 놀랄 일이 아니다. 전에도 주인이는 노아리를 대면했을 때 몹시 복잡한 얼굴이었다.

심지어 그때 우리는 서로에게 말 못 할 사정이 있다는 것을 어렴풋이 알아차리고 약속하기까지 했다. 여자애에게 얽힌 것에 대해, 서로 말해도 되겠다 싶어질 때 말해 주기로.

하지만. 나는 책상 아래로 주먹을 슬그머니 움켜쥐었다.

그렇다고 해도 그가 노아리가 작가임을 예측할 것까지 예상한 것은 아니었다.

아니지. 그러다 말고 나는 퍼뜩 생각의 방향을 바꾸었다. 주인이와 노아리는 미래에 일어날 일에 대해 말할 때 '천기' 운운했다. 그러니 아마도 노아리가 얼토당토않은 설명으로 우주인과 자신 사이에 한 겹 장막을 친 것이라고 보아야 옳았다.

하지만 주인이는 바로 그 '천기'란 표현에 대해 냉소적인 반응을 보이지 않았던가? 적어도 그것보단 더 성의 있는 핑계를 대라며.

그는 역시 진실을 파악한 걸까?

그렇다면 어디에서부터 어디까지?

나는 으, 소리 내며 머리를 감싸 쥐었다. 주인이의 머리

회전을 따라가는 것은 물론이고, 그 진행 방향을 예측하는 것조차 나로서는 전혀 불가능했다. 하긴, 아까 노아리도 주인이를 대하는 데는 퍽 애먹는 모양이던데.

그렇게 생각하자 조금 위안이 되는 한편, 마음 한구석에서는 조금이나마 안타까운 마음이 들었다.

창조주조차 감당 못 할 피조물이라니, 도대체 그런 걸 소설 속에 왜 넣은 건데? 하기야 소설을 쓸 때 설마 자기가 그를 직접 대면할 거라고 상상이나 했겠냐마는.

생각에 잠겨 있던 내 입속에 누군가 치킨 한 조각을 쑤셔 넣었다. 나는 그제야 눈을 힐끗 들어 올렸다.

아까보다 바깥이 어두워져서 대조적으로 밝아 보이는 형광등 불빛에 김혜힐의 얼굴이 창백하게 비쳤다.

그녀가 내게로 치킨 상자를 밀어 주며 말했다.

“얼른 먹어. 벌써 거의 다 털렸어.”

“아, 맞다. 고마워.”

그제야 나는 정신을 차리고 서너 조각 남은 치킨이나마 허겁지겁 삼키기 시작했다.

3인 1조라고는 하지만, 고등학생 식욕이면 2인 1닭, 많게는 1인 1닭도 어렵지 않다는 것을 잊고 있었다.

실제로 김혜우는 내게 뺏긴 치킨 박스에 연신 아쉬운 눈길을 보내고 있었다. 하여간, 사람 같지 않은 김 쌍둥이도 사람이긴 사람이구나. 그런 생각을 하며 나는 남은 치킨을 깨끗하게 비웠다.

티슈로 손에 묻은 양념을 대충 훔치며 시계를 보니 벌써 일곱 시에 가까워져 있었다. 아직 〈검은 비〉 방영 시간까지는 한 시간이 남아 있었다.

다시 연습을 하러 가려나 했지만, 막상 배가 부르자 윤정인이고 다른 애들이고 다시 먼 길을 지나 검도관으로 향할 엄두가 안 나는 모양이었다.

축 늘어진 채 의자에 기대어 앉아 천장만 하염없이 바라보는 김혜우를 김혜힐이 푹 찔렀다.

“오빠, 양 부족하지.”

“어, 좀.”

“뭐 사 먹으러 갈래?”

“그럴까?”

말은 그렇게 하면서도 김혜우는 벌써부터 슬쩍 몸을 일으키고 있었다. 시계를 짧게 일별한 김혜힐이 말했다.

“뭐 어때, 드라마 하기까지 한 시간이나 남았는데.”

“그러네. 어디 가지?”

“매점 아직 할걸? 고3들 있으니까.”

“아, 그래?”

그리고 김혜힐은 나를 돌아보며 물었다. 너도 갈 거지?

달리 할 일도 없었기에 나는 얼른 고개를 끄덕였다.

생각할 시간이 필요하면서도 침묵 속에 나 자신을 던져

넣고 싶지는 않았다. 참으로 모순된 기분이었다.

과연 남자애들끼리 3인 1조로 이루어진 곳에선 양이 부족했는지, 곳곳에서 목소리가 터져 나오고 있었다.

"매점 레이드 가실 분? 렙제 없음, 템제 없음."

"캐시는?"

"캐시 필수."

시답잖은 대화들이 오간 뒤에 그들은 서로의 허리께를 툭툭 치며 교실을 나섰다. 나와 김 쌍둥이는 적당한 거리를 두고 그들을 뒤따랐다.

교실에서 새어 나오는 빛을 제외하고는 온통 조용한 복도 위에 우리의 발소리만이 울렸다.

문득 앞서 걷던 이들 중의 하나가 우리를 알아차리고 뒤돌아 손을 흔들었다. 누군가 해서 유심히 들여다보자, 보라색 어둠 사이로 금색 머리칼이 어렴풋이 흔들렸다.

"아, 루다야."

내가 손을 흔들자, 씩 웃은 그는 다시 옆에 있던 남자애 어깨에 팔을 걸치더니 그대로 계단을 내려가 버렸다.

하여간, 학기 초에 '반 학생들 모두와 척을 져도 상관없다'라는 둥의 과격한 말을 하던 사람과 동일 인물인지 의심스러울 지경이라니까.

두 손을 주머니에 넣고 그들을 따라가며 나는 생각했다.

그러고 보면 루다도 참 많이 바뀌었지.

주인이는 내가 알고 있던 사람과 얼마나 같은 사람이라고 할 수 있을까?

문득 그런 서늘한 생각이 머릿속을 스치고 지나가자, 나는 잠시 걸음을 멈출 수밖에 없었다.

앞서 걷던 김 쌍둥이가 의아한 듯 나를 돌아보았다. 그제야 진저리 치듯 머리를 털고는 걸음을 옮기며, 나는 또다시 아까 하던 생각을 계속했다.

주인이가 노아리에 대한 사실을 숨긴 게 정말로 나를, 우리를 위해서라고 장담할 수 있을까?

3학년들도 저녁 먹을 시간이라 매점은 당연한 듯 3학년들로 붐볐다. 2학년인 우리가 끼기에는 눈치가 좀 보이긴 했지만, 줄을 서서 기다린 뒤에 핫바와 컵라면, 피자 빵 따위를 하나씩 안고 계산대를 물러날 수 있었다.

매점과 바로 연결된 곳에 학생들이 간단히 식사할 수 있게 전자레인지와 테이블, 온수기를 놓아둔 간이식당 같은 곳이 있었다.

그곳에도 자리가 별로 없어서 그냥 바깥에 나갈까 고민하던 참인데 구석에서 같은 반 애들이 손을 치켜들었다.

"야, 김혜우! 여기!"

"어."

"여기 자리 세 개 있어."

과연 한 테이블에 자리가 여덟 개라 우리가 끼어 앉으면 얼추 인원수가 맞았다. 나와 김혜힐은 잘 애기해 본 적 없는 남자애들한테 어쨌든 고맙다는 말을 건넸다.

따끈따끈한 핫바를 한 입 베어 물고, 김혜우의 컵라면을 한 젓가락 뺏어 먹으며 나는 생각했다. 음, 이것도 나쁘지 않은데, 앞으로도 종종 아무 일 없이 학교에 남아 봐도 재미있을지도.

정 공부가 안 되면 여섯 시까지 학교 도서실에서 공부나 할까? 나처럼 학원 안 다니는 애들 꼬셔 가지고 말이야.

그런 생각이나 하고 있는데, 불쑥 목소리가 들렸다.

"아, 맞다. 함단이!"

"어?"

나는 고개를 들었다. 대각선 자리에서 별로 친하지 않은 남자애 하나가 나를 보고 있었다. 그의 옆에서 이루다는 어쩐지 골치 아프단 표정을 짓고 있었다.

"너, 옆 반의 우주인이랑 친하지?"

"응? 어."

어째서 하필. 나는 숨을 삼켰다. 꼭 내 생각을 읽기라도 한 것처럼…….

그리고 그가 다시 물었다.

"우주인 혹시 여친 생겼어? 아니, 그냥 단순히 궁금해서. 왜냐하면……."

옆에서 루다가 어쩐지 질린 목소리로 끼어들었다.

“야, 좀. 그런 게 왜 궁금해. 동네 반상회 하냐?”

그러나 그는 전혀 개의치 않는 표정으로 이루다의 말을 받아쳤다.

“아, 왜. 궁금하잖아. 이루다 너도 내 말 듣고는 그 카페 어디냐고 물어봤었으면서.”

그제야 루다의 얼굴이 당황으로 물들었다. 나는 그런 루다의 얼굴을 골똘히 쳐다보았다.

그가 시뻘게진 얼굴로 으르렁거렸다.

“좀 조용히 해.”

그러나 남자애는 이미 말을 잇고 있었다.

“아니, 내가 주말에 걔가 카페에서 어떤 여자애랑 단둘이 있는 걸 봤거든? 아무리 봐도 사촌 같지는 않았단 말이야. 근데 또 사귀는 것 같지도 않았다? 걔 여친 있냐? 아니면 뭐, 동아리 같은 거 해?”

그의 말을 들은 뒤에야 나는 루다가 아까부터 왜 그렇게 화제를 돌리려고 애썼는지 알 수 있었다.

그는 주인이가 수상한 누군가와 접촉하고 있다는 것을 나보다도 먼저 알고 있었구나.

생각을 정리한 내가 대답했다.

“나도 모르는데.”

내가 심드렁히 내놓은 말에 그는 울상을 지으며 매달렸다.

"아, 왜. 알잖아."

"진짜 몰라. 내가 왜 모든 걸 알 거라고 생각하는데? 너 막 친구끼리 무슨 동아리 활동하고 이런 거 다 전부 다 알아?"

말해 놓고 아차 싶었다. 말이 왠지 평소보다 사납게 나간 느낌이었다.

다행히도 남자애들 사이에선 일반적으로 통용되는 말투에 지나지 않아선지 그는 전혀 개의치 않는 기색이었다. 눈동자를 굴려 천장을 바라보며 '아, 그런가.' 한마디만 뱉어 낸 그는 그것으로 대화를 종료해 버렸다.

다 먹은 뒤에 그들에게 인사하고 대강 자리를 정리하고 매점에서 나오는 길인데 루다가 우리를 따라 나왔다.

"잠깐 나 좀 봐."

김 쌍둥이에게 눈빛으로 양해를 구한 그는 허락을 받자마자 곧장 나를 데리고 자리를 이동했다.

* * *

"이상윤 말 심각하게 듣는 거 아니지?"

매점 뒤 한적한 곳으로 나를 데려온 루다가 말했다. 어둠에 묻힌 그의 얼굴을 빤히 보던 나는 느리게 입을 열었다.

"음, 오늘 상윤이 이름이……. 하여간 상윤이는 아니었으니 백 원……."

"아, 그러지 말고."

루다가 곧장 울상을 지으며 애원하는 말에 나는 그제야 빙긋 웃었다.

손깍지를 껴서 뒷목에 갖다 댄 내가 느긋하게 대꾸했다.

"뭐, 진짜 엄마도 아닌데 주인이가 여친 사귄 걸 나한테 알려 주고 안 알려 주고 그런 걸로 삐질 리가 없잖아. 나 그런 사람 아니야."

"하지만……."

"무엇보다 진짜 엄마라도 그랬다간 요즘 시대엔 큰일 나. 아들 혼삿길 막힌다고."

내가 킥킥 웃으며 하는 말에도 루다는 전혀 표정이 풀릴 기색이 아니었다.

그가 어두운 얼굴로 중얼거렸다.

"하지만 분명히 마음 쓰여 하는 기색이었는데……."

"아냐, 아냐."

다만 내가 신경 쓰던 것은 이상윤이 카페에서 목격했다던 그 '여자애'가 노아리일지 아닐지 하는 것뿐이었다.

웃던 것을 멈추고 루다를 물끄러미 올려다본 내가 물었다.

"장소 어딘지 물어봤었다며. 그 여자애 직접 봤어?"

루다는 짧은 고민 끝에 고개를 끄덕였다.

"응."

그게 언제였냐고 내가 채 묻기도 전에, 루다는 뭐가 그렇게 조바심이 났는지 금발을 한 번 손으로 헤집더니 빠르게 말을 이었다.

"네가 왜 그렇게 신경 쓰여 하는 건지 모르겠는데, 아무튼 내가 장담하건대 여자 친구는 아닐걸."

나는 눈을 휘둥그레 뜨고 그를 올려다보았다.

그거야 이미 짐작하고 있는 바라고 말하고 싶어도, 어쩐지 루다의 표정이 비장해서 입을 열 수가 없다.

루다가 빠르게 말을 이었다.

"그 여자애를 '황금 알을 낳는 거위'라거나 '꼬리를 자르고 도망치는 도마뱀' 따위로 불렀거든. 거위의 배는 마지막에 가르는 게 낫고, 도마뱀 꼬리는 몇 번이고 재생시킨 다음 잡는 게 낫지 않냐며."

"어……."

"그래, 그 대단히 성격 나쁜 녀석이 또 누군가를 약점 잡고 이용해 먹고 있다는 뜻이지 뭐겠어?"

루다가 '대단히'라는 표현에 힘주어 강조하며 투덜거렸음에도 나는 그 부분에 대해서는 전혀 딴지를 걸 수 없었다.

나는 다만 멍하니 중얼거렸다. 주인이가 누군가를 약점 잡고 이용해 먹고 있다고?

"하여간, 그 녀석이 네가 생각하는 것처럼 그렇게 착한 녀석이 아니란 걸 너는 알아 둬야 해."

기다렸다는 듯 투덜거린 그가 잠시 머뭇거리더니 덧붙였다.

"그래도."

내가 되물었다.

"그래도?"

"아무튼 너한테 해될 짓은 안 할 녀석이니까. 수상쩍은 일을 꾸미거든 그냥 내버려 둬."

나는 그렇게 말하는 루다를 망연히 올려다보았다.

어디선가 불어온 바람이 우리 두 사람의 머리카락을 쓰다듬고 지나갔다. 루다는 여전히 어딘지 부끄러운 것 같은 얼굴로 말을 이었다.

"현대에 온 셜록 홈즈처럼, 무슨 사건이라도 일어나지 않으면 따분해서 견딜 수가 없나 보지, 뭐."

"……."

"그래도 나름대로 계산은 철저해서 자기한테 해 끼친 사람이 아닌 이상 나쁜 짓은 안 하고, 뒷맛이 찝찝한 것도 싫어하니 적당히 이용하다가 놓아줄 거야. 그러니까 그렇게 신경 쓰지 말고 저놈 습성인가 보다 해 버려."

그의 말을 들으며 나는 멍하니 생각했다.

그러니까 결국, 루다는 주인이를 변호해 주려고 이토록 열심히 말하고 있는 건가? 그것도 싫어 죽겠다는 표정을 짓고서.

"……네가 나보다도 주인이를 믿어 주는구나."

내가 마침내 멍하니 뱉은 말에, 루다가 화들짝 놀라며 되물었다.

"뭐?"

"아니야, 말해 줘서 고마워. 덕분에 생각 정리가 됐어."

나는 미미하게 웃으며 대꾸했다.

방금까지만 해도 어떤 얼굴로 봐야 할지 알 수 없는 사람이 여단 오빠와 유선영에 이어 주인이까지, 세 사람으로 늘어났다는 생각에 몹시 막막했는데.

그 목록에서 한 사람을 홀가분히 털어 낼 수 있을 것 같았다.

루다는 뭐가 뭔지 모르겠다는 표정이었지만, 아무튼 내가 개운해 보이니 그걸로 됐다는 반응이었다.

우리는 대화를 마치고 천천히 교실로 돌아가기 시작했다.

계단을 올라가는 길에 내가 물었다.

"그런데 어떻게 주인이에 대해서 그렇게까지 확신을 담아 말할 수가 있어? 내 말은, 너 주인이랑 안 지 얼마 안 됐잖아. 뭔가 신기해서."

나나 은형이나, 심지어 소꿉친구인 은지호조차 주인이 속은 다 안다고 장담까진 못 하거든.

내가 덧붙인 말에, 루다는 쓴웃음을 짓더니 슬쩍 시선을 내리깔았다. 그가 중얼거리듯 말했다.

"글쎄, 이러니저러니 해도 결국 동류란 것을 받아들여서겠지."

그리고 고개를 푹 숙인 그는 덧붙였다.

"정말로, 정말로 인정하기 싫지만 말이야."

그가 하는 양을 빤히 바라보던 내가 웃으며 물었다.

"그 말은, 너도 주인이처럼 대단히 성격 나쁜 녀석이란 뜻이야?"

"아니, 신께 맹세코 난 그 정도는 아니야."

"너, 신도 믿어?"

내가 놀랐다는 얼굴로 되묻자 그는 미묘한 표정이 되어 입을 다물었다. 그렇지, 내가 너 안 믿을 것 같았다.

우리는 한동안 무거운 침묵 속에서 계단을 올랐다. 이윽고 내 웃음소리가 침묵을 뚫고 번지기 시작했다. 고개를 돌려 나를 바라본 루다는 또다시 한숨을 내쉬었다.

그때, 어둠 저편에서 통통 튀는 목소리가 날아왔다.

"엄마!"

"주인아!"

그는 세 계단 정도씩을 한꺼번에 뛰어 곧장 내 앞에 착지했다. 당장 내게 두 손바닥을 내미는 그에게, 나는 웃으며 손바닥을 마주쳐 주었다.

그러고서야 내 옆을 돌아본 주인이가 금세 새초롬한 얼굴이 되어 물었다.

"엄마, 왜 형이랑 단둘이 있어?"

"뭐?"

"이 형 아주 속내가 검은 사람이거든."

그렇게 말하는 주인이의 목소리 위로 방금 들은 말이 겹쳐지는 바람에 나는 결국 또다시 웃고 말았다.

"야, 네가 할 말이냐?"

옆에서 루다가 당장 얼굴을 구기며 으르렁거렸다. 나는 한동안 말없이 웃으며 두 사람의 싸움을 구경했다.

잠시 후에 주인이와 헤어져 교실로 돌아오자, 매점에서 상당한 시간을 보냈기 때문인지 교실은 이미 상영관 모드로 들어가 있었다.

책상들이 교실 뒤편 사물함에 다닥다닥하게 붙어 있고, 의자들은 강당에서처럼 일렬로 쭉 나열돼 있었다.

내가 들어오는 것을 본 윤정인과 이민아가 행사 도우미처럼 두 팔을 벌리며 외쳤다.

"짜잔. 근사하지."

"자기, 선물이야. 자기를 위해 이 영화관을 샀어."

심지어 이민아는 남자 친구가 바로 옆에 있음에도 내게 어처구니없는 농담을 던지기까지 했다.

킥킥 웃던 나는, 옆에서 신서현이 심드렁한 얼굴로 중얼거린 말에 더욱 크게 웃음을 터트렸다.

"그렇지, 영화관을 샀지. 우리의 노동력으로."

"야, 그렇게 말하면 내가 뭐가 돼!"

"음, 노예 감독관?"

이민아가 신서현의 등을 찰싹 때리자 신서현이 반사적으로 아픈 얼굴을 했다. 아. 신서현이 일부러 과장해서 저런 표정을 지을 리 없으니 진짜 아픈 모양이다. 왠지 내가 다 미안해지는데.

이윽고 우리가 남아도는 의자 아무 데나 앉고서야 〈검은 비〉 2화가 시작되었다.

드라마가 시작되고, 제목 그대로 검은 소낙비가 가득 쏟아져 렌즈를 적시자, 우리 반은 언제 시끄러웠냐는 듯 조용해졌다.

나는 흘긋 돌아보았다. 유천영 시청률에 근소한 숫자조차 보태 주기 싫다던 루다도 턱을 괴고는 화면만 바라보고 있었다.

〈검은 비〉 2화는 1화를 봤다면 누구나 예상할 수 있을 법한 내용이었다. 아무래도 2화는 1화만큼 공을 들이진 않아선지 처음 볼 때만큼의 흡입력이 느껴지진 않았다.

그러나 그렇게 느낀 것은 나뿐으로, 다른 모두는 〈검은 비〉가 방영되는 내내 화면에서 눈 한 번 떼지 않았다.

새로운 사건을 맡아 수사를 위해 잠입했던 조연서는 정체 모를 남자의 도움으로 위기에서 빠져나오게 되고, 그의 정체에 대해 의심한다.

그러나 남자가 익숙한 배우의 얼굴을 하고 있었던 바, 나는 당장 눈치챌 수 있었다. 저 사람이 남자 주인공이겠지,

뭐. 초호화 캐스팅은 이게 안 좋다니까. 나는 심드렁히 중얼거렸다.

그리고 현장 취재를 위해 합숙을 준비하며 장을 보는 대학생 3인방의 모습. 그쪽만큼은 이 무겁기 짝이 없는 드라마에서 유일하게 가벼운 로맨스 코미디 분위기를 풍겨서, 꼭 다른 드라마처럼 보였다.

두 사람과 어울려 웃고 있는 유천영의 모습은 몹시 자연스러운 반면에 낯설었다. 자연스럽다고 느끼는 것은 드라마를 보는 시청자로서의 나일 테고, 낯설게 느끼는 것은 친구로서의 나일 테지.

나는 오늘 내내 잠잠한 핸드폰을 힐끗 내려다보았다.

유천영이 한 번도 연락하지 않은 것은 오늘이 처음인데. 더군다나 방송 당일에 말이야. 오늘에야말로 전화가 올지도 모르겠다고 생각하고 각오하고 있었는데.

나는 명멸하는 텔레비전 불빛 속 유천영의 얼굴을 멀거니 응시했다. 자그마한 어항에 갇혀 세상을 바라보는 금붕어가 된 기분으로.

* * *

"데려다줄까?"

"됐어, 됐어."

이민아를 필두로 한 친구들의 말에 그렇게 말하며 나는 힐끗 옆 반을 보았다.

주인이와 저녁 무렵에 마주쳤기에 그들도 늦게까지 남을지도 모른다고 생각했지만, 불은 꺼져 있었고 온 복도가 고요했다.

아마 우리 반이 2학년 중에선 제일 늦게까지 남은 모양인데. 하긴, 요새 장안의 화제인 〈검은 비〉를 보기 위해 다들 여덟 시 전까지는 집에 기어들어 가야 했을 테니.

게다가 다음 날 새벽부터 학교에 나와야 하는데 늦게까지 기운 뺄 필요는 없지. 우리 반처럼 평소에도 축제 분위기인 반이 아니고서야. 그렇게 생각하며 나는 뺨을 긁적였다.

그러다 김혜우가 문득 내뱉은 말에 모두의 시선이 그에게 향했다.

"아, 맞다. 그분이 데리러 오시나?"

그분? 지나치게 정중한 호칭에 의아해지는 것도 잠시, 우리 모두는 곧 그게 누구를 가리키는 건지 깨달았다.

"그분 있잖아, 왜."

나는 얼른 대답했다.

"아니, 오빠는 야자 때문에 시간 안 돼."

"그러냐? 하긴 아직 열 시도 안 됐네."

나는 고개를 돌리며 안도의 한숨을 내쉬었다. 아무렇게나 둘러댄 말에 윤정인이 대수롭잖게 넘어가 주어서 살았다.

실제로 여단 오빠는 내가 오늘 늦게 들어간다는 사실조차 모르고 있었다. 그의 '생각 정리'가 끝나기 전까지 나는 그에게 어떠한 연락도 해서는 안 되는 입장이니까.

어차피 연락했다 하더라도 그가 예전처럼 나를 데리러 올 이유도, 필요도 없지. 더군다나 여단 오빠네 학교 야자가 끝나는 열한 시는커녕 열 시도 안 됐고 말이다.

그보다도 그동안 있었던 일 때문에 이들이 자주 잊곤 하는 모양인데, 우리 아파트 가는 길 중에 어두운 길이라곤 기껏해야 편의점에서 시작해서 아파트 단지로 이어지는 골목길 단 하나뿐이었다.

그나마도 이른 시간에는 사람도 차도 많이 다녀서 전혀 위험하지도 않고.

그런데도 이들은 영 포기할 생각을 안 했다. 급기야 윤정인은 신발을 챙기던 반휘혈을 불러 세웠다.

"아, 맞아. 반휘혈, 너 함단이네 집 근처 살지?"

붉고 둥근 눈으로 우리를 힐끗 본 그가 머뭇머뭇 대꾸했다.

"그…… 렇긴 한데."

"그럼 애 좀 데려다주면 안 되냐?"

"야, 됐어. 나 방학 때도 나 혼자 학원 잘만 다녔는데."

내가 팔을 내저으며 대꾸하는 그때였다. 반휘혈의 얼굴이 난감한 듯 물들었다.

이윽고 복도의 어둠 때문에 잘 보이지 않던 형체가 그의 뒤에서 쏙 모습을 드러냈다.

정세연이 어색하게 웃으며 손을 흔들었다.

"하하, 안녕."

"왜 네가 거기서 나와?"

놀란 눈으로 되묻는 것도 잠시, 나는 곧 한 가지 가능성을 깨닫고는 손으로 입을 가렸다.

아무렴 정세연은 반휘혈의 안경 뒤에 숨은 미모에 가장 먼저 관심을 보인 사람이기도 했고, 병원에 다녀온 내게 가장 먼저 그의 안부를 물었던 사람이기도 했다.

또 반휘혈이 우리 반의 질서에 평화롭게 편입되고부터 줄곧 친하게 지내던 사람이기도 했고.

와, 하지만 이건.

차마 우리와 눈도 못 마주치던 반휘혈이 힘겹게 내뱉었다.

"나는 선약이…… 있어서. 그럼 이만."

방금까지 레이드가 어쩌고 하던 교실에서 나온 주제에, 19세기 사람처럼 그렇게 말한 반휘혈은 뻣뻣하게 돌아섰다.

그때 윤정인이 천연덕스런 투로 끼어들었다.

"야, 그런데 반휘혈 너 네 옆의 애 이름은 아냐?"

"미쳤나 봐, 그걸 왜 물어봐."

이민아가 윤정인의 등을 철썩 때리거나 말거나, 잠시 눈썹을 찡그리고 있던 반휘혈이 당당히 내뱉었다.

"물론이다. 세련이의 이름을 내가 왜 모르지?"

그러자 복도 위로 침묵이 흘렀다.

잠시 후, 나는 나지막이 신음을 삼키며 이마를 짚었다.

"야……."

그래도 성을 제외하면 단 한 글자 틀렸을 뿐이니, 반휘혈 치고는 몹시 힘냈다고 할 수 있다.

정세연이 언급이 배신감에 뒤덮인 사이, 이민아는 내가 이 자식을 대신해서 사과한다며 윤정인의 뒷머리를 거푸 누르기 시작했다.

윤정인은 그녀의 손길에 저항 없이 인사하는 로봇이라도 된 것처럼 고개를 꾸벅꾸벅 숙여 댔다. 그 틈을 타서 정세연의 옆구리를 찌른 내가 조용히 속삭였다.

"내 이름 외우는 데는 반년 넘게 걸렸어."

실제로 나와 처음 만나서 '기억했다, 함단이.'란 명대사를 남기고부터 반년이나 흘러, 그가 처음 내뱉었던 말이 '내가 기억하겠다고 했지, 함박눈.'이었던 것을 생각하면 정세연의 경우에는 선방했다고 할 수 있다.

내가 이어서 속삭였다.

"나를 두 번째 봤을 땐 뭐라고 불렀는지 알아?"

"뭐라고 불렀는데?"

되묻는 정세연의 뒤로 다른 이들도 호기심 깃든 시선을 내게로 모았다.

"함무라비."

내가 내뱉은 말에 곳곳에서 픕, 하며 웃음이 터졌다. 심지어 신서현조차 입꼬리를 실룩이게 했을 정도로 함무라비의 파급력은 굉장했다.

이윽고 반휘혈과 나란히 속도를 맞추어 떠나는 정세연의 모습을 보며 나는 의기양양하게 팔짱을 꼈다. 음, 내가 한 커플을 위기에서 구한 것 같긴 한데.

떠나기 전 반휘혈은 윤정인을 향해 차가운 목소리로 쏘아붙였다.

"기억하겠다, 윤정인."

"세연이 이름 외우고 남는 자리가 있으면 부탁해용. 레이디 퍼스트니까."

능청스럽게 손 키스까지 날리는 그를 향해 우리 모두가 경악 어린 눈빛을 보냈다. 나 같은 경우엔 동병상련도 포함해서였다. 그거 데드 플래그야, 너.

반휘혈과 정세연의 모습이 복도 저편으로 사라진 뒤, 그제야 나는 간신히 얼어 있던 입을 열었다.

"밤길이 위험한 건 이제 내가 아니라 너 아니야?"

"에이. 아니야, 아니야. 정세연 데려다주느라 나한테 올 시간 없어."

"전국 서열 1위의 스피드를 너무 무시한다, 너."

인터넷 소설 안에서 전국 서열 1위는 드래곤이나 다름없는 거 모르냐. 내가 속으로 중얼거릴 때 김혜힐마저 끼어

들었다.

“내가 볼 때는 안전 불감증이야, 쟤.”

“매일같이 신서현한테 목숨이 노려지는 판에, 적 한 명쯤 늘어난다고 달라질 거 있냐는 심보지, 뭐.”

김혜우도 시큰둥한 목소리로 중얼거리는 판에 신서현이 눈살을 찌푸리며 대꾸했다.

“너희, 평범한 체육 특기 자랑 전국 서열 1위를 같은 선상에 놓지 말아 줄래.”

“아차, 미안.”

그것으로 가벼운 잡담이 마무리되고, 우리는 일제히 다시 걸음을 옮겼다.

현관을 거쳐 운동장으로 빠져나오니, 시야가 뻥 뚫리며 저만치서 두런두런 얘기하며 걷고 있는 반휘혈과 정세연의 모습이 보였다.

반휘혈이 대화하기 편한 타입은 아닌데 괜찮으려나. 하지만 둘은 어찌 되었건 퍽 즐거운 듯했다. 그 모습을 보고 있던 나는 이윽고 작게 미소 지었다.

아무튼 내 연애가 위기에 놓인 차에 다른 사람의 연애의 시작을 보게 되다니, 기분이 영 묘했다.

그러다 나는 문득 떠오른 생각에 이민아를 돌아보았다.

“쟤네가 2호인가?”

갑작스러운 내 말에 이민아가 눈을 휘둥그레 뜨며 이쪽

을 돌아보았다.

"뭐?"

"우리 반 커플 2호."

"어우, 하지 마아!"

이민아가 너털웃음 지으며 손을 내저었다. 그런 직후, 그녀는 윤정인의 서운한 얼굴과 '자기는 내가 부끄러워?'란 말에 막혀 어쩔 줄을 몰라 했다.

모두의 방향이 갈리는 지하철 입구 앞에 이르러 그들이 말했다.

"진짜 사람 많긴 하다."

"그치, 혼자 갈 수 있다니까. 추격하는 전국 서열 1위나 앙심을 품은 재벌 2세 같은 사람만 없으면."

"전자는 알겠는데 후자는 뭐야?"

내 대답에 어이없어하며 그렇게 물었던 이들이 하나둘 돌아섰다. 지하철 입구로 빨려 들어가는 그들의 모습을 우두커니 바라보던 나는 곧장 방향을 틀었다.

혼자서 군중 속을 걸으며 새삼 낮에 반여령을 혼자 보낸 일이 떠올랐다.

혼자 가기 싫어하던 이유가 있었구나. 새삼 외롭네. 특히 최근에는 항상 누군가가 데리러 나오곤 했었는데.

괜스레 목덜미를 긁적이던 나는 문득 앞을 보고 걸음을 멈추었다.

나는 어느새 우리 집으로 가기 위해 건너야 하는 마지막 횡단보도 바로 앞에 서 있었다.

맞은편에 나와 여령이가 발해 병원에 갈 때면 언제나 이용하곤 하던 버스 정류장이 보였다. 그곳은 또한 내가 겨울방학에 잠깐 학원에 다닐 때도 이용하던 곳이기도 했다

웬만한 버스는 전부 나니니까. 그런 만큼 저곳엔 수많은 만남과 헤어짐의 추억이 있었다.

버스에서 오르내리는 사람들의 모습이 투명한 유리 벽 너머로 훤히 비쳤다. 그러다 문득 의자 끝에서 조금도 꼼짝 않고 앉아 있는 사람을 발견한 나는 눈을 가늘게 떴다.

그의 정체를 채 확인할 새도 없이 신호등이 바뀌고, 나는 인파에 휩싸여 걸음을 옮기기 시작했다. 내가 횡단보도를 거의 다 건널 때 즈음, 그도 정류장 벤치에서 일어나 나와 같은 오르막길을 오르기 시작했다.

얼떨결에 그의 뒤를 따라 걸으며, 그의 교복은 물론 가방마저 익숙한 것임을 알아챈 나는 숨이 턱 막혔다.

지금 여기서 이름을 불러야 하나? 아니, 하지만 저렇게 말 안 하고 묵묵히 걷고 있는 것 자체가 아는 척하지 말란 일종의 신호 아닐까?

언덕을 오르는 내내 우리는 행성과 그 주변을 떠도는 위성처럼 일정한 간격을 지켰다.

나는 여단 오빠의 등을 계속 응시했다. 혹시나 그가 내 눈

빛을 읽고 한 번쯤 돌아봐 주지 않을까 하는 생각에서였다.

그러나 골목길이 끝나고 아파트 단지에 들어설 때까지도 그런 일은 일어나지 않았다.

나는 이제 슬슬 헷갈리기 시작했다. 사실 여단 오빠는 우연히 학교가 일찍 끝나서 빨리 나온 것뿐인 거지?

다리가 아프다거나 왠지 집에 들어가기 싫다거나 하는 이유로 버스 정류장에서 뜸을 들이다가, 내가 오는 모습을 보고 마주치면 곤란할까 봐 후다닥 일어나서 앞서 걷는 것일 수도 있잖아?

거기까지 생각한 내 걸음이 차차 느려지기 시작했다. 만약 정말로 그게 여단 오빠의 의도였다면, 같은 엘리베이터를 타선 그가 곤란해질 것 같았다.

중간에서 한참 뜸을 들이다가, 이쯤이면 여단 오빠가 진작 집에 들어가고도 남았겠다 싶어 다시 걸음을 옮기는데, 어이없게도 나는 엘리베이터 바로 앞에 서 있던 여단 오빠와 그대로 마주치고 말았다.

내가 가방끈을 쥔 채 그대로 굳어 버리자, 그는 손을 내밀어 엘리베이터 버튼을 누르더니 내게 시선을 보냈다.

내내 1층에서 대기하고 있었던 것처럼 곧바로 열린 엘리베이터 문 앞에서 그가 나에게 다시 눈짓했다.

"어……."

나는 눈을 굴리며 고민했지만, 충분히 고민할 수 있을 만한 시간이 주어진 것도 아니었다. 이윽고 결정을 마친 나는 한 손을 내밀며 외쳤다.

"자, 잠깐만!"

이미 엘리베이터 안에 타고 있던 여단 오빠는 묵묵히 손을 내려 어딘가의 버튼을 눌렀다. 그대로 엘리베이터 문이 닫혔으면 정말 민망할 뻔했는데, 다행히 그가 누른 버튼은 '열림' 버튼인 모양이었다.

나는 가쁜 숨을 몰아쉬며 엘리베이터 안으로 뛰어들었다.

내가 말했다.

"헉, 고, 고마워."

대답을 들을 거라곤 기대 안 했는데, 다음으로 돌아온 말에 나는 화들짝 놀랐다.

"왜 그렇게 뛰어왔어."

"응?"

물끄러미 시선을 들어 올리자, 여단 오빠가 미미하게 미소 지으며 나를 보고 있었다.

그가 다시 말했다.

"기다리라고 말했으면 기다렸을 텐데."

"아, 그런가. 하하…… 진짜 괜히 뛰었네."

민망해진 나는 괜히 뛰느라 헝클어진 머리칼만 만지작거렸다.

어라, 의외로 분위기가 나쁘지 않은데? 그렇게 생각하며 나는 옆을 흘낏거렸다. 그러다 내가 다시 물었다.

"그러는 여단 오빠는 아직 열 시 반도 안 됐는데, 빨리 왔네."

여단 오빠는 아무렇지도 않게 대답했다.

"여령이가 네가 혼자 올 거라고 걱정했거든."

"……."

나는 입을 잠시 열었다가 아무 말 없이 닫고 말았다. 그럼 결국, 나를 기다리느라 거기 앉아 있었던 게 맞다는 거잖아.

한참 주저하던 내가 다시 물었다.

"야자는…… 선생님한테 허락받고 뺀 거야?"

그 물음을 들은 여단 오빠가 아까보다도 더욱 선명하게 웃었다. 아마도 며칠 전, 우리가 현관에서 나눴던 대화를 떠올린 모양이었다.

그랬지, 그때도 그렇게나 당당하게 '쨌다'고 말했었지. 그 일을 떠올린 나도 그제야 좀 웃을 수 있었다.

엘리베이터 문이 열리고 복도로 한 발을 내디디며 내가 물었다.

"언제부터 기다렸어?"

"얼마 안 기다렸어."

"오빠가 그럴 때마다 꼭 얼마 안 기다린 게 아니더라."

내가 웃으며 던진 말에 여단 오빠는 내 시선을 피하며

음, 하고 침음을 삼켰다.

내가 다시 말했다.

"그냥 핸드폰으로 몇 시에 끝나냐고 물어보지. 다섯 시 이후론 계속 갖고 있었는데."

"연락할 용기까지는 없었어."

그가 갑자기 던진 말에 공기가 한차례 식었다. 나는 복도등 불빛에 비친 그의 옆얼굴을 물끄러미 응시했다.

그가 느리게 말을 이었다.

"연락을 하면, 우리가 사실은 언제든지 대화를 나눌 수 있는 상태였다는 걸 인정해야 할 것 같았거든."

그는 여전히 생각을 읽을 수 없는 얼굴을 하고 있었다.

"그럼…… 내내 두려워서 피하고 있던 질문을 던져야 할 것 같아서."

그가 담담하게 말을 맺자, 그제야 숨을 내쉰 내가 되물었다.

"그게 뭔데?"

"네가 여기에서 물었었지."

그렇게 말하며 여단 오빠가 걸음을 멈추었다. 그곳은 다름 아닌 우리가 수많은 대화를 나누었던 우리 집 난간 앞이었다.

난간에 한 손을 펼쳐 조심스럽게 얹은 여단 오빠가 다시 나를 돌아보며 말을 이었다.

"'나를 좋아하냐'고. 너를 좋아해서 사귄 건지, 아니면 불쌍해서 사귄 건지.”

“…….”

“이번에는 내가 똑같이 물어야 할 것 같아.”

바닥을 헤매던 시선이 마침내 내게로 향하자, 나는 침을 꼴깍 삼켰다.

그리고 나직한 물음이 뒤따랐다.

“너는, 나를 좋아해?”

말을 마친 그가 목소리만큼이나 가라앉은 눈빛으로 나를 보았다. 그의 눈빛을 받으며, 나는 상당히 오래전 일을 떠올렸다.

나는 비로소 내가 그에게 그런 질문을 했던 것에 대해 후회했다.

질문받는 입장이 되어 보니 알겠다. 내가 그를 좋아한다면 시험당하는 기분이 들고, 좋아하지 않는다면 추궁당하는 기분이 들었을 것이다.

아직 결론 내리지 못한 지금은 둘 중 어느 쪽도 아니지만.

계속 침묵이 흘렀다. 그 침묵을 견디지 못한 나는 마침내 숨을 크게 들이쉬고 입을 열었다.

“최근에…… 다른 사람들한테 자주 물어보는 시간을 가졌어. 사람을 좋아하는 마음이 어떤 식으로 나타나는 거냐고.”

여단 오빠는 묵묵한 눈빛으로 나를 보았다. 내가 말을 이었다.

"다들 나한테 그러더라고. 나 스스로 답을 내야 하는 문제라고. 나만이 답을 낼 수 있는 문제를 왜 남한테 물어보냐고."

잠자코 듣던 여단 오빠가 그쯤에서 입을 열었다.

"그래서…… 답은 찾았어?"

"지금에 이르러서는 모르게 된 것이 있어. 그래서 과거로 돌아가서 처음부터 살피자고 생각했지."

나는 한 손을 들어 다른 쪽 팔을 감쌌다.

"내가 오빠를 처음 좋아하던 그때로 돌아가서."

"……."

내 말에 여단 오빠가 잠시 놀란 얼굴을 지었다.

그 모습을 애틋한 눈으로 올려다보던 나는 이윽고 몸을 돌려 난간 밖을 쳐다보았다.

여단 오빠는 알까? 내 기억 속 여단 오빠와의 인연은 바로 여기서 시작되었다는 것을.

처음 아파트 복도에서 여단 오빠와 마주쳤을 때 나는 놀라서 그 자리에 무릎이라도 꿇을 뻔했다.

그런 내게 담담하게 '안녕.' 하고 인사를 건넸다가, 내가 아무런 대답도 없자 다가와서 건조한 손길로 내 이마를 짚던 그.

너무 놀란 나머지, 나는 그가 비밀번호를 누르고 들어가는 집이 여령이가 사는 바로 그 집이라는 것도 몰라보았다.

그날 당장 집으로 뛰어 들어가 '엄마, 방금 우리 옆집에 엄청나게 잘생긴 오빠가 들어갔는데 누군지 알아?!' 하고 외치고 싶은 것을 간신히 참았다. 반여령 때처럼 '너, 그 애를 몰라?' 하는 의아한 시선을 받는 것이 두려웠기 때문이다.

여단 오빠의 정체는 고민한 보람도 없이 허무하게 밝혀졌다. 며칠이 지난 어느 날, 가족끼리 외식하는 자리에 여령이네 부모님이 여령이는 물론이고 여단 오빠까지 데려온 것이었다.

두 사람은 알고 보면 확연히 비슷한 생김새인데도 분위기가 하도 달라 이름을 듣기 전까지는 그것을 알아채기 쉽지 않았다.

그날, 나는 식사하는 내내 밥이 코로 들어가는지 입으로 들어가는지도 모를 지경이었다.

'딸, 내 딸이 사람이 아니라 코끼리인 줄은 몰랐다, 야.'

아빠가 그렇게 말할 정도였으니 말 다 했었다.

그로부터 한동안, 나는 반여령에게서 신경을 도무지 끌 수 없던 것과 마찬가지로 여단 오빠에게서도 신경을 끌 수 없었다. 반여령의 경우와는 명백히 다른 이유로.

반여령과 화해하고 몇 달이 지난 어느 날인가부터, 누가 내 가슴에 다른 바람이라도 불어넣은 것처럼 나는 아무 일 없이 괜히 복도를 얼쩡거리곤 했다.

핸드폰으로 변변히 할 것도 없던 시절이라 복도에 있다 보면 온종일 전화 통화만 하게 됐다. 마침 사대천왕과 학교의 기타 황당한 것들에 아직도 적응하지 못했던 때라 얘기할 것은 몇 시간이고 넘쳤다. 정 할 세 없으면 책을 들고 나가 복도 구석에 웅크리고 앉아서 읽다가 이웃들에게 의아한 시선을 받기도 했다.

그런 날들이 내게도 있었다.

사춘기 시절의 짧은 열병이었을 뿐이지만.

비록 그 감정의 시작이 다른 남자애들과는 달리, 여주인공의 오빠만큼은 나를 좋아해 줄 수 있지 않을까 하는 망상이었다 할지라도, 내가 그의 얼굴을 잠깐이라도 보고 싶어 발 동동 구르며 기다리던 시간들과 그와 나를 대입하여 보던 무수한 책과 영화들.

그가 내게 다가와서 평소와는 다른 얼굴로, 다른 목소리로 말을 건넨다면 얼마나 설렐까 생각하며 잠 설치던 날들까지 없던 것이 되진 않는다.

그러니까 나는 확실히 말할 수 있었다.

"내 첫사랑은 여단 오빠야."

"……몰랐어."

놀란 듯 눈을 깜빡인 그가 물었다.

"언제부터였어?"

"중학교 1학년 때쯤. 아마 가을이었나? 겨울?"

한쪽 입꼬리를 끌어 올린 나는 힘없이 어깨를 들었다 놓았다.

"여단 오빠와 내가 결코 그런 사이로 발전할 수 없다는 걸 깨달았을 때쯤엔 연심은 사라지고, 대신에 우애심 비슷한 게 그 자리를 채웠지. 그래서 다행히 같이 있는 시간은 훨씬 더 편해졌어. 전에는 너무 떨려서 숨도 못 쉴 지경이었거든. 또 좋은 인상을 주고 싶어서 안달하게 되고."

내 말에 인상을 쓰고 있던 그가 천천히 말했다.

"몰랐어, 그렇게 오래됐을 줄은."

"그럴 만도 하지. 내가 티를 많이 내긴 했는데, 그냥 좋아하는 마음을 감당하지 못해서 그런 거였지 알아주길 바라서 그랬던 건 아니었거든."

그렇게 대답한 나는 문득 미소 지었다.

더군다나 그쯤에도 지금에도 여단 오빠에게 그렇게 행동하는 사람은 나 한 사람이 아니었고.

그렇게 생각하면 내가 그렇게 티를 냈음에도 여단 오빠가 몰랐던 건 여단 오빠가 눈치가 없어서도 외면하고 싶었기 때문도 아닌, 자라면서 경험한 환경 때문일 것이다.

그에게는 나를 비롯한 사람들의 그런 행동이 지극히 당연한 것에 불과했을 테니까.

과연, 여단 오빠가 혼란스러워 보이는 얼굴로 대답했다.

"그때는…… 네가 날 좋아할 수도 있다는 생각을 안 해 봤어. 내가 그럴 만한 사람이라고는 생각하질 않아서."

"설마."

그런 터무니없는 생각을 했을 줄이야. 어이없어하며 웃는 내게 여단 오빠가 다시 물었다.

"'알아주길 바라지 않았다'는 건…… 무슨 뜻이야? 알아주길 바라지 않았다면, 고백하지 않는 이상 우리가 사귀게 되는 일은 없었을 텐데."

그가 혼란한 듯 얼굴로 덧붙였다.

"그건 결국, 나와 사귀길 바라진 않았다는 거잖아."

"나도 여단 오빠랑 똑같이 생각한 거지, 뭐. 여단 오빠에게 고백하든 고백하지 않든, 달라지는 건 없을 거라고."

어깨를 으쓱하며 그렇게 말한 내가 푸념하듯 웃었다.

"다시 말해서 여단 오빠가 나를 좋아해 주는 일은 없을 테니까, 고백해 봐야 오빠를 곤란하게 만들 뿐이라고 생각했어. 더군다나 우리는 한두 해 볼 사이도 아니었으니까. 이대로 묻자고 생각했지. 잠깐 앓고 지나갈 열병으로 생각하자고."

그리고 나는 잠시 말을 멈추고는 힐끗 눈을 들어 여단 오빠의 눈치를 살폈다.

"……그러니 내가 오빠에게 사귀자는 말을 들었을 때,

내 기분이 어땠을지 상상이 가?"

잠자코 눈을 내리깔아 바닥만 보고 있던 그는 이윽고 천천히 고개를 내저었다.

"유년기의 꿈이라도 꾸고 있는 기분이었어. 누구에게도 말하지 않았고, 말할 수 없던 꿈."

희미한 미소를 떠올린 내가 덧붙였다.

"그게 시간 차를 두고 이루어진 듯한 느낌이었어."

"시간 차를 두고……."

여단 오빠가 내 표현을 나직한 목소리로 곱씹었다.

그쯤에서 나는 그가 내가 하고자 하는 말을 어렴풋이 깨달았음을 눈치챘다.

눈을 천천히 내리감은 내가 다시 말했다.

"사실은 여단 오빠가 내 손목을 잡고 카페를 나오던 때부터 지금까지, 오빠와 같이 보낸 모든 시간들이 다 꿈처럼 느껴져."

학원이 끝날 때마다 나를 데리러 오던 순간도, 설날 어느 이른 아침 시골집의 거실에 앉아 머리를 말려 주던 순간도, 아파트 베란다에 마주 앉아 맨발을 나란히 꼼지락대며 킥킥대던 순간도.

모든 순간이 지나치게 좋은 꿈을 꾸고 있는 것만 같았다.

그 어떤 것도 나를 다치게 하지 않는 꿈. 깨어나면 이유 없이 눈물이 흘러내릴 것처럼 애틋하고 따뜻한 꿈.

"……오빠가 나한테 고백해 줬을 때, 나는 당연히 받아들여야 한다고 생각했어. 오빠처럼 좋은 사람을 거절하다니, 완전 바보 같은 짓이잖아."

그리고 나는 천천히 감았던 눈을 떴다. 여단 오빠가 어쩐지 울 것 같은 표정으로 나를 보고 있었다.

내가 힘겹게 말을 이었다.

"놓치면 반드시 후회하게 될 거라고, 나 자신을 다그치면서."

그가 아니면 아무도 나를 좋아해 주지 않을 거라고, 내 선택지를 스스로 좁히면서.

"그래……."

여단 오빠가 괴로운 듯 대답했다. 그의 얼굴을 차마 계속 보고 있을 용기가 안 나서 나는 다시 눈을 감아 버렸다.

"그걸 후회한다는 뜻은 아니야. 오빠랑 사귀던 모든 순간이 정말 좋았어. 내가 마음껏 좋아해도 되는 사람, 나를 다치게 하지 않을 거라고 믿는 사람과 시간을 보낸다는 것. 정말 특별한 경험이고, 시간이었어. 모든 순간을 한순간도 잊지 않고 다 기억하고 싶을 만큼."

주먹을 질끈 쥔 나는 말을 이었다.

"그런데 그건, 너무 이기적인 생각인 거지? 왜냐하면, 오빠한테는 기억하고 싶지 않을 수도 있는 순간을 내가 전부 기억하고 싶어 한다는 거야말로."

내 눈에서 기어이 눈물 한 방울이 툭 떨어져 내렸다.

"……우리가, 다른 마음이었다는 뜻이 될 테니까."

여단 오빠도 그 무렵 내내 응시하고 있던 내 얼굴에서 시선을 떼어 냈다. 다른 곳으로 고개를 돌린 그의 눈에서도 얼핏 눈물이 흘러내린 것 같았다.

한동안 괴로운 침묵이 흘렀다. 그 속에서 나는 조용히 두 손을 들어 얼굴을 가리고 거칠어진 숨을 골랐다.

제발 이럴 때 우는 버릇 좀 없애야 하는데. 나는 생각했다.

내가 지금 여기에서 울어 버리면, 여단 오빠가 화낼 것도 못 내게 되잖아.

여단 오빠는 마지막의 마지막까지도 나를 배려했는데, 나는 왜 그가 솔직하게 말할 마지막 기회조차 뺏어 버리는 거야.

여단 오빠 성정에 이렇게 우는 사람에게 모진 말을 할 수 없는 게 당연했다.

도대체 나는 왜, 마지막까지 염치도 없이.

스스로에 대한 자괴감과 분노로 입술을 꾹 깨물던 그때, 누군가의 손이 다가와 내 턱과 아랫입술을 엄지로 가볍게 쓸었다.

나는 화들짝 놀라 고개를 들었다. 여단 오빠가 물기가 맺힌 속눈썹을 내리깔고 나를 보고 있었다. 그가 말했다.

"그러다 피 나."

그렇게 말하는 그조차 잠긴 목소리였다. 나는 그의 다정함에 다시 울음이 북받쳤다.

이 와중에도 이렇게나 다정한 사람에게 내가 상처를 주었다는 생각 때문에.

그리고 이렇게나 다정한 사람이 더는 내 사람이 될 수 없다는 생각 때문에.

그냥 미안하다고 해. 머릿속 어딘가에서 들려오는 속삭임에 나는 또다시 고개를 내저었다.

이미 어쭙잖은 배려심과 내게 주어진 게 그뿐이니 놓치기 싫다는 마음으로 헤아릴 수 없이 상처를 주었다.

도대체 얼마나 더 끔찍한 사람이 될 셈인 걸까? 나는 낮은 한숨을 토해 냈다.

그때, 여단 오빠가 다시 말했다.

"솔직하게 말해 줘서, 고마워."

"……."

한동안 내 귀를 믿을 수가 없었다.

여단 오빠가 내게 '고맙다'고 말하다니. 스스로의 마음 하나 제대로 알지 못해 상처를 준 나에게.

나는 멍하니 고개를 들었다. 여단 오빠가 아까보다 담담해진 얼굴로 말을 잇고 있었다.

"나는 방금 너한테, '그 친구와 거리를 둘 수 있냐'고 물어볼 수도 있었을 거야."

"……."

"그러면 너는 아마 그러겠다고 대답했을 거고, 우리는 계속 사귈 수도 있었을 거야."

그리고 여단 오빠는 가라앉은 목소리로 덧붙였다.

"그러지 않길 잘했어."

"……."

"사실 나도 문제가 거기 있지 않다는 건 눈치채고 있었어. 그런데도 네 솔직한 마음을 듣는 대신에, 오히려 너를 내 마음대로 하려고만 하고……."

"오빠……."

"내 옆에서 네가 즐거워 보이고, 계속 웃어 준다는 핑계로. 나를 싫어하지는 않으니 그걸로 된 게 아닐까 하는 생각으로."

다시 흘러내린 눈물 한 방울을 조용히 닦아 낸 그가 내 손을 잡았다.

놀랍도록 뜨거운 손이었다. 혈관을 타고 도는 맥박까지 느껴질 정도였다. 온 세상이 쿵쾅거리는 것 같았다.

그가 괴로운 짐을 떨쳐 내듯 말을 이었다.

"네가 좋아할 만한 사람을 계속 잘라 내고, 네 세계를 계속 좁히고, 갈 곳을 없애면 나는 계속 너와 같이 있을 수 있었겠지. 하지만 나는 그런 나 자신을 싫어하게 됐을 거야."

가만히 숨을 내쉰 그가 마침내 말을 맺었다.

“나 자신도 싫어하는 나를, 너한테 줄 수는 없잖아.”

“…….”

“너는 그보다 좋은 사람을 만나야 해. 네 세계를 좁히려는 사람이 아니라, 넓혀 주는 사람.”

그 무렵에서 견딜 수 없어진 내가 못 참고 끼어들었다.

“오빠, 왜 그런 소리를 해. 오빠는 나한테 항상 과분한 사람이었다고 했잖아. 문제는 나한테 있었어.”

“문제라면 우리의 마음이 달랐던 것과, 그리고 서로의 시간이 달랐던 것뿐이야. 그냥 그뿐이야.”

내 손을 잡지 않은 손으로 내 눈 아래를 문질러 닦아 준 그가 다정하게 말했다.

“그리고 그건 문제지 잘못이 아니야. 그러니 자책하지 마.”

“아니야, 아니야…….”

그렇게 말하며 고개를 도리질하던 나는 그의 이어진 말에야 겨우 입을 다물 수 있었다.

“헤어지면서 미안하다고 말하면, 듣는 사람은 조금쯤 비참한 기분이야.”

“…….”

하마터면 그것에 대해서도 또다시 미안하다고 말할 뻔했다.

나는 여단 오빠를 비참하게 할 자격이 없는 사람이었다. 아니, 사실 나는 내가 여단 오빠를 어떤 식으로든 상처 줄 수 있다는 생각조차 해 보지 못했다.

그걸 진작 알았더라면 그렇게 안일하고 무책임한 선택은 하지 않았을 텐데. 나는 후회했다.

하지만 그 누구도 시간을 되돌릴 수는 없는 법이었다.

다시 내 눈가를 문질러 닦아 주며 여단 오빠가 말했다.

“네 말대로 나는 너랑 함께한 시간을 항상 웃으면서 떠올릴 수는 없겠지. 그래도 너와 사귄 것 자체를 후회하지는 않아. 그러니까 걱정하지 마.”

“…….”

“잠시 빌린 시간에 불과하더라도, 나도 좋았어. 행복했고. 우리 둘 다 그걸로 된 게 아닐까? 어느 한쪽도 일방적으로 후회하지만은 않았으니.”

나는 그저 울면서 여단 오빠의 손만 꽉 부여잡았다. 영원히 놓지 않을 것처럼 손가락 마디마디를 깍지 껴서 단단히 붙들었다.

아마 우리 둘 다 이날의 결정을 후회하면서도 또 후회하지 않을 것이다.

여단 오빠와 함께한 나날이 언젠가는 기분 좋은 꿈으로, 또 언젠가는 비수로 날아와 꽂히고 그것은 여단 오빠도 마찬가지이겠지만.

그래도 서로의 영토로 발을 내디디면서 새롭게 보게 된 것들도 분명히 있었다.

나는 물기에 흐려진 시야를 들어 올렸다.

매일같이 드나든 익숙한 공간들이 여단 오빠와 함께 있음으로써 다른 빛깔의 옷을 입고, 영원히라도 기억할 수 있을 것처럼 변모하는 순간을 나는 몇 번이나 목격했다. 그리고 그때에 대해서만큼은 나는 결코 후회하지 않을 것이다.

적어도 내가 여단 오빠에게 준 것도 아픔만은 아니길 바랐다. 나는 여단 오빠의 손을 조금 더 꽉 쥐었다.

내가 일상의 기적을 목격하는 그 순간에 여단 오빠도 나와 같은 것을 보았길 바랐다. 그것만은 어떤 후회와 아픔 속에서도 흐려지지 않을 테니.

우리가 기꺼이 또 다른 사랑을 시작할 수 있도록 할 테니.

그러나 머리로는 그렇게 우리가 헤어진 다음에 대해 준비하면서도, 이 손을 놓기가 죽을 만큼 두려운 것은 왜일까.

나는 눈을 감은 채 여단 오빠의 손을 한참이고 단단히 붙잡고 있었다.

그의 다른 손이 마침내 다가와 내 손을 붙잡고, 손가락을 하나하나 떼어 놓을 때는 말 못 할 상실감이 밀려왔다.

"싫어……."

무심코 작은 목소리로 중얼거리고서 나는 제발 그가 내 말을 듣지 않았길 바랐다. 다행히 고개를 들어 바라본 그는 조금 피로해 보이는 것 외에 아무렇지 않아 보이는 얼굴이었다.

도저히 떨어지지 않는 발걸음을 떨어지게 한 건 그의 말이었다.

"잘 자."

나는 그렇게 말하는 그를 물끄러미 바라보았다.

그가 오히려 나를 의아한 듯 바라보고서야, 내가 그의 '내일 보자'란 말을 기다리고 있음을 깨달았다.

다시 허무감이 물밀 듯 밀려왔다. 나는 애써 볼 안쪽을 짓씹고는 대답했다.

"오빠도."

"조심히 다녀오고."

그가 말하고서야 수학여행의 존재를 깨달은 나는 힘겹게 웃어 보였다.

이러고 있자니, 어쩐지 1년 반쯤 전 내가 졸업 여행 가던 그날로 돌아간 것만 같았다.

서로 간에 심부름차 얼굴을 보고, 무심히 '조심히 다녀와' 하고 나누던 인사. 그리고 그가 내 머리칼을 쓰다듬었다는 것만으로 괜히 심장의 두근거림에 잠을 설치던 밤.

차라리 그랬더라면 얼마나 좋을까?

그게 오늘이었다면.

한참을 멍하니 있다가, 간신히 그러겠다고 대답한 나는 붕 뜬 듯한 걸음으로 집 문 앞으로 다가가 비밀번호를 눌렀다.

나는 엄마와 아빠가 앉아 있던 거실을 유령처럼 지나쳐 아무 말 없이 방으로 들어갔다.

가방을 내려놓고 문을 닫은 순간, 다리에 힘이 풀린 나는 그만 그대로 주저앉고 말았다.

문에 등을 기대며 몸을 웅크려 무릎에 얼굴을 파묻은 나는 끊임없이 중얼거렸다.

"어떡해, 어떡, 해……. 흐윽, 진짜 어떡해."

내 첫 연애가 끝났다.

〈끝나지 않은 '인소의 법칙'들! 11권에서도 계속됩니다.〉

인소의 법칙 10

1판 1쇄 발행 2019년 5월 28일
1판 7쇄 발행 2023년 2월 24일

지은이 유한려
펴낸이 신현호
편집장 예숙영
편집 최은지
편집디자인 한방울
영업 김민원
물류 이순우 박찬수

펴낸곳 ㈜디앤씨미디어
출판등록 2002년 5월 1일 제117-90-51792호
주소 서울시 구로구 디지털로 26길 111 JnK디지털타워 503호
대표전화 (02)333-2513 팩스 (02)333-2514
전자우편 dncbooks@dncmedia.co.kr
디앤씨북스 블로그 http://blog.naver.com/dncbooks

ISBN 978-89-267-0673-2 04810
ISBN 978-89-267-1819-3 (SET)